CANINOS EM FAMÍLIA

A marca FSC® é a garantia de que a madeira utilizada na fabricação do papel deste livro provém de florestas que foram gerenciadas de maneira ambientalmente correta, socialmente justa e economicamente viável, além de outras fontes de origem controlada.

KEVIN WILSON

Caninos em família

Tradução
Alexandre Hubner

Copyright © 2011 by Kevin Wilson
Todos os direitos reservados.

Grafia atualizada segundo o Acordo Ortográfico da Língua Portuguesa de 1990, que entrou em vigor no Brasil em 2009.

Título original
The Family Fang

Capa
Sabine Dowek e Tony Lee

Preparação
Jacob Lebensztayn

Revisão
Carmen T. S. Costa
Angela das Neves

Dados Internacionais de Catalogação na Publicação (CIP)
(Câmara Brasileira do Livro, SP, Brasil)

Wilson, Kevin
    Caninos em família / Kevin Wilson ; tradução Alexandre Hubner — 1ª ed. — São Paulo : Companhia das Letras, 2014.

Título original : The Family Fang
ISBN 978-85-359-2408-4

1. Ficção norte-americana I. Título.

14-01076   CDD-813

Índice para catálogo sistemático:
1. Ficção : Literatura norte-americana 813

[2014]
Todos os direitos desta edição reservados à
EDITORA SCHWARCZ S.A.
Rua Bandeira Paulista, 702, cj. 32
04532-002 — São Paulo — SP
Telefone: (11) 3707-3500
Fax: (11) 3707-3501
www.companhiadasletras.com.br
www.blogdacompanhia.com.br

para Leigh Anne

*É grotesca essa insistência deles em
continuar nos amando, e nós a eles*

*O desaforo, quase inimaginável,
de nos ter causado. E de que jeito.*

*A vida deles: claro
que a gente consegue fazer melhor.*
William Meredith,
"Parents"

Não era real; era um cenário, um cenário para lá de cenográfico.
Dorothy B. Hughes,
In a Lonely Place

Prólogo

> **Crime e castigo, 1985**
> Artistas: Caleb e Camille Caninus

Caleb e Camille Caninus diziam que era arte. Seus filhos diziam que era maldade. "Vocês armam a maior confusão e depois vão embora", recriminava a pequena Annie. "É bem mais complicado que isso, meu bem", contestou Camille, enquanto distribuía instruções detalhadas sobre a intervenção para cada membro da família. "Mas tem também uma simplicidade no que a gente faz", disse Caleb. "É verdade, tem isso também", concordou sua mulher. Annie e seu irmão caçula Buster não disseram nada. Estavam a caminho de Huntsville, a duas horas de viagem de onde moravam, pois não queriam ser reconhecidos. O anonimato era um elemento central em suas performances; permitia-lhes montar as cenas sem serem interrompidos por gente que, vendo-os pela frente, já se preparava para o bafafá.

Pisando fundo no acelerador, ansioso pelo momento de se expressar, Caleb Caninus observava o filho de seis anos pelo retrovisor. "Filho", disse ele. "Quer recapitular as suas tarefas de hoje? Vamos ver se você entendeu tudo direito?" Buster examinou os esboços a lápis que sua mãe fizera apressadamente num pedaço de papel. "Vou comer uma porção de jujubas e rir alto, bem alto." Caleb assentiu com a cabeça e sorriu com satisfação. "Isso mesmo", disse ele. Camille então sugeriu que Buster atirasse algumas jujubas para cima, e a ideia recebeu a aprovação de todos os que estavam na van. "Annie", prosseguiu Caleb, "você está encarregada de quê?" Annie olhava pela janela, contando os animais mortos que via pela estrada — já eram cinco. "Eu sou a dedo-duro", disse ela. "Sou eu que aviso o funcionário." Caleb tornou a sorrir. "E depois?", indagou. Annie bocejou. "Depois eu chispo de lá." Quando finalmente chegaram ao shopping center, os Caninus estavam prontos para o que viria a seguir: a estranheza que seria criada por eles por um instante tão breve, que as pessoas chegariam a suspeitar que tivesse sido apenas um sonho.

Entraram no shopping lotado e se dispersaram, cada qual fazendo de conta que os outros não existiam. Caleb sentou-se na praça de alimentação e conferiu o foco da minúscula filmadora que ele ocultara na armação de seus óculos pesados; óculos que, toda vez que ele usava, deixavam-no com uma irritação alérgica em torno dos olhos. Camille pôs-se a caminhar com grande determinação pelo shopping, balançando os braços num vaivém forçado, desmedido, a fim de dar a impressão de que talvez fosse meio doida. Buster recolhia as moedinhas que encontrava no fundo das fontes e em pouco tempo tinha os bolsos úmidos, transbordando de moedas. Annie comprou uma tatuagem temporária num quiosque que vendia badulaques absurdos e inúteis e então foi ao banheiro para decalcar a figura no bíceps: uma caveira com uma rosa entre os dentes. Desenrolou a manga da camiseta para cobrir o desenho e então se sentou no vaso de uma das cabines do banheiro e esperou até que o alarme de seu relógio tocasse. Chegou a hora e os quatro Caninus se encaminharam lentamente até a loja de balas e doces, rumo à coisa que aconteceria somente se cada um deles desempenhasse seu papel à risca.

Depois de passar cinco minutos andando à toa pelos corredores da loja, Annie se pôs a puxar a camisa do rapaz do caixa para chamar sua atenção. "Quer comprar alguma coisa, meu anjo?", indagou ele. "Tem algum doce que você não está conseguindo alcançar? É só dizer que eu pego pra você." O menino era tão gentil que Annie se sentiu um pouco constrangida pelo que faria em seguida. "Eu não gosto de falar dos outros", disse ela. O rapaz olhou para Annie com uma expressão embatucada e curvou-se para ouvi-la melhor. "Como assim, querida?", perguntou ele. "Não quero dedurar ninguém", disse ela, "mas aquela moça ali está roubando uma porção de balas." Annie apontou para sua mãe, que se encontrava diante de um recipiente cheio de jujubas, com uma enorme concha prateada na mão. "Aquela moça?", perguntou o rapaz. Annie fez que sim com a cabeça. "Você foi uma boa menina hoje, meu anjo", disse ele, recompensando-a com um pirulito, cujo cabo também fazia as vezes de apito, antes de ir falar com o gerente. Encostando-se no balcão, Annie retirou o celofane que recobria o pirulito e atacou o doce a dentadas, sentindo as lascas de açúcar arranhando o interior de sua boca. Quando terminou, escolheu outro pirulito entre os que se achavam espetados no display e o guardou no bolso para mais tarde. Então viu o gerente e o funcionário saindo dos fundos da loja e foi embora sem olhar para trás, certa de que o pampeiro estava armado.

Tendo enchido seu quinto saquinho de jujubas, Camille Caninus olhou em volta com cuidado, antes de acrescentar a embalagem aberta às que já se achavam escondidas sob seu casaco. Recolocou a concha no lugar e avançou pelo corredor, assobiando, simulando interesse por alguns outros doces antes de se dirigir à saída. Assim que atravessou o vão da porta, sentiu uma mão em seu braço e ouviu uma voz masculina dizer: "A senhora me desculpe, mas acho que estamos com um probleminha aí". Ainda que mais tarde isso a aborrecesse, Camille permitiu que um sorriso discretíssimo se esboçasse em seu rosto.

Caleb Caninus viu sua mulher fazer que não com a cabeça e olhar com incredulidade quando o gerente apontou para as protuberâncias ridículas sob as roupas dela — o encobrimento canhestro do contrabando adicionando à coisa toda um despautério maravilhoso. Então ela gritou: "Eu sou diabética, homem de Deus; nem comer doce eu posso". Nesse ponto, diversos fregueses da loja se viraram para ver o que estava acontecendo. Caleb se aproximou o mais que pôde da confusão no exato instante em que sua mulher começava a se esgoelar: "Isto é inconstitucional! Meu pai joga golfe com o governador! Eu só estava...", e foi então que, com um leve ajuste em sua postura, Camille Caninus fez com que os sacos de balas emborcassem, derramando seu conteúdo.

Buster passou correndo por seu pai e observou as centenas de jujubas que caíam como granizo das roupas de sua mãe, para então sair quicando espalhafatosamente pelo chão da loja. O pequeno Caninus se ajoelhou aos pés de Camille e berrou: "Bala de graça!", enquanto levava à boca punhados e mais punhados de jujubas, que não paravam de chover a sua volta. Duas outras crianças vieram se instalar a seu lado, como se a mãe de Buster fosse uma *piñata* recém-estourada, e puseram-se a recolher freneticamente a parte que lhes cabia do butim, enquanto Buster disparava risadas ásperas, roufenhas, que o faziam parecer alguém muito mais velho. Nessa altura, cerca de vinte pessoas tinham se aglomerado em torno da cena e sua mãe caíra no choro. "Eu não posso voltar para a cadeia", gritava ela, e então Buster se levantou e saiu correndo, deixando para trás a lambança de jujubas espalhadas pelo chão. Não tardou a se dar conta de que se esquecera de jogar um punhado delas para o alto, e a falha, como ele bem sabia, não passaria em branco quando a família se reunisse para falar sobre o sucesso do happening.

Meia hora depois, Annie e Buster se encontraram perto das fontes do shopping e aguardaram enquanto sua mãe se livrava das consequências de seus atos ridículos. Era bem provável que ela permanecesse retida pelos seguranças do shopping até que seu pai conseguisse convencê-los a liberá-la com uma advertência. Caleb lhes mostraria o currículo deles, os recortes do New York Times e da ArtForum. Diria coisas como *arte performática em público, espontaneidade coreografada, vida real elevada ao quadrado*. Caleb e Camille pagariam pelos doces e quase com certeza seriam proibidos de pôr os pés no shopping de novo. À noite, iriam para casa e durante o jantar ficariam imaginando todas as pessoas que haviam assistido à cena pondo-se a falar a seus amigos e familiares sobre a coisa estranha e bela que acontecera naquela tarde.

"E se eles forem mandados para a cadeia?", indagou Buster à irmã. Annie pareceu avaliar essa possibilidade e então deu de ombros. "A gente volta pra casa de carona e espera até eles fugirem." Buster concordou que o plano era bom. "Ou", propôs ele, "a gente podia ficar morando aqui no shopping e a mamãe e o papai nunca iriam encontrar a gente." Annie balançou a cabeça. "Eles precisam da gente", disse ela. "Sem eu e você não dá nada certo."

Buster tirou dos bolsos as moedas que havia recolhido antes e as empilhou em dois montinhos iguais. Então ele e a irmã se revezaram para atirá-las de volta às fontes, ambos formulando desejos que esperavam que fossem simples o bastante para se tornar realidade.

1.

Assim que Annie chegou ao set, alguém avisou que ela precisaria tirar a blusa.

"Ahn?", disse Annie.

"Pois é", prosseguiu a mulher, "nessa cena você está sem nada da cintura pra cima."

"E você quem é?", indagou Annie.

"Eu sou a Janey", disse a fulana.

"Não", disse Annie, com a sensação de que talvez tivesse entrado no set errado. "O que você faz no filme?"

Janey franziu a testa. "Sou a supervisora de roteiro. A gente já se falou algumas vezes. Lembra que uns dias atrás eu estava contando pra você de quando o meu tio tentou me beijar?"

Annie não tinha a menor lembrança disso. "Quer dizer que você faz a supervisão do roteiro?", perguntou.

Janey fez que sim com a cabeça, sorrindo.

"A cópia que mandaram pra mim não fala nada de nudez nessa cena."

"Bom", disse Janey. "Essas coisas ficam meio que em aberto, eu acho. Não dá pra levar ao pé da letra."

"Na hora do ensaio ninguém comentou nada", disse Annie.

Janey se limitou a dar de ombros.

"E o Freeman falou que eu vou aparecer com os peitos de fora?", indagou Annie.

"Falou", disse Janey. "Foi a primeira coisa que ele disse hoje cedo. Ele veio e falou pra mim: 'Diga para a Annie que na próxima cena ela tem que estar nua da cintura pra cima'."

"E cadê ele?"

Janey olhou em torno. "Ele disse que iria procurar alguém que fosse atrás de um tipo muito específico de sanduíche."

Annie se trancou numa cabine vazia do banheiro e ligou para seu agente. "Estão querendo que eu fique nua", disse ela. "Isso não pode. De jeito nenhum", disse Tommy, o agente. "Você está quase entrando para o time das atrizes de primeira linha; não pode fazer um nu frontal de corpo inteiro." Annie esclareceu que não era um frontal de corpo inteiro. Só iria mostrar os seios. Seguiu-se um momento de silêncio do outro lado da linha. "Ah, bom, aí não é tão ruim", disse Tommy.

"Não estava no roteiro", argumentou Annie.

"Tem muita coisa que, mesmo não estando no roteiro, acaba entrando nos filmes", retrucou Tommy. "Se não me falha a memória, nesse filme mesmo tem uma parte em que um figurante aparece em segundo plano com o pinto pra fora da calça."

"É", concordou Annie. "Para azar do filme."

"Nesse caso, tudo bem", disse Tommy.

"Então eu vou avisar que não vou fazer."

O agente tornou a ficar em silêncio. Annie tinha a impressão de ouvir, nos fundos, o som de uma partida de videogame.

"Acho que não seria uma boa ideia. Esse filme pode te render um Oscar de melhor atriz e você resolve criar caso?"

"Você acha que eu tenho chance de ganhar um Oscar com este papel?", indagou Annie.

"Depende da qualidade dos concorrentes que você pegar no ano que vem", respondeu Tommy. "Está parecendo que vai ser um ano fraco para os papéis femininos. Então, pode ser que dê. Mas não vá por mim. Eu não imaginava que você seria indicada por aquele papel que fez em *Data de devolução* e veja só no que deu."

"Certo", disse Annie.

"Minha intuição diz: tire a blusa e de repente a cena fica só na versão do diretor", disse o agente.

"Não é isso o que a minha intuição diz", retrucou Annie.

"Você é quem sabe, mas atrizes difíceis não são bem vistas."

"Preciso desligar."

"Além do mais, o seu corpo é um espetáculo", disse Tommy, no exato instante em que Annie cortou a ligação.

Ela tentou ligar para Lucy Wayne, que a dirigira em *Data de devolução*, filme pelo qual fora indicada ao Oscar de melhor atriz. Fazia o papel de uma bibliotecária tímida, viciada em drogas, que se envolvia com um grupo de *skinheads*, com consequências trágicas. Era um filme que, reduzido a uma sinopse, não parecia muito promissor, mas impulsionara sua carreira. Annie confiava em Lucy, sentira durante as filmagens que estava nas mãos de alguém que sabia o que fazia; se Lucy tivesse lhe dito para tirar a blusa, ela teria obedecido sem titubear.

Claro que Lucy não atendeu o telefone, e Annie pensou que aquele era o tipo de dilema que não ficava bem expor para uma secretária eletrônica. A única pessoa que exercia sobre ela uma influência responsável e tranquilizadora estava fora de alcance, de modo que Annie teve de se virar com as opções que lhe restavam.

Seus pais acharam a ideia ótima. "Acho que você devia tirar a roupa toda", disse sua mãe. "Por que só a blusa?" Annie ouviu Caleb gritar ao fundo: "Fale pra eles que você só topa se o sujeito que está contracenando com você tirar as calças".

"Ele tem razão, viu?", disse sua mãe. "A nudez feminina não provoca mais controvérsia. Diga pro seu diretor que ele precisa pôr um pênis no filme se quiser provocar o público."

"Tudo bem, estou começando a achar que vocês não perceberam qual é o problema", disse Annie.

"Qual é o problema, querida?", indagou sua mãe.

"Eu não quero tirar a blusa. Não quero tirar as calças. E não quero de jeito nenhum que o Ethan tire as calças. Quero filmar a cena do jeito que nós ensaiamos."

"Bom, isso eu acho completamente sem graça", disse sua mãe.

"Coisa que não me espanta nem um pouco", disse Annie, e tornou a encerrar a ligação pensando que optara por se cercar de pessoas que eram, à falta de expressão melhor, umas retardadas.

Uma voz proveniente da cabine ao lado disse: "No seu lugar, eu pediria um adicional de cem mil dólares para mostrar os peitos".

"Legal", disse Annie. "Obrigada pelo conselho."

Quando Annie ligou para seu irmão Buster, ele lhe sugeriu fugir pela janela do banheiro e dar o fora dali — solução que ele dava para a maior parte de seus problemas. "Vá embora antes que te convençam a fazer uma coisa que você não está a fim de fazer", disse ele.

"Quer dizer, não é birutice minha, certo? Você concorda comigo que é esquisito?", quis saber Annie.

"É esquisito, sim", garantiu Buster.

"Ninguém fala nada de nudez e aí, de repente, no dia da filmagem querem que eu tire a blusa?", disse ela.

"É esquisito", tornou a dizer Buster. "Não é exatamente de espantar, mas é esquisito."

"Não é de espantar?"

"Lembro de ter ouvido dizer que, no primeiro filme dele, o Freeman Sanders improvisou uma cena em que uma atriz dava para um cachorro, mas ele acabou cortando esse pedaço na versão final."

"Eu nunca soube disso", disse Annie.

"Bom, duvido que o Freeman fosse falar de uma coisa dessas nas conversas que tem com você", retorquiu Buster.

"Então o que eu faço?", indagou Annie.

"Dê logo o fora daí", berrou Buster.

"Eu não posso simplesmente pegar as minhas coisas e ir embora, Buster. Tenho obrigações contratuais. É um filme bom, acho. O papel é bom, pelo menos. Vou só falar pra eles que essa cena eu não faço."

Uma voz do lado de fora da cabine, a voz de Freeman, disse: "Não vai fazer essa cena?".

"Quem falou isso?", perguntou Buster.

"Acho melhor eu desligar", disse Annie.

Quando Annie abriu a porta, deu de cara com Freeman encostado na pia do banheiro, comendo um sanduíche que parecia três sanduíches empilhados uns sobre os outros. Estava vestido com o uniforme de costume: terno preto com gravata e uma camisa branca amarrotada, óculos escuros, e um par de tênis velhos e detonados, sem meias. "Qual é o problema?", disse ele.

"Faz tempo que você está aqui?", perguntou Annie.

"Não muito", disse ele. "A continuísta me disse que você estava no banheiro e as pessoas começaram a se perguntar se era só o medo de tirar a blusa ou se você tinha vindo dar uma cheiradinha. Achei melhor ver o que estava acontecendo."

"Bom, não estou dando uma cheiradinha."

"Isso me decepciona um pouco", disse ele.

"Não vou fazer essa cena sem blusa, Freeman", anunciou ela.

Freeman olhou em volta, à procura de um lugar em que pudesse descansar o sanduíche e, aparentemente se dando conta de que estava num banheiro público, preferiu continuar com ele na mão. "O.k., tudo bem", disse ele. "Sou só o diretor e roteirista desse filme. De que vale a minha opinião?"

"Não tem o menor cabimento", disse Annie com a voz esganiçada. "Um cara que eu nunca vi aparece sem mais nem menos no meu apartamento e eu fico ali parada, com os peitos de fora?"

"Não tenho tempo agora pra explicar as complexidades dessa cena pra você", disse Freeman. "Falando grosseiramente, é um lance que tem a ver com controle. A Gina quer controlar a situação. E é assim que ela faz."

"Eu não vou tirar a blusa, Freeman."

"Se não quer ser uma atriz de verdade, é melhor continuar fazendo filminhos de super-heróis e bobagens água com açúcar."

"Vá pro inferno", disse Annie e, forçando a passagem, deixou-o para trás e saiu do banheiro.

Encontrou Ethan, o ator que coestrelava o filme, repetindo suas falas com enorme afetação, andando em pequenos círculos. "Está sabendo dessa história?", indagou a ele. Ethan fez que sim com a cabeça. "E?", disse ela. "Vou lhe dar um conselho", disse ele. "No seu lugar, eu veria a situação não como uma atriz a quem tivessem pedido pra fazer uma cena sem a blusa, mas como uma atriz que estivesse fazendo o papel de uma atriz a quem tivessem pedido pra fazer uma cena sem a blusa."

"Legal", disse ela, refreando o impulso de socar o sujeito até que ele caísse desacordado.

"Assim", prosseguiu ele, "você acrescenta uma camada a mais de irrealidade, que, a meu ver, torna a sua atuação mais complexa e interessante."

Antes que ela pudesse dizer alguma coisa, o primeiro-assistente de direção, com o cronograma de filmagem na mão, veio falar com eles. "Como é que estamos indo em relação a essa coisa de você fazer a próxima cena sem a blusa?", quis saber.

"Não vai rolar."

"Puxa, que chato", lamentou ele.

"Estou indo pro meu trailer", disse ela.

"Produção à espera da estrela", gritou o AD enquanto Annie saía do set.

O pior filme de que ela havia participado, um de seus primeiros papéis, intitulado *Não deixe os seus sonhos para a hora de morrer*, contava a história de um detetive particular que investigava um assassinato cometido numa exposição agrícola, durante um concurso de comilança em que saía vencedor o participante que devorasse o maior número de sonhos de padaria. Ao ler o roteiro, ela ficara com a impressão de que se tratava de uma comédia, e levou um choque ao descobrir que, com falas como: "Esses sonhos são a minha perdição", e: "Sonhe comigo, mas não caia da cama", na realidade era um drama, um *film noir*.

"É como *Assassinato no Expresso Oriente*", o roteirista explicou a Annie durante os ensaios iniciais, "só que, no lugar do trem, a gente usou sonhos de padaria."

No primeiro dia de filmagem, um dos atores principais sofreu uma intoxicação alimentar ao gravar a cena do concurso de comilança e acabou abandonando o filme. Um porco da "fazendinha" escapou de seu cercado e destruiu boa parte dos equipamentos de gravação. Quinze tomadas de uma cena particularmente difícil foram rodadas com uma câmera sem filme. Para Annie foi uma experiência estapafúrdia, surreal, foi como ver uma coisa se desfazer em pedaços em suas mãos. Quando estavam na metade do cronograma de filmagens, o diretor disse a Annie que ela teria de usar lentes de contato que mudassem a cor de seus olhos de azul para verde. "Quero pôr uns flashes de verde nesse filme, algo que atraia o olhar do espectador", explicou ele. "Mas a gente rodou metade do filme", argumentou Annie. "É isso aí", retrucou o diretor. "Rodamos só metade do filme."

Uma das atrizes que contracenava com Annie era Raven Kelly, que tinha feito o papel de *femme fatale* em diversos clássicos do cinema *noir*. No set de filmagem, Raven, uma senhora de setenta anos, parecia não estar nem aí para o roteiro, entretinha-se com palavras cruzadas durante os ensaios e dava um jeito de roubar toda e qualquer cena de que participava. Um dia em que estavam sendo maquiadas lado a lado, Annie perguntou como ela aguentava trabalhar naquele filme. "É um ganha-pão", disse Raven. "Faço o que me pagam pra fazer, seja lá o que for. A gente dá o melhor de si, mas às vezes não adianta, o filme não é muito bom. Paciência. O que vale é o cachê. Nunca entendi os artistas, e não dou a mínima para técnica, método e essa bobajada toda. Você fica onde eles mandam você ficar, diz as suas falas, e vai para casa. É só faz de conta." Os maquiadores continuavam a maquiar as duas, a fim de que Annie parecesse mais jovem, e

Raven, mais velha. "Mas você gosta?", indagou Annie. Raven fitou o reflexo de Annie no espelho. "Não chego a detestar", disse Raven. "A gente passa um tempo razoável com qualquer coisa. Mais do que isso não dá para pedir."

De volta a seu trailer, com as persianas fechadas e o som de ruído branco saindo de uma caixa antiestresse, Annie sentou no sofá e fechou os olhos. A cada respiração funda e pausada, ela imaginava que diversas partes de seu corpo iam adormecendo paulatinamente, uma dormência que ia da ponta dos dedos às mãos e depois aos pulsos, aos cotovelos, aos ombros, até ela estar tão perto de morta quanto era capaz de ficar: uma velha técnica a que a família Caninus recorria antes de fazer algo catastrófico. A pessoa fingia estar morta e, ao se reanimar, nada, por mais horrível que fosse, parecia ter importância. Annie se lembrava dos quatro Caninus sentados em silêncio no interior da van, todos morrendo e então voltando à vida naqueles poucos minutos que antecediam o momento em que eles abririam as portas do carro para entrar violentamente na vida de todos os que se achavam por perto.

Passados trinta minutos, Annie retornou a seu corpo e se levantou. Tirou a camiseta e desabotoou o sutiã, deixando que a peça caísse no chão. Postou-se diante do espelho e se pôs a reproduzir suas falas na cena em que Freeman queria que ela aparecesse seminua. "Não sou babá da minha irmã", disse, contendo o impulso de cruzar os braços para esconder os seios. Ao concluir a última fala de sua personagem — "Acontece, doutor Nesbitt, que eu estou pouco me lixando" —, Annie abriu a porta e, ainda com os peitos de fora, percorreu os cinquenta metros que separavam seu trailer do set, ignorando os assistentes de produção e os eletricistas e os iluminadores e os demais integrantes da equipe de filmagem que ficaram olhando enquanto ela passava por eles. Encontrou Freeman sentado em sua cadeira de diretor, ainda mastigando o sanduíche, e então disse: "Vamos fazer a porra dessa cena de uma vez". Freeman sorriu. "Assim é que se fala", disse ele. "Use essa raiva quando estivermos filmando."

Enquanto permanecia ali, nua da cintura para cima, sob o olhar fixo dos figurantes, da equipe de filmagem, do ator que contracenava com ela e de absolutamente quase todas as pessoas que estavam envolvidas na produção do filme, Annie dizia a si mesma que aquele lance todo tinha a ver com controle. Ela estava no controle da situação. Tinha tudo, absolutamente tudo, sob controle.

O som e a fúria, março de 1985
Artistas: Caleb e Camille Caninus

Buster segurava as baquetas pelo lado errado, porém Caleb e Camille Caninus achavam que isso tornava a coisa ainda melhor. O menino pisava espasmodicamente no pedal do bumbo e estremecia com cada nota percussiva. Annie maltratava as cordas da guitarra — com cinco minutos de apresentação, seus dedos já doíam. Para quem não fazia a menor ideia de como tocar aqueles instrumentos, os dois tinham um desempenho ainda pior que o esperado. Entoavam aos berros a letra que Caleb havia escrito para eles, suas vozes desafinadas e fora de ritmo. Apesar de terem aprendido a canção poucas horas antes de começar a performance, não encontraram dificuldade em decorar o refrão, que repetiam para os espectadores estupefatos. "É um mundo triste. É um mundo cruel", bramiam a plenos pulmões. "Matem todos os pais, não deixem sobrar nenhum, só assim é que vai dar pra continuar vivendo."

Na frente deles, um estojo de guitarra com a tampa aberta continha algumas moedas e uma nota de um dólar. Preso com fita adesiva no interior do estojo, via-se um bilhete escrito à mão que dizia: *Nosso Cachorro Precisa de uma Operação. Ajude-nos a Salvá-lo.*

Na noite anterior, Buster anotara com cuidado cada palavra, conforme seu pai as ditava. "Escreva a palavra *operação* errado", disse Caleb. Buster assentiu com a cabeça e grafou *operassaõ*. Camille balançou a cabeça. "A ideia é que eles não tenham talento, não que sejam analfabetos", disse ela. "Buster, você sabe como se escreve *operação*?", indagou-lhe a mãe. O menino fez que sim. "Então ficamos com a ortografia correta", disse seu pai, dando-lhe outro pedaço de papelão. Quando ficou pronto, Buster submeteu a plaqueta à inspeção dos pais. "Uau", disse Caleb. "Mais que isso seria demais." Camille riu e depois disse: "Demais mesmo". "Demais o quê?", perguntou Buster, mas seus pais riam tanto que não ouviram a pergunta.

"Agora vamos tocar uma música nova que a gente acabou de compor", disse Annie às pessoas que se aglomeravam para ouvi-los e que, inexplicavelmente, nesse momento eram em maior número do que quando eles haviam começado. Annie e Buster tinham tocado seis músicas, todas sombrias e tristes e tão mal executadas que não pareciam bem músicas; lembravam antes a gritaria de crianças fazendo pirraça. "A gente agradece qualquer ajuda pro tratamento do nosso cachorrinho, o tio Cornelius. Deus abençoe vocês." Então Buster atacou o chimbau com suas baquetas, tit-tat-tit-tat-tit, e Annie tangeu uma única corda de sua guitarra, produzindo um gemido plangente que mudava de tom conforme ela deslizava o dedo pelo braço do instrumento, mas sem perder a intenção. "Não coma esse osso", choramingava ela, e Buster repetia o verso: "Não coma esse osso". Annie corria os olhos pelo ajuntamento de pessoas, mas não via seus pais, apenas os esgares aflitos de uma gente bondosa demais para dar as costas para aquelas duas crianças tão angelicais e diligentes. "Vai te deixar doente", cantava Annie, e Buster de novo repetia suas palavras. "Não coma esse osso", disse Annie, e então, antes que Buster pudesse acompanhá-la, uma voz, a voz de seu pai, protestou: "Vocês são péssimos!". A multidão pareceu engasgar, produzindo um arquejo, um ruído seco de consternação, como se alguém tivesse desmaiado, porém Annie e Buster não se deram por achados e continuaram tocando. "A gente não pode pagar o veterinário", disse Annie, a voz falhando com emoção fingida.

"Por acaso estou exagerando, pessoal?", disse Caleb Caninus. "Esses dois são muito ruins, vocês não acham?" Uma mulher que estava no primeiro semicírculo do amontoamento se virou para trás e disse entre os dentes: "Psiu! Silêncio!". No instante seguinte soou, do outro lado da aglomeração, a voz de Camille Caninus: "Ele tem razão. Esses dois tocam mal pra chuchu. Buuu! Vão ensaiar mais. Buuu!". Annie se pôs a chorar e Buster franziu a testa com tanta força que seu rosto inteiro começou a doer. Embora soubessem de antemão que seus pais fariam aquilo — era, afinal de contas, o ponto central da performance —, não precisaram fazer força para aparentar que estavam ofendidos e envergonhados. "Será que dá pra calar a boca!?", gritou alguém, sem que fosse possível determinar se a injunção era dirigida aos mal-educados que estavam atrapalhando a apresentação ou se às próprias crianças. "Continuem tocando, meninos", disse outra pessoa. "Se eu fosse vocês, tentava outra carreira", provocou uma voz que não pertencia nem ao pai nem à mãe deles e que gerou outra exclamação de incentivo do público. Quando Annie e Buster acabaram de tocar a música, a aglomeração estava dividida praticamente ao meio em duas facções: a dos que queriam salvar a vida do tio Cornelius e a dos que mostravam ser os mais rematados filhos da puta. Caleb e Camille Caninus tinham avisado aos filhos que isso aconteceria. "Até gente nojenta consegue se comportar com educação por alguns minutos", dissera Caleb. "Passando disso, voltam a agir como os maus-caracteres que realmente são."

Como a polêmica ainda corria solta e eles não tinham mais nenhuma música no repertório, Annie e Buster puseram-se simplesmente a gritar com toda a força, agredindo os instrumentos com tamanha virulência que duas cordas da guitarra de Annie se romperam e Buster derrubou um dos pratos da bateria e então se pôs a chutá-lo com o pé esquerdo. Cédulas e moedas eram atiradas na direção deles e caíam a seus pés, mas não dava para saber se o dinheiro vinha das pessoas que estavam sendo bacanas com eles ou das que os hostilizavam. Por fim, Caleb gritou: "Tomara que esse cachorro de vocês morra mesmo!", e Annie, sem pensar, pegou a guitarra pelo braço e arremessou-a com tudo no chão, arrebentando-a, lançando estilhaços na direção das pessoas. Percebendo a improvisação em andamento, Buster pegou a caixa da bateria, ergueu-a acima da cabeça e deu com ela no bumbo, e ainda voltou várias vezes à carga. Depois, com o tumulto armado a sua volta, Annie e Buster deram um jeito de sair dali e partiram em disparada pelo gramado do parque, correndo em zigue-zague para evitar que alguém tentasse segui-los. Quando chegaram a uma estátua em forma de concha, os dois treparam na estrutura, esconderam-se em seu interior e ficaram à espera de que seus pais viessem buscá-los. "A gente devia ter ficado com o dinheiro", disse Buster. "Era o nosso cachê", concordou Annie. Buster fisgou uma lasca da guitarra que se prendera nos cabelos de Annie e eles aguardaram em silêncio que sua mãe e seu pai voltassem. Quando o casal apareceu, Caleb tinha um olho roxo e aqueles seus óculos com a câmera embutida pendiam retorcidos em seu rosto. "Foi incrível", disse Camille. "A filmadora quebrou", disse Caleb, cujo olho quase não se abria de tão inchado, "ficamos sem o vídeo da performance", porém Camille fez um gesto indicando que aquilo não tinha importância. "Essa foi só pra nós quatro", disse ela. Annie e Buster desceram lentamente da concha e acompanharam seus pais até a van da família. "Nunca vi ninguém tocar tão mal como vocês", disse Camille para os filhos. Então deteve o passo, ajoelhou-se ao lado das duas crianças e deu um beijo na testa de cada filho. Caleb concordou com um gesto e pôs delicadamente as mãos sobre as cabeças de Annie e Buster. "Vocês estavam mesmo de lascar", disse ele, e as duas crianças sorriram a contragosto. Aquilo permaneceria sem registro, a não ser pelo que ficara gravado na lembrança deles e dos poucos espectadores estupefatos daquele dia, e, para Annie e Buster, isso parecia perfeito. Caminhando na direção do sol que se punha no horizonte, os integrantes da família Caninus se deram as mãos e cantaram, quase afinados: "Matem todos os pais, não deixem sobrar nenhum, só assim é que vai dar pra continuar vivendo".

2.

Buster estava no meio de uma área descampada, no Nebraska, e o frio era tão intenso que a cerveja congelava nas latinhas que ele entornava goela abaixo. A seu redor viam-se alguns veteranos chegados do Iraque fazia um ano. Eram jovens, exibiam uma alegria estranha, e sua invencibilidade ficara cientificamente comprovada depois de várias temporadas servindo o Exército no Oriente Médio. Dispostos sobre tiras de lona plástica, viam-se alguns artefatos que guardavam uma semelhança cômica com canhões — grandalhões e desajeitados e insinuando toda sorte de destruição. Buster observava um dos veteranos, um tal de Kenny, usar uma vareta de espingarda para empurrar a munição até a base do cano de uma arma que todos chamavam de *nuque-le-ar*. "Certo", disse Kenny com a fala um pouco engrolada, latinhas de cerveja espalhadas ao redor de seus pés. "Agora é só eu abrir esta válvula aqui no bujão de gás e ajustar o regulador pra deixar a pressão em sessenta PSI." Com as pontas dos dedos enregeladas, Buster se esforçou para anotar isso em sua caderneta, e então perguntou: "PSI é sigla de quê?". Kenny olhou para Buster e franziu a testa. "Sei lá", disse ele. Buster assentiu com a cabeça e incluiu um lembrete em suas anotações para não se esquecer de consultar a informação posteriormente.

"Você abre a válvula de gás", prosseguiu Kenny, "espera alguns segundos até chegar à pressão certa e aí fecha a válvula e abre esta segunda válvula aqui. É ela que injeta o gás na câmara de combustão." Joseph, que perdera dois dedos da mão esquerda e tinha um rosto rechonchudo e cor-de-rosa como o de um bebê crescido, tomou mais um gole demorado de cerveja e deu uma risadinha. "Agora é que a coisa vai ficar boa", disse ele. Kenny fechou as válvulas e apontou a engenhoca para longe. "Aí você aperta o botão de ignição e..." Antes que ele pudesse concluir a frase, o ar em volta deles vibrou e Buster ouviu um estrondo como nunca tinha ouvido antes, uma explosão densa, pontuada. Do cano da arma, uma batata, com um rastro de fogo vaporoso atrás de si, saiu voando e desapareceu em algum ponto do terreno, a centenas de metros, talvez quase um quilômetro de onde eles estavam. Buster sentiu o coração escoiceando no peito e se perguntou, nem um pouco preocupado em descobrir a resposta, por que uma coisa tão idiota, tão inútil e ridícula, fazia-o tão feliz. Joseph pôs o braço em volta de Buster e o puxou para perto de si. "É demais, não é?", indagou. Buster, sentindo que poderia cair no choro a qualquer momento, concordou com a cabeça e disse: "Ô, se é. Demais".

Buster tinha ido até o Nebraska para fazer um frila para uma revista masculina chamada *Potente*. A ideia era que ele escrevesse uma matéria sobre aqueles quatro veteranos do Exército, os quais, fazia um ano, vinham se dedicando a montar e testar os canhões de batata mais tecnologicamente sofisticados da história. "É um lance tão de homem", disse o editor, que era quase sete anos mais novo que Buster. "Tem tudo a ver com a nossa revista."

Buster estava na quitinete em que morava, na Flórida, esperando em vão por uma resposta para os e-mails que escrevera para sua namorada da internet, quase sem dinheiro, sem conseguir trabalhar em seu terceiro romance — cujo prazo de entrega vencera havia muito —, quando o editor da revista ligou para oferecer o trabalho. Mesmo com a vida no fundo do poço daquele jeito, Buster relutou em aceitar a encomenda.

Depois de passar dois anos escrevendo sobre paraquedismo, festivais de bacon e sociedades de realidade virtual on-line que lhe pareciam tão complicadas que ele nem era capaz de participar delas, Buster estava a ponto de largar o emprego. A experiência que ele tinha nesses eventos originalíssimos sempre ficava aquém de suas expectativas, e depois ele ainda precisava escrever uma matéria que não só fizesse a coisa toda parecer divertida, como desse a impressão de que exercia um impacto radical na vida da pessoa. Dirigir um buggy pelas dunas de um deserto era algo que Buster achava que com certeza teria vontade de fazer, mesmo se jamais houvesse tido essa vontade antes de a oportunidade aparecer; porém, assim que pôs as mãos no volante, ele percebeu quanta técnica e habilidade eram necessárias para que a pessoa pudesse experimentar um tipo de diversão que não estava disponível logo de cara. Lutando para controlar o carro enquanto o instrutor explicava com paciência como ele devia fazer para acelerar e virar para um lado e para o outro, Buster se pegou desejando estar em casa, entretido com a leitura de um livro sobre detetives que andavam de buggies pelas dunas e solucionavam mistérios na praia. Depois de dar uma guinada brusca e ser jogado para fora da trilha, ele voltou para o quarto do hotel e em menos de uma hora tinha escrito a matéria, e então ficou fumando maconha até pegar no sono.

Pensara que com a reportagem sobre os canhões de batata seria a mesma coisa: algumas horas de explicação enfadonha sobre o processo de fabricação dos canhões e o princípio com base no qual eles operavam, antes de observar os sujeitos disparando algumas descargas de batata. Então ficaria preso no meio do nada em pleno inverno até conseguir pegar um voo de volta para a Flórida. Mesmo ao embarcar no avião, com um sanduíche de carne numa das mãos e um exemplar da World Music Monthly na outra, revista que ele comprara às pressas e não estava nem um pouco a fim de ler, Buster tinha certeza de que estava cometendo um equívoco.

Para a sua surpresa, quando o avião aterrissou no Nebraska, os quatro sujeitos a respeito dos quais deveria escrever a reportagem estavam a sua espera no terminal de bagagens. Usavam roupas idênticas: bonés do Nebraska Cornhuskers, casacos de lã pretos, calças de algodão parafinadas, próprias para as regiões mais inóspitas, e botas Red Wing. Eram todos altos, fortes e bonitos. Estranhamente, um deles tinha a mala de Buster na mão. "Esta é a sua?", indagou o sujeito, quando Buster, com as mãos para o alto, como se quisesse mostrar que não estava armado, aproximou-se deles. "É", disse Buster, "mas vocês não precisavam ter vindo me pegar. Eu ia alugar um carro. Vocês mandaram um mapa do caminho pro meu editor na semana passada." O sujeito que estava com a mala de Buster se virou e foi andando em direção à saída. "A gente quis ser receptivo", disse ele por cima do ombro.

No carro, cercado de veteranos de guerra por todos os lados, Buster tentava espantar o pensamento de que estava sendo sequestrado. Abriu o casaco, fino demais para o frio que fazia ali, e tirou do bolso interno uma caneta e uma caderneta de anotações. "Pra que isso?", indagou um dos sujeitos. "Para eu ir anotando as coisas", disse Buster. "Pro artigo. Pensei em pegar os nomes de vocês e quem sabe já ir fazendo algumas perguntas." "São nomes fáceis de lembrar", disse o que estava no volante. "Você logo decora, não precisa anotar." Buster pôs a caderneta de volta no bolso.

"Eu sou o Kenny", disse o que estava no volante, apontando em seguida para o sujeito que ocupava o lugar do carona: "e este aqui é o David", e então gesticulou com a mão acima da cabeça, como que para indicar o assento de trás: "e esses dois aí são o Joseph e o Arden." Joseph estendeu a mão e Buster a apertou. "Quer dizer", disse Joseph, "que você é ligado em armas?" Buster balançou a cabeça. "Não, não sou muito ligado não", respondeu, e sentiu o ar ficar mais pesado no interior da van. "Bom, atirar eu nunca atirei, entende? Não curto muito violência." Arden bufou e olhou pela janela. "São poucos os que curtem", disse ele. "E canhão de batata?", perguntou Joseph. "Chegou a fazer algum quando era criança? Daqueles que você carrega com fixador de cabelo e dispara no cachorro do vizinho?" "Não", disse Buster como quem se desculpa. Sentia a matéria escapando por entre seus dedos, já se imaginava tendo de entrar na internet e inventar do nada uma reportagem. "E a guerra?", quis saber David. "Não sou muito a favor, não", respondeu Buster. Baixou os olhos e mirou seu tênis de couro preto, com costuras complicadas, sentindo os dedos dos pés já um pouco dormentes. Pensou em se debruçar sobre Joseph, abrir a porta e saltar do carro. "Bom, e aqui no Nebraska, já tinha estado antes?", indagou Arden. "Devo ter passado de avião algumas vezes aí por cima", disse Buster. No restante do trajeto até o hotel, só o que se ouvia no interior do carro era o som de cinco homens em silêncio, o rádio quebrado e produzindo estática, o motor girando um tiquinho mais rápido que antes.

Enquanto os outros três aguardavam no carro com o motor ligado, Joseph ajudou Buster a levar a mala até o quarto. "Não se preocupe com eles", disse Joseph. "Só estão um pouco nervosos. Estamos desempregados e a única coisa que a gente faz é fabricar canhões de batata e só não queremos que no seu artigo você dê a impressão de que somos um bando de imprestáveis. Eu disse pra eles que o seu trabalho é passar a impressão de que somos caras legais, não é mesmo?" Buster percebeu que estava introduzindo o cartão de ponta-cabeça na fechadura, mas, mesmo depois de corrigir o problema, a porta do quarto não abria. "Não é mesmo?", tornou a indagar Joseph. "É sim, claro", disse Buster. Imaginou os outros três lá embaixo, apreensivos, arrependidos da decisão de permitir que alguém de fora testemunhasse aquela bizarrice de cuja existência em breve todo mundo tomaria conhecimento.

Depois de quase uma dezena de tentativas para destravar a porta com o cartão magnético, Buster finalmente conseguiu entrar no quarto e foi direto para o frigobar. Pegou uma garrafinha de gim minúscula e matou-a num gole só. Pegou outra e também entornou seu conteúdo. Com o rabo do olho, viu Joseph desfazendo a mala para ele, guardando suas camisas e calças e cuecas em várias gavetas da cômoda. "Você vai passar frio só com essas roupas", disse Joseph. "Acho que eu trouxe umas ceroulas de corpo inteiro", respondeu Buster, tratando de se embebedar. "Caramba, Buster", disse Joseph, praticamente aos berros, "você vai virar picolé, isto sim." Buster quase sugeriu que eles cancelassem a demonstração com os canhões de batata. Ligaria para o serviço de quarto para pedir um hambúrguer e ficaria assistindo à programação de pornografia *softcore* da TV a cabo enquanto consumia tudo o que havia no frigobar. Voltaria para a Flórida e esperaria até ser despejado do apartamento em que morava e então se mudaria para a casa dos pais. Então pensou como seria passar um ano com a mãe e o pai, sentado à mesa de jantar enquanto eles bolavam performances mais e mais complexas, das quais ele não sabia se faria parte ou não, à espera de que algo explodisse em nome da arte. "Bom, como eu faço, então?", indagou Buster, determinado a se fazer passar por alguém que sabia lidar com imprevistos. "Vamos fazer umas comprinhas", disse Joseph sorrindo.

Com Kenny, Arden e David os acompanhando a uma distância segura pelos corredores da Fort Western Outpost, Joseph submetia a um rápido exame as gôndolas de roupas e de outros artigos essenciais para o frio e lançava as peças escolhidas sobre os braços estendidos de Buster. "Quer dizer que você ganha a vida escrevendo?", perguntou Joseph, e Buster assentiu com a cabeça. "Pois é", disse ele, "principalmente para jornais e revistas, frilas em geral. E escrevi dois romances também, mas são coisas que ninguém lê."

"Sabe", disse Joseph, acrescentando dois pares de meias de lã à pilha de Buster, "estou pensando em virar escritor também." Buster emitiu um som que ele esperava que indicasse interesse e encorajamento, e Joseph continuou. "Estou fazendo um curso noturno às terças-feiras numa faculdade técnica daqui: Criação Literária 401. Não sou muito bom ainda, mas o professor diz que eu levo jeito." Buster tornou a assentir com a cabeça. Percebeu que os outros três haviam se aproximado, atraídos pela conversa. "Ele escreve bem pra caramba", disse David. E Kenny e Arden concordaram. "Sabe qual é o meu livro favorito?", indagou Joseph. Quando Buster fez que não com a cabeça, Joseph, com um sorriso enorme no rosto, respondeu: "*David Copperfield*, do Charles Dickens". Buster não lera o livro, mas sabia que deveria tê-lo lido, de modo que balançou positivamente a cabeça e disse: "É muito bom mesmo". Joseph bateu uma mão espalmada na outra, produzindo um estalo sonoro, como se estivesse esperando por esse momento havia meses. "Adoro aquela primeira frase: *Meu nome é David Copperfield*", prosseguiu ele. "Diz tudo o que a pessoa precisa saber. Eu começo todas as minhas histórias assim: *Meu nome é Harlan Aden* ou *Atendo pelo nome de Sam Francis* ou *Quando nasceu, seus pais o batizaram com o nome de Johnny Rodgers*."

Buster se lembrou da primeira frase de *Moby Dick* e citou-a para Joseph. Joseph repetiu a frase: *Chamai-me Ismael*. Balançou a cabeça. "Não", disse ele, "pra mim não funciona. Não é tão bom quanto *Meu nome é David Copperfield*."

Empurrando um carrinho de compras vazio, um sujeito mais idoso se aproximou da chusma de quatro homens e perguntou se eles poderiam dar licença para que ele alcançasse a seção de meias sociais, mas nenhum deles se mexeu.

"Desse jeito", disse Kenny, "fica parecendo que esse Ismael se acha muito importante. Não dá só pra falar o nome dele? Por que ele tem que dizer como quer ser chamado?" Kenny fez cara de quem passara a vida inteira tendo de lidar com gente daquele tipo.

"E vai ver que nem é o nome dele de verdade", sugeriu Arden. "Ele só está falando que esse é o nome pelo qual quer ser chamado." Os quatro veteranos concluíram que *Moby Dick* parecia ser um livro que eles não tinham a menor vontade de ler. "Não leve a mal, Buster", disse Joseph, "mas *David Copperfield* é campeão e é o melhor do mundo." David se afastou do grupo e voltou com uma caixa de sachês químicos para aquecer as mãos. "Gosto de usar isto aqui quando está frio", disse ele, entregando o pacote a Buster.

De volta ao carro, depois de Buster ter quase estourado o limite de seu cartão de crédito na compra de um casaco de lã preto, calças de algodão parafinadas, botas red wing e um boné do Nebraska Cornhuskers, o grupo rumou para sua penúltima parada: o depósito de bebidas. "De que falava a última matéria que você escreveu?", indagou David a Buster, que respondeu: "Do maior *gang-bang* do mundo. Tive de cobrir o evento".

Kenny acionou o pisca-pisca com cuidado e foi reduzindo a velocidade até parar no acostamento. Pôs o câmbio automático no P e se virou para o assento de trás. "Como é que é?", quis saber.

"Já ouviram falar da Hester Bangs?", indagou Buster. Com enfáticos acenos de cabeça, os quatro indicaram que sim. "Eu estava lá quando ela quebrou o recorde: trepou com seiscentos e cinquenta caras num dia só."

"Você não...", começou a dizer Joseph, o rosto vermelho como um pimentão, tamanho o seu constrangimento. "Você não trepou com ela, trepou?"

"Eu? Putz, eu não", respondeu Buster, lembrando-se das duas horas de discussão telefônica que tivera com seu editor quando disse que não queria participar da suruba. "Isso tem até nome, chama-se jornalismo gonzo", disse o editor. "Estou vendo aqui na internet."

"Quer dizer que você ficou lá", disse Kenny, "vendo essa mulher dar pra seiscentos e cinquenta caras?"

"Foi", respondeu Buster.

"E ainda pagaram a você por isso?", continuou Kenny.

"Foi", tornou a responder Buster.

"Caramba", disse Arden, "deve ter sido a coisa mais incrível do mundo."

"Não foi tão incrível assim", disse Buster.

"Como é que é?", indagou Kenny.

"Olha, tá legal, falando desse jeito parece uma coisa incrível, mas só o que eu fiz foi ficar lá sentado, enquanto um bando de homens peludos, barrigudos e com os paus de fora faziam fila pra comer essa mulher que parecia estar morrendo de tédio com aquilo tudo. Entrevistei alguns dos caras e vários me disseram que tinham falado para as mulheres deles que iam jogar golfe ou pegar um cinema. Um sujeito ficou se gabando de que a namorada tinha ameaçado terminar com ele se ele participasse daquilo e aí, quando ele estava me contando isso, bateu o maior baixo-astral no cara e ele disse: 'E ela era uma mina legal pra caramba'. Cada vez que um mané desses tirava o pau de dentro da Hester, ela olhava para um cara que ficava numa mesa com três relógios diferentes e toneladas de formulários de autorização e uma registradora e perguntava pra ele com quantos homens ela ainda ia ter que trepar."

Disse Arden: "Deve ter sido a coisa mais horrível do mundo".

"E", prosseguiu Buster, percebendo que não conseguia parar de falar sobre aquilo, agora que havia começado, "tinha uma mesa cheia de comes e bebes pra todo mundo que estava no set e os peladões iam até lá pra fazer uns sanduichinhos ridículos ou encher a pança com M&M's."

"Deus do céu", disse David, balançando a cabeça.

"E depois você ainda teve que escrever sobre isso. Deve ter sido de virar o estômago", disse Joseph.

"Pois é", disse Buster, contente por Joseph ter percebido como era estranho quando a pessoa tinha que escrever sobre coisas que a repugnavam, "aí eu escrevi esse texto esquisito em que eu dizia que a Hester Bangs não era uma atriz, não era nem uma estrela pornô, lembrava mais uma atleta profissional. Eu dizia que ela era como uma maratonista e que, por mais perturbador que tivesse sido assistir àquilo, eu saíra de lá muito impressionado com o talento dela."

Kenny balançou a cabeça em sinal de aprovação. "Parece um texto legal."

"Pois é", concluiu Buster, "só que aí a matéria saiu e três semanas depois outra atriz pornô foi lá e deu pra duzentos homens a mais que a Hester Bangs."

A gargalhada no interior do carro foi geral, e por pouco eles não ouviram o policial batendo de leve no vidro.

Tão logo viu o tira, Buster foi assaltado pela sensação premente de que precisava esconder seu contrabando, com o pequeno detalhe de que não tinha nenhum bagulho em cima. Kenny baixou o vidro e o policial pôs a cabeça no vão da janela. "Parar no acostamento", disse ele, "não é uma boa ideia, pessoal."

"Sim, senhor", disse Kenny. "Já estávamos saindo."

O policial fitou Buster no assento de trás, os olhos piscando por conta da desorientação que lhe causava a visão de alguém desconhecido em sua cidade.

"Amigo de vocês?", indagou, apontando para Buster.

"É", disse Joseph.

"Soldado também?", perguntou o tira.

"Forças Especiais", disse Arden, levando o dedo aos lábios para sinalizar sigilo.

"Hum", disse o tira, "um daqueles fodões das missões clandestinas?"

Apesar de ter passado a vida inteira mentindo sem esforço, Buster só conseguiu produzir um débil aceno de confirmação.

"Certo, então tirem esse carro daqui", disse o tira, meneando o pulso e apontando o horizonte.

"Forças Especiais", sussurrou Buster para si mesmo, a excitação deixando a todos ali no carro meio zonzos.

No depósito de bebidas, estimulado pela sensação de que pela primeira vez em anos havia feito amigos, Buster quase esvaziou de vez a carteira para comprar toda a bebida que os soldados queriam levar consigo. Sentia-se aquecido e autêntico em suas roupas novas, e, ao entregar tudo o que tinha para o caixa do depósito, pensou que seria capaz de viver ali para sempre.

Agora era a vez de Buster. Ele se debruçou sobre um pesadíssimo canhão de ar comprimido que permanecia apoiado num tripé e ao qual os soldados se referiam como *Air Force One*. Em vez de batatas, o armamento usava garrafas de refrigerante de dois litros como munição. "Sabe, a gente não gosta desse nome: canhão de batata", disse David, cujo ressentimento parecia intensificar-se à medida que a noite avançava. "Alguns usam bolinhas de pingue-pongue, outros usam garrafas de refrigerante, e tem até quem use bolinhas de tênis com moedas dentro. O nome mais apropriado seria artilharia pneumática, ou de combustão." Joseph balançou a cabeça. "Pra mim é canhão de batata", disse ele. Arden concordou: "Eu sempre chamei de canhão de batata". "Tá, tudo bem", retorquiu David, "só estou tentando dizer que, no texto que ele vai escrever, ficaria melhor se o Buster falasse em artilharia pneumática, ou de combustão."

Kenny recapitulou com Buster todos os passos mais uma vez, e, embora parecesse complicado e a coisa pudesse acabar mal se não fosse feita direito, Buster tinha a sensação de compreender intuitivamente cada manobra. Carregou o canhão e então acionou o compressor de ar até que a pressão atingisse o PSI correto. "Tá legal", disse Joseph, "ninguém aqui vai dizer que isso é melhor do que sexo ou coisa parecida, mas agora você vai ver só o tesão que é. Vai ficar numa alegria só."

Buster queria ficar numa alegria só. Nos momentos em que se rendia ao ensimesmamento, ele geralmente tinha a sensação de que a Terra era movida pela intensidade de suas emoções. Quando contou isso a um psiquiatra, o médico disse: "Bom, nesse caso, você não acha que deveria sair da sua toca e se dedicar a coisas um pouco mais, digamos assim, produtivas?".

Buster puxou o gatilho que desencadeava o processo na câmara de combustão e ouviu uma explosão surda, seguida de um silvo comprido e suave, como o produzido pelo ar que escapa de um corte feito com destreza num pneu. Alguém lhe ofereceu um binóculo e ele observou a trajetória da garrafa até ela pousar a quase trezentos metros dali. Ficou surpreso ao notar que, muito tempo depois de ter manuseado o canhão, a alegria que o disparo lhe proporcionara ainda não havia se atenuado. "Será que algum dia a pessoa enjoa disso?", perguntou Buster, e os quatro responderam em uníssono, sem hesitar: "Não".

Tendo esvaziado dois sacos de batatas, os cinco permaneciam em pé, num círculo, e vez por outra um deles dizia que era preciso comprar mais cerveja, mas ninguém se apresentava como voluntário para a tarefa.

Em meio a seu desequilíbrio etílico, Buster começou a formular a premissa básica de seu artigo: veteranos de guerra que fabricavam armas de mentira com o intuito de ora recordar, ora esquecer suas experiências no campo de batalha. Tudo de que ele precisava eram fatos que corroborassem essa ideia. "Com que frequência vocês fazem isso?", indagou Buster. Os soldados olharam para ele como se a resposta fosse óbvia. "Toda santa noite", disse Kenny. "A menos que esteja passando alguma coisa que valha a pena na TV, o que é muito raro."

"A gente não trabalha, Buster", disse Joseph. "Moramos com nossos pais e não temos namoradas. Passamos o tempo todo bebendo e fazendo merda com essas armas."

"Assim você passa uma imagem negativa da coisa", disse Arden a Joseph.

"Bom, não era a minha intenção", disse Joseph, e olhou para Buster. "É só quando eu digo isso em voz alta que dá essa impressão."

"Então", principiou Buster, sem saber muito bem como formular a pergunta de forma adequada, "por acaso esse lance de vir até aqui e ficar dando tiros com esses canhões de batata, por acaso tem alguma hora que isso faz vocês se lembrarem do tempo em que estiveram no Iraque?" Tão logo ele terminou de fazer a pergunta, todos a sua volta pareceram momentânea e inacreditavelmente sóbrios. "Você quer saber se a gente tem flashbacks ou coisas assim?", indagou David. "Bom", prosseguiu Buster, começando a se dar conta de que se sentira mais à vontade mandando batatas para o espaço, "eu só fiquei aqui me perguntando se esses canhões de batata não trariam lembranças pra vocês, da época em que serviam no Exército." Joseph riu brandamente. "Tudo me faz pensar no Exército. Eu levanto de manhã e vou pro banheiro e lembro que no Iraque a gente andava pelas ruas desviando das poças de mijo e dos montinhos de merda. Então eu visto a roupa e lembro que, ao pôr a farda, antes mesmo de abotoar a camisa, eu já estava suando. E então eu tomo o café da manhã e lembro que tudo o que eu comia lá, tudo o que eu punha na boca, vinha com areia dentro. É duro não pensar naquilo."

"Me ocorreu que talvez esses canhões de batata fossem uma maneira que vocês tinham de reviver um pouco do misto de euforia e nervosismo que experimentavam por lá", insinuou debilmente Buster, sentindo a matéria escorrer por entre os dedos.

"O meu trabalho era preencher uns formulários sobre a qualidade do ar em Bagdá", disse Arden.

"Era um tédio que Deus me livre", confirmou Kenny. "Até o dia em que acontecia alguma coisa. Aí era um Deus nos acuda."

"Mas vocês andavam armados, certo?", indagou Buster.

"Bom, todos nós andávamos armados. Eu tinha uma beretta nove milímetros e um fuzil M4", continuou Joseph, "mas, tirando os exercícios que a gente fazia pra manter a mira em dia, não dei um único tiro enquanto estive por lá."

"Não atirou em ninguém no Iraque?"

"Não", respondeu Joseph, "graças a Deus." Buster olhou para os outros três veteranos, que sorriram e balançaram negativamente a cabeça. "E o que vocês faziam?", indagou. Joseph e Kenny ajudavam a montar Centros de Operações Táticas. David prestava consultoria de logística para o Exército iraquiano. "Na área de contabilidade, principalmente", disse ele.

"Mas e os seus dedos?", perguntou Buster, apontando os dedos que faltavam na mão esquerda de Joseph. "Pô, Buster, isso não foi no Iraque", disse ele. "Eu estava testando uns catalisadores para um canhão de batata novo e o troço explodiu na minha mão."

"Puxa", disse Buster.

"Você parece decepcionado", disse Kenny.

"Não, não", respondeu depressa Buster.

"É que a gente vive no maior tédio", disse Joseph. "Resposta mais simples que essa não tem. Tipo assim: tanto faz onde você está ou o que está fazendo, você tem que se esforçar muito pra não morrer de tédio."

Kenny matou sua última cerveja e se inclinou para pegar outro canhão de batata, menor que os outros, um cilindro prateado ligado por um tubo à arma, cujo cano era dotado de mira telescópica. "Desse jeito, por exemplo", disse Kenny, estendendo a arma para que Buster a inspecionasse. "Dê uma olhada dentro do cano", prosseguiu ele, porém Buster hesitou, olhando em volta, procurando o olhar dos outros soldados. "Não tem perigo", disse Joseph, soerguendo a mão desfigurada, "é totalmente seguro."

Buster perscrutou o interior do cano, mas não viu nada digno de nota. "O que é para eu ver?", indagou ele. "É um cano estriado", disse Kenny, "como o de uma arma de verdade." Buster introduziu o dedo no cano e sentiu os sulcos na superfície de PVC. "Pra que serve?", indagou. "Precisão", disse Kenny. "Dá pra acertar qualquer coisa a cinquenta metros de distância. Aqui, Joseph, mostre pra ele."

Kenny entregou a arma a Joseph e em seguida pegou uma

latinha de cerveja vazia. Afastou-se do grupo, contando passos de aproximadamente um metro até se postar a uma boa distância deles. Como um garçom segurando uma bandeja, apoiou a latinha na palma da mão aberta, pouco acima da cabeça. "Está parecendo aquelas coisas que têm tudo pra dar errado", disse Buster, porém Joseph o tranquilizou. "Eu não faria se não tivesse certeza de que consigo", assegurou ele. Arden abriu mais um saco de batatas e pegou um tubérculo para Joseph, que, com jeito, introduziu-o no cano da arma, forçando-o a passar pelo orifício estreito, gerando um refugo de lascas de batata. "Tá vendo?", disse Joseph. "Agora temos um belo projetilzinho pra disparar." Abriu a válvula da arma, encheu a câmara com a quantidade correta de gás e então usou a mira telescópica para fazer pontaria. Quando o gatilho foi acionado, Buster viu apenas o clarão do rastro de gás inflamado que a batata deixava atrás de si. Então, depois de ouvir o som de alumínio se compactando, observou Kenny, com mão ainda intacta, abaixando-se para pegar no chão a latinha destroçada e erguendo-a no ar para que os outros a vissem. "Esse foi de tirar o chapéu", disse Buster, dando um soquinho no ombro de Joseph. "Nada mal, hein?", disse Joseph, que parecia constrangido ou excitado ou ambas as coisas.

"O próximo sou eu", disse Arden, que pegou uma das últimas latinhas de cerveja ainda cheias e foi trotando até onde estava Kenny. Arden pôs a latinha na cabeça, no estilo Guilherme Tell, e aguardou que Joseph fizesse pontaria e atirasse. "Que tal uma aposta?", perguntou David, mas o resultado parecia tão óbvio que eles acharam que não valia a pena. "Para que prolongar a agonia?", disse Joseph, e disparou o canhão de batata. E errou. "Ei, qual é!?", berrou Arden. "Essa passou a um quilômetro daqui!" Kenny se acercou de Buster com a latinha de cerveja destruída pelo tiro de Joseph. Lembrava um estilhaço extraído do corpo de algum infeliz, com as extremidades chanfradas, salpicada de fragmentos ainda quentes de batata. A mão de Kenny estava sangrando entre o dedão e o indicador, mas ele não parecia se importar. "Queria ter trazido uma filmadora", disse ele. "Isso é o tipo da coisa que depois é legal de lembrar."

Joseph recarregou a arma e errou de novo. E na terceira tentativa errou também. "Acho que estou mirando um pouco alto demais porque estou com medo de acertar a cara dele." "Você tem que ignorar esse medo", disse Kenny, que se pôs a urinar na frente dos outros. Joseph introduziu mais uma batata no cano da arma, agora com o rosto sério e pálido. A temperatura parecia ter caído dez graus na última meia hora. Depois de passar um tempo enorme fazendo pontaria com a mira telescópica, Joseph atirou, e o estampido prolongado reverberou no ar frio — um som inesquecível, pensou Buster, um som que ele jamais se cansaria de ouvir. A latinha que Arden tinha na cabeça deu lugar a um cogumelo de cerveja e foi parar quase vinte metros atrás de onde ele estava, deixando-o encharcado e coberto de pedaços de batata. Batendo os dentes, fedendo a cerveja e a batata frita, Arden tornou a se juntar ao grupo. Buster lhe cedeu a cerveja que estava bebendo e Arden deu cabo dela num gole só. David pegou outra lata e a ofereceu a Buster. "Vamos arriscar mais um pouco?", disse.

Buster olhou demoradamente para a cerveja e então encarou Joseph. "Não sei", disse Buster. "Daria uma ótima matéria", disse Kenny. "Tanto se ele acertasse, como se errasse." Embora não pudesse refutar a veracidade dessa afirmação, Buster se deu conta de que não conseguia mover as pernas. Joseph tirou a arma do ombro e a ofereceu a Buster. "Atire em mim então", disse ele. "Isso também daria uma ótima matéria." Buster começou a rir, mas então percebeu que Joseph estava falando a sério. "Não se preocupe", disse Joseph. "Tenho certeza que você consegue."

"É um cano estriado", disse Arden. "Tem muita precisão." Então ocorreu a Buster que eles estavam, os cinco, completamente bêbados, mas mantinham-se num estado bastante alerta. Estavam todos com o raciocínio prejudicado, sem dúvida, porém ele tinha a sensação de que havia lógica nas ações deles. Examinou a situação. Era bem possível que ele machucasse alguém, porém não tinham como machucá-lo; sentia-se imune a quaisquer desastres que tentassem associar a ele. "Sou invencível", disse Buster, e todos os outros concordaram com a cabeça. Então ele pegou a latinha de cerveja e começou a se afastar do grupo. "Não vá errar", gritou por cima do ombro, e Joseph respondeu: "Não vou, não".

Buster tremia tanto que era impossível equilibrar a lata na cabeça. "Me deem um segundo", gritou. Fechou os olhos, forçou os pulmões a se abrir para respirações fundas, demoradas, e sentiu o entorpecimento tomar conta de seu corpo. Imaginou que os médicos tinham acabado de desligar os aparelhos que sustentavam suas funções vitais e que ele ia gradativamente morrendo. Por fim estava morto; então tornou a respirar e, de uma hora para a outra, não estava mais. Ao abrir os olhos, sentia-se pronto para enfrentar o que quer que fosse acontecer em seguida.

Começava a escurecer, mas ele conseguia ver claramente Joseph ajeitando a arma no ombro. Fechou os olhos, conteve a respiração e, antes que pudesse perceber que o tiro fora dado, uma rajada de vento e calor passou por cima dele e desconstruiu a lata de cerveja que ele tinha na cabeça, produzindo o som de algo que perdia irrevogavelmente sua forma e se tornava, no instante seguinte, algo novo.

Os soldados deram vivas e trocaram cumprimentos com as mãos espalmadas e, quando Buster se juntou a eles, revezaram-se para abraçá-lo com força, como se o tivessem tirado dos escombros de um desabamento ou do interior de um poço escuro. "Se eu ficasse só um pouco mais feliz que agora", disse Kenny, "era capaz de entrar em combustão." Buster se desprendeu dos braços dos outros e pegou a última lata de cerveja fechada que havia no isopor. "De novo", disse ele e, sem esperar por resposta, saiu correndo na escuridão crescente, sem medo, cada pedacinho de seu corpo assoberbado com a tarefa de estar vivo.

Ao recobrar a consciência, Buster viu, com certo grau de dificuldade, o rosto de Joseph alguns centímetros acima do seu. "Ainda bem, meu Deus", exclamou Joseph com um gemido. "Achei que você tinha morrido." Buster não conseguia virar a cabeça e sua visão ora entrava em foco, ora ficava toda embaçada. "O que houve?", perguntou. "Eu acertei você, Buster", disse Joseph com uma voz esganiçada. "Acertei você na cara, porra." Buster ouviu Kenny gritar: "A gente está levando você pro hospital, Buster".

"Quê?", indagou Buster. Ele percebia que as pessoas estavam gritando, mas mal conseguia ouvi-las. "O estrago foi meio grande", disse Joseph. "No rosto?", perguntou Buster, ainda confuso. Fez menção de tocar a face direita, que se achava dormente e ao mesmo tempo parecia estar pegando fogo, porém Joseph agarrou seu pulso para detê-lo. "É melhor não pôr a mão aí", disse ele. "Tem alguma coisa de errado com o meu rosto?", indagou Buster. "Está tudo aí", disse Joseph, "mas parece um pouco... fora do lugar." Buster tomou a decisão, que lhe demandou certa dose de concentração, de voltar a dormir, porém Joseph não permitiu que ele continuasse. "Você levou um tiro na cabeça", disse ele. "Preste atenção em mim e tente ficar acordado."

Seguiram-se alguns instantes de silêncio constrangedor e então Joseph disse: "Eu escrevi um conto pro meu curso na semana passada. É sobre um cara que acabou de voltar do Iraque, mas eu não queria que fosse eu. É alguém totalmente diferente. Um cara do Mississippi. Então, depois de quase dez anos fora, ele volta pra casa e vai tomar uns drinques num bar. Aí tem uma hora em que ele resolve jogar fliperama e um amigo dos tempos do colegial se aproxima dele e os dois começam a conversar". Joseph fez uma pausa e apertou a mão de Buster. "Está acordado?", perguntou. Buster tentou fazer que sim com a cabeça, mas não conseguiu. Então disse: "Estou, sim. Tô escutando".

"Ótimo, legal", prosseguiu Joseph. "Então eles estão ali, pondo a conversa em dia, tomando todas, e o bar começando a fechar. O protagonista diz pro amigo que está tentando arrumar um emprego e juntar algum dinheiro pra poder sair da casa dos pais e ir morar sozinho. Bom, aí esse cara fala pro protagonista que está precisando de alguém que faça uma coisa pra ele e que, se o protagonista topar fazer isso, ele está disposto a pagar quinhentas pratas pelo serviço. O que está achando, Buster?", perguntou Joseph. Buster indagava a si mesmo se estaria morrendo e se, quando Joseph chegasse ao fim da história, já estaria morto. "Muito bom", respondeu.

"O sujeito tem um cachorro que ele adora e que agora está com a ex-mulher dele e ela não quer devolver o cachorro de jeito nenhum. Então ele propõe que o protagonista roube o cachorro e o leve pra ele. Se fizer isso, o cara paga quinhentas pratas. Esse é o conflito. Então o protagonista fica pensando no assunto. Uma hora ele decide aceitar a proposta, outra hora acha que não deve aceitá-la, até que por fim, dois dias depois, ele liga pro sujeito e diz que topa."

"Oh-ô", disse Buster.

"Eu sei", disse Joseph, "má ideia. Então, uma noite ele entra na casa da ex-mulher do fulano e rouba o cachorro, mas tem uma coisa que dá errado. O cachorro pensa que ele está invadindo o lugar, e é o que ele está fazendo mesmo, e dá uma mordida feia no braço dele. Bom, no fim ele consegue arrastar o cachorro pra fora e dá um jeito de enfiá-lo no carro, mas quando chega em casa, ele se dá conta de que o cachorro está morto, parece que ele apertou demais a traqueia do animal ou coisa assim. Eu não entro em maiores detalhes. Seja como for, o cachorro está morto."

"Estamos quase chegando", gritou Kenny.

"Então o protagonista pega uma pá e enterra o cachorro no quintal da casa dos seus pais. Depois ele corre para a estação rodoviária, compra uma passagem e entra num ônibus que ele não sabe pra onde vai. Quer dizer que ele está no ônibus, o braço dele está sangrando à beça, mas ele tenta disfarçar pra que ninguém perceba. E a esperança dele é que, aonde quer que esse ônibus o leve, seja o lugar que for, ele torce pra que seja um bom lugar. E o conto termina assim."

"Gostei", disse Buster.

Joseph sorriu. "Ainda estou trabalhando no texto."

"Está muito bom, Joseph", disse Buster.

"Ainda não sei se o final é alegre ou triste", disse Joseph.

"Chegamos", disse Kenny, freando bruscamente o carro.

"É alegre e triste", disse Buster, quase perdendo a consciência. "A maioria dos finais é alegre e triste ao mesmo tempo."

"Vai dar tudo certo", disse Joseph.

"Será?", indagou Buster.

"Você é indestrutível", disse Joseph.

"Sou invencível", corrigiu Buster.

"É insensível à dor."

"Sou imortal", disse Buster, e desmaiou, na esperança de que, aonde quer que aquilo o levasse, fosse qual fosse o lugar, que fosse um bom lugar.

Uma proposta modesta, julho de 1988
Artistas: Caleb e Camille Caninus

Estava na hora de tirar férias, por isso cada um deles tinha a sua carteira de identidade falsa. Os Caninus haviam sido contemplados com uma prestigiosa subvenção cultural, mais de trezentos mil dólares, e a ideia era celebrar: as identidades falsas espalhadas sobre a mesa. Caleb e Camille seriam Ronnie Payne e Grace Truman. As crianças puderam escolher seus próprios nomes. Annie seria Clara Bow; Buster, Nick Fury. Como recompensa pela encenação, os pais tinham prometido a Annie e Buster que não haveria intervenções artísticas durante os quatro dias que eles passariam na praia, nada além de uma família normal tostando sob o sol, comprando quinquilharias feitas de conchinhas do mar e se empanturrando com petiscos fritos em baldes de óleo ou embebidos em chocolate ou ambas as coisas.

No aeroporto, Caleb e Camille liam revistas sobre pessoas que provavelmente eram famosas, mas de que eles nunca tinham ouvido falar, forçando-se a absorver baboseiras sobre dietas milagrosas e filmes a que eles jamais assistiriam — tudo no interesse de construir seus personagens. Ronnie era proprietário de várias franquias de Pizza Hut e passara por três casamentos e três separações. Grace era uma enfermeira que conhecera Ronnie na clínica de reabilitação. Agora fazia nove meses que os dois viviam juntos. Estavam apaixonados? Provavelmente. "Você vai me contar o que vai dizer?", indagou Caleb à mulher. "É surpresa", respondeu Camille. "Acho que eu sei o que você vai dizer", disse ele, e Camille sorriu. "Aposto mesmo que você acha que sabe", disse ela.

Annie estava sentada sozinha numa fileira de cadeiras vazias e rabiscava retratos rápidos de diversas pessoas que via no aeroporto. Segurava um punhado de lápis de cor na mão, como um buquê de flores, e desenhava com traços suaves uma figura na folha de papel do caderno que mantinha apoiado no colo. A dez metros dali, um homem com um nariz gigantesco e adunco, e óculos escuros que eram grandes demais para o seu rosto, permanecia desleixadamente sentado em sua cadeira, tomando golinhos furtivos do frasco prateado que tinha no bolso do paletó. Annie sorriu ao realçar as feições já esquisitas do sujeito, transformando seu desenho em algo que não chegava a ser caricatura, mas tampouco era um retrato. Enquanto ela o estudava à procura de mais detalhes, o homem olhou de repente em sua direção, e Annie sentiu o rosto arder de vergonha. Encolheu-se toda e voltou os olhos para o caderno, pondo-se a rabiscar ferozmente o papel até que a figura que acabara de desenhar ficasse irreconhecível e não desse mais nenhuma mostra de seu interesse. Guardou o caderno e os lápis na mochila e ensaiou sua história. Com as finanças arruinadas, sua mãe deixara Clara aos cuidados da avó e se mudara para a Flórida com o intuito de arrumar um emprego. Depois de seis meses, Clara finalmente estava indo morar com a mãe de novo. "Vai ser um recomeço para nós", diria Annie à aeromoça ou aos vizinhos de assento quando interpelada. Se seu desempenho fosse convincente, e sempre era, alguém lhe daria uma nota de vinte dólares e diria que tudo ficaria bem. Uma vez na Flórida, Annie se via apostando os vinte dólares em partidas de *jai-alai* enquanto tomava um coquetel shirley temple tão enorme que seriam necessários três canudos para alcançar o fundo do copo.

Buster se dera conta de que inventar uma história de vida plausível era demorado demais e oferecia muitas oportunidades para que as pessoas o pegassem na mentira. Por isso, começara a criar histórias cuja falsidade era evidente, mas que permitiam que as pessoas intuíssem aquela que seria a sua verdadeira história: a de um menino esquisito que era melhor evitar. Sentado na lanchonete do aeroporto e bebendo copo após copo de soda limonada e comendo porções e mais porções de amendoins e *pretzels*, Buster resolvera que, se alguém perguntasse, ele diria que não era um menino de verdade, e sim um robô concebido e fabricado por um gênio da ciência. Um casal sem filhos o encomendara e agora ele estava sendo despachado para o endereço deles na Flórida. Bip-bop-bup. Ele nem sabia muito bem em que consistiria o happening dessa vez. Seus pais só haviam lhe dito que ele teria de fazer de conta que eles não eram seus pais, que sua tarefa seria viajar sozinho no avião e, quando começasse a performance, reagir de acordo com o ânimo geral do público. "Quanto menos você souber, melhor", dissera o pai. "Vai ser uma surpresa", acrescentara a mãe, "e você gosta de surpresas, não gosta?" Buster balançara a cabeça. Não gostava, não.

No avião, Annie e Buster, cada qual conduzido por uma aeromoça diferente, foram levados para a primeira fileira de assentos e instalados, um do lado direito e o outro do lado esquerdo da aeronave, nas poltronas do corredor, de modo que estavam a poucos centímetros de distância um do outro, fingindo que nunca tinham se visto antes. Os dois observaram seus pais avançando pela aeronave com passos indolentes, de mãos dadas. Buster não se conteve e ficou olhando para o casal, e Caleb o brindou com uma piscadela quando ele e Camille passaram pelas poltronas das crianças e seguiram rumo a seus lugares, no meio do avião. Buster pediu amendoins a uma aeromoça e, quando ela lhe trouxe três pacotes, disse-lhe que queria mais um. A aeromoça deu meia-volta e, revirando os olhos, foi buscar outro pacote de amendoins para o menino. Annie notou o entojo da fulana e sentiu a tensão se apossar de seu corpo, quase se rendendo à raiva. Quando a aeromoça voltou com os amendoins de seu irmão, ela a puxou pela manga e pediu cinco pacotes de amendoins, semicerrando os olhos com mordacidade, torcendo para que aquilo resultasse numa confusão que eclipsasse o que quer que viesse a acontecer mais tarde durante o voo. A mulher pareceu se perturbar com o tremor quase imperceptível de Annie e foi em busca de mais amendoins. Ao receber seu butim, Annie se virou para Buster e pôs os cinco pacotes no colo do menino. "Obrigado", disse Buster. "De nada, amiguinho", disse Annie.

Com todos acomodados em seus lugares, e tendo a aeromoça explicado o que fazer na eventualidade de um pouso de emergência, Annie e Buster torciam para que os planos de seus pais, fossem quais fossem, não terminassem com eles dois boiando no meio do oceano, agarrados aos assentos de suas poltronas, à espera de um socorro que poderia ou não chegar.

Depois de mais de uma hora de voo, as duas crianças se viraram para ver Caleb Caninus atravessar o corredor e levar a mão ao cotovelo de uma das aeromoças. Tentaram escutar o que ele estava dizendo, mas não conseguiam distinguir suas palavras. Então ele mostrou alguma coisa para a aeromoça e ela arregalou os olhos e cobriu a boca com a mão. Dava a impressão de que iria chorar. Caleb apontou para a parte da frente do avião e a aeromoça fez um gesto de concordância com a cabeça, levando-o até o lugar onde ficava o microfone que o pessoal de bordo usava para se comunicar com os passageiros. Annie se indagava com aflição como eles fariam para não ser presos se seus pais tentassem sequestrar o avião. Quando Caleb passou por sua poltrona, Buster refreou o impulso de agarrar a mão do pai e dizer: "Papai?", e estragar a performance toda. Annie desenhou os contornos gerais de dois indivíduos, um menino e uma menina, saltando de um avião, os paraquedas já desfraldados, sem nada embaixo deles além do vazio do papel em branco.

"Senhores passageiros", disse a aeromoça, "temos uma mensagem muito importante para transmitir e gostaríamos que todos escutassem com atenção. Este senhor aqui, o sr. Ronnie Payne, tem algo a dizer." O zumbido de silêncio do sistema de comunicação interna da aeronave soou por alguns instantes e então Annie e Buster ouviram seu pai dizer: "Gente, não quero tomar muito tempo de vocês. Estou sentado ali atrás, na poltrona C da fileira 17, e no assento ao lado está uma pessoa muito especial pra mim, uma moça chamada Grace Truman. Dê um alô pra todo mundo, querida". Todos no avião se voltaram para ver a mão da moça alçada no ar, acima das poltronas, num aceno hesitante que a mãe de Annie e Buster dirigiu ao restante dos passageiros. "Bom", prosseguiu o pai deles, "essa mocinha é muito importante pra mim e eu pretendia fazer isto quando chegássemos à Flórida, mas não estou me aguentando de ansiedade. Então, quer casar comigo, Grace Truman?" Caleb devolveu o microfone para a aeromoça e regressou à fileira 17. Embora sua vontade fosse ir até lá, a fim de assistir ao desenlace da ação, Annie e Buster permaneceram em seus lugares, esticando o pescoço para ver o que aconteceria em seguida. Seu pai se ajoelhou no corredor, ao lado de Camille, a quem as crianças não viam, e tudo ficou em silêncio, a não ser pelo som das turbinas que mantinham o avião no ar. Annie e Buster sussurraram baixinho a mesma palavra: "Sim".

De repente, Caleb ficou em pé e gritou: "Ela disse sim!". O avião inteiro deu vivas e vários homens se levantaram de suas poltronas para cumprimentar Caleb, enquanto Camille mostrava a aliança para a senhora que ocupava o assento ao lado. O som de rolhas sendo estouradas ecoou pela cabine e as aeromoças se puseram a percorrer o corredor da aeronave com bandejas repletas de taças de champanhe. Nos alto-falantes soou a voz grave e suave do piloto: "Um brinde aos noivos". Buster surrupiou duas taças sem que ninguém percebesse e deu uma a Annie. "Puxa, obrigada, amiguinho", disse Annie. "De nada", respondeu Buster. Os dois fizeram tim-tim e beberam a champanhe de um só gole, ignorando alegremente a queimação que experimentaram ao sentir a bebida atravessando a garganta.

Annie e Buster passaram os quatro dias seguintes um pouco zonzos por conta do excesso de exposição ao sol e ainda tontos com o desenlace feliz do pedido de casamento. Liam romances baratos, histórias em quadrinhos e não tinham hora para dormir. Na praia, revezavam-se na atividade de enterrar um ao outro até o pescoço na areia e depois se entregavam a perseguições em que se ameaçavam mutuamente com águas-vivas penduradas na ponta de um pedaço de pau. Entravam no mar e ficavam sentindo as ondas quebrando suavemente em suas pernas, enquanto comiam algodões-doces em que havia um leve gosto de água salgada. Se lhes dissessem que esse tipo de felicidade estava ao alcance de todos, os pequenos Caninus não teriam acreditado.

No voo de volta, todos novamente separados e com nomes fictícios, Caleb tornou a cutucar a aeromoça, mostrou-lhe a aliança que havia comprado para a namorada e pediu para usar o sistema de comunicação interna do avião. De novo a aeromoça ficou quase às lágrimas, de tão comovida com a natureza romântica do pedido, e levou Caleb para a dianteira da aeronave. Buster abriu seu oitavo pacote de amendoins e formou com eles a palavra SIM na superfície da mesinha articulada que ele baixara sobre o colo.

"Estou sentado ali atrás, na poltrona A da fileira 14, e a minha namorada, Grace Truman, está na poltrona ao lado. Grace, amor, será que você poderia vir até aqui um segundo?" Camille Caninus fez que não com a cabeça, evidentemente constrangida, porém Caleb continuou a chamá-la até que ela por fim se levantou e foi até onde estava o marido. Quando ela chegou, Caleb ajoelhou sobre uma das pernas, abriu a caixinha que tinha na mão e exibiu a aliança, a verdadeira aliança de casamento de Camille. Os quatro dias de sol na praia haviam apagado a marca branca que ela tinha no anular esquerdo. "Grace Truman", disse o pai deles, "aceita se casar comigo e fazer de mim o homem mais feliz do mundo?" Enquanto aguardava a resposta de sua mãe, Annie fazia um desenho em que os passageiros de um avião atiravam punhados de amendoins para festejar um casal de noivos que desfilava pelo corredor da aeronave. "Ah, Ronnie", disse Camille, dando a impressão de que talvez fosse chorar, "eu falei pra você não fazer isso." Caleb parecia experimentar algum desconforto por permanecer tanto tempo ajoelhado, mas se recusava a ficar em pé. "Força, querida, é só dizer sim." Camille virou o rosto para o lado, porém seu marido ergueu o microfone e o pôs diante de sua boca. "É só você dizer sim nesse microfone e todos os meus sonhos se realizarão." Annie e Buster não faziam ideia do que estava acontecendo, mas ambos tinham a sensação desagradável de que as coisas estavam prestes a tomar uma direção ruim. "Não, Ronnie", disse Camille, "não quero me casar com você." Interjeições de pesar soaram entre os passageiros e a mãe de Annie e Buster voltou para o seu lugar, deixando o pai deles de joelhos, ainda com a aliança na mão. Depois de alguns segundos ele se pôs a gaguejar no microfone: "Bom, gente, peço desculpas por tomar tanto tempo de vocês. Pelo visto, não era mesmo para ser". Então ele ficou em pé e retornou à fileira onde estava a mãe deles e, sem que os dois trocassem um único olhar, sentou-se na poltrona a seu lado.

O restante do voo foi marcado por um mal-estar tão grande, um clima tão tenso que, se o avião caísse, era bem possível que os passageiros comemorassem a oportunidade de se esquivar do constrangimento com o acontecido.

No carro, voltando do aeroporto para casa, os Caninus permaneciam calados. Fora tudo uma farsa, um evento coreografado, porém eles não conseguiam furtar-se à sensação de mau agouro que lhes sobrara no peito. Era uma demonstração de sua destreza e talento como artistas. Tinham afetado a si próprios com a autenticidade do momento.

Annie e Buster imaginavam um mundo onde seus pais não tivessem se casado, um mundo onde eles tivessem se separado e jamais houvessem se reconciliado, um mundo onde, para o horror de ambos, eles não existiam. Buster descansou a cabeça no colo de Annie e ela passou a mão por seus cabelos. Avançando pelo caminho comprido e repleto de curvas que cortava o terreno em que eles moravam, no meio de um bosque, Caleb Caninus por fim puxou a mulher para perto de si e sussurrou: "Adoro você, Grace Truman". Camille o beijou no rosto e respondeu: "Adoro você, Ronnie Payne". Annie se debruçou sobre o rosto franco e sincero do irmão e o beijou com delicadeza na testa e disse: "Adoro você, Nick Fury". Buster sorriu e disse:

"Adoro você, Clara Bow". Mesmo com o carro estacionado e o motor desligado, os integrantes da família Caninus permaneceram imóveis no interior do veículo, os cintos de segurança ainda atados, dando ao mundo a oportunidade de girar sem nenhum auxílio deles quatro.

3.

Em pé junto a uma máquina de Whac-a-Mole, num fliperama em Los Angeles, Annie roía as unhas e esperava a chegada do jornalista da *Esquire*. O sujeito estava quinze minutos atrasado e Annie começava a ter esperanças de que ele não aparecesse e ela não precisasse passar pelo inconveniente das revelações, o incômodo de ter de se mostrar interessante.

Annie introduziu uma moeda na máquina e empunhou o malho. Assim que os roedores punham suas cabecinhas de plástico para fora da toca, Annie os acertava com tanta força que, ao vê-los aparecer de novo, lépidos e impávidos, ela tomava a coisa como uma afronta pessoal, e os marretava com mais violência ainda.

Estava ali, em meio ao pisca-pisca de luzes e blipes e bipes eletrônicos, para promover o filme *Irmãs, amantes*, que estreara em Cannes e fora unanimemente detestado. "Um besteirol pretensioso, metido a intelectual, mais apropriado à programação de filmes eróticos de algum canal de TV paga, mas que mesmo assim tem a petulância de se fazer passar por cinema", havia sido o veredicto de uma das críticas mais acolhedoras. O filme era um fiasco e, embora diversos críticos tivessem dito que a interpretação de Annie era a única que se salvava, a divulgação antes do lançamento em circuito comercial seria mínima ou mesmo nula. Todavia, alguns incidentes ocorridos durante as filmagens haviam tido uma repercussão um pouco maior do que Annie gostaria que tivessem — e era esse, desconfiava ela, o verdadeiro motivo da entrevista.

"Olha só", disse-lhe sua assessora de imprensa no começo daquela semana. "Você fez uma merda sem tamanho."
"Eu sei", respondeu Annie.
"Eu adoro você", disse a assessora de imprensa, "mas o meu trabalho, Annie, é fazer a sua carreira progredir, manter um fluxo de informações favorável a você e a seus interesses. E você meio que passou um tempinho aí fodendo comigo."
"Não foi por querer."
"Eu sei, Annie. E essa é uma das coisas que me fazem gostar tanto de você, meu anjo. Mas você fodeu comigo. Vamos recapitular, está bem?"
"Não, por favor", disse Annie.
"Rapidinho", disse a assessora de imprensa. "Certo, primeiro você está lá, filmando essa porcaria de filme, e resolve, assim, sem mais nem menos, tirar a camiseta e sair andando pelo set."
"Tá, tudo bem, mas…"
"Ficou rodando por lá com os peitos de fora para que fulano ou beltrano ou sicrano, ou os três juntos, pudessem tirar fotos de você nua com os celulares deles. E para que depois todos os sites de celebridades pusessem essas fotos no ar."
"Eu sei."

"Não que tenha sido tão grave assim, mas acontece que eu só sou informada disso quando as fotos aparecem na internet, no dia em que alguém da US Weekly me liga e eu fico ali, na frente do computador, olhando os seus peitos e lendo matérias sobre a sua instabilidade emocional no set de filmagem."

"Desculpe", disse Annie.

"Então eu trato de apagar o incêndio."

"Obrigada."

"Não tem de quê. Eu apago esse incêndio. Não é nada demais, as pessoas veem peitos de fora o tempo todo. É mixaria."

"Certo", disse Annie.

"Mas. Mas. Aí eu descubro que você é lésbica."

"Não sou."

"Tanto faz", disse a assessora de imprensa. "É o que me chega aos ouvidos. E eu sou a última a saber. E fico sabendo pela sua namorada, não por você."

"Ela não é minha namorada", disse Annie. "Ela é louca."

"E o melhor de tudo é que ela contracena com você nessa porcaria de filme, o que só serve para corroborar os boatos a respeito da sua instabilidade emocional no set de filmagem."

"Ah, meu Deus."

"A sorte é que eu trabalho pra você e sou boa pra chuchu nesse negócio. Mas milagre eu não faço. Você precisa me contar essas coisas antes que elas caiam na boca do povo, porque aí eu posso determinar o impacto que essas informações vão ter na sua carreira."

"Vou fazer isso, Sally, prometo."

"Tente pensar em mim como a sua melhor amiga. Você conta tudo para a sua melhor amiga, não conta? É, tipo assim, tá legal, quem é a sua melhor amiga?"

"Acho que é você, Sally", disse Annie. "Juro."

"Ah, meu bem, desse jeito eu fico até com vontade de cho-

rar. Mas vamos combinar uma coisa: você me conta o que acontece com você e eu cuido de você, certo?"
"Certo."
"Bom, agora você vai falar com esse cara da *Esquire* e ele vai escrever uma matéria superbacana sobre você e não vai fazer muita onda com a história dos seus peitos e da sua namorada lésbica, certo?"
"Certo."
"Seja simpática com ele."
"Pode deixar", disse Annie.
"Ponha uma roupa sexy."
"Tá legal", disse Annie.
"Faça o serviço completo, mas não me vá para a cama com o moço."
"Entendi."
"Agora repete comigo, tá?"
"Tá."
"Sally, eu não vou foder de novo com você."
"Sally", repetiu Annie, "eu não vou foder de novo com você."
"Ah, eu sei que não vai, meu bem", disse a assessora de imprensa, e então a linha ficou muda.

Annie fazia de conta que a toupeira do centro do painel era a atriz que contracenara no filme com ela, Minda Laughton: feições delicadas, olhos desvairados e um pescoço comprido, quase anormal. Desferia golpes tão violentos com o malho que a máquina estalava e rangia e a toupeira voltava para a toca zumbindo, crepitando. "Nem pense em aparecer de novo", pensava Annie.
"Puxa, você parece ser fera nessas máquinas de Whac-a--Mole", disse um sujeito que surgira de repente a seu lado.
Annie se virou rapidamente com o malho erguido, pronta

para se defender, e deu com um homenzinho de óculos, vestido com uma camisa branca engomada e calças jeans azuis. Tinha um gravador minúsculo na mão e sorria, aparentemente achando engraçada a presença de Annie naquele fliperama — ideia que fora da própria revista.

"Eu sou o Eric", disse ele. "Da *Esquire*. Você sabe como mostrar pra essas toupeiras quem é que manda no pedaço, hein?", acrescentou.

No átimo de segundo que demorou para se lembrar da advertência de Sally, Annie quase o mandou tomar no cu — qual é?, chega tarde desse jeito e ainda tem o desplante de ficar na moita e surpreendê-la num momento constrangedor? Então se acalmou, voltou a respirar mais pausadamente e tornou-se alguém que não era ela.

"Viu como eu sou poderosa?", disse, sorrindo, agitando o malho como se fosse um instrumento obsceno.

"Muito. Já me deu uma ótima ideia pro lead da matéria", respondeu ele. "Quer ouvir?"

Não havia nada que Annie quisesse menos. "Prefiro esperar a revista chegar às bancas", disse ela.

"Tudo bem", disse ele, "mas é de primeira."

"Vamos arrumar mais algumas moedas", disse Annie, afastando-se da máquina. Eric se ajoelhou e destacou a tira de fichas que emanara do brinquedo, um pequeno adendo.

"Não esqueça o seu prêmio."

"De repente dá pra trocar por um ursinho de pelúcia pra você", disse ela, guardando as fichas na bolsa.

"Aí eu escreveria a melhor matéria da história."

Numa de suas primeiras entrevistas para promover *Os poderes estabelecidos*, a adaptação milionária de uma história em quadrinhos para o cinema, em que ela fazia o papel de Lady Lightning, um jornalista perguntou a Annie se ela lia muitos gibis na infância. "Nunca li um gibi na vida", respondeu ela. O repórter franziu a testa e balançou a cabeça. "Vou pôr aqui que você adorava ler gibis quando era criança. Era fanática, vivia na banca de revistas. Tudo bem?", perguntou ele. Perplexa, Annie concordou com a cabeça, e dali em diante a entrevista seguiu nessa toada. O sujeito fazia perguntas e ela as respondia e então escutava o jornalista dizer qual seria de fato a sua resposta. Foi a pior entrevista de sua carreira, contudo, cinquenta, sessenta, setenta entrevistas sobre o mesmo filme depois, vendo-se diante das mesmas perguntas e de gente que dava a impressão de não ter assistido ao filme e de não fazer a menor ideia de quem era ela, Annie se perguntava por que as entrevistas não podiam ser todas tão simples e fáceis como tinha sido aquela primeira.

Durante os vinte minutos seguintes, Annie se encarregou de triturar aquele jornalista da *Esquire* num jogo chamado *Fatal Flying Guillotine III*. Como não conhecia as duas primeiras versões do jogo, ela se limitava a socar os botões em quaisquer sequências aleatórias que lhe ocorressem, e então via seu personagem — um gigante que era meio urso, meio gente e usava um saiote escocês — responder aos comandos como por milagre e com tamanha ferocidade que não havia nada que Eric pudesse fazer além de observar o personagem dele, uma japonesinha vestida com as peças mínimas de uma dançarina de Las Vegas, ser espancado até a morte. "Você é boa pra caramba nesse jogo", disse ele. Annie continuava a esmagar o personagem do jornalista no chão. "Acho que você é que é muito ruim", respondeu ela, sem desviar os olhos da tela, satisfeita em ver como seus desejos sem foco tornavam-se cristalinos e perfeitos diante de seus olhos.

"Não", replicou ele, pressionando afoitamente os botões, segurando o joystick com tanta força que a alavanca sumia em sua mão, "pra falar a verdade eu sou craque nisso." O urso escocês ergueu a dançarina no ar, deu três giros em torno de si mesmo e a jogou de cabeça no chão, abrindo uma pequena cratera no solo. "Tô vendo", disse ela.

Puseram mais moedas na máquina e Eric escolheu um personagem que lembrava um Bruce Lee com pinta de durão e cujo corpo permanecia constantemente em chamas. Annie continuou com o seu homem-urso. Pouco antes de o primeiro assalto começar, Eric perguntou: "Quer falar sobre *Irmãs, amantes*?". Annie gelou, o tempo suficiente para que o personagem de Eric desferisse três chutes circulares, chamuscando o pelo do urso. "Acho que não tem outro jeito, tem?", disse ela. No fim do primeiro assalto, seu personagem estava estatelado no chão, fumegando.

"Tenho uma ideia", disse Eric. "Se eu ganhar esta partida, você me fala sobre essa história de você aparecer pelada no set."

Annie observava os dois lutadores, saltitando nas pontas dos pés, loucos para se atracar, enquanto a máquina procedia à contagem regressiva para o início do assalto seguinte. Pensou na proposta. Sally teria preferido que ela a ignorasse, fizesse de conta que não tinha sido feita, porém Annie se sentia um pouco seduzida pela oportunidade de contar a sua versão da história. E não tinha dúvidas de que estava ficando apaixonada por aquele homem-urso. Ele não a desapontaria. "Tá legal", disse ela.

Dois assaltos depois, com o personagem de Eric destroçado, tendo apanhado tanto que Annie não ficaria surpresa se ele fosse eliminado do jogo definitivamente, ela sorria. "Acho que esse furo eu perdi", disse Eric. Então deu de ombros e sorriu — a pergunta riscada de sua lista —, e Annie ficou tocada com o gesto, contente por ver o dia se desenrolando sem complicações.

"Foi um filme difícil", disse Annie, tomando o cuidado de não olhar para Eric, sem saber ao certo o que estaria motivando seu desabafo. "Era um papel muito difícil e eu sabia disso antes de começar a filmar, mas acho que não me dei conta de como seria desgastante encarnar esse personagem dia após dia."

"O que achou das críticas até agora?", indagou Eric, o gravador ainda esquecido no bolso da camisa.

"Não sou a pessoa mais indicada para julgar", disse ela. "O que eu sei é que o Freeman tem uma visão muito particular e que talvez as pessoas tenham dificuldade em entender isso."

"Você gostou do filme?"

"Essa é uma palavra que eu jamais usaria para descrever a experiência de assistir a um filme meu."

"Entendi", disse Eric. Os dois se entreolharam em silêncio. Um clipe promocional do jogo começou a passar na tela: uma espécie de diabo gigante, de cabelos brancos, rindo e depois gesticulando, convidando a pessoa a entrar na briga.

"Eu tirei a blusa pra ver se tinha coragem."

"Hummm", disse Eric, meneando a cabeça para sinalizar compreensão.

"Eu nunca tinha feito uma cena nua e não sabia se conseguiria fazer. Então eu fiz na vida real e percebi que seria capaz de fazer no filme. Só não me liguei, entende?, que as outras pessoas estariam me vendo."

"É compreensível. Deve ser difícil ficar transitando entre realidade e ficção, ainda mais fazendo um papel tão difícil. A gente pode falar mais sobre isso depois ou parar por aqui. Que tal um pouco de Skee-Ball agora?"

Annie concordou com a cabeça. "Annie", disse para si mesma, "trate de fechar essa matraca. Feche de uma vez essa matraca."

Quando as fotos apareceram na internet, embaçadas e com baixa resolução, mas sem deixar dúvidas de que era mesmo ela, os pais de Annie lhe mandaram um e-mail que dizia: *Já estava mesmo na hora de você começar a mexer com a ideia de celebridade e do corpo feminino como objeto visto.* Seu irmão não disse nem escreveu nada — tomou chá de sumiço. Vai ver que era o que acontecia quando um irmão te via nua. O cara com quem ela andava tendo um caso enrolado, desses que engatam e desengatam e que no momento estava desengatado, ligou para ela e disse, assim que ouviu sua voz do outro lado da linha: "Por acaso isso é um lance dos Caninus? Porque, sei lá, fica parecendo que vocês fazem questão de ser esquisitos".

"Daniel", disse Annie, "você prometeu que não iria me ligar."

"Prometi que só ligaria em caso de emergência. E a gente está numa emergência. Você pirou de vez."

Daniel Cartwright escrevera dois romances que tinham uma pegada de cinema e então começara a escrever roteiros para cinema que tinham uma pegada de TV. Agora vivia com um chapéu de caubói na cabeça. Pouco tempo antes, ele concluíra a venda de um roteiro por uma cifra milionária, uma história sobre dois caras que inventavam um robô que saía candidato à presidência dos Estados Unidos. O título era *Presidente 2.0*. E Annie não sabia muito bem por que motivo, tirando o fato de Daniel ser destrambelhado e bonitão, ela fora se envolver com aquele moço, nem por que razão, depois de terminar com ele, acabava sempre concordando em voltar.

"Eu não pirei de vez", retrucou ela, indagando a si mesma se haveria uma maneira de jogar uma bomba na internet.

"Pra quem está vendo a coisa do lado de cá, parece que pirou sim", disse ele.

"Eu estou fazendo um filme", disse ela, "e fazer um filme é um processo estranho, que sempre demanda algum grau de esquisitice."

"Estou vendo os seus peitos na minha tela", teimou ele, e Annie, sem conseguir pensar numa resposta para isso, simplesmente desligou o telefone.

Nesse mesmo dia, algumas horas mais tarde, num jantar em homenagem aos atores principais do filme, oferecido na mansão em que Freeman vivia de aluguel, Annie teve a surpresa de encontrar, coladas pela casa inteira, reproduções de uma das fotos em que ela aparecia nua da cintura para cima. Freeman surgiu no hall de entrada para recebê-la, mordiscando com ar de pouco-caso uma barra de chocolate tamanho-família de que escorria recheio de caramelo.

"Que história é essa?", indagou Annie, arrancando uma das fotos da parede, amassando-a, transformando-a numa bola de papel.

"Você ficou famosa", disse ele. "Graças a mim."

Com um tapa, Annie mandou o chocolate de Freeman pelos ares, e foi embora.

"Ainda vamos dar boas risadas lembrando disso", berrou o cineasta.

Ao chegar ao carro, Annie teve de revirar a bolsa para encontrar as chaves, deixou-as cair no chão três vezes e estava começando a chorar, quando viu Minda vindo apressadamente em sua direção. Embora fossem as estrelas do filme, as duas quase não tinham feito cenas juntas e só em raras ocasiões haviam se encontrado no set. A visão de Minda se aproximando com tamanha afobação, o rosto contorcido, as mãos estendidas, gritando para ela esperar um instante, fez Annie querer sair correndo dali, mas então ela percebeu que não conseguia se mover. Em questão de segundos, a outra atriz estava ali, esbaforida, segurando seu braço, quase às lágrimas.

"Que sujeira o que fizeram com você, não foi?", disse ela, resfolegando.

Annie se limitou a fazer que sim com a cabeça. Tinha as chaves na mão e queria abrir a porta do carro, porém Minda não soltava o seu braço.

"Maior sujeira", continuou Minda, com a voz se normalizando. "Falei pro Freeman parar, mas sabe como ele é. Cria esses papéis maravilhosos para a gente, mas acho que no fundo ele odeia as mulheres."

Annie tornou a concordar com a cabeça. Indagava a si mesma se dali a alguns anos estaria impossibilitada de mexer o pescoço em razão da técnica repetitiva, silenciosa que adotava para se esquivar da necessidade de falar.

"Quer ir para algum lugar?", indagou Minda.

Annie, buscando forças dentro de si, fez sua voz soar e disse: "Tá, pode ser".

Foram parar num barzinho cuja clientela se dividia entre os que não estavam acostumados a ver mulheres bonitas usando camisetas absurdamente caras e os que permaneciam totalmente alheios à presença delas. Instalaram-se numa mesinha de canto e ficaram bebericando uísque e *ginger ale*.

"O que você vai fazer?", perguntou Minda, ainda com a mão no braço de Annie, como se Annie fosse fugir se a soltasse — coisa que, pensava Annie, talvez ela fizesse mesmo. Apesar disso, era bom estar com alguém que se interessava por ela e não ficava dizendo que ela tinha pirado de vez.

"Não sei", disse Annie. "Terminar o filme, acho, e depois sumir daqui. Parar de atuar por uns tempos."

"Não faça isso", disse Minda, genuinamente alarmada.

"Ahn? Por quê?", indagou Annie.

"Você é um arraso de atriz", disse Minda. "É fantástica."

"Ah, bom, ah, sei lá, eu…" Annie continuaria assim por horas a fio, porém Minda assumiu o comando.

"Eu adoro representar, mas ainda não sou muito boa. Vou

me guiando por alguma ideia furada sobre o que eu acho que deveria estar fazendo, mas com você parece que é uma coisa instintiva, você sabe o que tem de fazer. É incrível ver você atuando."

"Mas não chegamos a fazer nenhuma cena juntas."

"É que eu observo você", disse Minda, sorrindo. "Observo você de longe."

"Ah, entendi", disse Annie.

"Não fica assustada com isso, fica?", quis saber Minda. Annie fez que não com a cabeça.

"Não, de jeito nenhum. Tem tanta gente que fica olhando pra mim."

"Não do jeito que eu olho", disse Minda, apertando o braço de Annie com tanta força que seus dedos começaram a formigar.

A ficha finalmente caiu e Annie se ligou que Minda Laughton estava dando em cima dela. A ficha caiu e Annie se ligou que Minda Laughton fizera sete filmes e em quatro deles tinha beijado outra mulher. A ficha caiu e Annie se ligou que Minda Laughton era uma mulher linda de morrer, com olhos grandes, um pescoço gracioso e um rosto cuja perfeição e maciez pareciam ser frutos, não de precisão cirúrgica, mas de algum tipo de feitiço mágico.

Minda se debruçou sobre a mesa e beijou Annie, que não a repeliu. Ao tornar a se reclinar na cadeira, Minda mordeu o lábio e disse: "Transei com o Freeman há coisa de duas ou três semanas".

"Nossa, que ideia péssima", disse Annie.

Minda riu e continuou: "Só não queria que você ficasse sabendo por outra pessoa e pensasse que eu só estava querendo transar com todo mundo que está trabalhando no filme".

"Só comigo e com o Freeman."

"E com a continuísta."

"Sério?"

"Ela estava me contando do tio que tentou dar um beijo nela e eu tinha uma história parecida e aí de repente a gente começou a se beijar. Acho que ela nem lembra. Estava pra lá de bêbada."

"E você, não?"

"Eu, não", disse Minda.

"Então na lista somos só o Freeman, a continuísta e eu?"

"Isso. E, no que depender de mim, é só você daqui para a frente, se você quiser."

"Também não precisamos pisar no acelerador desse jeito, né?", disse Annie, com a sensação de ter esbarrado em algo importante.

"Por que não?", perguntou Minda, e Annie, já meio alta, não conseguiu pensar em um motivo para não pisar no acelerador.

Annie lançou a primeira de suas Skee-Balls, uma esfera de madeira dura e polida, parecendo uma arma em suas mãos, e a bola correu pela pista, saltou sobre a área de pontuação e caiu na caçapa que valia cinquenta pontos. "Sorte de principiante", disse Annie. Eric sorriu e, na máquina ao lado, aguardou até que suas nove bolas estivessem enfileiradas e prontas para uso. "Que tal outra aposta", sugeriu ele, "já que você se deu tão bem na primeira?" Annie lançou outra bola pela pista — mais cinquenta pontos. "E mesmo assim você conseguiu que eu respondesse à sua pergunta", disse ela.

"Sou bom no que faço."

"Qual é a pergunta dessa vez?", indagou ela, já preparada para a resposta.

"Minda Laughton", disparou Eric.

"Tudo bem", pensou Annie, "por que não?"

"Tudo bem", disse Annie, "por que não?"

Eric pegou sua primeira Skee-Ball, lançou-a com jeito de quem entende do riscado e no fim da pista a bola deu um pulinho e caiu direto na caçapa de cinquenta pontos. Menos de um segundo depois, a segunda bola também foi parar na caçapa de cinquenta, e então a terceira e a quarta e a quinta. Annie olhava boquiaberta para Eric, que fazia força para não sorrir. O jornalista da *Esquire* acabou pondo as nove Skee-Balls na caçapa de cinquenta pontos — as luzes piscavam, as sirenes apitavam e a máquina cuspia fichas e mais fichas a seus pés.

"Quer dizer que você é um daqueles caras que se acham os malandrões do Skee-Ball?", disse Annie em tom mal-humorado.

"Participo de uns campeonatos", disse ele.

"Disputa campeonatos de Skee-Ball?"

"É."

"Ainda dá para eu empatar, falou?", disse Annie. "Aí não preciso responder a pergunta."

"Claro", respondeu Eric. "É só pôr sete bolas na de cinquenta."

Annie experimentou na mão o peso da Skee-Ball, levou bruscamente o braço para trás e então viu sua movimentação encontrar uma resistência repentina e total. Sentiu os dedos indicador e médio se estreitando numa contração horrível, e recolheu o braço com um tranco, como se tivesse levado um choque. Então ouviu o som de uma criança chorando. Olhou para baixo e viu, estatelada no chão, com as mãos na cabeça, uma menininha que devia ter uns seis anos, enquanto a Skee-Ball seguia rolando até parar junto a outra máquina do fliperama.

"Puta merda", sussurrou Eric.

"Que foi?", disse Annie. "Que aconteceu?"

"Bom", disse Eric, precipitando-se em direção à criança, com Annie logo atrás, "você acertou a cabeça da menina com a bola. Ou com a mão. Ou com as duas coisas."

"Puta merda", disse Annie, num tom de voz sumido.

A garotinha, agora de joelhos, friccionava a cabeça com a mão, soluçando por conta do choro violento.

"Não foi nada", disse Eric. "Está tudo bem."

Annie correu até a máquina de Skee-Ball usada por Eric e destacou a tira de fichas que ele havia ganhado. Mais do que depressa, voltou ao local do acidente, como se a menina fosse um elemento instável que poderia explodir a qualquer momento.

"Olha, fica com estas fichas pra você", disse Annie, e a garotinha começou a se acalmar.

"E com isto aqui também", disse Annie em seguida, pondo na mão da menina o copinho de plástico com moedas quase até a borda.

"E com mais isto", disse por fim Annie, pondo vinte dólares na mão da menina.

Com os olhos vermelhos e o nariz escorrendo, a menina sorriu e então saiu andando. Ao notar o galo que começava a se formar na parte de trás de sua cabecinha, Annie indagou a si mesma o que aconteceria quando os pais dela vissem o inchaço e viessem tirar satisfações.

"Vamos embora daqui", disse ela a Eric.

"Essa rodada eu ganhei", disse Eric.

"Tá legal. Mas vamos embora, pelo amor de Deus."

"Nossa, essa valeu o dia."

"Não vai mencionar isso na sua matéria, vai?"

"Não vejo como poderia deixar de fora. Você nocauteou uma menininha."

Annie, exasperada e receando algum tipo de retaliação, tratou de sair rapidinho do fliperama e então se viu momentaneamente ofuscada pela luz do sol. Agora era responder às perguntas do sujeito, ir para casa, empacotar as coisas e se mandar para Acapulco. Virar atriz de novela mexicana e beber até cair. Tornar as coisas piores, para que depois melhorassem.

Menos de uma semana após a sessão de beijos e carícias com Minda no bar — a que se seguira uma transa no quarto de hotel da garota —, Annie se dirigiu ao trailer da equipe de maquiagem e, enquanto a maquiadora dava um jeito em seu rosto, bateu os olhos na capa do último número da *'Razzi Magazine*. "Parceiras na tela e no amor", dizia a manchete, sob a qual se viam duas fotos, uma de Minda e outra de Annie, manipuladas de maneira a dar a impressão de que tinham sido fotografadas juntas. A maquiadora notou a expressão horrorizada de Annie. "É você", disse ela, apontando a revista. "Eu sei", disse Annie. "E essa é a Minda", continuou a maquiadora. "É", disse Annie, "eu sei." Seguiu-se um intervalo de uns dez segundos, talvez, em que Annie refletiu sobre os possíveis desdobramentos daquela capa. "Aí diz que vocês estão juntas", comentou a maquiadora, e Annie pegou a revista e saiu feito um furacão pela porta do trailer.

Assim que encontrou Minda, leu para ela algumas frases da reportagem: "Uma amiga íntima do casal diz que as duas estão muito apaixonadas e acham que estão vivendo o melhor momento de suas vidas". Minda sorriu. "Que fofo", disse ela.

"Só que não é verdade", disse Annie.

"Ah, mais ou menos", retrucou Minda, ainda com o sorriso no rosto.

"Mais ou menos uma pinoia", disse Annie.

"Depende do ponto de vista."

"Como é?"

"É uma questão de ponto de vista."

"Isso não…"

"Bom, eu achei fofo."

"E quem é essa *amiga íntima?*", indagou Annie. "Eu não tenho amigas íntimas."

"Sou eu", disse Minda, agora com algo no rosto que era menos sorriso do que paralisia.

"Ah, meu Deus."

"Contei para a minha assessora de imprensa e ela contou para algumas revistas e então agora é oficial."

Annie tinha a sensação de estar descendo uma ladeira num vagonete cujas rodas se soltavam naquele exato momento, as faíscas chispando ao largo de seu rosto — e não havia nada que ela pudesse fazer além de esperar até que a geringonça parasse, para então saltar e sair correndo dali.

Assim que os dois encontraram um restaurante razoavelmente afastado do fliperama e se sentaram, Annie pôs a mão espalmada sobre a mesa. Seus dedos indicador e médio inchavam rapidamente e ela tinha dificuldade para dobrá-los. Enquanto Eric comia um hambúrguer que lembrava um sanduíche que uma pessoa que nunca tivesse visto um hambúrguer na vida seria capaz de preparar se lhe pedissem para preparar um hambúrguer, Annie falou sobre Minda, sobre o mal-entendido que vazara para a imprensa, sobre a proximidade que inevitavelmente surge quando duas pessoas põem suas personalidades criativas a serviço de um projeto singular. Não mencionou as discussões e o assédio insistente e as ocasiões esporádicas em que ela capitulava e acabava dormindo com Minda, os momentos em que pensava simplesmente em sufocar a outra com o travesseiro e livrar o mundo de mais uma pessoa louca. Ao contrário de Minda, Annie guardava certas coisas para si própria.

"Bom", disse Eric, cujo prato era uma poça de ketchup e mostarda e cogumelos e cebolas fritas e todas as outras coisas que seu hambúrguer fora incapaz de conter (Annie pensava: "Daria para eu fazer uma salada com o que caiu do sanduíche desse cara"), "pra falar a verdade, o que eu gostaria mesmo era que você falasse um pouco da sua família. É o lado da sua vida que eu acho mais interessante."

Annie sentiu seu cérebro sendo invadido por uma bolha de ar, uma dor cortante que a fustigou por um instante e depois sumiu. Sua família. Será que não dava para continuar falando dos seus peitos e da lésbica que não largava do seu pé?

"Por exemplo", prosseguiu Eric, "você não usa o seu verdadeiro sobrenome."

"Meu agente pensou que acabaria me deixando muito marcada, só me chamariam pra fazer filmes de terror. E no fundo parece até inventado, não acha?", disse ela.

"Um pouco. E é?"

"Acho que não. A gente herdou de um antepassado nosso que veio do Leste Europeu. Talvez o sujeito tenha simplificado a grafia ao vir pra cá. Meu pai dizia que éramos descendentes do primeiro Homem Lobo a cruzar o Atlântico e se instalar na América — um Homem Lobo de verdade. O cara tinha matado tanta gente na Polônia, em Belarus ou sei lá onde, que teve de entrar às escondidas num navio e vir para a América para não ser preso e executado. Então ele veio pra cá e toda noite de lua cheia ele matava uma porção de americanos. Depois o meu pai disse que provavelmente tinha sido tudo invenção desse antepassado, vai ver que o fulano gostava de pregar peças nos outros e tinha até mudado o nome pra deixar a coisa mais convincente. Uma versão bem menos emocionante pros ouvidos de uma criança."

"Era sobre isso que eu queria falar com você", disse Eric, com o rosto brilhando, o olho esquerdo piscando espasmodicamente. "Em todas as intervenções artísticas dos seus pais, você era a 'Criança A'; era, em todos os sentidos, e para todos os efeitos, a estrela daquelas performances."

"Ah, o Buster era muito mais. Ele se estrepava mais do que eu."

Annie se lembrou de Buster amarrado a um poste de luz, com a perna presa numa armadilha para ursos, trepando com um são-bernardo, o sem-fim de situações bizarras a que seu irmão havia sido exposto e com as quais tivera de se haver sozinho.

"De todo jeito, os seus pais a punham em circunstâncias nas quais era como se você estivesse representando, era uma espécie de improvisação teatral, à *la* teatro de vanguarda radical. Quer dizer, você acha que, se não tivesse sido uma Caninus, teria se tornado atriz?"

"Acho que não", respondeu Annie.

"É isso que me interessa", disse Eric. "Uma coisa eu preciso confessar: acho você uma atriz sensacional. Na minha opinião, você devia ter ganhado o Oscar por aquele papel em *Data de devolução*. E você conseguiu até subverter a sexualidade típica de história em quadrinhos de uma personagem como a Lady Lightning, dando a ela um viés pós-feminista nesses dois episódios de *Os poderes estabelecidos* de que você participou, fazendo-a disparar raios contra nazistas e o escambau."

"Ah, mas aí também, você há de convir comigo que não há quem não goste de ver um nazista tomando uns raios na cabeça."

"Bom, tudo bem, você é uma ótima atriz e tal, mas quando eu estava na faculdade, o meu trabalho de fim de curso foi sobre a carreira dos seus pais e eu assisti a quase todos os vídeos que a sua família fez e, pra mim, sério, é nessas intervenções artísticas que estão as suas melhores atuações, é aí que você consegue ser completamente imprevisível e o seu trabalho ganha uma dimensão emocional fantástica."

"Sei, quando eu tinha nove anos", disse Annie. Achou que

iria vomitar. O sujeito estava dando vazão a seus piores receios, a suspeita — que ela se convencera de ser totalmente infundada — de que ser uma Caninus, servir de conduíte para a visão de seus pais, talvez tivesse sido a única coisa de valor que ela tinha feito na vida.

"Vou pedir alguma coisa pra beber", disse ela, e se levantou para ir até o balcão. Eram só duas da tarde, mas já passava do meio-dia, e com o fim da tarde vinha a noite, e ela queria encher a cara. Beberia até altas horas. Pediu, e recebeu, um copo de gim sem gelo, sem suco, sem azeitona. Voltou com o drinque para a mesa e tomou um golinho do tipo agora-me-fala-de-você que serviu para dar início à brincadeira.

"O que eu estava querendo dizer", prosseguiu Eric, como se tivesse esperado o dia inteiro pelo momento de dizer aquilo, "é que essas performances de vocês são infinitamente complexas. Passado o choque inicial que a encenação causa no espectador, tem uma coisa que, quando você olha mais de perto, logo vem à tona."

"E que coisa é essa?", indagou Annie, tomando mais um golinho de gim, tão puro e medicinal que não chegava a ser muito diferente de uma cirurgia com uma dose reduzida de anestesia.

"Uma tristeza, uma espécie de desalento por vocês saberem que estão impondo essas ações a pessoas desavisadas."

Quantas vezes ele tinha assistido àqueles vídeos? E, ao assistir a eles, o que procurava? A não ser em circunstâncias em que não tivera como escapar, Annie nunca assistira a nenhum dos filmes dos Caninus depois de editados e concluídos — o produto final. As poucas recordações que guardava dos happenings eram desconexas e aleatórias, um jorro colorido transbordando do corpo de sua mãe, uma corda de guitarra que se partia. Vinham-lhe em ondas e então retrocediam e levavam meses ou até mesmo anos para retornar.

Annie tirou os olhos do copo e viu que Eric a fitava com uma expressão calma e radiante.

"Você sempre foi a melhor dos Caninus em ação", disse ele. "Pelo menos eu acho."

"Não tem Caninus melhores ou piores. Os Caninus são todos iguais."

Algumas semanas antes, quando o fiasco de suas fotos com os peitos de fora começava a ficar para trás, Annie recebera um telefonema de seus pais — os dois numa alegria só. Annie estava lendo um bilhetinho que Minda escrevera para ela, um bilhetinho de quatro páginas, duas delas ocupadas por uma sextina em que as seis palavras que se repetiam eram: Caninus, flor, locomotiva, língua, filme e GLS, e foi com prazer que ela deixou o bilhete de lado.

"Temos excelentes novidades", disse seu pai, e deu para ouvir também a voz de sua mãe ao fundo: "Excelentes novidades".

"Quais?", quis saber Annie.

"Recebemos um e-mail do Museu de Arte Contemporânea de Denver. Querem exibir um lance que a gente fez."

"Legal", disse Annie. "Parabéns. É alguma coisa nova?"

"Nova pra dedéu", disse Caleb. "Acabou de rolar."

"Uau", disse Annie.

"Pois é, falou bem, uau", disse seu pai.

"Pai", disse Annie, "eu estou com umas falas aqui pra decorar."

"Ah, tá, tudo bem", disse Caleb, e então, de algum ponto muito próximo ao bocal do telefone, Camille gritou: "Conta pra ela, amor".

"O que a mamãe quer que você me conte?"

"Bom, é que o tema são aquelas fotos suas que apareceram outro dia na internet."

"Aquelas fotos em que eu apareço com os peitos de fora."

"É, essas. Bom, o pessoal do museu ligou pra saber se a sua, hum, performance, era um happening dos Caninus."

"Sei."

"Dissemos que você tinha concebido uma crítica poderosíssima à cultura midiática e ao preço da fama."

"Ahn-ham", disse Annie.

"Sabe como é, uma intervenção da Criança A numa escala tão fantástica que atingiu o planeta inteiro. Um experimento dos Caninus elevado à enésima potência. E estava fazendo o maior tempo que a gente não criava uma performance com a Criança A."

"É que eu não sou mais criança, lembra?"

"Pois é, então, só estava querendo contar pra você. Pensei que acharia legal."

"E como", disse Annie, de repente interessada em saber como terminava aquela sextina.

"Adoramos você, filha", disseram seus pais em uníssono.

"Legal", disse Annie. "Eu também."

Na manhã seguinte, Annie dava voltas pelo quarto e olhava para o jornalista da *Esquire*, só de cueca, na cama dela. A cueca tinha uma cor roxa berrante que não parecia a Annie nem excitante nem brochante — era só um detalhe digno de nota. Annie não estava de ressaca, e isso queria dizer que não tinha ficado tão bêbada assim na noite anterior, e isso, por sua vez, queria dizer que não tinha sido uma ideia tão ruim assim de sua parte trazer o sujeito para casa. "Certo?", disse a si mesma, o café já cheirando na cozinha. "Não foi uma ideia tão ruim assim da minha parte." Eric acordou e pareceu — coisa mais que compreensível — ficar surpreso ao vê-la em pé a seu lado, olhando tão fixamente para o roxo berrante de sua bunda. "Estou fazendo um café", disse ela e saiu rapidinho do quarto.

Sentaram-se um de frente para o outro à mesa da sala de jantar, um lugar que ela nunca usava. Annie passou a mão pela madeira lisa e de excelente acabamento. Era uma boa mesa. Precisava comer mais vezes ali.

"E não é que acabamos desrespeitando algumas normas de conduta meio básicas no tocante à relação entrevistador-entrevistada?", disse Eric. Annie escutou só por alto o que ele tinha dito. Que madeira será essa?, indagava a si mesma.

"Mas olha que daria um texto bem interessante", disse ele. "Um método pós-moderno, pautado pelos princípios do novo jornalismo, de retratar uma celebridade."

Annie olhou para Eric. Ele apoiara sua caneca de café diretamente sobre a superfície da mesa. Annie lançou um porta-copos na direção do jornalista e indicou a caneca com um gesto. Eric não deu mostras de ter entendido e continuou falando.

"Como a pessoa faz para incluir um detalhe tão significativo do ponto de vista de seu relacionamento com o entrevistado, sem dar a isso um destaque que acabe ofuscando o restante da matéria? Vale introduzir diálogos de natureza pessoal ao lado do que foi dito *on-the-record*? E quando você dorme com a pessoa, como faz pra separar as coisas?"

Annie teve vontade de partir a mesa em duas.

"Vai incluir isso no seu texto?", indagou ela.

"Não vejo como poderia deixar de fora; a gente transou."

"Bom, eu vejo muito bem como você poderia deixar de fora", disse Annie, cuja mão tremia por conta do esforço que precisara fazer para dobrar os dedos machucados e formar o punho que ela agora socava energicamente na mesa. "É só deixar de fora."

"Não acho."

"Isso não vai dar certo", disse Annie, andando de um lado para o outro.

"Eu mando o texto pra você dar uma olhada antes de eu entregar a versão definitiva", disse Eric. "Aí você vê se eu pus na sua boca alguma palavra que você não disse ou se temos lembranças diferentes do que aconteceu."

"Prefiro esperar a revista chegar às bancas."

"Posso ligar depois pra você ou..."

"Suma da minha frente, só isso", disse Annie, cortando-o, resolvida a não saber de forma alguma o que se seguiria àquele *ou*.

"Acho você incrível, sério mesmo", disse ele, porém Annie já entrara no banheiro e trancara a porta.

Vai ver que estava ficando louca. Não se sentia louca, mas que não era assim que as pessoas normais agiam, disso não havia dúvida. Ouviu a porta da frente se abrindo e depois fechando. Apertou uma toalha contra o rosto e imaginou que era uma criatura gigante, implacável, meio urso, meio gente. Esmagava os seus inimigos, mandando-os todos para o cafundó-do-judas, espalhando sangue por toda parte, os busardos voando em círculos acima de sua cabeça. Exterminava tudo que precisava ser exterminado e, uma vez feito o serviço, quando tudo ficava, se não certo, pelo menos não tão errado, ela se arrastava até uma caverna escura e funda e lá passava meses e meses hibernando, à espera de que uma nova estação tivesse início e a encontrasse saciada. Olhou para suas mãos; a mão direita estava roxa, inchada, talvez quebrada. Não conseguia esmagar nada sem se quebrar inteira.

Voltou para a cozinha e pôs a louça na pia. Pegou o telefone e ligou para o número do escritório de Sally e sentiu o maior alívio ao ser transferida para a caixa postal de sua assessora de imprensa.

"Sally", disse ela, como sempre em rota de colisão com o sol, "acho que fodi com você de novo."

Retrato de uma senhora, 1988
Artistas: Caleb e Camille Caninus

Nenhum dos Caninus podia negar: Buster estava deslumbrante. Quando ele veio até a dianteira do palco com o seu vestido de festa ridiculamente lantejoulado e com os compridos cachos louros balançando no ritmo de suas passadas confiantes, os demais membros da família Caninus começaram a se dar conta de que ele tinha uma possibilidade real de vencer. Enquanto Caleb continuava a filmar tudo com sua câmera, Camille agarrou a mão de Annie e cochichou: "Ele vai ganhar, filha. Seu irmão vai ser a miss Trevinho-Encarnado do ano". Annie olhou para Buster, cujo rosto parecia paralisado de felicidade, e no mesmo instante compreendeu que, para seu irmão, aquilo não tinha mais nada a ver com a ideia de fazer um manifesto artístico. Ele queria aquela coroa.

Duas semanas antes, Buster se recusara a participar. "Não vou usar um vestido", disse ele. "É roupa de festa", argumentou Camille, "um tipo de fantasia." Do alto de seus nove anos, Buster não estava interessado nas sutilezas do jogo de palavras. "Continua a ser um vestido", disse ele. Caleb, que pouco tempo antes usara boa parte de uma subvenção concedida pela Beuys Foundation para adquirir uma filmadora Panasonic VHS/S-VHS, em substituição à que fora quebrada num rompante de fúria por um funcionário do zoológico, deu um close na expressão de repugnância estampada no rosto do filho. "Todo mundo sabe que os artistas são difíceis", disse Caleb, e então Camille olhou para a câmera e pediu para ele por favor sair dali.

"Por que vocês não põem a Annie no meu lugar?", sugeriu Buster, sentindo a claustrofobia inescapável decorrente dos desejos de seus pais. "Ganhar um concurso de beleza com a Annie não diz nada sobre a questão dos gêneros e a objetificação e as influências masculinas no ideal de beleza", retrucou Camille. "A Annie ganhar um concurso de beleza não tem nada de mais, é um resultado manjado, é reforçar as coisas como elas são." Isso Buster não tinha como questionar; sua irmã venceria o concurso de miss Trevinho-Encarnado na categoria infantojuvenil mesmo que estivesse soluçando descontroladamente e gritando obscenidades. Annie era a Caninus encantadora, aquela que podia imiscuir-se numa situação e atrair a atenção de todo mundo, permitindo que os outros Caninus dessem continuidade a suas atividades clandestinas. De modo que Buster sabia que Annie era encantadora e que ele, hum, não era encantador. Ele era, hum, outra coisa. O que quer que ele fosse, porém, não era um Caninus que usava vestidos e participava de concursos de beleza. Será que ele poderia, por favor, não ser isso?

"Buster", prosseguiu sua mãe, "nós temos vários outros projetos engatilhados. Você não precisa fazer nada que não queira fazer."

"Isso eu não quero fazer", disse ele.

"Tá legal, tudo bem. Só me deixe dizer uma coisa pra você. Nós somos uma família. Fazemos coisas difíceis porque nos amamos. Lembra daquela vez que eu saltei com uma moto por cima de um carro?"

Depois de espalhar pôsteres por uma cidade da Geórgia, anunciando uma façanha acrobática sobre duas rodas, Camille Caninus, maquiada de forma a parecer uma senhora de noventa anos, avançou sobre uma rampa com uma moto alugada e saltou por cima de um carro estacionado. Escapou por pouco de não atingir o carro e então avançou mais alguns centímetros com a moto jogando de um lado para o outro antes de cair numa vala, mas não se machucou. O jornal local deu a notícia, que depois chegou a órgãos de imprensa de alcance nacional. Camille nunca tinha pilotado uma moto na vida, ainda mais tendo que saltar por cima de um carro. "Pode ser que eu morra", dissera ela aos filhos, que se faziam passar por netos, pouco antes de montar na moto, "mas aconteça o que acontecer, toquem em frente."

Claro que Buster lembrava. No carro, na volta para casa, enquanto tomava goladas de uísque direto da garrafa, Camille deixou que os filhos arrancassem a maquiagem de látex que a transformara em velha, revelando seu verdadeiro rosto, um rosto sorridente e carinhoso.

"Eu estava apavorada. Quando o seu pai teve a ideia, eu não quis fazer. Falei que não faria de jeito nenhum. Mas daí pensei: e se um dia eu quisesse pedir uma coisa difícil a seu pai ou a um de vocês? Como eu faria se na minha vez eu não tivesse aguentado o tranco? Por isso eu topei. E foi incrível. O que você ainda vai descobrir, acho, é que as coisas que a gente mais reluta em fazer são justamente as coisas que, quando a gente vai lá e faz, deixam a gente se sentindo muito bem."

"Eu não quero fazer", disse Buster.

"Tudo bem, filho", disse Camille, milagrosamente sorridente, alegre. Ficou em pé, espanou os fundilhos das calças e seguiu pelo corredor até seu ateliê. Annie apareceu na sala de estar, deu com Buster ainda no chão e disse: "Cara, a mamãe tá uma arara".

"Não está não", disse Buster, corrigindo-a.

"Ah, mas está", disse Annie.

"Não está não", tornou a dizer Buster, agora com menos convicção.

"Ah", disse Annie, fazendo festa na cabeça de Buster, como se ele fosse um animalzinho de estimação, "e como está."

Nessa noite, com o ouvido colado à porta do quarto de seus pais, Buster ouviu fragmentos das conversas deles, transmissões sussurradas: *Eu fiz* e *Mas vai ver que* e *Ele se nega, Caramba, viu* e *Vai dar certo*. Então se levantou e foi até o quarto da irmã. Annie estava assistindo a um filme mudo em que uma mulher, presa num barril, era levada pela correnteza de um rio e via-se na iminência de despencar do alto de uma cachoeira, enquanto o herói se achava a quilômetros, dezenas e dezenas de quilômetros dali. "Agora é a melhor parte", disse Annie e chamou o irmão com um gesto. Buster apoiou a cabeça em seu colo e ela se pôs a beliscar suavemente o lóbulo da orelha dele, enrolando a pele flácida entre o polegar e o indicador, como se estivesse formulando um desejo.

Na TV, o barril balançava pela água, colidindo nas pedras, avançando rumo à catástrofe. "Ah", disse Annie, "agora vai ser legal." No momento exato em que o herói chegava à beira da cachoeira, o barril caía e desaparecia no aguaceiro. Na base da queda-d'água, lascas de madeira despontavam na superfície. "Putz", sussurrou Annie. E, então, inicialmente só uma forma sob a água, a heroína vinha à tona, e tinha no rosto uma expressão que parecia dizer: *comigo ninguém pode, puta que pariu*. Em seguida ela nadava até a margem do rio e galgava a ribanceira, espantando todo e qualquer vestígio de morte que porventura ainda restasse em seu corpo. Ao som de uma música lenta e decidida, ela marchava — sem dar mostras de querer saber por onde andava o amado ou por que ele não chegara a tempo — na direção do vilão, pronta para *pôr ordem no coreto*. Annie desligou a TV. "Não aguento mais", disse ela. "Vou acabar subindo pelas paredes se assistir mais um pouco."

"Tem alguma coisa que você não faria se o papai e a mamãe pedissem?", indagou Buster à irmã.

Annie refletiu sobre a pergunta. "Não mataria ninguém", disse ela, "e não faria nada com animais."

"Alguma coisa mais?"

"Não sei", disse Annie, obviamente entediada com a pergunta. "Talvez. Talvez não."

"Eu não quero ser uma menina", disse Buster.

"Tá bom", respondeu Annie.

"Mas vou fazer mesmo assim", disse Buster, tomando naquele instante a decisão.

"Tá bom", respondeu Annie.

Buster se desgrudou da irmã e, saindo do quarto, já no corredor, sentia ter tirado um peso das costas — para, depois de um segundo apenas de leveza, senti-las novamente pesadas.

Abriu a porta do quarto de seus pais. Sua mãe estava enrolando os dedos das mãos de seu pai com tiras de elástico que tinham um tom vermelho-tomate e eram segmentadas, de forma a sugerir uma amputação. Os dois pareceram surpresos por vê-lo ali, mas não fizeram menção de ocultar suas ações.

"Eu topo fazer", anunciou Buster, e Caleb e Camille deram gritos de alegria. Fizeram sinal para que ele subisse na cama e ele foi se arrastando como uma minhoquinha para se aninhar entre os dois. "Vai ser muito legal", segredou Camille no ouvido de Buster, cobrindo-o de beijos no rosto. Caleb arrancou as tiras de elástico dos dedos e então fechou e abriu os punhos, enquanto uma expressão afável e descansada pairava em seu rosto. Então os Caninus passaram os braços por cima do filho e adormeceram, deixando só Buster ainda acordado, com o peso dos corpos de seus pais mantendo-o no lugar e o induzindo a algo que não era sono, mas parecia seguro.

Com uma confiança de que jamais fora capaz, Buster deu os passos que faltavam para chegar à borda do palco, os saltos de suas sandálias produzindo estalidos na passarela reluzente, clique-clique-clique-clique, seu traseiro rebolando em compasso com o ritmo. Tendo alcançado sua marcação, virou de lado, levantou o ombro dianteiro e, com a mão na cintura e a cabeça ligeiramente empertigada, olhou para a plateia, que o aplaudiu. Ao se virar e retornar ao lugar onde estavam as outras meninas, ergueu a mão pouco acima da cabeça, num gesto de despedida destinado a sinalizar pura e simplesmente que o público estava sendo deixado para trás em favor de algo muito, muito melhor. As outras duas meninas o olhavam — aquela concorrente intrusa que elas nunca tinham visto antes — cheias de más intenções. Buster retribuiu o olhar e então assumiu seu lugar na fila, completando o grupo de três finalistas.

Exibindo os dentes como se estivesse prestes a devorar um animalzinho, Buster tinha dificuldade em se manter focado. Estava amando aquilo. O glamour dos vestidos, dos sapatos, dos penteados, das unhas, a atenção de gente que não lhe dava atenção, o fato de que mesmo com aquela roupa ele continuava a ser o Buster — coisa que significava que em seu interior havia, com efeito, algo essencial, em cuja ausência nada daquilo aconteceria. Era um truque de mágica, e ele tinha de ficar se lembrando de que não podia revelar o segredo, tão simples e fácil de descobrir quando a pessoa sabia como olhar para a coisa; e era isso que tornava a coisa mágica.

Blablablá, não são todas umas graças?, blablablá, foram muito bem esta noite, blablablá, todas as três merecem o título, blablablá, em terceiro lugar, blablablá, um nome que não era o de Buster, ou pelo menos não o seu novo nome, Holly Woodlawn, blablablá, na eventualidade de que a miss Trevinho-Encarnado esteja impossibilitada de cumprir suas obrigações, blablablá, a nova miss Trevinho-Encarnado é, blablablá, e então houve uma salva de palmas ensurdecedora. Putz, que merda, Buster havia blablablazado o nome da vencedora.

Virou-se para a adversária e viu que ela estava chorando. Teria vencido ou ficado em segundo? E ele? Buster olhou para a plateia à procura de seus pais, porém eles tinham desaparecido entre os flashes das máquinas fotográficas e o facho dos canhões de luz que pareciam envolver a todos que permaneciam no palco. E então ele sentiu as mãos de alguém em seus ombros e uma coisa tão leve que mal chegava a existir sendo posta em sua cabeça. Um buquê de trevos-encarnados veio parar em suas mãos. "Me abrace", ouviu a segunda colocada ladrar, e Buster deu um beijinho em seu rosto e fez um rápido afago em suas costas. Chegara a hora do inevitável, a coisa que fazia da coroa de Buster arte em vez de artifício.

Eles tinham ensaiado por dias a fio, experimentando as diferentes variações daquela performance. Buster sendo dispensado logo nas preliminares. Buster entrando para o grupo de dez candidatas a finalista. Buster sendo despachado para os bastidores quando as três finalistas fossem anunciadas. Buster recebendo uma faixa e sendo aplaudido, mas não coroado. E, sem tanto empenho, haviam se preparado para aquilo: Buster sozinho no palco, brilhando, cintilando, o centro de todas as atenções no auditório, um vácuo que empurrava todo o ar para o interior de seus pulmões.

Ele acenava da maneira como vira as mulheres fazendo nos vídeos, acenos que mais lembravam um mecanismo de vaivém ao qual houvessem dado a corda toda. Lágrimas começaram a correr por suas faces, borrando o excesso de rímel, deixando-o com olhos de guaxinim. Avançou até a beirada do palco, perfeitamente equilibrado em seus saltos instáveis, e, dando a impressão de ajeitar a coroa, inclinou-se para a frente, projetando o tronco sobre a plateia numa mesura graciosa, e, então, com um movimento brusco, retornou à posição original. Conforme o planejado, isso fez com que a peruca se soltasse e voasse de sua cabeça e deslizasse pelo palco atrás dele — o único som audível num raio de quilômetros. E a esse som sobreveio o do público inteiro sorvendo aquele excedente de ar dos pulmões de Buster, o ar necessário para que as pessoas soltassem suas interjeições de espanto, para que alguns chegassem a gritar, para que o auditório em peso, como sonhavam os Caninus, tivesse um troço.

Com uma simples mudança na postura, arqueando os ombros, reposicionando a pélvis, Buster tornou-se evidentemente um menino, uma transformação executada com movimentos tão naturais que lembrava a mudança de cor de um camaleão, o rematizamento que ocorre de forma gradual, mas sem o menor esforço. Então, tropeçando nos saltos altos, ele correu até o ponto do palco onde jazia a coroa, livrou-a do emaranhado de cachos artificiais e a devolveu a seu devido lugar, no alto de sua cabeça. Precipitando-se na direção de Buster, uma das diretoras do concurso de beleza tentou resgatar a coroa, porém Buster desviou dela e a mulher perdeu o equilíbrio e caiu do palco. Era esse o tradicional desfecho de todas as intervenções dos Caninus: a compreensão de que as coisas haviam se modificado e você estava em perigo, em situação de risco, por conta própria.

"Fale!", gritou Camille para Buster, que parecia perplexo demais para continuar. Faltava o último ato da performance, para que então eles pudessem se reagrupar e bater em retirada, enquanto a cena do crime desaparecia no horizonte. A ideia era que Buster atirasse a coroa para a plateia e gritasse: "Uma coroa, dourada aos olhos, é toda ela de espinhos". Em vez disso, Buster segurava a coroa na cabeça, como se fosse um pedaço de seu crânio que houvesse se soltado. "Vamos", disse Camille, "atire logo essa porcaria." Buster saltou do palco para a plateia e saiu em disparada pelo corredor central, passando como um raio pela porta e desaparecendo na noite. Caleb continuava a filmar as expressões confusas do público. Então deu um close na candidata que ficara em segundo lugar: a menina chorava e soluçava e sacudia a peruca de Buster como se fosse o pompom de uma *cheerleader*. "Foi muito bom", disse Caleb. "Podia ter sido melhor", retrucou Camille. "Não", disse Annie, ainda batendo palmas para o irmãozinho querido, "não podia não."

Os Caninus encontraram Buster escondido debaixo da van da família, cintilando de forma nada discreta cada vez que ajeitava o corpo no asfalto desconfortável. Caleb se agachou e ajudou o filho a rastejar até sair ao ar livre. "O que aconteceu com o verso do Milton?", indagou Camille. Buster estremeceu ao ouvir a voz de sua mãe. "O combinado era você atirar a coroa longe."

Buster olhou para a mãe. "A coroa é minha", disse ele.

"Mas você não quer isso pra você", disse Camille, exasperada.

"Quero sim", replicou Buster. "Eu ganhei. Sou a miss Trevinho-Encarnado e esta é a minha coroa."

"Ah, Buster", disse Camille, apontando a coroa que o menino tinha na cabeça, "é justamente contra isso que a gente se rebela, contra essa ideia de valor que se baseia só na aparência. É contra esse tipo artificial de símbolo que a gente luta."

"Esta. Coroa. É. Minha", retrucou Buster, quase trepidando com a indignação dos injustiçados, e Camille permitiu que um sorriso se esboçasse em seu rosto e abrandou a expressão severa. Entregou os pontos, fez três meneios de concordância com a cabeça e entrou na van. "Tá certo", disse ela. "Já que isso é tão importante assim, acho que dá pra você redefinir o conceito dessa coroa."

4.

Buster estava estrupiado. Em seu leito hospitalar, cuja estrutura articulada o mantinha com o tronco devidamente soerguido, ele gemia baixinho e sentia uma dor funda, estrutural, varando seu rosto de cima a baixo. Embora se encontrasse sob o efeito de doses cavalares de sedativos e não estivesse lá muito consciente, tinha noção de seu estado lastimável.

"Agora você acordou", disse alguém.

"Acordei?", disse Buster com alguma dificuldade. Fez menção de tocar o rosto, que doía e zumbia em seus ouvidos.

"Ah, não", disse então a voz da mulher, "não ponha a mão aí, não. Que mania que vocês têm de mexer nas coisas que a gente acabou de consertar." Todavia, daquele breve instante de semiconsciência, Buster já descambava para algo que mal e mal lembrava sono.

Quando tornou a acordar, havia uma mulher bonita sentada ao lado de sua cama, com uma expressão afável e confiante no rosto, como se soubesse que ele despertaria naquele exato instante. "Oi, Buster", disse ela. "Oi", respondeu ele com uma voz débil. Sentia vontade de urinar, e tão logo se deu conta disso, a vontade se foi.

"Eu sou a doutora Ollapolly", disse ela. "Eu sou o Buster", disse ele, mas isso ela obviamente já sabia. Desejava que tivessem lhe dado, quem sabe, uma dose menor de morfina. Ela era bonita e competente; ele estava dopado e talvez tivesse o rosto desfigurado. Mesmo na confusão mental em que se encontrava, Buster pensou: "Estou ferrado".

"Você lembra o que aconteceu, Buster?", indagou a médica. Ele refletiu sobre a questão. "Canhão de batata?", disse.

"Isso mesmo. Sem querer acertaram um tiro na sua cara", disse ela.

"Eu sou invencível", disse ele.

Ela riu. "Puxa, que bom, Buster, mas não sei se concordo inteiramente com isso. Se você me dissesse que é um cara de sorte, aí sim eu assinaria embaixo."

Então ela se pôs a descrever a situação em detalhes. Buster apresentava algumas lesões faciais graves. Em primeiro lugar, ele tinha um edema sério no rosto, sobretudo na face direita, que, como Buster imaginava, fora a face atingida pela batata. O lábio superior apresentava um ferimento estrelado (em forma de estrela, explicou a médica). Além disso, ele perdera o canino superior direito e sofrera fraturas múltiplas e complexas nos ossos faciais da lateral direita, incluindo-se aí a cavidade orbital superior. A boa notícia era que, apesar da bandagem que no momento ele tinha no olho, sua visão, garantiu a médica, estava intacta.

"Que bom", disse ele.

"Você vai ficar com uma cicatriz no lábio", disse a dra. Ollapolly.

"Em forma de estrela", disse ele, querendo a todo custo agradá-la.

"Isso, uma cicatriz em forma de estrela."

"Estou falando de um jeito meio gozado."

"Você perdeu um dente."

"Entendi."

"E depois da cirurgia que fizemos para estabilizar essas fraturas, você vai precisar de algum tempo de recuperação até ficar com o rosto cem por cento de novo."

"Você salvou a minha vida", disse ele.

"Só consertei o que estava quebrado", retorquiu ela.

"Quer casar comigo?", perguntou ele.

"Por hoje chega, Buster Caninus", respondeu a dra. Ollapolly. Antes de sair do quarto, ela dirigiu a ele um sorriso cheio de sinceridade, tal como Buster imaginava que os médicos deviam fazer se queriam que seus pacientes ficassem bons.

Buster estava devendo — segundo a atenciosa funcionária do departamento financeiro que, com muita discrição, apareceu em seu quarto certa manhã — algo em torno de doze mil dólares em despesas médicas. Tinha um plano de saúde? Não. As coisas tomaram um rumo esquisito depois disso. Gostaria de contratar um plano de pagamento? Nem pensar. Então Buster fingiu pegar no sono e aguardou que a mulher saísse do quarto. Doze mil dólares? Meio rosto por doze paus? Por essa grana toda, ele queria uma visão de raio X, um olho biônico. Cristo do céu, poderiam pelo menos ter posto o seu dente de volta. Pensou em saltar pela janela e fugir dali, mas nessa altura o sono chegara para valer e ele não precisava mais fingir.

No terceiro dia de convalescença de Buster, na véspera de ele receber alta, Joseph apareceu no hospital, trazendo consigo a mala com rodinhas que Buster deixara no hotel. "E aí, soldado", disse Buster, e Joseph se retesou inteiro e ficou vermelho como um pimentão. "E aí, Buster", disse ele por fim, com uma expressão de repulsa que Buster imaginava ter sido provocada pela deformação e pelo inchaço de seu rosto.

"Viu só que mira boa você tem?", disse Buster, tentando sorrir, porém esse era um trejeito facial que por ora permanecia fora de seu alcance.

Joseph olhou para o chão e não disse nada.

"Estou brincando", disse Buster. "Não foi culpa sua."

"Eu queria era estar morto e enterrado", disse Joseph.

Levou a mala para o canto do quarto e sentou-se com cuidado sobre ela, evitando a cadeira junto à cama de Buster. Apoiou os cotovelos nos joelhos e o rosto nas mãos. Tinha um ar de céu que promete chuva: dava a impressão de que a qualquer momento poderia perder o controle e cair no choro.

"Eu só queria, juro por Deus, estar morto e enterrado", repetiu.

"Tá tudo bem", disse Buster. "Não foi nada de mais."

"Já viu a sua cara, Buster?", indagou Joseph. Não, tendo tomado todas as precauções para não olhar para os espelhos estrategicamente fixados nas paredes do quarto e acima da pia do banheiro, Buster ainda não tinha visto a sua cara.

"Vão me dar alta amanhã", disse Buster, mudando de assunto. "Só não sei se é porque eu estou melhor ou porque não tenho dinheiro."

Joseph não disse nada, aparentemente incapaz de enfrentar o olhar assimétrico do outro.

Buster estendeu a mão para pegar seu copo de plástico com canudinho e tomou alguns hesitantes golinhos de água, babando a maior parte do líquido no avental. "Onde estão os outros?"

"Não podem vir", disse Joseph. "Eu também não deveria estar aqui, mas queria me desculpar com você e trazer a mala que você deixou no hotel."

"Por que você não deveria estar aqui?", indagou Buster, confuso. "Acabou o horário de visita?"

"Meus pais falaram com um advogado e o sujeito disse que eu não posso ter mais nenhum contato com você."

"Por quê?"

"Por uma questão de precaução, pro caso de você resolver processar a gente", disse Joseph, agora de fato começando a chorar.

"Eu não vou processar vocês", disse Buster.

"Foi o que eu falei pra eles", disse Joseph, com a respiração alterada e a voz falhando, "mas na visão deles o nosso relacionamento agora tem um *aspecto contencioso*, e enquanto não prescrever o prazo legal pra você entrar com uma ação contra nós, eu não posso falar com você."

"Mas você veio mesmo assim", disse Buster.

"É que, apesar de toda essa doideira que aconteceu", disse Joseph, sorrindo pela primeira vez desde que entrara no quarto, "foi muito bacana a gente ter se conhecido." Buster, afundado numa dívida de doze mil dólares, com o rosto reconstruído e ainda sensível, concordou.

Buster saiu do hospital levando consigo diversas fotocópias relativas a seu quadro clínico e vários boletos bancários para saldar sua dívida. Também levava consigo seu copo plástico com canudo. Enquanto esperava um táxi, ele se deu conta de que não sabia muito bem para onde ir nem, o que era mais importante, como chegar lá. Incerto quanto à duração de sua estada no Nebraska, Buster comprara uma passagem aérea só de ida. E agora estava com o limite do cartão de crédito estourado. Tentou imaginar qual seria a pior maneira de viajar, e quando o táxi chegou já sabia o que fazer. Entrou no carro e, sentando-se no banco traseiro, disse: "Rodoviária, por favor".

A sua volta, tudo era plano e glacial, e ele teve de se esforçar muito para não se render ao sono antes de o táxi chegar à estação. Olhava para os campos cobertos de gelo, para os inexplicáveis passarinhos que se deixavam praticamente congelar nos fios elétricos, e compreendeu que, fosse qual fosse o lugar para onde ele retornaria, seu retorno causaria surpresa.

Enquanto aguardava na fila da rodoviária, percebeu que não tinha dinheiro suficiente para voltar para a Flórida. Sem poder controlar o tremor de suas mãos, pôs as notas no balcão e perguntou: "Até onde eu consigo ir com esse dinheiro?". A moça da bilheteria sorriu e contou pacientemente as notas. "Dá pra ir até Saint Louis e ainda sobram cinco dólares", disse ela. "Não conheço ninguém em Saint Louis", retrucou ele. "Bom", disse ela, com uma gentileza que era a única coisa que estava fazendo Buster aguentar o tranco, "e onde você conhece alguém?"

"Pra falar a verdade, em lugar nenhum", respondeu ele.

"Que tal Kansas City? Ou Des Moines?", disse ela, tamborilando sem parar no teclado, como se estivesse à procura da resposta para uma questão particularmente difícil, contando para isso com o auxílio de recursos muito limitados.

"Saint Louis está bom", disse ele, sem conseguir manter a compostura.

"É a cidade do Chuck Berry", disse a bilheteira, tentando animá-lo.

"Então está resolvido", disse Buster, e pegou a passagem e os cinco dólares de troco e se jogou no assento do meio de uma fileira desocupada. Tirou um comprimido do frasco que haviam lhe dado no hospital e o engoliu e esperou que a dor — disseminada por seu rosto com o poder asfixiante de um filme de PVC — desaparecesse. Disse ele: "*Meet me in Saint Louis*", mas não sabia com quem estava falando. Joseph? A dra. Ollapolly? A moça da bilheteria? Talvez devesse estender o convite aos três e torcer para que um deles o aceitasse.

    Pegou no sono e, ao acordar, uma hora mais tarde talvez, encontrou algumas notas de um e de cinco dólares depositadas em seu peito e em seu colo. Contou-as: dezessete dólares. Era, a um só tempo, tocante e tremendamente humilhante. Procurou se concentrar só no lado tocante da coisa e sentiu-se um pouco melhor. Pensou que com aquilo poderia efetivar um abatimento hilário em sua dívida hospitalar, mas preferiu ir até a lanchonete do outro lado da rua, onde pediu um milk-shake que era frio e doce, uma das poucas coisas que ele conseguia se ver consumindo, tendo em vista a dor incessante que sentia na boca. Introduziu o canudo na cavidade onde antes ficava o dente perdido. Ignorou a meia dúzia de clientes da lanchonete que, sem sucesso, tentavam evitar olhar em sua direção para não perder o apetite.

    No telefone público da rodoviária, Buster ligou a cobrar para Annie, porém o número dela chamava sem dar sinal de que seria atendido ou de que a ligação cairia na caixa postal. Se ela atendesse, claro que se prontificaria a ajudá-lo, embora Buster detestasse recorrer à irmã e dar, assim, mostras de sua incapacidade de se manter são e salvo. Não falava com Annie desde o dia em que sem querer vira seus seios na internet. O problema não foi a visão da irmã nua, ainda que não tivesse sido uma experiência que ele recomendaria a outros garotos sensíveis que idolatravam as irmãs mais velhas. O problema foi a sensação que a foto lhe causou, a sensação de que Annie estava em queda livre, rumo a algo desastroso e deprimente. E a isso se somou a frustração advinda da percepção de que ele provavelmente não teria como ajudá-la. No momento, porém, nada disso tinha importância, pois ela não estava atendendo o telefone, de modo que ele desligou.

Avaliou as opções que lhe restavam. Eram óbvias e aterrorizadoras. Seus pais. Pôs-se a reescrever a equação, a fim de que a resposta fosse outra que não seus pais, mas toda vez que chegava a uma solução, o resultado era sempre papai e mamãe, Caleb e Camille, o sr. e a sra. Caninus.

"Alô?", disse sua mãe.

"Mãe", disse Buster, "aqui é o seu filho."

"Ah, um dos nossos filhos!", disse ela, genuinamente surpresa.

"Qual?", Buster ouviu seu pai perguntar, e Camille, por falta de tato ou por estar pouco se lixando, esqueceu de tampar o bocal do aparelho ao dizer: "O B".

"Estou todo ferrado, mãe", disse ele.

"Puxa, Buster", disse ela. "O que houve?"

"Estou no Nebraska"

"Ah, que horror", exclamou Camille. "O que você está fazendo aí no Nebraska?"

"É uma longa história", disse Buster.

"Bom, você ligou a cobrar, então é melhor encurtar um pouco."

"Pois é, então, o lance é que eu estou precisando da ajuda de vocês. Levei um tiro na cara e…"

"Como assim!?", gritou Camille. "Você levou um tiro na cara?"

A voz de Caleb soou na linha: "Você levou um tiro na cara?".

"Pois é", disse Buster. "Mas eu estou bem. Quer dizer, não estou bem, mas não vou morrer."

"Quem atirou na sua cara?", indagou Camille.

"É uma longa história?", quis saber Caleb.

"É", respondeu Buster. "Uma história bem comprida."

"Estamos indo aí pegar você", disse Camille. "Vamos sair agora mesmo. Eu estou abrindo aqui o atlas e vou riscar uma linha do Tennessee até o Nebraska. Putz. É longe pra burro. É melhor a gente sair logo. Estamos indo, Buster. Vamos, Caleb."

"Não saia daí, filhão. Estamos indo", disse Caleb.

"Não, esperem", disse Buster. "Eu vou pegar um ônibus pra Saint Louis. Devo chegar lá daqui a algumas horas."

"Saint Louis?", disse Camille. Buster imaginou sua mãe apagando a marcação que havia feito no atlas para então riscar outra linha. "Não tem perigo de você viajar assim, depois de ter levado um tiro na cara?"

"Está tudo bem. Foi só uma batata."

"O que foi uma batata?", perguntou Caleb.

"O tiro que eu levei na cara, foi uma batata", disse Buster.

"Buster", disse Camille. "Agora você está me deixando confusa. Este telefonema é alguma performance de vanguarda radical? Você está grampeando a gente? Não vá me dizer que estamos sendo gravados!?"

Buster sentiu o rosto ser sacudido por abalos sísmicos. Estava meio tonto e se esforçava para permanecer em pé. Usou os cinco minutos seguintes para pôr seus pais mais ou menos a par dos acontecimentos dos últimos dias, e quando concluiu o relato, os três estavam de pleno acordo. Buster iria para a casa de seus pais e ficaria com eles até se restabelecer. O sr. e a sra. Caninus cuidariam do filhinho. Ele descansaria e seu corpo iria se curar, e então os três Caninus sairiam por aí, conforme disse sua mãe, "se divertindo à beça".

No ônibus para Saint Louis, um sujeito com um *ukelelê* se postou no corredor e se ofereceu para tocar músicas que os passageiros quisessem ouvir. Alguém gritou: *"Freebird"*,* e o fulano, visivelmente irritado, voltou para o seu lugar. Buster percorreu cautelosamente o corredor para ir ao banheiro. Depois de várias tentativas malogradas de trancar a porta, pôs-se a olhar o reflexo de seu rosto no espelho minúsculo, quase opaco. Que coisa grotesca. Apesar de ter se preparado bastante para a deformação que encontraria ali, não contava ver tamanho inchaço tanto tempo após o acidente. Metade de seu rosto era praticamente um roxo só, tantas eram as ulcerações, as escamações, as crostas de ferida — e tudo com o dobro do tamanho que deveria ter, com exceção do olho, que, fechado como se premido por uma morsa, tinha cinco vezes o tamanho que deveria ter. A cicatriz em seu lábio lembrava menos uma estrela do que uma fúrcula ou, mais precisamente, uma ferradura. Estrelas, ferraduras, fúrculas. Sua cicatriz era um amuleto. Usando a bisnaga de pomada antibiótica, que logo teria de ser dispendiosamente reabastecida, Buster besuntou as feridas, tarefa que exigia algum tempo e força de vontade. Ao terminar, sorriu para a imagem refletida no espelho e notou que isso tornava as coisas ainda piores. Voltou para o seu lugar, em torno do qual os assentos permaneciam vazios, já que todos no ônibus pareciam inclinados a guardar distância dele, estabelecendo uma zona de amortecimento que se estendia por três bancos em todas as direções. Esse era um tipo de vida que ele entendia: ser circundado, querendo ou não, por uma zona de amortecimento; ter tempo, querendo ou não, para pensar; cair na estrada, querendo ou não, rumo a outro lugar.

* Título de uma canção de 1973 da banda de rock Lynyrd Skynyrd, que em sua gravação original tem mais de nove minutos de duração e um longo solo de guitarra. Desde os anos 1980, é comum que espectadores dos mais variados tipos de shows gritem *"Freebird!"* no meio do espetáculo, pedindo a execução da música com o intuito de ridicularizar o artista que está no palco. (N. T.)

* * *

Ao chegar a Saint Louis, Buster perambulou pelo terminal rodoviário por algumas horas, depois foi até uma lanchonete, pediu outro milk-shake e usou um lenço umedecido para limpar o rosto desalinhado. "Será que posso perguntar o que aconteceu?", disse uma mulher na mesa ao lado, indicando o rosto dele. Buster estava prestes a responder, quando sentiu algo se agitando em sua cabeça: as sinapses, havia muito inativas, programadas para mentir sem motivo, para criar algo melhor do que o que viera antes. "Foi num show de acrobacia que eu fiz no Kentucky", disse ele. "O objetivo era descer uma cachoeira num barril, só que alguém tinha feito uns furos no barril, e aí, antes de chegar perto da queda-d'água eu já estava afundando." A mulher balançou a cabeça e se transferiu para a mesa de Buster, deixando sua comida intacta. "Que horror", disse ela. Buster concordou com a cabeça e continuou. "Eu já não estava mais conseguindo respirar, quando o barril despencou lá de cima e se arrebentou numas pedras e me lançou no meio daquele aguaceiro todo. Foram me encontrar um quilômetro rio abaixo, todo mundo já me dando como morto."

"Eu me chamo Janie Cooper", disse ela, estendendo a mão.

"Prazer, Lance Audaz", disse ele, tentando não sorrir, agora que sabia a impressão que seu rosto causava nas pessoas.

"Você disse que alguém furou o barril?", indagou ela.

Buster sorveu pelo canudo um gole comprido e dramático de seu milk-shake. Tomara a decisão de que dali em diante viveria à base de milk-shakes. "Jogo sujo", respondeu. "Só pode ter sido isso. Quem arrisca a pele em shows de façanhas acrobáticas corre muitos riscos. E nem sempre pelos motivos que você imagina, Janie."

A mulher tirou uma caneta e um pedaço de papel da bolsa

e anotou um número de telefone. "Vai ficar uns dias em Saint Louis?", quis saber.

"Estou só de passagem. Vou embora hoje mesmo", respondeu Buster.

"Bom", disse ela, pondo o pedaço de papel na mão dele, "dê uma ligadinha pra mim hoje à noite, se resolver esticar um pouco a estadia."

A mulher voltou para sua mesa e Buster sorveu um gole tão demorado do milk-shake que sentiu a cabeça começar a doer em virtude do esforço.

Nem dez minutos depois, o sr. e a sra. Caninus entravam na lanchonete da rodoviária, Camille com uma tipoia em volta do braço engessado e a cabeça enfaixada de um jeito esquisito, Caleb com os olhos roxos e as narinas tampadas com chumaços de gaze cheios de sangue pisado, o corpo todo torto e arqueado. "Buster", gritaram em uníssono. "Perguntamos por aí se alguém tinha visto um rapaz machucado", disse seu pai, "e todo mundo dizia para a gente olhar na lanchonete."

Ao abraçar seus pais, Buster notou que Janie tornara a deixar a comida de lado e, com o braço apoiado na divisória entre as mesas, assistia ao espetáculo. "Ah, olha só o meu filhinho", gemeu Camille. "Achávamos que você tinha ido desta para a melhor", acrescentou Caleb. "O que vocês estão aprontando?", indagou Buster. Por mais talentoso que fosse, sabia que não podia competir com seus pais. Eles formavam uma dupla. Não era uma disputa justa.

Janie se levantou e se apresentou a Camille e Caleb. "Vocês são os pais do Lance?", indagou ela.

"Pais de quem?", perguntaram os dois Caninus.

"Lance é o meu nome artístico", explicou Buster a Janie.

"Também desceram uma cachoeira num barril?", indagou ela.

Nunca na vida os pais de Buster haviam permitido que alguém desconhecido os pegasse de calças curtas.

"Fomos atacados por um urso", disseram, como se nem tivessem ouvido a pergunta de Janie.

"Estávamos acampando nas montanhas, em Michigan", disse Camille. "Só eu, o meu marido e este menino aqui, nosso filho Buster, quando um urso-pardo apareceu na porta da barraca. A gente teve que enfrentar o monstro pra se salvar."

"Lance?", disse Janie. "Do que ela está falando?"

"Isso foi antes da minha queda na cachoeira", explicou debilmente Buster, porém Janie já estava pagando a conta e saindo da lanchonete.

"Perdemos a moça", disse Caleb.

"O que vocês estão aprontando?", quis saber Buster. "Por que estão enfaixados desse jeito?"

"Ah, é que a gente pensou, sei lá, em entrar na brincadeira com você."

"Pensaram em entrar na brincadeira de eu ter quase morrido?"

"*Entrar na brincadeira* não é a expressão correta. Queríamos acrescentar a nossa interpretação do acontecido."

"O casal aí vai querer alguma coisa?", indagou a garçonete. Caleb e Camille pediram um milk-shake cada um.

"Saint Louis", disse Caleb. "Acho que eu nunca tinha estado aqui."

"Sempre lembro daquele filme com a Judy Garland, *Meet Me in St. Louis — Agora seremos felizes*", disse Camille.

"Filmão", comentou Caleb.

"A garotinha do filme, não consigo lembrar o nome dela, sai pelas ruas matando uma porção de gente no Halloween."

"Pô, mãe", disse Buster.

"Não, sério. Ela diz que vai matar alguém, e aí, quando o

fulano atende à campainha pra dar os doces, ela atira um monte de farinha na cara dele. É hilário. Teve um ano em que eu queria muito que você e a Annie fizessem isso, mas depois pensei que ficaria uma coisa muito óbvia."

"Deviam ter feito o filme inteiro sobre aquela menina biruta", disse Caleb.

"Eu sou a mais horrorosa", gritaram os pais de Buster, aparentemente se referindo a uma fala do filme. Pareciam dois internos manicomiais que tivessem se enamorado um do outro.

A garçonete veio e jogou a conta de qualquer jeito em cima da mesa. "Vamos parar com essa algazarra, gente", disse ela. "Paguem na saída."

"A gente vai cuidar direitinho de você, Buster", disse Camille.

"Estou precisando mesmo que cuidem direitinho de mim", disse Buster.

"Então procurou as pessoas certas", disse Caleb, e a família Caninus saiu da lanchonete sem pagar a conta.

O dia do gafanhoto, 1989
Artistas: Caleb e Camille Caninus

"Às vezes eu acho que o meu coração fica na barriga", disse Annie. Fez uma pausa, pensou no que acabara de dizer e então repetiu a frase. E tornou a repetir, e repetiu outra vez e mais outra e ainda outra, até que aquilo parecesse uma língua estrangeira, até que as palavras não fossem mais palavras, e sim sons, e a frase não fosse mais uma frase, e sim uma canção.

"Às vezes eu acho que o meu coração fica na barriga", disse ela, enfatizando as palavras *vezes*, *acho* e *barriga*, acompanhando o ritmo com a cabeça.

"Às vezes eu acho que o meu *coração* fica na barriga", disse ela.

"Às vezes *eu* acho que o meu coração fica na barriga", disse ela.

"Às vezes eu acho que o *meu* coração fica na barriga", disse ela.

"Às vezes... eu acho que o meu coração fica na barriga", disse ela.

"Às vezes eu acho que o meu coração... fica na barriga", disse ela.

"Às vezes eu acho... que o meu coração... fica na barriga", disse ela.

"Às vezes..." e então foi atingida por um copo plástico na cabeça. Virou-se e viu Buster parado no vão da porta de seu quarto.

"Se disser essa frase mais uma vez", ameaçou ele, "eu boto fogo na casa."

"Estou ensaiando", disse Annie.

"Parece mais um papagaio", disse Buster, franzindo o cenho.

"Estou ensaiando", gritou ela, e jogou o copo plástico na direção de Buster, que, batendo a porta, foi se refugiar em seu quarto.

"Às vezes eu acho que o meu coração fica na barriga", disse Annie baixinho, sussurrando a frase para si mesma, como uma mensagem em código. Seu coração, no peito, martelava com entusiasmo.

Annie tinha sido escolhida para fazer o papel de Nellie Weaver num filme de orçamento modesto chamado *Show de facas,* cujo protagonista era um caixeiro-viajante chamado Donald Ray, que passava um ano longe de casa, percorrendo o país de ponta a ponta, vendendo facas para churrasco com o intuito de saldar as dívidas que ele contraíra por conta de seu vício em jogos de azar. Annie fazia a filha do sujeito, uma deficiente mental. Teria uma única fala no filme todo.

Ao saber que os produtores do filme estavam realizando testes de elenco em Nashville, Annie implorara aos pais que a deixassem participar. A reação dos Caninus fora de ceticismo. "Ah, meu bem", dissera Camille, "não me diga que quer ser atriz? De atriz para dançarina é um pulo." Ao que Caleb acrescentara: "E de dançarina para modelo é outro".

"Só quero ver se consigo", disse Annie.

"Não sei, não", prosseguiu Caleb. "E se esse filme acaba fazendo sucesso e você começa a ser reconhecida pelas pessoas quando formos fazer os nossos happenings? Vamos perder o anonimato de que precisamos para que as intervenções deem certo."

Isso, para Annie, parecia uma dádiva dos céus. Ela passaria a ser Annie Caninus, uma criança das telas, em vez de a Criança A, um adereço artístico. As pessoas a reconheceriam no meio de uma intervenção dos Caninus e pediriam seu autógrafo; para não chamar atenção, seus pais teriam de esperar até que ela atendesse a todos os pedidos de fotos e apertos de mão. Daria, realmente, para estragar os planos do sr. e da sra. Caninus.

"Por favor?", pediu Annie.

Passados alguns dias, Caleb e Camille cederam. Em discussões noturnas, travadas a meia-voz, bolaram animadamente diversas estratégias para bagunçar o coreto durante o processo de seleção e, assim, imprimir a assinatura deles no filme, caso Annie fosse escolhida. "Tudo bem", disseram por fim. "Você pode ser atriz, se quiser."

Para o teste, Annie preparou uma cena de *A malvada*, seu filme favorito, e, ao levar aos lábios o cigarro apagado — que ela furtara da bolsa de uma mulher no saguão —, disse: "Cortina lenta. Fim", e deu uma longa tragada. O diretor se pôs a aplaudir, estampando um sorriso largo no rosto, olhando para ambos os lados da mesa ocupada pelos demais responsáveis pelo casting do filme. "Você arrasou, menina", disse ele, apertando a mão de Annie. "Arrasou mesmo." Ao vê-la entrando no saguão, seus pais perguntaram como ela tinha se saído. "Apertem os cintos", disse Annie, ainda com o cigarro nos lábios. "Vai ser uma noite e tanto." Caleb e Camille não sabiam a que ela estava se referindo.

* * *

Duas semanas antes de Annie partir rumo à locação do filme, em Little Rock, no Arkansas, a fim de filmar suas cenas, os Caninus achavam-se na sala de espera do estúdio fotográfico JCPenney, onde tirariam sua foto anual de Natal. Fazia um mês que Annie estava vivendo seu personagem: comia usando babador, atrapalhava-se para amarrar os cadarços dos tênis, tinha sempre um sorriso idiota no rosto — os traços gerais do retardo mental com que ela esperava conferir mais autenticidade a sua atuação. Estava sentada com uma revista de ponta-cabeça nas mãos e o nariz escorrendo, enquanto o restante da família punha sua dentadura de lobisomem na boca. "Falando sério, Annie", disse Camille, passando a língua nos dentes postiços, "um pouco de sutileza não faz mal a ninguém." Faltou pouco para Annie sair do personagem, revoltada com o desplante de alguém que, usando dentaduras feitas sob encomenda para ficar com cara de lobisomem, era capaz de pedir a ela para ser mais sutil. Camille segurou o queixo de Annie com a mão direita e introduziu os caninos em sua boca. "Não vá perdê-los", disse ela. "Custaram uma fortuna."

Os caninos tinham sido encomendados a um dentista de segunda, um sujeito que se dispunha a prestar serviços em troca de negócios de ocasião. Os Caninus haviam lhe dado uma colcha antiga, da época da Guerra Civil, que pertencia à família de Caleb fazia muitos anos, e em troca, depois de algumas sessões de moldagem e ajuste, eles tinham recebido quatro conjuntos de caninos, dentaduras de encaixe que recobriam seus dentes e podiam ser reutilizadas por vários anos. "Feliz Natal a todos", disse Caleb, sorrindo, mostrando os dentes compridos e pontiagudos.

Com expressões graves e funestas, os Caninus entraram no estúdio e se posicionaram conforme as instruções da fotógrafa, uma mulher nervosa, com maquiagem carregada e olhos esbugalhados, que passou cinco minutos apontando e dizendo apenas: "Ali, ali, ali". Annie fingia não entender o que a fulana queria, olhando não para ela, mas para o lugar onde a câmera fotográfica jazia desassistida em seu tripé. "Vá sentar perto da mamãe", disse então a fotógrafa. "Ela é deficiente mental", explicou Camille, cobrindo a boca com a mão. "Ah", exclamou a mulher, que então repetiu, falando mais alto e pausadamente: "Vá sentar perto da mamãe". Annie sentou-se e olhou para a câmera, pronta para tirar o retrato.

"Um, dois, três, xis", disse a mulher, e os Caninus, revelando os dentes, gritaram: "Xis!". A mulher emitiu um pequeno grunhido, semelhante ao rangido de um sapato muito apertado, mas, tirando isso, não deu mostras de se perturbar com o aparecimento dos caninos. "Bom, pai, acho que o senhor piscou", disse ela, e tornou a enquadrar a família no visor da câmera.

As dentaduras estavam começando a incomodar, e, entre uma foto e outra, os Caninus passavam a língua pelos dentes postiços. "A gente pode tirar esse troço da boca agora?", indagou Buster, assim que a fotógrafa deu por encerrada a sessão, porém Caleb e Camille já haviam guardado os seus caninos na caixinha de plástico. "Quando o Natal estiver mais perto e a gente mandar essas fotos para as pessoas, a reação vai ser melhor", disse Caleb, que, no entanto, estava obviamente abalado com o fato de eles não terem conseguido pregar um susto na fotógrafa. "Ela estava preocupada em tirar as fotos", disse Camille, massageando os ombros tensos do marido. "É como chegar para um cirurgião que está operando a cabeça de uma pessoa e pedir pra ele interromper a cirurgia e ver um truque de mágica."

Disse Buster: "A gente precisa usar um pouco de sangue falso". Disse Caleb: "Pode ser. Não é má ideia". Disse Camille: "E um veado empalhado que a gente finja estar comendo". Disse Caleb: "É, não deve ser difícil de arranjar algo assim". Disse Annie: "Às vezes eu acho que o meu coração fica na barriga". E ninguém disse mais nada.

Três dias depois, Annie recebeu uma ligação do assistente do diretor. "Tenho más notícias", avisou o sujeito. Na mesma hora, como se atingida por um raio, Annie parou de bancar a retardada. "Que foi?", indagou ela. Será que tinham cancelado as filmagens? Teriam ficado sem dinheiro?

"Vamos cortar a sua fala", disse ele.

Foi como se um médico houvesse dito que a perna de Annie não tinha salvação e precisava ser amputada. A bem da verdade, para Annie foi pior que isso. Ela teria preferido perder uma perna a ficar sem o papel e a fala no filme.

"Por quê?", indagou Annie. "Vocês acham que eu não vou fazer direito?"

"Não é isso, Annie", disse o sujeito.

"Às vezes eu acho que o meu coração fica na barriga."

"Está ótimo, Annie, mas o Marshall acha que o protagonista daria um personagem mais torturado se, em vez de falar uma vez só com a filha, ficasse sem falar com ela durante a viagem inteira."

"Eu discordo", disse Annie.

"Bom, o Marshall e o roteirista conversaram sobre isso e está decidido."

"O que eles querem?", indagou Camille a Annie, que tampou o bocal do aparelho e gritou: "Saia daqui!". Pega de surpresa, Camille deu meia-volta e se retirou da sala.

"Quer dizer que eu estou fora do filme?", disse Annie.

"Não, Annie, você continua no filme. Só não vai ter a sua fala. Vai aparecer nas cenas em que o Donald Ray liga para a família e estará nas telas quando o filme entrar em cartaz."

"Vou ser uma figurante", disse Annie, e caiu no choro.

"Não, meu anjo, não chore", disse o sujeito, dando a impressão de que ele próprio também estava à beira das lágrimas.

"Posso falar com a sua mãe ou com o seu pai?"

"Eles estão mortos", disse Annie.

"Como é?", indagou o assistente de direção.

"Estão ocupados", disse Annie. "Não querem falar com você."

"Annie", disse o sujeito, cuja voz enfim recuperara a compostura, "eu sei que você está furiosa, mas se quer mesmo ser atriz, precisa aprender a lidar com as frustrações. Você tem uma longa carreira pela frente. Seria uma pena ver você desistir só por causa disso."

Annie, que conhecia frustrações de longa data, sentiu as esperanças se desfazendo em seu corpo sem maiores consequências. "É, eu sei", disse ela, e pôs o fone no gancho.

"O que eles queriam?", indagou Caleb, quando Annie voltou para a mesa de jantar. Annie espetou um pedaço de brócolis com o garfo e o mastigou devagar, depois tomou um demorado gole de água.

"Lance de cinema", disse ela. "Nada de mais."

Disse Camille: "Puxa, naquela hora em que você gritou comigo parecia coisa séria".

"Não era nada", disse Annie.

"E, com vocês, a vencedora do Oscar de melhor atriz: Annie Caninus", disse Caleb.

"Não fale assim", disse Annie.

Buster, deixando o prato vazio sobre a mesa, levantou-se e disse: "Às vezes eu acho que o meu coração fica na barriga".

Annie atirou seu copo na direção do irmão. O projétil de vidro passou raspando pela cabeça do menino e foi se espatifar na parede. Annie saiu correndo da cozinha e se trancou no quarto. Nessa noite, assistiu a um vídeo de Bette Davis em *Escravos do desejo*. Na cena em que Davis vitupera contra o estudante de medicina que a ama, Annie parou a fita e então se postou em frente ao espelho e se pôs a gritar: "Seu cafajeste! Seu ordinário! Eu jamais gostei de você mesmo... nem um pouquinho". E então, dando prosseguimento ao monólogo, afastou-se lentamente do espelho, fazendo sua figura diminuir e sumir do campo de visão, até que, de repente, precipitou-se novamente na direção de seu reflexo, berrando com a voz esganiçada: "E depois que você me beijava, eu limpava a minha boca. EU LIMPAVA A MINHA BOCA!".

Escutando punk rock na sala, os outros Caninus se limitaram a aumentar o volume do som e fizeram de conta que não estava acontecendo nada.

Seis meses depois, *Show de facas* teve um lançamento discretíssimo, com repercussão quase nula. Dos poucos críticos que lhe dedicaram alguma atenção, o filme recebeu elogios mornos, e nenhum deles se dignou a comentar a atuação de Annie. Apesar disso, quando os Caninus localizaram em Atlanta um cinema exibindo o filme, Annie não se conteve de excitação. "Vocês vão ficar tão orgulhosos de mim", disse ela a seus pais.

Annie não permitira que Caleb e Camille a acompanhassem durante as filmagens. Os dois ficavam no hotelzinho de beira de estrada e, depois de gravar suas poucas cenas, rodadas numa tomada só para economizar filme para as cenas mais importantes, Annie respondia com monossílabos ou simplesmente dava de ombros às perguntas que eles lhe faziam. Imaginando que a filha se desinteressara da carreira de atriz, o casal Caninus não a pressionava. No entanto, a caminho do único cinema num raio de quinhentos quilômetros em que o filme estava em cartaz, a felicidade radiante de Annie fez com que eles se perguntassem qual seria o tamanho da mentira que teriam de contar para convencer a filha de que o filme não era tão ruim assim.

Compraram pipoca, doces e refrigerantes e se instalaram em seus lugares na sala quase vazia. Quando as luzes se apagaram e a projeção teve início, a canção-tema do filme soou nos alto-falantes. Uma voz anasalada cantava:

> O que eu vendo, vocês não querem comprar.
> E eu vendo as dívidas se multiplicar.
> Vejam que show de facas: é aço inoxidável.
> Com elas ainda faço um negócio formidável.

"Ah, meu Deus do céu", disse Caleb, e Camille o beliscou com força no braço.

O filme ia de mal a pior: um sujeito com um baú cheio de facas para churrasco, atarantado com as dívidas contraídas no jogo, dirigindo por estradas compridas que eram só retas e mais retas.

Com uma hora de filme, Buster conseguira pôr trinta e nove bombons com recheio de uva-passa na boca. Apontava para suas bochechas intumescidas, porém Annie se recusava a virar o rosto e olhar para ele. Continuava com os olhos cravados na tela, sorrindo, movendo para cima e para baixo os joelhos irrequietos. Buster deu de ombros e, uma a uma, cuspiu as passas de volta na caixinha. Donald Ray cortou a mão com uma faca durante uma demonstração na casa de uma mulher beberrona, e foi o esguicho de sangue que impediu os Caninus de pegar no sono. Era uma produção de orçamento tão baixo que Caleb se indagou se o ator que fazia o papel de Donald Ray não teria de fato cortado a mão para filmar a cena. E com isso o ator subiu muito em seu conceito.

"É agora", sussurrou Annie, virando-se para seus pais. "Olhem eu ali." Donald Ray, com a mão enrolada num curativo improvisado, pegou o telefone do hotel e fez uma ligação a cobrar para a família em Little Rock. Enquanto a linha chamava, com o som baixo e suave saindo do fone, o filme pulava para a casa de Donald Ray, onde o aparelho tocava com estardalhaço sobre a mesinha de centro. Então a câmera se afastava e uma mulher se curvava para tirar o fone do gancho. Ela escutava por alguns segundos e depois dizia que aceitava a ligação. "Donald Ray", dizia por fim, a um só tempo zangada e aliviada por ter notícias do marido.

"Olhem bem agora", disse Annie. Atrás da mulher de Donald Ray, sentada no chão e olhando com uma expressão imbecilizada para o carpete, via-se Annie. "É você", disse Buster. "Prestem atenção", disse Annie. "É agora que eu boto pra quebrar." Os Caninus observavam sua filha na tela grande — o semblante embotado, aparentemente alheia ao diálogo telefônico que acontecia a seu lado. Sua atuação, como os Caninus mais tarde admitiriam, era muito convincente. Então, de súbito, num átimo, com um movimento só perceptível para quem estivesse prestando muita atenção, Annie olhava para a câmera e sorria. Os Caninus não conseguiam acreditar que aquilo tivesse acontecido — foi tão perturbador e desconcertante que precisaram de alguns segundos para se dar conta do que tinham acabado de ver. Annie sorrira para a câmera. Mostrando os dentes. Com os caninos postiços na boca.

"Annie?", disseram ao mesmo tempo Caleb e Camille. Sentada ao lado dos pais, a menina tinha um sorriso radiante no rosto. A cena chegara ao fim e seu personagem não tornaria a aparecer em nenhum outro trecho do filme. Ela era, agora os Caninus percebiam, uma estrela.

5.

Annie precisava sair da cidade. Três dias depois da desastrosa entrevista, os dedos indicador e médio de sua mão direita continuavam doloridos e inchados. Usando como tala um palito de picolé partido ao meio, ela gastara metade de um rolo de fita isolante para envolvê-los e mantê-los unidos. Com a mão machucada para cima, olhou-se no espelho. A fita preta em volta dos dedos dava a sua mão uma aparência de pistola, e ela apontou e atirou em seu reflexo. Se o inchaço piorasse e as pontas de seus dedos ficassem roxas, ela simplesmente acrescentaria mais fita isolante. Enrolaria o corpo inteiro em fita isolante, como um casulo, e quando as coisas estivessem mais calmas, sairia de lá de dentro, uma coisa nova e eficiente e melhor do que a coisa que a antecedera.

O telefone tocou. Annie deixou tocar: a secretária eletrônica já estava cheia de mensagens deixadas pelo jornalista da *Esquire*. O sujeito queria vê-la e "falar sobre a matéria" — algo que, para Annie, soava como "vamos trepar de novo para eu incluir uma segunda transa no meu texto". A secretária eletrônica se encarregaria daquilo. Annie amava aquela secretária eletrônica como se fosse um ser vivo, tal a sua habilidade em protegê-la das más decisões que ela era perfeitamente capaz de tomar. A voz robotizada informou à pessoa do outro lado da linha que não havia ninguém em casa e pediu que por favor deixasse um recado. "É o Daniel", anunciou a pessoa. "Atenda o telefone, Annie." Annie fez que não com a cabeça. "Vamos, atenda o telefone", insistiu Daniel. "Eu estou vendo você, Annie. Sei que está em casa. Estou olhando pra você. Atenda o telefone." Annie se virou para a janela, não viu ninguém e indagou a si mesma se Daniel já não estaria no interior da casa. Será que ele chegara a devolver a chave que ela lhe dera quando estavam namorando? Começava a perder a confiança na secretária eletrônica, que ainda não cortara a mensagem. "Annie, eu te amo, estou querendo ajudar", prosseguiu o moço. "Atenda esse telefone." Annie entregou os pontos: estendeu a mão que não estava machucada na direção do aparelho e atendeu o telefone.

"Onde você está?", perguntou Annie. "Como está conseguindo me ver?"

"Eu não estou vendo você", disse Daniel. "Só falei isso pra você atender o telefone."

"Então agora vou desligar."

"Tenho uma coisa importante pra falar pra você, Annie", disse ele. "Lembra da última vez que nos falamos?"

"Vagamente."

"Eu disse que você estava pirada."

"Ah, sei, disso eu lembro."

"Talvez eu estivesse enganado."

"Claro que estava", disse Annie.

"Mas acho que agora você pirou mesmo", prosseguiu ele.

"Estou de saída pro aeroporto. Preciso ir, senão eu perco o

avião." Annie pensou que não podia se esquecer de reservar um lugar em algum voo assim que terminasse de falar com Daniel.

"Eu vou até aí e você me dá cinco minutinhos."

"Não posso, Daniel."

"Eu gosto de você, Annie. E me preocupo com você. Me dê cinco minutos. Depois você não precisa me ver nunca mais."

Annie deu uma demorada e pensativa bicada em seu uísque e se perguntou se já não teria chegado ao fundo do poço.

"Tá bom", respondeu. "Pode vir."

"Obrigado", disse Daniel. "Já estou aqui na porta."

"Como assim?", indagou Annie.

"Pois é, você não trocou a senha do portão. Faz quinze minutos que eu estou aqui."

"E por que não bateu na porta em vez de ligar?"

"Não quis assustar você."

"Que gentil", disse Annie, indo até a porta da frente, observando que o seu copo de uísque pedia uma nova dose com urgência.

Na cozinha, Annie despejou oito pop-tarts numa travessa e voltou com os oito pasteizinhos doces para a sala de estar, onde Daniel, que trocara o indefectível chapéu de caubói por um chapéu de copa chata e abas reviradas em toda a volta, esperava por ela. Daniel vivia à base de pop-tarts e água com gás; Annie jamais o vira consumir outra coisa. Se fosse cega e surda, ele seria o aroma doce e enjoativo de morangos artificiais e massa levemente tostada. Com palmadinhas no assento vizinho ao seu, Daniel convidou-a a se instalar no sofá, porém Annie sorriu e preferiu se sentar na cadeira de balanço, de frente para ele, com a mesinha de centro funcionando como barreira adequada à conversa entre os dois. Annie se pôs a balançar para a frente e para trás, e um rangido irritante acompanhava a oscilação da cadeira. Pensou que a cena estaria completa se tivesse um cachorrinho minúsculo e narcoléptico no colo.

"Você disse que precisava falar comigo", principiou Annie.

"Isso mesmo", disse Daniel, as migalhas de pop-tart já recobrindo o chão ao redor de seus pés.

"Sobre o quê?"

"Sobre a sua carreira e o que você está fazendo com ela e o que está fazendo consigo própria. Sei que você não é lésbica."

"Era só isso que você tinha pra me dizer?", indagou Annie.

"O que aconteceu com a sua mão?", quis saber Daniel.

"Dei um murro na cara da minha assessora de imprensa", respondeu Annie, que mantinha a mão machucada, sem tremer, diante de si. A imperturbabilidade de seus nervos a impressionava.

"É, ouvi dizer que ela desistiu de você."

"A desistência foi mútua. Decidimos ao mesmo tempo. Foi pra falar sobre isso que você veio aqui?"

"O pessoal da Paramount me convidou pra escrever o roteiro do terceiro *Poderes estabelecidos*."

"Puxa... Parabéns."

"Obrigado."

"Eu não sabia que tinham resolvido fazer um terceiro filme", disse Annie, esforçando-se para que seu semblante não traísse sua confusão.

"Bom, foi por isso que eu quis conversar com você." Daniel tirou o chapéu da cabeça e se pôs a girá-lo nas mãos. "Este chapéu foi do Buster Keaton", disse ele.

"Você detesta filmes mudos."

"Eu sei", disse Daniel. "Mas andei ganhando tanto dinheiro que não tenho mais com que gastar."

"Daniel..."

"Tá legal, tá legal."

"Quando eu disse que topava escrever o terceiro episódio de *Poderes estabelecidos*, eles só me pediram uma coisa."

"O quê?", indagou Annie.

"Querem que eu tire você da trama. Não querem mais você na franquia."

Daquele lugar que parecia ser o fundo do poço, de onde ela olhava para cima e via o inalcançável mundo acima do nível do mar, Annie sentiu o chão sob seus pés tornar a ceder.

"Não me querem mais no filme?"

"Não."

"Disseram por quê?"

"Sim."

"Tem alguma coisa a ver com as fotos em que apareço nua na internet e os boatos sobre a minha instabilidade mental?"

"Tem."

"Ah, merda."

"Lamento, Annie. Achei melhor avisar você."

Apesar da voz que esbravejava com ela, dizendo para ela não embarcar naquilo, Annie se desfez em lágrimas. Não podia acreditar que estava chorando por ter perdido a oportunidade de tornar a vestir uma fantasia ridícula de super-herói e depois ficar várias horas parada diante de uma tela verde, dizendo frases como: "Parece que os raios às vezes caem no mesmo lugar". A coisa lhe parecia ridícula mesmo em meio ao chororô, porém isso não a impedia de derramar lágrimas e mais lágrimas, balançando-se descontroladamente na cadeira diante do ex-namorado.

"É uma bosta, eu sei", disse Daniel.

"É uma bosta?", disse Annie. "Sabe o quê?"

"Tenho a impressão de que deve ser uma bosta."

Annie se levantou, foi até a cozinha e voltou com a garrafa de George Dickel. Deu uma talagada na própria garrafa e sentiu seus ossos sendo penetrados por uma espécie de determinação, uma valentia taciturna de cinema *noir*, uma frieza de detetive durão. O álcool, compreendeu de súbito, resolveria aquele problema. Criaria outros problemas, mais prementes, mas, por ora, avançando a passos largos rumo à embriaguez, Annie tinha a sensação de que era perfeitamente capaz de enfrentar a situação. Estava pronta para o que desse e viesse.

"O terceiro filme das trilogias nunca é bom", disse ela. "*O retorno do Jedi, O poderoso chefão III, Garotos em ponto de bala III.*"

"Acontece", disse Daniel, "que quem vai escrever o roteiro sou eu. Então, vai ser bom pra cacete, eu acho. E foi meio sobre isso que eu vim falar com você."

Annie estava tentando prestar atenção, mas não conseguia tirar da cabeça a imagem de si mesma com uma fantasia barata de Lady Lightning, sentada sozinha a uma mesa durante uma convenção mequetrefe de histórias em quadrinhos, tomando um refrigerante diet e olhando fixamente para o seu celular, que não tocava.

"Annie?", disse Daniel. "Quero falar com você sobre o filme."

Annie se via no Japão, vendendo bolinhas de tapioca cafeinada nas ruas, morando num apartamento do tamanho de um armário, namorando um lutador de sumô decadente.

"Annie?", disse novamente Daniel.

Annie se via participando de uma peça encenada após o jantar no interior de um celeiro convertido em restaurante, fazendo Myra Marlowe em *Ano ruim para os tomates*, engordando com o bufê de rosbife, macarrão e queijo na hora do intervalo.

"Quero ajudar você, Annie", continuou Daniel, sem se deixar desencorajar pela expressão vazia com que Annie analisava seu futuro. "E acho que tenho como fazer isso."

Annie alisou o vinco de seus jeans como se estivesse fazendo carinho num cachorro em estado de letargia. "Quer me ajudar em quê, Daniel?"

"Quero ajudar você a deixar de se sentir tão derrotada e a pôr a sua carreira nos eixos de novo."

"Não vá me sugerir uma internação num hospital psiquiátrico, por favor."

"Não. Tenho uma ideia melhor", sossegou-a Daniel.

"Ainda bem", disse Annie.

Daniel se levantou do sofá, deixou uma pop-tart pela metade na travessa e foi até Annie, que já começava a encolher o corpo em sinal de repúdio. Daniel se ajoelhou no chão a seu lado. Annie sentiu o embaraço de um pedido de casamento se formando no ar e pôs-se a balançar vigorosamente a cabeça, como que para afastar tal possibilidade. Então Daniel, que não tinha nenhuma aliança na mão, tirou os joelhos do chão e assumiu uma posição agachada, como o receptor de uma equipe de beisebol, prestes a sinalizar suas instruções para o arremessador. Mantinha o rosto a menos de trinta centímetros do rosto de Annie.

"O estúdio me deu um mês pra preparar um esboço do roteiro. Eu aluguei um chalé no Wyoming, um lugar no meio do nada, só com os lobos por perto. Quero que você venha comigo."

"Pra quê? Pra ver você dar um fim no meu personagem e comer carne seca de veado?"

"Não, pra você descansar. Lá você vai poder fazer caminhadas e esquecer essa maluquice toda e se acalmar um pouco. E aí, de repente, se as coisas se ajeitarem, quem sabe a gente não fica junto de novo?"

"Está querendo que eu vá pro Wyoming pra trepar com você?", indagou Annie.

"Isso", disse Daniel, sorrindo.

"E em que isso ajudaria a minha carreira?"

"Essa era a outra coisa sobre a qual eu queria conversar com você. Fiquei pensando que se trabalhássemos juntos no roteiro, talvez encontrássemos uma maneira de manter a Lady Lightning no filme, poderíamos arrumar uma solução tão boa que o pessoal do estúdio não teria como dizer não."

"Dariam o papel pra outra e pronto", disse Annie, inclinando o tronco para a frente, quase encostando sua testa na de Daniel.

"Talvez não. Você vem comigo, dá uma espairecida, deixa passar essa maré de notícias negativas, e quem sabe eles não lembram que você tem um futuro promissor pela frente e resolvem que vale a pena investir no seu talento?"

"E isso tudo em troca de eu ir pro Wyoming e dormir com você?"

"Exatamente", disse Daniel.

"Transei com um jornalista da *Esquire*", disse Annie.

"Não faz mal", disse Daniel, genuinamente inabalado.

"Faz três dias. Se quiser saber como foi é só ler o próximo número da revista."

"Não estou nem aí", disse Daniel. "Pra mim é só mais um sinal de que você está mesmo precisando passar uns tempos longe daqui."

O Wyoming, na imaginação de Annie, era representado por um espaço ermo, inóspito. Um lugar onde dava para ela se esconder. O pior que lhe poderia acontecer seria dormir com Daniel e depois virar comida de lobo. Isso ela encarava.

Quando Annie disse que topava, Daniel pôs na cabeça dela o chapéu que tinha sido de Buster Keaton, como que a recompensando pela decisão sensata, e então os dois se sentaram no chão da sala, Annie tomando mais uma dose de uísque e Daniel comendo outra pop-tart. Não era assim que os adultos faziam?, indagou-se Annie, sentindo-se ligeiramente orgulhosa de si mesma. Daniel mostrou a ela sua tatuagem mais recente: uma máquina de escrever circundada por cifrões. Annie pediu que ele tornasse a baixar a manga da camisa e tentou fazer de conta que aquilo não tinha acontecido. Então, depois de combinarem que pegariam um avião para o Wyoming na manhã seguinte, Daniel foi embora e ela experimentou uma insólita sensação de sobriedade e, ainda que não estivesse feliz, pelo menos estava aliviada por ver que nem todas as coisas que ela tocava viravam merda.

Naquela noite, tendo combinado as coisas com Daniel para o dia seguinte e sentindo-se tocada pela sensatez de sua resolução de sair de Los Angeles, Annie se pôs a fritar uma fatia grossa de salsichão enquanto ouvia George Plimpton ler alguns contos de John Cheever — um audiolivro que ela comprara mas não chegara a escutar, pois perdera a oportunidade de fazer o papel da mulher de Cheever quando o filme biográfico para o qual fora chamada teve sua produção cancelada. A atmosfera reconfortante que o sotaque cosmopolita, quase britânico, de Plimpton conferia à cozinha — preenchendo o ambiente com histórias de pessoas que, na maioria das circunstâncias, Annie teria tido vontade de esmurrar — acalmava-a e fazia com que ela acreditasse ser uma pessoa inteligente, capaz e nem um pouco maluca.

Besuntou duas fatias de pão de forma com maionese e acrescentou o agora tostado pedaço de salsichão para completar o sanduíche. Encheu um copo com gelo e uísque e, estimulada pela fissura que os personagens de Cheever tinham por coquetéis, pôs um pouco de açúcar na bebida. Mexeu o drinque com o dedo, pensou que aquilo era quase um old-fashioned e foi desfrutar de seu sanduíche na mesa da sala de jantar, interrompendo a narração de Plimpton no meio de uma frase — "… do bacon e do café para tudo quanto era iguaria…" —, com a palavra *iguaria* soando, aos ouvidos de Annie, como *harmonia*.

Na terceira mordida que deu no sanduíche, o telefone tocou e, não precisando mais da proteção da secretária eletrônica,

Annie atendeu. "Ah-loou", disse, com o pão grudado no céu da boca, a maionese funcionando como agente de vedação nas saliências e reentrâncias de seu palato. "Annie?", disse a voz.

Ela engoliu e, então, com a liberdade de movimentos de sua língua restaurada, respondeu: "Aqui é a Annie".

"Achei que você estava bancando a retardada", disse a voz.

"Daniel?", indagou ela.

"Buster", disse seu irmão.

Annie sempre experimentava certa estranheza ao ouvir a voz de Buster. Tinha a sensação de que estava ouvindo não uma voz propriamente dita, mas um som no interior de sua cabeça, como se seu irmão permanecesse encerrado em sua caixa torácica e apenas de vez em quando chamasse a atenção dela para sua presença ali. Fazia meses que não tinha notícias de Buster, não se falavam desde o dia em que ele lhe dissera que ela não devia, em hipótese alguma, tirar a blusa. E ela, obviamente, tirara a blusa. Que tivesse ficado aquele tempo todo sem saber do irmão, parecia um castigo mais do que merecido.

"O que anda fazendo?", indagou Annie, sinceramente curiosa para saber em que pé andavam as coisas com Buster. "Matou alguém? Está precisando de dinheiro?"

"Quase me matei e estou precisando de uns doze mil dólares, mas não é por isso que eu estou ligando."

"Como assim, o que houve?"

"É uma história comprida que vai fazer você chorar de tristeza, então eu vou guardar isso pra mais tarde. A notícia quente é que agora você pode voltar pra casa."

"Buster", disse Annie, com mau humor e impaciência na voz, "eu passei o dia inteiro bebendo, então está meio difícil entender de que raios você está falando."

"Voltei pra casa."

"Está na Flórida?"

"No Tennessee."

"Quando foi que você se mudou pro Tennessee?"

"Estou morando com o papai e a mamãe."

"Ah, Buster", disse Annie. "Ah, não."

"Não está sendo tão ruim assim", disse Buster.

"Me parece bem ruim", retrucou Annie, e então, como se não pudesse esperar que a irmã terminasse a frase, Buster disse: "É deprê mesmo". Aos poucos, como se ele próprio não conseguisse acreditar na história, Buster contou a Annie sobre os canhões de batata e o rosto refeito e a situação de coabitação em que se encontrava agora.

"Tem uma hora ou outra que eles me chamam de Criança B. Me chamam assim, e aí, quando eu reclamo, se fazem de desentendidos. Vai ver que nem chamaram mesmo. Sei lá. Ando meio zureta com esse monte de analgésicos que eu preciso tomar."

"Vai embora daí, Buster", disse Annie, quase aos gritos.

"Não dá", disse ele. "Por ora eu estou preso aqui."

"Você não pode ficar aí", continuou Annie, recusando-se a aceitar um não como resposta. "Tem que dar um jeito de fugir."

"Eu pensei, pra falar a verdade, que talvez você pudesse vir pra cá", disse ele. "Pra ficar comigo. Aí você aproveitava e via o que a idade está fazendo com o papai e a mamãe."

Annie imaginou o quarto de sua infância no mesmo estado em que o deixara ao sair de casa: os cartões estampando cartazes de cinema ainda colados nas paredes, um frasco de colódio rígido pela metade sobre a cômoda, uma trouxinha de maconha num compartimento oculto entre as tábuas do assoalho do closet. Não punha os pés na casa de seus pais desde os vinte e três anos — optando sempre por se encontrar com eles em lugares neutros, locais submetidos à aprovação de ambas as partes no quesito "segurança contra incidentes". Viam-se por ocasião de feriados e aniversários, em hotéis insípidos de cidades em que nenhum deles havia estado antes. A ideia de voltar para casa parecia, se levada adiante, o tipo da coisa capaz de lançá-la espetacularmente, de uma maneira até então inimaginável, ladeira abaixo.

"Não posso, Buster", disse ela por fim. "Estou indo pro Wyoming."

"Não me abandone aqui, Annie", pediu Buster.

"Estou passando por uma fase muito complicada", disse ela. "Preciso dar um tempo e pôr a cabeça no lugar."

"Você está passando por uma fase complicada?", disse Buster, subindo o tom de voz. "Eu, neste exato instante, estou sentado na cama em que dormia quando era menino, tomando um refrigerante sabor laranja misturado com oxicodona e paracetamol, por um canudo encaixado no buraco onde antes ficava um dente que foi estraçalhado por uma batata. A mamãe e o papai estão na sala, escutando o *Black Record* do La Monte Young no último volume. Estão com aquelas máscaras de Zorro que eles não se cansam de usar. Passei a última hora lendo um exemplar de 1995 da *Guitar World* porque tenho medo de entrar na internet e ver mais uma foto dos peitos da minha irmã."

"Não dá, Buster", disse ela.

"Venha me buscar", disse Buster.

"É que eu não tenho mesmo como fazer isso."

"Sinto falta de você, Annie."

"Desculpe, Buster", disse Annie, e desligou.

Quando estava fazendo o primeiro filme da série *Poderes estabelecidos*, Annie passava horas pendurada no telefone com Buster. Os dois se falavam todos os dias, enquanto ela aguardava no trailer até que aparecesse alguém para levá-la para o set. Contava ao irmão as coisas estapafúrdias que aconteciam na produção de um filme de ação feito para ser um sucesso de bilheteria: técnicas e construções que pareciam, mesmo aos olhos de uma Caninus, exageradas e ridículas. "Tem um cara aqui", contou ela certo dia, "cujo trabalho é fazer o Adam Bomb andar direito. Só isso. O sujeito não faz mais nada."

"Que nome dão à função dele?"

"Marcador de passos."

Mal punha o fone no gancho, Annie se via esperando ansiosamente pela ligação seguinte. Tarde da noite, depois de um longo dia de filmagens, com os cabelos endurecidos e doloridos por conta das mil e uma intervenções a que uma equipe de cabeleireiros a submetia, Annie se deitava na cama e ficava escutando Buster ler trechos de seu segundo romance, a história de um garoto que era a única pessoa a escapar dos efeitos radioativos da Terceira Guerra Mundial. Entre adormecida e acordada, escutava a voz do irmão, trêmula e grave, lendo as frases que ele tinha escrito apenas algumas horas antes. "O menino chutou pra longe uma lata de sopa que saiu quicando por entre os buracos do que restava de asfalto da estrada destruída", leu Buster uma noite. "Quando a lata perdeu o impulso e parou de rolar, uma família de baratas saiu correndo de seu interior, projetando-se em todas as direções, como se temendo que a perturbação tivesse sido causada por uma delas. O menino refreou o impulso de pisotear os insetos e seguiu em seu caminho." Annie ajeitou a posição do telefone e sentou na cama: queria ouvir cada palavra com a entonação que Buster pretendera lhe dar. Era uma história tremendamente triste; a esperança era um fósforo tremeluzente que parecia destinado a se apagar a qualquer momento. E, no entanto, ela imaginava que aquele garoto, aleatoriamente poupado dos terríveis efeitos do mundo, era o próprio Buster, e torcia para que o final lhe reservasse algum tipo de felicidade. "Está rolando para a gente, Buster", dizia ela ao irmão. "O que quer que aconteça conosco agora, vai ser uma coisa tão grande que, quando acabar, vamos ficar irreconhecíveis pra nós mesmos."

E então o filme tinha sido um sucesso espetacular, o maior fenômeno de bilheteria dos últimos anos, e o livro de Buster fora mal recebido pela crítica e encalhara nas livrarias. Nas conversas que tinham depois disso, tudo parecia filtrado pelo entendimento de que um deles conseguira cruzar o oceano e agora tinha os pés firmemente plantados na terra virgem do além-mar, ao passo que o outro naufragara no meio da travessia.

Hospedado num hotel, às voltas com um frila encomendado por alguma revista, Buster ligava tarde da noite para ela, visivelmente chapado. Annie dividia sua atenção entre o que o irmão lhe dizia e os filmes a que assistia com o volume baixo o suficiente para que ele não percebesse nada. "Agora você é uma atriz famosa", disse Buster certa vez, "e eu sou o irmão de uma atriz famosa."

"E eu sou a irmã do Buster Caninus", retrucou ela.

"Quem?", disse ele. "Nunca ouvi falar dele."

"Buster", disse ela. "Pare com isso, tá?"

"Eu sou", resmungou Buster, embolando de tal jeito as palavras que foi só depois de ele ter desligado o telefone na cara dela que Annie realmente compreendeu o que ele havia dito, "o pior dos Caninus."

Na manhã seguinte, Annie resistiu à tentação de preparar mais um drinque e aguardou que Daniel aparecesse para levá-la ao aeroporto. Quase não pregara os olhos durante a noite; tivera um sonho em que Daniel, vestido com uma jaqueta e calças de camurça com franjas, surgia no vão da porta do chalé deles e mostrava o braço estraçalhado por um urso-pardo. "Ah, como é lindo e vasto o Wyoming", dizia Daniel enquanto ela tentava em vão aplicar um torniquete.

Quando Daniel chegou, tinha o chapéu de caubói reinstalado em seu lugar de proeminência, um marlboro apagado nos lábios e botas impermeáveis que pareciam próprias para astronautas ou praticantes de pesca no gelo. Mais do que depressa, tirou as malas das mãos de Annie e arrumou espaço para elas no minúsculo porta-malas de seu carro esporte. Sentindo dificuldade para acompanhá-lo até o carro, Annie estacou nos degraus da escada de entrada de sua casa, indagando a si mesma, agora sóbria, que roubada era aquela em que estava se metendo. "Me conte de novo o que eu vou fazer no Wyoming", pediu a Daniel.

"Você vai ser a minha musa", disse ele.

"Sei que está meio em cima da hora pra perguntar, mas tem TV lá?"

"Não", disse ele. "Vai ser só eu e você."

"Então é melhor eu levar um baralho", disse Annie, tornando a entrar precipitadamente em casa.

No aeroporto, com o check-in realizado e a fila do raio X superada, aguardando a hora do embarque, Annie escutava Daniel falar de suas ideias para o terceiro filme da série *Poderes estabelecidos*. "Os nazistas caem fora", disse ele, meneando a cabeça com ar de quem sabe das coisas. "Não têm mais aquele apelo todo. Precisamos ser mais ousados, mirar mais alto."

"Certo", disse Annie.

"Dinossauros", disse Daniel.

"Quê?"

"Eles vão lutar contra dinossauros. Vai ser demais, confie em mim."

"Que tal uns dinossauros nazistas?"

Daniel franziu o cenho e disse: "Annie, quando se é musa de um artista, uma das obrigações é não gozar de suas ideias".

Annie se deu conta de que, tirando Buster, ninguém além de Daniel sabia aonde ela estava indo. Estava prestes a se enfiar num chalé perdido no meio do nada, em pleno Wyoming, com o ex-namorado — um cara com quem ela tinha um relacionamento para lá de instável. Passaria horas escutando Daniel falar sobre dinossauros e lança-foguetes e usar o bordão: "Vamos catapultá-los de volta para a Idade da Pedra". De repente aquilo pareceu um tremendo equívoco.

Ela perdera a assessora de imprensa, mas ainda tinha um agente e contava com o auxílio de uma promotora de talentos, duas pessoas que, esperava-se, desejariam ser informadas de seus planos. "É melhor eu ligar pro meu agente", disse Annie, "e avisar que eu vou passar uns tempos fora de circulação."

"A essa altura ele já deve estar sabendo."

"Como assim?"

"Falei com alguns contatos que eu tenho na mídia e espalhei a notícia de que nós dois estávamos indo trabalhar e curtir um pouco, longe da civilização."

"Do que você está falando, Daniel?", perguntou Annie.

"É que eu vazei para alguns figurões que cobrem a área de entretenimento a informação de que me ofereceram a sequência do *Poderes estabelecidos* e contei que você estava indo pro Wyoming pra trabalhar comigo no roteiro. E..."

"E o quê?"

"E contei que a gente tinha voltado."

Por um instante Daniel pareceu igualzinho, sem tirar nem pôr, a Minda Laughton.

"Acontece que a gente não voltou", lembrou-lhe Annie.

"Pô, Annie, o que você acha que vai acontecer? Vamos ficar num chalé, no meio do nada, só nós dois."

"Vamos trabalhar no roteiro. Os tais dinossauros nazistas e o escambau."

"Sem mim, Annie, honestamente, você já era. Juntos, formamos um casal da pesada. Podemos dominar esta cidade."

"Daniel, você está falando como um cientista do mal."

"Você precisa de mim e, sei que isto talvez seja difícil de entender, eu preciso de você."

"Você precisa de muitas, muitas coisas, Daniel. Em sua maioria, coisas de natureza farmacêutica."

"Annie, eu não quero transformar isto aqui numa experiência desagradável. Mas se você não for comigo pro Wyoming, vou fazer o que estiver a meu alcance para detonar de tal jeito a sua carreira que você nunca mais conseguirá pôr os pés num set de filmagem."

Annie teve a sensação de que as palavras a atravessavam, deixando seu corpo nevoento e descoordenado. "Preciso ficar um pouco sozinha", disse ela. Daniel assentiu com a cabeça e então avisou que ia ao banheiro. "Quando eu voltar, faremos de conta que isto nunca aconteceu. Vamos pegar esse avião pro Wyoming e retornar ao que fazemos de melhor." Annie não sabia o que era que eles faziam de melhor; juntos, os dois pareciam abaixo da média em todas as categorias.

"Não precisa ter pressa", disse ela quando Daniel se levantou e saiu andando na direção oposta à do portão de embarque. Assim que ele sumiu de vista, Annie foi apressadamente até o balcão de atendimento e aguardou que as duas funcionárias da companhia aérea dessem por sua presença ali. As moças reviravam papéis e consultavam a tela do computador e então disseram em uníssono: "Bom, está errado". Annie olhou por cima dos ombros para ver se Daniel não estava voltando. Tinha a impressão de ouvir uma ominosa peça para violino saindo dos alto-falantes do aeroporto, a música de um filme de suspense protagonizado por uma mulher incrivelmente idiota e seu ex-namorado maluco.

"Posso perguntar uma coisa?", disse Annie, e as duas moças tiraram os olhos da tela do computador e formaram com os lábios comprimidos uma expressão de irritação que para todos os efeitos poderia ser chamada de sorriso. "Ahn-han?", disseram em uníssono.

"Eu queria uma informação sobre a minha passagem", disse ela.

"Você está com ela na mão", disse a moça da direita.

"Eu sei", prosseguiu Annie, tentando fazê-las perceber que se tratava de uma emergência, "mas gostaria de saber se daria pra trocar."

"Quer outro assento?", indagou a moça da esquerda.

"Outro avião", respondeu Annie.

"Como é?", disseram as duas.

"Quero pegar outro voo."

"Por quê?"

"É uma história complicada."

"Bom", disse a moça da direita, "complicado vai ser você trocar essa passagem."

"Tudo bem, eu explico", disse Annie, ainda nenhum sinal do Daniel, graças a Deus. "O meu ex-namorado me pediu pra fazer uma viagem com ele pro Wyoming pra ver se a gente conseguia reatar, e na hora eu topei, mas agora estou achando que devia ter dito não."

"Opa, essa é boa", disse a moça da esquerda.

"Ele está no banheiro e eu preciso embarcar em outro avião, um voo que esteja saindo agora, antes que ele volte."

"Uau, é boa mesmo", disse a moça da direita.

Apertando algumas teclas, as duas atendentes se revezavam para informar a Annie os destinos disponíveis, enquanto ela avaliava as possibilidades. Não queria ir para Nova York, nem para Chicago, nem para Dallas. "Outro lugar", disse. "É melhor se apressar", alertou a moça da direita. "O seu namorado já está há bastante tempo no banheiro."

"Deve estar se admirando no espelho", disse Annie.

"Conheço o tipo", disse a moça. "Deus me livre ir pro Wyoming com um homem assim."

Ela estava escapando. Era uma fuga e tanto. Com medo de que a qualquer momento seu celular começasse a tocar, Annie pegou o aparelho e o jogou na lata de lixo mais próxima. Ninguém iria dizer para ela fazer outra coisa que não o que estava fazendo naquele exato instante. Agora estava fora de área e sentia a excitação de ter cortado todas as linhas de comunicação. Quando anoitecesse, estaria bem longe dali e então, bom, não sabia ao certo o que faria então, afora tentar ficar invisível com o auxílio de certas substâncias. Com as moças transferindo-a magicamente de um avião para outro, faltando poucos minutos para que ela pudesse deixar tudo para trás, Annie pensou em Buster reclinado na cama de sua infância, com o rosto desfigurado, preso naquela casa, à mercê de seus pais e das mil e uma tentativas que eles provavelmente estavam fazendo para remendar o estrago de que ele fora vítima. Consciente de que estava desmoronando e que Buster já se arrebentara inteiro, ela indagou a si mesma se não haveria alguma possibilidade de que, com todos os Caninus novamente sob o mesmo teto, os quatro fizessem bem uns aos outros. Parecia improvável, mas, naquele instante, enquanto permanecia ali, parada em meio ao mundaréu de gente que passava de um lado para outro do terminal, Annie se sentiu inclinada a arriscar a sorte. Não estava indo para o Wyoming com Daniel. Fosse qual fosse seu destino agora, pior que isso não seria.

"Tem algum voo pra Nashville?", indagou.

"Tem um avião decolando para Detroit daqui a dez minutos. De lá você pode pegar um voo para Nashville."

"Mas precisa resolver já", disse a moça da esquerda. "Acho que o seu namorado vem vindo."

"Ex-namorado", disse Annie. "E pode me pôr nesse avião."

Com um cartão de embarque novo na mão, ela agradeceu às duas moças, que prometeram transmitir seu recado a Daniel — que ela não poderia ir para o Wyoming com ele — à maneira delas. "Vai ser uma delícia", disseram as moças. "Ele vai ficar arrasado."

Annie desenrolou a fita isolante que tinha na mão e a atirou no lixo, flexionou os dedos, verificou que não estavam mais doloridos e então saiu correndo para pegar seu voo, movendo os braços flexionados para a frente e para trás, uma estrela de cinema num filme que não existia. Imaginou o cinegrafista deslizando no trilho a seu lado, tentando manter o enquadramento. Estava dando o fora, por mais imprudente e inútil que isso fosse, e a motivação de seu personagem era simples e compreensível. Fugir. Atravessava a toda um cenário que custara um dinheirão para ser montado, passando por todos aqueles figurantes que poderiam entrar em seu caminho e fazê-la diminuir o ritmo, e nessa altura os gritos do diretor eram tão distantes que ela já nem os ouvia mais.

Projeto sem título, 2007
Artistas: Caleb e Camille Caninus

Ao descer da escada rolante e se dirigir ao saguão onde os passageiros aguardavam suas malas, Annie viu Buster com um cartaz na mão que dizia: CANINUS. Seu irmão não exagerara ao descrever o estrago que sofrera no rosto, e ela recorreu ao talento que lhe era natural para dissimular o baque que sentiu ao vê-lo, enquanto seu estômago se comprimia em virtude do esforço que lhe custava manter, superficialmente, a compostura. Nenhum dos dois soube como agir quando Annie por fim se aproximou e tirou o cartaz das mãos de Buster. Entreolharam-se por um instante demorado, A e B, a sintonia simples, sequencial que havia entre eles, e então Buster abraçou a irmã.

"Nem acredito que você veio", disse ele.

"É, eu sei", disse Annie. "O que será que me deu?"

"É que estamos os dois na pior", disse Buster, e Annie concordou.

"Cadê a mamãe e o papai?", indagou ela.

Buster olhou para o lado, respirou fundo e então disse: "Ficaram na van. Planejando. Estão com uma ideia".

"Ah, não", disse Annie, uma conhecida onda de calor se espalhando por seu corpo. "Me poupe."

"Bem-vinda à vidinha de sempre", disse Buster, e foi até a esteira para pegar a mala de Annie.

No estacionamento, ao ver Annie e Buster se aproximando com passos ressabiados, Caleb e Camille, que se achavam em pé junto à van, puseram-se a acenar alucinadamente, como se estivessem com os braços em chamas. Esse primeiro reencontro com os pais em anos foi mais chocante para Annie do que a visão do rosto inchado de seu irmão. Pareciam versões miniaturizadas e arqueadas de si próprios. Seus cabelos estavam totalmente brancos. Sim, continuavam magros e ainda ostentavam um entusiasmo eletrizante, hipnótico, mas estavam — coisa que não deveria ser motivo de surpresa, mas que a surpreendeu mesmo assim — tão velhos!

Caleb tinha na mão um cabide com uma camiseta azul-turquesa em que estava escrito: TROPA COCOROCÓ, logo abaixo do logotipo da rede de fast-food RAINHA DA GALINHADA: uma mulher rechonchuda, exuberante, com uma coxa de frango na mão.

"Annie!", gritou Camille.

"O que é isso aí?", indagou Annie, apontando a camiseta ao receber o beijo de sua mãe no rosto.

"Um presente", disse Caleb, oferecendo a camiseta para a filha.

"Não, obrigada", disse Annie.

"Escute só o que a gente bolou", disseram em uníssono seus pais.

"Por favor", disse Annie, "estou acabando de chegar." Olhou para Buster, que, só agora ela percebia, parecia ligeiramente drogado e tinha um sorriso envergonhado no rosto.

Caleb abriu a porta de trás da van e sugeriu com um gesto que Annie entrasse no veículo.
"Preciso de um drinque", disse ela.
"Agora melhorou", disse Caleb, envolvendo ambos os filhos com os braços. "Ainda não inventaram droga melhor que essa."
Sem ter para onde mais fugir, Annie respirou fundo e entrou na van. Buster juntou-se a ela e seus pais sorriram e então fecharam a porta com força.

O plano era muito simples, explicaram Caleb e Camille. O local da intervenção era um shopping próximo ao aeroporto. Todo o material necessário já fora providenciado pelo casal. Annie e sua mãe vestiriam as camisetas do Rainha da Galinhada e levariam consigo uma pilha enorme de cupons falsificados. Camille mostrou a Annie e Buster uma das filipetas, um trabalho bastante profissional, um cupom cujo brinde era um sanduíche de frango. Tinha sido suficientemente bem-feito para que o freguês não titubeasse em usá-lo, porém era tosco o bastante para que os caixas do Rainha da Galinhada percebessem que se tratava de uma falsificação. "Quantos desses vocês mandaram fazer?", indagou Annie aos pais. "Cem", responderam eles, que então deram prosseguimento à explanação de como seria o happening: Annie e Camille distribuiriam os cupons, enquanto Buster ocuparia uma mesa na praça de alimentação, perto do Rainha da Galinhada. Ficaria a seu cargo registrar a confusão que se iniciaria quando os fregueses um depois do outro aparecessem com seus cupons fajutos. Então, depois que uma quantidade razoável de fregueses fosse rechaçada e o terror da situação começasse a ficar evidente para os superexplorados e subempregados funcionários da lanchonete, Caleb iria até o balcão para entornar de vez o caldo, insuflando os fregueses irritados e liderando a invasão ao Rainha da Galinhada.

"Vai ser lindo", disse Caleb para os filhos.
"Não quero fazer isso", disse Annie.
"Quer, sim", retrucou Caleb.
"Não estou legal", disse Annie. "O Buster não está legal."
"Fazendo isso com a gente, vocês vão melhorar", disse Camille. "Somos uma família de novo. Isso é o que a gente faz. Isso é o que os Caninus fazem. Fazemos coisas estranhas e memoráveis."
"Não estou em condições", disse Annie, olhando para Buster em busca de ajuda. Buster levou a mão ao curativo que tinha no olho e disse: "Eu também não quero fazer isso".
"Não comece com onda", disse Caleb para o filho.
"Não", disse Annie. "A gente não vai fazer isso."
"Meus filhos", principiou Camille, porém no mesmo instante Caleb enfiou a mão na buzina, um estalo de raiva, antes de recobrar a compostura. "Tudo bem", disse ele. "Vocês estão fora de forma mesmo. Acabariam estragando tudo. Sua mãe e eu damos conta do recado. A gente dá conta de tudo. Faz anos que temos nos virado sozinhos. Só estávamos tentando incluir vocês dois. Queríamos que se sentissem fazendo parte disso de novo."
Annie sentiu sua determinação escorrer por entre os dedos. "Pai, não é que..."
"Não", cortou-a Caleb. "A gente não devia ter chamado vocês. Podem deixar conosco. A gente dá conta. Será que vocês poderiam pelo menos filmar para a gente? Fariam esse grande favor para o seu pai e para a sua mãe?"
"Claro", disse Buster, olhando para Annie, em busca de apoio. "A gente filma."
"É que vocês estão fora de forma, só isso", resmungou Caleb, olhando fixamente para a frente. "Só precisam reaprender o que significa isso tudo. Quem vocês são."

Tendo deixado os preguiçosos dos filhos na praça de alimentação, Caleb e Camille partiram em direções opostas e prepararam o terreno para a intervenção. "Sanduíche de graça no Rainha da Galinhada", gritou Caleb, brandindo um cupom para uma mulher que passava, dando a seu gesto um sentido vagamente obsceno. "É só trocar no caixa. Não precisa comprar nada", disse ele.

"Não, obrigada", disse a mulher.

"Como assim?", questionou-a Caleb, deixando que a filipeta perdesse o impulso e se vergasse languidamente para baixo.

"Não quero, obrigada", explicou a mulher.

"É grátis", disse Caleb, pasmo com a recusa.

"Não estou com fome."

"Está de regime?", indagou Caleb, sinceramente curioso. "É uma das coisas mais saudáveis que tem na praça de alimentação."

"Obrigada", disse a mulher, subindo o tom de voz. Deu um piparote no cupom que Caleb estendia em sua direção e se foi com passos apressados.

"A senhora não entendeu?", disse Caleb. "É grátis."

Camille ofereceu um cupom a um homem com fones nos ouvidos e o sujeito recolheu a filipeta sem diminuir a marcha. Depois de percorrer mais alguns metros, amassou o pedaço de papel e o atirou numa lata de lixo. Camille correu até a lixeira e resgatou o cupom. Alcançou o sujeito e o cutucou no ombro. Ele se virou com irritação. "Você deixou cair isto", disse ela, sorrindo.

"Não quero", disse ele, falando alto demais, a música ainda trovejando em seus ouvidos.

"Vale um sanduíche de graça no Rainha da Galinhada", continuou ela. "É só trocar no balcão. Não precisa comprar nada."

"Não, obrigado", disse ele, deixando-a para trás, balançando a cabeça no ritmo de uma música que Camille não conseguia ouvir.

Uma família de cinco passou por Camille e ela lhes ofereceu um maço de cupons. "Sanduíches grátis para todo mundo", gritou, com o rosto repuxado de tanto sorrir.

"Não comemos carne", disse a mãe, afastando as crianças dos cupons.

"Ah, que saco", disse Camille. Fazia meia hora que estava ali e só conseguira distribuir doze cupons.

"Não entendi", disse o sujeito, tentando se esquivar do cupom que Caleb lhe oferecia.

"Não entendeu o quê?", disse Caleb. "Você pega este cupom aqui, troca por um sanduíche de frango, traz o sanduíche pra mim e eu dou cinco pratas pra você."

"E por que não faz isso você mesmo?", perguntou o sujeito.

"Eu trabalho lá", disse Caleb, exasperado. "Os funcionários não podem usar os cupons."

"Então por que não compra o sanduíche de uma vez? Custa menos do que cinco dólares."

"Não está a fim de ganhar um dinheiro fácil?", indagou Caleb.

"Acho que não", disse o sujeito, raspando-se dali.

"Sanduíche grátis, porra!", gritou Caleb.

Na praça de alimentação, Annie e Buster conversavam mais detalhadamente sobre suas vidas, contando um ao outro de que maneira as coisas haviam desandado para eles.

"E os paparazzi?", quis saber Buster. "Você precisa usar um disfarce ou coisa parecida quando sai na rua?"

"Não sou uma atriz tão famosa assim", disse Annie. "Pouca gente me reconhece. Ou vai ver que a maioria está se lixando pra mim. Além do mais, os caras da imprensa acham que eu estou no Wyoming com o Daniel. Duvido que ele tenha tido coragem de espalhar por aí que eu dei o fora nele no aeroporto. Entrei para a clandestinidade."

"Bom, se quiser usar um tapa-olho pra se manter incógnita, pode pegar um dos meus", ofereceu Buster. "Puxa, ainda não apareceu ninguém com os tais cupons", acrescentou.

"Coitadas dessas moças que trabalham nos caixas", disse Annie. "Não ganham o bastante pra encarar Caleb e Camille."

Por fim, um adolescente se aproximou do balcão com um cupom. Buster assistia à cena pelo visor da filmadora digital que seu pai deixara com ele. "Lá vamos nós", disse.

O garoto fez o pedido e, quando a moça do caixa informou o valor da compra, apresentou o cupom. A moça franziu o cenho e arrancou o cupom da mão do menino. O garoto indicou a palavra GRÁTIS estampada no cupom. A funcionária chamou o gerente, um rapaz que parecia regular em idade com ela e que provavelmente regulava em idade com o freguês também. Ela mostrou o cupom e ele também franziu o cenho, pondo a filipeta contra a luz, como que à procura de uma marca-d'água. Então fitou o freguês, examinando-o de alto a baixo e devolveu o cupom para a caixa, fazendo um gesto de concordância com a cabeça. A moça guardou o cupom na gaveta da registradora e deu um sanduíche de frango para o garoto.

"Xi", disse Annie, vendo a coisa dar para trás de forma inusitada. "Que merda."

Alguns minutos depois, um casal mais velho apareceu com outros dois cupons e a caixa os aceitou sem titubear. Três cupons, três sanduíches de frango, três fregueses agora sentados a três metros de Buster e Annie, comendo de graça por cortesia do sr. e da sra. Caninus.

"Será que não era melhor avisar o papai e a mamãe?", indagou Buster.

"Não", disse Annie. "Não vamos nos meter."

Vendo as pessoas comerem seus sanduíches de frango, Annie se deu conta de que não punha nada na boca desde o dia anterior. Ainda tinha o cupom que seu pai havia lhe dado. Retirou a filipeta amassada da bolsa, alisou-a sobre a mesa, levou-a até o Rainha da Galinhada e voltou com um sanduíche grátis. Enquanto comia sem pressa, Buster filmava mais e mais pessoas se encaminhando ao balcão, todas usufruindo da promoção conforme lhes fora prometido.

Uma hora e meia mais tarde, tendo enfim distribuído uma quantidade razoável de cupons, Caleb e Camille se encontraram junto à fonte situada na área central do shopping. "Santo Deus", disse Caleb, "as pessoas andam tão idiotas que a gente não consegue controlá-las." Camille concordou com a cabeça. "Estão tão resistentes a qualquer coisa mais estranha que se isolam do resto do mundo. É deprimente."

"Bom", disse Caleb, arrancando a camiseta do Rainha da Galinhada, "vamos fazer um pouco de arte."

Quando os dois chegaram à praça de alimentação, não havia nenhuma fila de fregueses furibundos em frente ao balcão do Rainha da Galinhada. Nenhum sinal de hostilidade, frustração. Só vinte e cinco pessoas comendo os sanduíches de frango que haviam trocado por seus cupons promocionais. Camille viu Buster e Annie sentados a uma das mesas e abriu os braços num gesto de perplexidade. Annie e Buster se limitaram a dar de ombros. "Que diabos está acontecendo aqui?", sussurrou Caleb. "Não sei", disse Camille, visivelmente assustada com a ausência de pandemônio. "Me dê aqui um cupom desses", disse Caleb, arrancando uma filipeta da mão da mulher. "Hoje em dia a gente não pode contar com ninguém pra fazer arte pra valer", resmungou ele, avançando com passos firmes e decididos em direção ao Rainha da Galinhada.

"O que o senhor vai querer?", indagou a caixa, que digitava uma mensagem no celular e não se dignou nem a olhar para Caleb.

"Quero um sanduíche grátis", disse ele. "E não me venha com enrolação."

"Certo", disse a moça, recuando até a área de preparo de lanches para pegar um sanduíche já embalado.

"Espere aí", gritou Caleb. "Eu não preciso de um cupom?"

"Precisa", disse a moça, estendendo a mão.

Caleb entregou-lhe o cupom. "Ganhei de uns caras meio esquisitos que estavam lá na entrada do shopping", disse ele. "Não sei se vale."

"Vale, sim", disse a caixa. "Aqui está o seu sanduíche."

"Pra mim esse cupom é falso", disse Caleb.

"Não é falso, não."

"É claro que é falso, caramba. Olhe direito. É fajuto."

"O senhor vai querer o sanduíche ou não?", indagou a moça.

"Chame o gerente de vocês que eu quero falar com ele."

O gerente veio até o balcão de atendimento. "Houve algum problema com o pedido do senhor?"

"O problema é esse cupom falso."

"Acho que o senhor está enganado."

"Você olhou direito?", disse Caleb, nessa altura já aos berros.

"Olhei, sim. Não tem nada de errado com ele."

"Ah, que gente, meu Deus, que gente! Isto aqui é uma falsificação. Vocês distribuíram esses sanduíches todos em troca de cupons falsificados."

"O senhor quer fazer a gentileza de pegar o seu sanduíche e dar licença para as outras pessoas que estão na fila?"

"Não como esse sanduíche de vocês nem que me paguem", disse Caleb, esmurrando o balcão da lanchonete. O happening começava a atrair a atenção das pessoas.

Buster filmou tudo. "Que merda", disse ele.

"Se o senhor não for embora, eu vou ter que chamar a polícia", disse o gerente.
"Vocês não têm um pingo de responsabilidade, mesmo. É só fazer a parte de vocês que eu cuido do resto. O trabalho pesado fica por minha conta. Vocês só precisam deixar a coisa acontecer."
"Já chega, meu senhor."
Camille se aproximou de Caleb. "Deixa pra lá, amor. Vamos embora", disse ela.
"Eu me encarrego da porcaria do trabalho e vocês assistem, testemunham a beleza toda da coisa. É tudo o que precisam fazer."
Camille arrastou o marido para longe do Rainha da Galinhada. A praça de alimentação inteira os observava. Caleb pegou o resto dos cupons que a esposa tinha na mão e os atirou no ar. Ninguém fez menção de pegá-los.
Buster desligou a filmadora. "Isso", disse ele para a irmã, "foi péssimo."
Annie concordou com a cabeça. "Foi lamentável."
Enquanto aguardavam na van, Annie e Buster falavam sobre o fato inescapável de seus pais. Não estavam mais dando conta do recado. E não era só a sensibilidade artística deles que estava indo para a cucuia. A cabeça também não andava muito boa. Na ausência de Annie e de Buster, fora naquilo que eles haviam se transformado?

"Tudo bem, eles sempre cultivaram uma concepção radical de arte", disse Annie, "mas isso beirou a idiotice. Será que o Caleb achava mesmo que iria liderar um golpe contra o Rainha da Galinhada? Será que os dois realmente esperavam que as pessoas perdessem as estribeiras por conta de um sanduíche de frango grátis?"

Buster concordou com a cabeça, ainda um pouco entorpecido por causa dos analgésicos. "Eles estão mal", disse ele.

Quase meia hora depois, seus pais enfim apareceram. Com os rostos acabrunhados e um pouco avermelhados, pareciam ter chorado.

"Que pena, hein, pai?", disse Buster, porém Caleb não respondeu.

Permaneceram o caminho quase todo em silêncio. Annie observava a paisagem estranha tornar-se familiar de novo. Buster segurava a mão da irmã, sentindo-se protegido na atmosfera tensa da van. Por fim, quando faltavam poucos minutos para chegar em casa, Caleb começou a rir baixinho. "Maldito Rainha da Galinhada", disse ele. Seus ombros sacudiam. Então Camille começou a rir entre os dentes. "Que desastre", disse ela, balançando a cabeça.

"Que pena, hein, pai?", tornou a dizer Buster. "Que pena, mãe." Seus pais fizeram sinal de que estavam pouco se lixando.

"Arte com A maiúsculo é difícil", disse Caleb. E alguns instantes depois acrescentou: "Só não entendo por que às vezes precisa ser tão difícil". Tentou sorrir, mas, aos olhos de Buster e de Annie, parecia absurdamente cansado. Suas mãos tremiam no volante, e Annie refreou o impulso de perguntar se ele não queria que ela dirigisse. Caleb pegou a mão de sua mulher e a beijou. Ela passou os dedos carinhosamente pela orelha dele e sorriu. Ao chegar em casa, os dois já estavam tendo novas ideias para criar o caos que, em sua opinião, o mundo fazia por merecer.

Fizeram uma pausa antes de descer da van, cada Caninus em seu lugar. Então caminharam até sua casa, seu lar, e os quatro tinham a sensação incontestável de que, agora que estavam juntos de novo, não teriam a menor chance de evitar a coisa que aconteceria a seguir, fosse o que fosse essa coisa.

6.

Apesar de o inchaço ter diminuído bastante, sinalizando em seu corpo uma inexplicável capacidade de autorregeneração, Buster continuava a usar o tapa-olho para proteger a vista. A falta de noção de profundidade que daí advinha parecia ser compensada pelos analgésicos — e isso de uma maneira que dava a ele a sensação de ser dotado de uma percepção extrassensorial. Lendo por alto um gibi de sua infância, protagonizado por elefantes superpoderosos, Buster tentou adivinhar as horas sem consultar o relógio, a fim de testar sua nova habilidade. Os números tremularam em sua cabeça, logo atrás de seu olho tapado, e ele disse em voz alta: "Três e quarenta e sete da tarde". Então olhou para o despertador e viu que eram 9h04 da manhã. A pes, concluiu, ia e vinha.

Afastou as cobertas e sondou com os pés as tábuas do assoalho. Suas ceroulas de corpo inteiro, um uniforme que em casa ele não tirava de jeito nenhum, estavam amarfanhadas e clamavam por água e sabão. Quando avançou pelo corredor, o chiado insistente da agulha do toca-discos raspando na borda interna de um LP tomava conta da sala de estar. Seus pais, ainda mascarados, porém adormecidos, jaziam no sofá, na diagonal. Espalhados pelo chão, viam-se livros sobre técnicas de manipulação de fogo e pirotecnia e a mesinha de centro estava coberta por uma camada de cinzas pretas. Na cozinha, sua irmã, havia duas semanas de volta ao lar dos Caninus, fritava um pedaço de salsichão numa frigideira e uma dúzia de ovos em outra. Mexia a comida com uma espátula e dava golinhos longos e circunspectos num copo de vodca com suco de tomate. "Dia", disse ela, e Buster devolveu o cumprimento: "Dia".

Buster introduziu duas fatias de pão na torradeira e, quando elas saltaram, colocou-as num prato e se sentou à mesa, mastigando devagar, tentando evitar que os pedacinhos umedecidos de pão entrassem na cavidade antes ocupada por seu dente. Annie, equilibrando na espátula uma fatia de salsichão coberta por um ovo frito, veio até a mesa e despejou a iguaria no prato do irmão. Sem saber ao certo quando tinha sido a última vez que havia posto alguma coisa na boca, Buster amassou a comida com o garfo, até transformá-la numa pasta que lembrava um patê de quinta categoria. Annie voltou para a mesa com um prato que tinha o tamanho do prato de condução de uma bateria e continha uma maçaroca transbordante de salsichão e ovos, com predomínio dos tons de rosa chamuscado, branco doentio e amarelo brilhante.

"Tem algum plano pra hoje?", indagou Buster à irmã.

"Ver uns filmes", respondeu Annie, bebericando seu bloody mary. "Dar uma relaxada."

"É, eu também", disse Buster. "Dar uma relaxada."

Os dois estavam dando uma relaxada desde que tinham voltado para a casa dos pais. Annie se instalara em seu antigo quarto, estocara debaixo da cama uma quantidade de bebidas que daria para abastecer um bar, e ela e Buster volta e meia cruzavam um com o outro pela casa, enquanto seus pais se dedicavam a diversos projetos artísticos de que os jovens Caninus procuravam manter distância. Buster dividia seus remédios com a irmã e os dois assistiam a filmes mudos, liam gibis e evitavam fazer menção às partes de suas vidas que existiam fora daquela casa. Talvez estivessem se transformando em dois inválidos, mas, graças à simples presença de Annie, agora estavam fazendo isso juntos.

Caleb e Camille entraram na cozinha e reclamaram do cheiro de gordura no ar. "Só de sentir esse cheiro de salsichão frito já me vira o estômago", disse Caleb. Trabalhando em equipe, procedendo como se estivessem executando uma sequência de ações inscrita em seus músculos, o sr. e a sra. Caninus reuniram os ingredientes necessários para o preparo do seu café da manhã: folhas de espinafre, suco de laranja, iogurte natural, bananas, mirtilos e farinha de linhaça. Despejaram os ingredientes no liquidificador e, trinta segundos de bruaá depois, cada qual se sentou à mesa com o seu copo de líquido verde-arroxeado. Tomaram uma golada da bebida cada um e então respiraram fundo. Camille estendeu o braço sobre a mesa e aplicou palmadinhas nas mãos dos filhos. "Isto é ótimo", disse ela.

O telefone tocou, mas nenhum dos quatro se mexeu para atendê-lo. Não tinham vontade de falar com ninguém que já não estivesse sentado à mesa. A secretária eletrônica tomou para si o encargo de atender a chamada, com a voz de Camille dizendo, imperturbavelmente: "Os Caninus estão mortos. Deixe um recado após o sinal e os nossos fantasmas entrarão em contato". Camille, que estava à mesa com o copo de vitamina na mão, pôs-se a rir baixinho. "Quando foi que eu gravei isso?", disse ela.

Quando o sinal soou, um sujeito, aparentemente desconcertado com a tolice da mensagem da secretária eletrônica, disse: "Errr... sim, eu gostaria de falar com Buster Caninus". Na mesma hora Buster pensou que a ligação era do Nebraska, alguém do hospital querendo cobrar sua dívida. Como tinham feito para localizá-lo no Tennessee?, indagou a si mesmo. Será que tinham posto um chip em sua cabeça enquanto ele estava inconsciente? Tocou o tapa-olho, concentrou-se e tentou detectar algum corpo estranho por baixo da pele.

"Aqui quem fala é Lucas Kizza. Sou professor de inglês na Faculdade Técnica Estadual de Hazzard. Outro dia eu soube que você estava de volta à cidade e gostaria de perguntar se por acaso não toparia falar a alguns alunos meus sobre o processo criativo e quem sabe até ler alguma narrativa sua. Tenho os seus dois romances na mais alta conta e acho que uma conversa com você seria muito produtiva para os meus alunos. Não estou em condições de oferecer nenhuma remuneração financeira, mas espero que mesmo assim você possa aceitar o convite. Obrigado."

Buster olhou imediatamente para os pais. "É alguma armação de vocês?", indagou. Caleb e Camille levantaram as mãos, como que para se defender de um ataque físico. "Não", disse Caleb. "Nem sei quem é esse tal de Kizza."

"Então como ele me descobriu aqui?", insistiu Buster.

"A gente mora numa cidade pequena, Buster", respondeu Camille. "Quando você chegou, a sua cara estava uma coisa grotesca de tão inchada. Chamava a atenção das pessoas."

No dia em que chegou de Saint Louis com os pais, Buster, ainda se adaptando à alta dose de remédios com que ele próprio se medicara, acordou na van e disse que queria parar para comer um frango frito. "Acho que comida sólida não é uma boa pra você ainda, Buster", advertiu sua mãe, porém ele se debruçou por entre os assentos da frente e estendeu a mão na direção do volante, repetindo sem parar, num tom estranhamente monocórdio: "Fã-go fi-to". Dez minutos depois, os Caninus pararam numa lanchonete da rede Kentucky Fried Chicken. Conduzido pelos pais, Buster manquitolou até uma mesa. "O que vai querer?", perguntaram os dois a ele. "Fã-go fi-to", disse ele. "Do fu-ffet co-ma-à-fon-ta-de". Caleb e Camille foram até o bufê e voltaram alguns minutos depois com um peito de frango, uma asa, uma sobrecoxa, uma coxa, um pouco de purê de batatas com molho de carne e um pãozinho para acompanhar. Nessa altura, todo mundo num raio de cinco mesas olhava para os Caninus. Sem se dar por achado, Buster tirou uma gaze ensanguentada da boca, pegou a coxa de frango extracrocante e deu-lhe uma mordida voraz. Então sentiu alguma coisa se soltando no interior da boca, seus músculos se distendendo muito além do que seria confortável após tanto tempo de atrofia, e começou a gemer, um lamento fúnebre, e jogou o pedaço de frango de volta na bandeja. O naco de frango parcialmente triturado caiu de sua boca, envolto num misto de baba e sangue. "Certo", disse Caleb, recolhendo a bandeja e despejando seu conteúdo na lixeira. "Está encerrada a nossa pequena experiência. Vamos pra casa." Buster tentou reposicionar a gaze dentro da boca, mas seu pai e sua mãe já o arrastavam para fora do restaurante. Ao chegar ao estacionamento, Buster chorava feito um bezerro desmamado. "Virei um monstro", esgoelava-se. E seus pais não faziam nada para demovê-lo dessa crença.

"Eu é que não vou lá não", disse Buster.
"Na minha opinião, você deveria ir", disse Annie. Caleb e Camille concordaram.
Buster não queria falar de literatura. Já se haviam passado alguns anos desde a publicação de seu último romance — que,

além do mais, tinha sido um fracasso estrondoso. Sua carreira literária achava-se encapsulada no gelo, mantida em animação suspensa, perdida para as gerações futuras. E a ideia de começar a escrever alguma coisa nova, naquela casa, com sua família por perto, parecia a Buster a pior das ideias. Sua ficção se tornara — à maneira de uma rara e perturbadora coleção de pornografia — algo que devia permanecer escondido, uma obsessão que deixaria perplexos os que dela tomassem conhecimento.

Caleb e Camille terminaram suas vitaminas e voltaram para a sala de estar, a fim de continuar trabalhando em seu mais recente projeto. Buster, cujo apetite não dera sinal de vida, desistiu de fingir que estava comendo e jogou no lixo o amontoado de ovo e salsichão que ainda havia em seu prato. "Depois a gente se vê", disse ele a Annie, que levantou os olhos de sua montanha cada vez menor de comida e respondeu com um aceno de cabeça.

Ao chegar à segunda hora de uma soneca que ele resolvera tirar sem motivo algum, afora o fato de estar entediado, Buster levou uma chacoalhada de Annie e acordou, sentindo os músculos doloridos em virtude do esforço que precisara fazer para prolongar o sono por tanto tempo. "Descobri uma coisa esquisita", disse ela. "Esquisita como?", indagou Buster, duvidando que a descoberta da irmã fosse tão boa assim que valesse a pena sair da cama. Annie lhe mostrou uma pintura a óleo minúscula, do tamanho de um dique dentário, em que se via a figura de um menininho com o braço enfiado até o cotovelo na boca de um lobo. Em volta do menino e do lobo, viam-se instrumentos cirúrgicos reluzentes, salpicados de sangue. Não dava para saber se o menino estava introduzindo os instrumentos na barriga do lobo ou os tirando de lá. "Encontrei umas, sei lá, cem telas como esta no fundo do meu closet", contou Annie. Frente à perspectiva de uma esquisitice de proporções tão avassaladoras, e não um simples caso isolado, Buster sentiu seu interesse se acender. "Pronto, já estou em pé", disse, e foi com Annie até o quarto dela. De gatinhas, Buster e Annie tiraram as quase cem telas do closet mal iluminado e as levaram para o meio do quarto, dispondo-as como ladrilhos no chão. Uma vez extraídas todas as telas, os dois, num silêncio aturdido, ficaram observando a desarmonia que se instaurara no quarto.

Um homem, todo enlameado e com o corpo coberto de chagas que lembravam marcas de chicotadas, das quais escorria sangue, vagava por um campo de cavalos baios.

Uma menininha que fora enterrada viva jogava cinco-marias à luz de fósforos, enquanto seus pais choravam sobre o seu túmulo.

Gansos mortos, uma imensidão deles, já em estado de decomposição, eram empilhados por homens vestidos com macacões de proteção contra ameaças biológicas.

Uma mulher, com os cabelos em chamas, tinha na mão um pincel feito de osso e exibia um sorriso que era uma reprodução exata da expressão da Mona Lisa.

Um garoto, com as mãos envoltas em arame farpado, engalfinhava-se com um tigre no centro de um círculo formado por seus colegas de classe.

Duas mulheres, presas uma à outra por meio de algemas, mantinham-se em pé sobre os dentes de aço de uma armadilha para ursos.

Integrantes de uma família eram retratados no interior de um chalé, sentados no chão, com as pernas cruzadas. Em redor havia uma porção de coelhos, que eles evisceravam ainda vivos.

* * *

"O que *são* essas coisas?", indagou Buster, movendo os olhos de uma tela a outra, como se elas contassem uma história interligada.

"Vai ver que tem alguém que envia essas coisas para a mamãe e o papai. Lembra da mulher que mandava aqueles saquinhos cheios de dentes pra eles?"

"Não são de se jogar fora", disse Buster com alguma admiração. Tecnicamente, as pinturas beiravam a perfeição, ainda mais considerando as dimensões diminutas das telas. Eram obra de um artista de algum talento, por mais inquietante que fosse sua temática. Buster imaginou-as transformadas em filmes de animação e imaginou esses filmes sendo vistos com enorme reverência por pessoas que estavam chapadas de drogas psicodélicas. E então imaginou que, se fosse um escritor mais bem-dotado, poderia construir uma carreira dedicando-se apenas a descrever as circunstâncias que haviam originado cada uma das imagens ali representadas. Em vez disso, tudo o que podia fazer era admirar aquelas telas e experimentar a sensação de que ele e sua irmã haviam encontrado algo que guardava certa semelhança com pornografia, algo que eles não deveriam estar observando escancaradamente.

Enquanto os dois permaneciam ali, com medo de se mexer, com as telas os cercando de uma maneira que agora parecia viva e ameaçadora, a porta se abriu de repente e sua mãe entrou no quarto. Quaisquer que tivessem sido as palavras que Camille pretendera dizer ao entrar, essas palavras deram lugar a um arquejo tão violento, tão retumbante, que a impressão que se tinha era de que ela havia inalado todo o oxigênio existente no quarto. Então sua fisionomia foi toldada por uma nuvem escura e seus olhos se estreitaram. "Não se atrevam a olhar para essas coisas", disse ela, com uma voz que era pouco mais que um sussurro. Empurrou os filhos para o lado e hesitou por alguns segundos antes de começar a virar as telas para o chão, de modo que as imagens retratadas permanecessem ocultas. Annie e Buster olhavam para o teto enquanto sua mãe tirava de sua vista aqueles objetos repulsivos, um procedimento que parecia tão arriscado quanto desarmar uma bomba ou lidar com produtos químicos perigosos. Quando terminou, Camille, agora com a respiração irregular, como se estivesse à beira de um longo acesso de choro, sentou na cama e disse: "Merda, merda, merda, merda, merda".

Buster e Annie, pouco habituados a cenas emotivas, mantiveram uma atitude reservada. "O que houve, mãe?", perguntou Annie. "Não sei", respondeu Camille. "O que são essas telas", perguntou então Buster. "Não sei", tornou a responder Camille. "De quem são?", indagou Annie. "Minhas", disse Camille, finalmente olhando para Buster e Annie. "Eu que pintei."

Trabalhando juntos, os três levaram as telas de volta para o closet, enquanto Camille explicava sua origem.

"No começo eu pintava", contou ela. "Foi assim que ganhei a bolsa pra estudar artes plásticas na faculdade. Aí eu conheci o seu pai e me apaixonei e, bom, vocês sabem o que ele acha das artes visuais."

Caleb, em diversas ocasiões ao longo da infância de Annie e de Buster, referira-se à pintura, à fotografia e ao desenho como formas artísticas mortas, incapazes de refletir fidedignamente a natureza incômoda da vida real. "Fazer arte é tirar as coisas da porra do lugar delas, não congelá-las numa porcaria de bloco de gelo." Então ele pegava o primeiro objeto que encontrasse por perto, podia ser um copo ou um gravador, e o lançava com violência contra a parede. "Isso foi arte", dizia ele, e então recolhia os pedaços do objeto espatifado, submetendo-os ao exame das crianças. "Isto", dizia ele, mostrando os restos da coisa despedaçada, "não é."

"Acontece", prosseguiu Camille, agora com todas as telas novamente a salvo em seu esconderijo, "que eu e o seu pai estamos envelhecendo. Estamos, infelizmente, chegando ao ocaso de nossas carreiras artísticas. Só que eu sou dez anos mais nova do que ele. E se, Deus me livre, de repente ele morre antes de mim? O que eu faço? Até hoje tem sido Caleb e Camille Caninus, sempre os dois, e é por isso que funciona. Vou ter que fazer outra coisa. Então, nos últimos anos, comecei a pintar essas pequenas, não sei bem como chamá-las, cenas. Se o seu pai descobre, é capaz de ter um troço. Vai se sentir apunhalado pelas costas."

"De onde saíram essas imagens?", indagou Buster.

Sua mãe deu algumas pancadinhas com o dedo na testa e encolheu os ombros, constrangida. "De algum lugar aqui dentro", disse ela, sorrindo.

Então Caleb, sempre desconfiado de qualquer reunião em que não estivesse incluído, entrou no quarto com o telefone na mão. "O que vocês estão fazendo?", quis saber.

"Só conversando, amor", disse Camille.

Os olhos de Caleb se estreitaram. "Sobre o quê?"

"Sobre os nossos sentimentos", disse Annie, e Caleb logo perdeu o interesse. Jogou o telefone para Buster e disse: "É aquele tal de Kizza. Quer falar com você", e se retirou do quarto.

Buster agarrou o aparelho como se fosse uma granada sem pino e Annie e Camille deram alguns passos para trás. "Alô?", soou a voz distante de Lucas Kizza, e Buster, atordoado com as imagens retratadas pelo pincel de sua mãe, levou o fone à boca e disse: "Pois não?".

Lucas Kizza revelou-se uma força poderosa, insistente, capaz de recorrer com bastante tato à dose necessária de elogios para conservar a atenção relutante de Buster. "Acho que *O subterrâneo* é uma das obras geniais mais subestimadas que eu já li na vida", disse Kizza, e Buster ficou chocado demais para discordar. "Às vezes, eu saio de carro por aí e fico me perguntando qual teria sido a influência que este lugar teve na formação de um escritor tão importante."

"O lugar teve muito pouco a ver", admitiu Buster.

"Dá pra imaginar", prosseguiu Kizza, lidando sem a menor dificuldade com as interjeições de Buster, que eram como estilingadas sem força, as quais ele devolvia tão enfaticamente que para Buster não havia outra saída além de adiar o inevitável. "Numa família de artistas, suponho que o mundo exterior só tenha feito atrapalhar o seu desenvolvimento. Acontece que eu trabalho com um grupo de jovens promissores, uns alunos que fazem parte do clube de criação literária da faculdade, e não consigo parar de pensar no estímulo que a sua presença representaria para que eles perseverem em seus esforços criativos."

"É que eu estou passando por uma fase meio complicada", disse Buster.

"Olha, se me permite a franqueza, imagino que você passe a maior parte do tempo atravessando fases meio complicadas", opinou Kizza, sem nenhuma intenção ofensiva.

"O que eu precisaria fazer?", perguntou Buster, entregando os pontos.

"Vir até a faculdade e falar com os meus alunos."

"Quando precisaria ser isso?", indagou Buster, sentindo que o improvável ganhava a solidez dos fatos.

"Que tal na terça? É o dia em que faremos a nossa reunião mensal, à uma da tarde, na biblioteca da faculdade."

"Tudo bem", disse Buster. "Acho que dá pra eu ir, sim."

"Maravilha", exclamou Lucas Kizza.

"Maravilha", repetiu Buster, só para saber como a coisa soava saindo de sua própria boca.

Descansou o telefone no chão e então sentiu a náusea passar por seu corpo como um trem.

"Você vai?", indagou-lhe Annie.

Buster fez que sim.

"Usando o tapa-olho?", quis saber Annie.

"Não tive tempo de pensar nisso", respondeu Buster.

"Eu sou contra", disse Annie.

"Eu sou a favor", disse a mãe deles.

Então Camille ficou em pé e foi até o closet. Voltou de lá com duas telas e deu uma para cada filho. "São pra vocês", disse ela. "Em troca, se eu morrer antes do seu pai, quero que destruam as outras." Buster e Annie concordaram com a cabeça e então examinaram seus presentes. Buster recebera a tela do menino lutando com o tigre; Annie, a da menina no caixão. Camille pôs as mãos sobre Buster e Annie, como que para conceder-lhes uma espécie de bênção, e então disse: "Que bom que a gente conversou". Buster e Annie menearam a cabeça, em sinal de concordância, e aguardaram que sua mãe deixasse o quarto para virar as telas com a face para baixo, atenuando o incômodo que era estar com aqueles objetos nas mãos.

Pouco à vontade e sentindo o corpo formigar num dos ternos de tweed antiquados de seu pai, Buster permanecia sentado no sofá da secretaria da faculdade. Tinha um exemplar de seu segundo romance nas mãos e era completamente ignorado pelas secretárias. Ainda que elas parassem de fazer bolas com seus chicletes e deixassem de lado seus pequenos ressentimentos e indagassem o motivo de sua presença ali, Buster não revelaria ser o autor daquele livro nem por um milhão de dólares.

Sua irmã — que decidira assistir a um filme no cine barateiro do shopping situado na saída da cidade, um shopping que vivia às moscas e cujos pontos de venda estavam, em sua maioria, desocupados — dera-lhe uma carona até a faculdade no segundo carro de seus pais, uma perua barulhenta, caindo aos pedaços, cujo motor levava dez minutos para pegar. "Boa volta às aulas", dissera-lhe Annie, e então arrancara cantando os pneus e saíra a toda do estacionamento, largando-o sozinho na calçada. No mesmo instante, Buster desejou ter algum bilhete, um documento qualquer que justificasse sua chegada, um objeto místico que o defendesse de bedéis e alunos provocadores.

Enquanto aguardava que Lucas Kizza viesse tomá-lo sob sua responsabilidade, Buster vasculhava os bolsos do terno, à procura de distração. No bolso interno do paletó de seu pai, encontrou um gravador digital do tamanho de uma pilha-palito, um inventozinho típico de filmes de espionagem, um brinquedinho que devia ter custado a seu pai os olhos da cara ou, quem sabe, uma ninharia. Buster apertou o *play* e escutou a voz de Caleb dizer em tom grave, pausadamente: "A gente vive à margem... num vilarejo de barracos e malocas, repleto de garimpeiros. Somos fugitivos e a Justiça vem babando atrás de nós". Aturdido com a estranheza daquilo, Buster voltou à gravação, aumentou o volume e pôs para tocar de novo, levando o gravador-palito ao ouvido, como se tentasse escutar a voz de uma mulher amada, falecida havia muitos anos, em meio a uma chiadeira de estática radiofônica. "... a Justiça vem babando atrás de nós", disse a gravação, e Buster pegou uma caneta, abriu seu livro na folha de rosto e anotou as frases para ver como ficavam as palavras no papel.

Veio-lhe a imagem de uma fazenda, arruinada havia muito pelas chamas de uma revolta de escravos, e desde então abandonada. Via um grupo de indivíduos, gente muito jovem, mal chegavam a ser adultos, maltrapilhos e esguios, arrancando as tábuas que vedavam uma das janelas e entrando no casarão e se espalhando por seu interior qual uma infestação. Via-os transformando ossos e pedaços de pau em armas, tudo pontas afiadas, e então saindo para patrulhar o terreiro, os campos recém-plantados com maconha, cães selvagens correndo para cima e para baixo, farejando os sulcos fundos da terra arada. Tornou a apertar o *play*. "A gente vive à margem", começou a gravação, e então Lucas Kizza surgiu à sua frente. "A musa e suas visitas inesperadas", disse Lucas, sorrindo, indicando o livro aberto que Buster tinha no colo. "O sujeito tem que estar sempre preparado", prosseguiu ele. E Buster, que nunca estava preparado para porcaria nenhuma, concordou no ato.

Lucas Kizza era alto e magricela e tinha uma tez pálida, lisa como a de um bebê — não seria difícil tomá-lo por um estudante universitário. Vestido com uma camisa branca engomada, cujas mangas se achavam arregaçadas até os cotovelos, calças cáqui sem pregas, um colete de lã com um padrão de losangos e tênis de couro pretos, parecia um professor jovem e idealista que, por sorte ou talento, até aquele momento escapara de ser massacrado a mancheias. Por sua vez, cheirando a naftalina, com o olho destampado ainda se acostumando à claridade, segurando a fonte de toda a sua vergonha criativa como se fosse uma oferenda de paz, Buster só queria chegar ao fim do dia sem cair no choro.

Os integrantes carrancudos do clube de criação literária estavam sentados em círculo, numa das salas desocupadas da biblioteca. A atmosfera de nervosismo e desespero que reinava ali era palpável, e Buster teve a impressão de estar numa reunião dos Alcoólicos Anônimos. Eram seis homens e cinco mulheres, em sua maioria jovens, com pouco mais ou pouco menos de vinte anos, embora houvesse um quarentão no grupo — todos com os cadernos na mão e os olhos pregados no chão.

"Então, pessoal, este aqui é o Buster Caninus", principiou Lucas. "O Buster escreveu *Um lar de cisnes*, um romance que foi amplamente elogiado pela crítica e que venceu o cobiçado prêmio Pena de Ouro. Seu segundo livro, *O subterrâneo*, é, como convém à segunda obra de um escritor, um livro mais complexo e controverso. O Buster está aqui para nos falar sobre o processo criativo, portanto eu gostaria que vocês o escutassem com toda a atenção." Lucas se virou para Buster e sorriu. Buster não tinha se preparado. Imaginara que Lucas e os alunos fariam perguntas e ele, com muita paciência, tentaria respondê-las. Não tinha nada para falar que fosse digno da atenção de quem quer que fosse.

"Ah, valeu, obrigado. Olha, primeiro eu queria agradecer o convite de vocês. Eu pensei o seguinte: em vez de eu ficar aqui falando e vocês se aborrecendo, acho que seria mais legal se vocês fizessem perguntas e aí eu tento responder." Ficou esperando pelas perguntas até que, experimentando um mal-estar nauseabundo, compreendeu que não haveria nenhuma. Disse Lucas: "E se você começasse a apresentação e as pessoas fossem perguntando conforme surgissem as dúvidas?". Buster fez um gesto de concordância com a cabeça. E repetiu o gesto. Então, a fim de invalidar esse gesto adicional, fez que não. Os alunos pareciam mais entretidos ainda com o espetáculo de seus sapatos. "Somos fugitivos", pensou Buster. "Somos fugitivos e a Justiça vem babando atrás de nós." Resistiu ao impulso de dizer isso em voz alta.

"Eu gosto", principiou Buster, sem saber o que viria em seguida, "eu gosto de escrever no computador." Um dos alunos anotou a revelação no caderno e então, ao reler a anotação, fez uma careta. "Antes tinha esse chiclete", prosseguiu Buster, "que vinha com um gelzinho de menta dentro." Olhou para a classe para ver se alguém conhecia o tal chiclete, mas, pela cara que os alunos faziam, ninguém tinha a menor ideia de que chiclete era aquele. "Pois é, eu gostava de mascar esse chiclete enquanto escrevia. Só que agora é difícil de achar." Fechou por um segundo os olhos e se concentrou. "Puxa vida, me deu um branco mesmo. Não lembro o nome desse chiclete."

Lucas Kizza por fim interveio. "Buster, que tal se você falasse sobre o seu processo criativo em termos, digamos assim, mais gerais? Como o pessoal aqui ainda está começando a encontrar uma voz própria, talvez você pudesse falar, por exemplo, do que faz você sentir o impulso de pegar papel e caneta."

"Bom, como eu disse, eu escrevo no computador", retorquiu Buster.

O sorriso paciente de Lucas Kizza começou, pela primeira vez, a desaparecer de seu rosto. Buster sentiu que seu único aliado, a única pessoa que parecia achar que ele não era um zero à esquerda, estava prestes a lhe dar as costas. Tentou fazer um esforço sobre-humano. Levou o dedo ao ponto do rosto onde antes ficava seu tapa-olho e aguardou que a percepção extrassensorial operasse sua mágica.

"Tudo bem, vamos lá", disse Buster. Olhou para os alunos, que agora o ignoravam quase deliberadamente, e tentou dizer algo que os trouxesse para os seus braços.

"Alguma vez já aconteceu de ocorrer a vocês um daqueles pensamentos horríveis que, por mais que a gente tente, não consegue tirar da cabeça?", indagou ele. Alguns alunos olharam em sua direção.

"Tipo quando vocês eram crianças, não tinha aquela coisa de vocês se pegarem perguntando o que aconteceria se de repente os seus pais morressem?"

Agora o grupo inteiro prestava atenção em Buster. Alguns alunos balançaram afirmativamente a cabeça, inclinando-se para a frente na cadeira. Lucas Kizza parecia receoso, porém Buster teve a sensação de que alguma sintonia se estabelecera.

"Você nem quer ficar pensando na coisa, mas não tem como parar. Você pensa, bom, eu vou herdar todo o dinheiro deles, mas provavelmente só vou poder mexer na grana quando fizer dezoito anos. E é provável que eu tenha que ir morar com aqueles meus tios que nunca conseguiram ter filhos e que parece que me odeiam só porque eu existo. E então você lembra que eles moram do outro lado do país e que, portanto, você vai ter de mudar de escola. E se por acaso você deu um jeito de fazer amizade com um ou outro vizinho no lugar em que está morando agora, o fato é que precisará deixá-los para trás e começar tudo de novo, da estaca zero. E o seu novo quarto é, tipo, menor que um armário, e os seus tios não comem carne e um dia eles pegam você mandando ver um hambúrguer e passam uma hora inteira gritando com você. E assim a coisa vai, até que você finalmente completa dezoito anos e está livre pra fazer o que bem entender e então resolve voltar para a cidade onde morava antes e arrumar um emprego por lá, só que todo mundo fica com uma sensação esquisita quando está com você e a maioria dos seus velhos amigos entrou na faculdade e foi morar em outras cidades, de modo que você meio que passa o tempo inteiro em casa, trancado no apartamento, assistindo TV. E aí você vê um filme que você tinha assistido com os seus pais quando era pequeno e sente uma saudade enorme deles e é a primeira vez que você realmente se dá conta de que nunca vai vê-los de novo."

Disse um dos alunos: "Eu penso pra caramba nesse tipo de coisa".

Buster sorriu. Se tivesse algum dinheiro no bolso, teria dado tudo para aquele sujeito. "Bom, é por isso que eu escrevo, acho. Me vêm esses pensamentos sem pé nem cabeça, e no fundo nem são coisas em que eu tenho vontade de ficar pensando, mas não consigo desencanar enquanto não levar a coisa o mais longe que puder, até chegar a um ponto que eu possa chamar de fim, porque só aí consigo mudar de estação. Pra mim, escrever é isso."

"Bom", disse Lucas Kizza, visivelmente aliviado por ver que Buster não era de todo psicótico, "é isso mesmo que a gente está tentando fazer aqui com este grupo, aprender a pegar uma ideia e transformá-la numa história. Obrigado, Buster, por nos oferecer uma explicação tão maravilhosa de como é que se faz isso."

"Não foi nada", disse Buster.

Uma aluna que usava uma camiseta regata em que se lia a frase NÃO PISE EM MIM perguntou se ele estava trabalhando em alguma coisa nova. Não tendo escrito nada nos últimos anos, Buster sentiu uma fisgada de constrangimento, porém fez que sim com a cabeça e disse que estava, de fato, trabalhando numa coisa grande, só que num ritmo muito lento. Não sabia dizer se ficaria bom. Não sabia nem se conseguiria terminar. "... À margem... num vilarejo de barracos e malocas, repleto de garimpeiros", pensou, mas então tratou de pôr aquelas palavras temporariamente de lado.

Com um exemplar de O *subterrâneo* na mão, um rapaz que usava óculos de aros grossos e escuros e ostentava uma barba espessa disse: "Eu li um pouco do seu livro e dei uma olhada na internet e li algumas resenhas e vi que teve gente que deu uma bela esculhambada em você". Buster fez que sim com a cabeça. Percebeu que não ia muito com a cara do sujeito e, como a barba escondia sua boca, não dava para saber se era um sorriso de escárnio que ele tinha nos lábios. "Bom", continuou o fulano, "fiquei curioso pra saber como você lida com as críticas depois de ter passado tanto tempo escrevendo uma coisa que você achava que estava ficando boa." O professor Kizza intercedeu para lembrar à classe que O *subterrâneo* também fora alvo de resenhas altamente elogiosas e que muitos clássicos da literatura tinham sido inicialmente recebidos com desaprovação pelos críticos. Buster dispensou o socorro com um gesto. "Não, ele está certo. A maioria das resenhas desceu o cacete no meu livro. Na época eu fiquei muito mal. Queria morrer. Mas a sensação ruim foi passando com o tempo. E aí o que eu mais sentia era alívio, mesmo que as pessoas tivessem detestado o livro, porque aquilo era algo que eu tinha feito. Estou falando de uma coisa que eu não conheço, porque nunca tive um filho, mas acho que é parecido com a relação que a gente tem com os filhos. Aquilo é seu, foi você quem fez, e não importa o que aconteça, você sente aquele orgulho de pai. Você ama o seu livro do fundo do seu coração, mesmo que ele não seja lá grande coisa."

Houve mais algumas perguntas, que Buster se esforçou por responder de maneira franca e sincera, e então ele leu uma passagem de O *subterrâneo* em que o protagonista, o garoto, sai pela primeira vez do abrigo antiaéreo e vê toda a devastação a seu redor. Era muito baixo-astral, e Buster se arrependeu de ter escolhido justo aquele trecho, mas os alunos pareceram achar bacana que a cena fosse tão deprimente. Lucas agradeceu a presença de Buster, os alunos foram saindo da sala, e então ficaram só Lucas e Buster.

"Espero que eles tenham gostado", disse Buster.
"Adoraram", disse Lucas.
"Parecem ser boa gente."
"É uma turma ótima."
Buster notou que Lucas tinha uma pilha de papéis na mão. "Selecionei alguns contos que eles escreveram", disse então Lucas. "Seria fantástico pra eles se você topasse dar uma olhada."
"Oh", disse Buster. "Oh."

"Se não estiver a fim, não tem problema", prosseguiu Lucas. "Só pensei que talvez você pudesse achar interessante."

Não havia nada que Buster quisesse menos do que ler aquilo, mas então ele pensou na paciência que aquela gente havia tido com o seu palavrório destemperado, com o besteirol a que ele se lançara sobre a porra de uma marca de chiclete, como se ele fosse o próprio Andy Rooney,* e sentiu sua resistência esmorecer.

"Claro que gostaria", disse Buster. "Passe pra cá."

Lucas sorriu e depositou a pilha de papéis nas mãos de Buster. Então abriu sua bolsa e tirou de lá mais um conto. "Este é meu", disse, enrubescendo.

"Oh", disse Buster. "Oh."

"Gostaria de saber a sua opinião."

"Claro", disse Buster. O título do conto era: "O caça-palavras sem fim do manuscrito vivo do dr. Hauser". Lucas esclareceu que se tratava de uma fantasia pós-moderna, uma espécie de conto de fadas em estilo punk rock. Buster forçou um sorriso tão largo que acabou por deixar à mostra a cavidade do dente que ele perdera. "Claro", repetiu.

Então Lucas Kizza passou os braços em torno de Buster e o abraçou. Buster devolveu o abraço. "A gente vive à margem", pensou, e então Lucas o soltou e saiu da sala.

Sentado no meio-fio em frente à faculdade, Buster aguardou que sua irmã viesse apanhá-lo. Para passar o tempo, resolveu dar

---

* Entre 1978 e 2011, Andy Rooney (1919-2011) foi comentarista do programa jornalístico *60 Minutes*, apresentado semanalmente pela emissora CBS, notabilizando-se por fazer observações espirituosas, amiúde ranzinzas, sobre os assuntos mais obscuros e banais. (N. T.)

uma olhada nos contos dos alunos de Lucas Kizza. Um deles falava de uma festa muito louca, e a história consistia quase que unicamente na explicação pormenorizada de uma brincadeira etílica chamada *Flip 'N Chug*, que pareceu a Buster complicada demais para ser adotada com o simples intuito de provocar uma bebedeira. Outro era sobre uma garota que descobria que estava sendo traída pelo namorado e então contratava um criminoso para assassinar o rapaz durante o baile de fim de ano da escola. Havia um que era inescrutável; aparentemente contava a história de um cara que tentava convencer a namorada grávida a fazer um aborto. Tinha alguma coisa esquisita nesse conto — o foco narrativo estranho, a linguagem antiquada, as frases concisas —, e então Buster se deu conta de que o texto era uma cópia exata de "Morros que são como elefantes brancos", de Hemingway, porém o título fora alterado para "Escutando a conversa de outras pessoas". Buster pensou em contar a Lucas sobre o plágio, mas indagou a si mesmo se a narrativa não seria uma espécie de experimentação, uma reapropriação textual. Ficou com a cabeça doendo de tanto que fez para encontrar uma justificativa para a ideia imbecil de plagiar um conto famoso. Imaginou que era o rapaz que lhe fizera a pergunta sobre as críticas desfavoráveis, e sentiu-se um pouco superior. Leu um conto sobre outra festa muito louca, outra brincadeira etílica complicada, e tornou a se acalmar.

Depois de meia hora de espera, começou a achar que Annie se esquecera dele, voltara para casa depois do filme e ficara lá, enchendo a cara de vodca tônica. "Venha me buscar", sussurrou ele, na esperança de estabelecer uma conexão telepática com ela.

Para não ficar sofrendo com o esquecimento de Annie, Buster tornou a folhear os trabalhos dos alunos de Kizza, até topar com uma narrativa intitulada: "O menino ferido". Achou instigante. O conto, redigido em parágrafos curtos, dispostos como se fossem itens, falava de um menino que, segundos após o parto, escapava das mãos do obstetra e caía de cabeça no chão. Seu crânio, ainda em fase de formação, ficava afundado. A isso se seguia um braço quebrado em sua primeira tentativa de saltar do berço. Depois, ao oferecer um pedaço de torrada para um cachorro, o garoto levava uma mordida e perdia o dedo. Então um sujeito passava com um trenó por cima dele e fazia um rasgo em sua perna — o sangue quente jorrando, descendo pela encosta, derretendo a neve. Tempos mais tarde, ao atravessar a rua, ele era atropelado por um carro e quebrava a clavícula. E a narrativa seguia nessa toada, compondo um apanhado interminável dos sofrimentos físicos que o garoto ia acumulando em sua escalada até a vida adulta. A leitura deixou Buster com vontade de chorar. No final, o menino, agora um velho todo encurvado e manquitola, punha a mão na boca de um fogão e verificava que não sentia dor. Ao tirar a mão do fogo, não havia nenhum sinal de queimadura. Seu corpo se tornara duro e resistente como um diamante, insensível à dor. Era uma história bizarra, triste que só vendo, e Buster se apaixonou pela garota que a havia escrito. Viu que se tratava de uma tal de Suzanne Crosby, e tornou a entrar na faculdade para procurá-la.

Estranhamente, na secretaria ninguém parecia disposto a lhe dizer onde ele poderia encontrar Suzanne Crosby. "Quem é você mesmo?", indagou uma das secretárias. "Meu nome é Buster Caninus." A mulher continuou olhando para ele. "Um professor de vocês me convidou", tentou explicar, sem muita convicção. "Não dá, desculpe", disse a mulher. "Será que você pode pelo menos entregar um bilhete?", quis saber Buster. "Não quero me envolver nisso", retrucou a secretária, e Buster pensou que ela tinha razão. Ele era um homem desconhecido à procura de uma jovem aluna da faculdade. O surpreendente, no duro, era que a polícia ainda não tivesse sido chamada. Agradeceu à fulana a atenção e então voltou para a calçada para esperar por sua irmã. Alguns minutos depois, uma garota apareceu a seu lado e o cutucou no ombro. Tinha cabelos louros e compridos e uma pele perfeita. Seus olhos eram de um azul profundo e ela o fitava sem emoção. "Suzanne?", indagou Buster, e a garota empalideceu visivelmente. "Eu, não", disse. "Faço estágio na administração", acrescentou. "Ouvi você falando com a dona Palmer sobre a Suzanne. Se quiser, posso levar um recado seu pra ela." Buster agradeceu e então a garota estendeu a mão aberta. "São vinte e cinco dólares", disse ela. Buster disse que estava sem dinheiro. "Então faz um cheque", insistiu a garota. Buster riu. "Estou na lona mesmo, não tenho onde cair duro", disse ele. "Merda", disse ela, e deu meia-volta para retornar ao edifício. Naquele exato instante, a irmã de Buster encostou no meio-fio. "Espere", gritou Buster para a garota, e foi falar com Annie.

"Por onde você andou?", perguntou ele à irmã. "Não estava conseguindo ligar o carro", respondeu Annie. "Precisei procurar alguém pra me ajudar a fazer o motor pegar no tranco." Buster pediu vinte e cinco dólares a ela. "Como é que é?", indagou Annie. "Preciso de vinte e cinco dólares para dar para aquela garota ali", explicou Buster, já perdendo a paciência. Annie olhou para a garota, que olhava para Annie com uma expressão embatucada. "Buster", disse Annie, "que idiotice você está aprontando?" Buster disse que era uma longa história e tentou explicar, mas quando deu por si, a garota estava a seu lado, apontando para Annie. "Eu conheço você", disse ela, abrindo um sorriso. "Você é superfamosa." Annie fez que sim com a cabeça, desinteressada de se fazer passar por outra pessoa, e perguntou à garota: "Por que quer vinte e cinco dólares do meu irmão?". Respondeu a garota: "Ele não precisa pagar nada se eu puder tirar uma foto com você". Buster disse: "Parece um ótimo negócio, Annie". Annie fez que sim, confusa demais por ter se atrasado, e a garota entregou seu celular para Buster. Depois que ele tirou a foto, a garota pegou o aparelho de volta e examinou a imagem com alguma satisfação. Provavelmente aquilo iria parar na internet. "Agora você leva um recado para a Suzanne?", indagou Buster. "Vou fazer melhor", disse a garota. "Vou trazer a Suzanne aqui."

Buster explicou melhor a situação para Annie, que mantinha o motor do carro roncando, por medo de que ele não pegasse de novo se ela o desligasse. "Pelo amor de Deus, Buster", disse Annie, apertando o braço do irmão com toda a força, "não vá entrar numa roubada. É por isso que a gente está junto, lembra? Viemos pra cá pra ajudar um ao outro a não entrar em roubadas." Buster avaliou a situação em que se encontrava, parado em frente a uma faculdade, prestes a dizer a uma estudante universitária que estava apaixonado por ela. Quanto mais pensava no conto, de fato muito bom para alguém de dezenove anos, mais tentava se convencer de que não era tão bom assim que tivesse de se apaixonar pela garota que o havia escrito. Talvez não precisasse professar seu amor toda vez que topava com alguém que o fazia sentir-se menos infeliz do que se sentira antes. Talvez pudesse simplesmente ir embora, poupando-se de uma complicação a mais na vida. "Lá vem ela", disse Annie, e Buster se virou para ver Suzanne, mais que confusa, caminhando na direção deles.

Suzanne era uma moça baixa, atarracada, e seus olhinhos minúsculos pareciam embaciados atrás dos óculos de armação de metal. Seus cabelos compridos tinham um tom ruivo desbotado e estavam presos num rabo de cavalo. A pele muito branca era salpicada por uma profusão de sardas, e em seus dedos grossos viam-se dezenas de anéis baratos. Os dedões dos pés despontavam dos bicos rasgados de seus tênis. Buster ficou intrigado ao perceber que não se lembrava de tê-la visto entre os demais alunos do grupo de criação literária, pareceu-lhe surpreendente que ela pudesse ter passado despercebida mesmo numa sala tão acanhada como aquela. "O que você quer?", perguntou ela, quase zangada com a perturbação. Buster vasculhou atabalhoadamente a pilha de papéis até encontrar o conto, e então o exibiu como se fosse um passaporte, um documento oficial que lhe garantiria algum grau de acesso. "Eu li o seu conto", disse ele. Suzanne pareceu ficar desconcertada com esse fato, e Buster notou que no mesmo instante ela começou a enrubescer. "O professor Kizza mostrou isso pra você?", indagou. Buster fez que sim. "Eu não falei pra ele dar isso pra você ler", disse ela. "Achei sensacional", disse Buster, e Suzanne enfim despregou os olhos da calçada. "Obrigada", disse ela. "Obrigada mesmo." Buster disse que adoraria ler qualquer outra coisa que ela tivesse escrito e ela disse que pensaria no assunto. "Fique com o meu e-mail", disse ele, arrancando a primeira página do conto de Kizza e anotando o endereço no verso. Suzanne pegou o papel, fez um gesto de despedida com a cabeça e se virou para voltar para o interior do prédio, porém nessa altura uma dezena de estudantes da faculdade, sob a liderança da estagiária da administração, atravancava a passagem. "Estão vendo? É aquela ali", informou a garota. "Ela é famosa." Os estudantes avançavam com passos vagarosos, como se estivessem se aproximando de um animal encurralado. "Entre no carro, Buster", disse Annie, e Buster contornou a perua até o banco do carona, entrou e fechou a porta. Annie arrancou com os estudantes já na calçada, rodeando Suzanne Crosby. Buster olhou para trás e acenou para Suzanne. Pouco antes de Annie dobrar a esquina, ele viu Suzanne acenar de volta.

Quando chegaram em casa — Annie deixando o carro deslizar pelo cascalho do pátio até freá-lo bruscamente —, não havia sinal de seus pais. Na bancada da cozinha, encontraram um bilhete que dizia:

A & B,
Fomos fazer arte na Carolina do Norte. Voltamos daqui a alguns dias. Não entrem no nosso quarto.
Beijos,
Caleb e Camille

A ideia de entrar no quarto de seus pais aterrorizava Annie e Buster. O feitio das coisas que, transbordando de lá, haviam chegado às áreas de convivência da casa — as facas cenográficas, as sacolas plásticas cheias de fígado de galinha e sangue falso, as anotações para futuros projetos artísticos, sempre envolvendo a utilização de algum tipo de explosivo — era suficiente para deixá-los ressabiados quanto aos itens que seus pais teriam imaginado ser tão estranhos, assim que seria melhor mantê-los escondidos no quarto.

Com a casa inteira só para eles, livres de qualquer monitoramento, Annie e Buster fizeram um pouco de pipoca e prepararam alguns drinques, e já fazia quase meia hora que estavam assistindo a um *noir* muito fraquinho de Edward G. Robinson, quando Annie se virou para Buster, franziu o cenho e disse: "Você não pôs mais o tapa-olho". Buster levou a mão ao olho, perfeitamente adaptado à claridade, seu senso de orientação espacial restituído, e resistiu ao impulso de ir pegar a bandagem no quarto. "Acho que não preciso dele", disse, e Annie o beijou no rosto e sorriu. "A gente está cuidando um do outro", disse ela. "Estamos melhorando", acrescentou ele, e os dois irmãos se deliciaram ao ver na tela da TV um palerma que, sem dar pela coisa, seguia idiotamente rumo a seu fim certo.

Mais desgosto, 1995
Artistas: Caleb e Camille Caninus

Na noite de estreia da encenação de *Romeu e Julieta*, de William Shakespeare, produzida pelo grupo de teatro dos alunos da Hazzard County High School, Buster estava escalado para fazer o papel de Romeu. Sua irmã Annie seria Julieta. Com exceção de Buster, ninguém nos bastidores parecia ver que isso era um problema. "Me conte uma coisa, Buster", disse Delano, o professor de teatro da escola. "Você conhece a frase: *o show tem que continuar?*" Buster fez que sim. "Bom", prosseguiu Delano, "foi para situações assim que essa frase foi inventada."

O Romeu titular, um garoto chamado Coby Reid, batera com o carro numa árvore algumas horas antes. Ninguém sabia se a trombada fora proposital ou não, e ninguém parecia muito interessado em saber. De qualquer forma, como Coby não morrera, tendo sido apenas levado para o hospital com a clavícula quebrada, um pulmão em colapso e o sorriso lindo bastante avariado, elenco e equipe de produção resolveram que a apresentação não precisava ser cancelada. Era só substituir o ator principal. E o fato de que Buster, o diretor de palco, tivesse decorado todas as falas da peça, obviamente fazia dele o substituto perfeito. E o fato de que sua irmã, dois anos mais velha e em sua última aparição nos palcos da escola, fosse representar Julieta parecia a todos um inconveniente menor.

"Eu sou uma atriz, Buster", disse Annie quando ele apareceu em seu camarim. Ela se olhava no espelho e penteava com capricho os cabelos — que já não tinham o tom louro natural, pois haviam sido tingidos de um castanho-escuro mais condizente com o papel. Aos olhos de Buster, ela agia como se tivesse sido dopada ou hipnotizada. "Não é você que eu vou beijar", continuou ela, "é o Romeu, meu único e verdadeiro amor." Buster falou pausadamente, como se estivesse tratando com uma criança. "Eu sei, mas acho que o que eu quero dizer é que quando estiver beijando o Romeu, você estará me beijando também." Annie concordou com a cabeça, entediada com a conversa. "E, sabe como é", prosseguiu Buster, abismado com o fato de que tivesse de pôr todos os pingos nos is, "eu sou seu irmão." Annie tornou a concordar. "Eu sei o que você está querendo dizer", retorquiu ela, "mas é assim que os atores fazem."

"Transam com os irmãos na frente de uma porção de gente?", quis saber Buster.

"Não, fazem coisas difíceis em favor de sua arte", respondeu Annie.

Seus pais adoraram a ideia. Quando os alto-falantes anunciaram que o papel de Romeu ficaria a cargo de Buster Caninus, Caleb e Camille deram um jeito de ir até os bastidores, filmadora em punho, e encontraram o filho andando em círculos, pouco à vontade com sua túnica e suas meias, ensaiando as falas que ele não queria dizer.

"Pense no subtexto", sussurrou Caleb no ouvido de Buster, estreitando-o num abraço apertado. "A uma peça que tem como tema o amor proibido agora se acrescenta a temática do incesto."

Camille manifestou concordância com a cabeça. "É brilhante", disse ela.

Buster retrucou, dizendo que ninguém estava interessado no subtexto. "O professor Delano só está desesperado atrás de alguém que saiba de cor todas as falas do Romeu", disse ele.

Caleb refletiu sobre essa afirmação por alguns segundos. "Caramba", disse ele, "eu sei todas as falas do Romeu."

"Pelo amor de Deus, pai", disse Buster. "Ninguém vai pedir pra você fazer o papel do Romeu."

Caleb ergueu os braços num gesto de rendição. "Bom, eu não estava sugerindo isso", disse ele. Então se virou para a mulher e completou: "Mas, já pensou? Isso, sim, seria sensacional."

Camille tornou a concordar. "Seria sensacional."

"Preciso me concentrar", disse Buster, fechando os olhos e torcendo para que, quando os abrisse de novo, seus pais não estivessem mais ali.

"A gente se vê na festa do *elenco*", disse Caleb. "Muita *merda* pra você."

"Caleb", disse Camille, dando uma risadinha. "Você não tem jeito mesmo."

Buster permaneceu com os olhos fechados e começou a girar o corpo, rodopiando numa circunferência limitada, controlada, como se quisesse decolar e sair voando do teatro. Quando abriu os olhos, viu que seus pais tinham ido embora e que o professor Delano, Annie e o sr. Guess, o diretor da escola, estavam ali, parados diante dele. "Isso é um problema", disse o sr. Guess. "Isso o quê?", perguntou Buster. "Isso", respondeu o sr. Guess, apontando Buster com uma mão e Annie com a outra, antes de reuni-las e entrelaçar os dedos.

"O Buster sabe todas as falas do Romeu", disse o professor Delano.

"O dia inda é tão jovem?", disse Buster, e esboçou um sorriso, como se estivesse tentando vender um produto defeituoso a um freguês que de súbito se mostrasse muito perspicaz.

"Delano", prosseguiu o sr. Guess, ignorando Buster, "você conhece a história dessa peça?"

"Conheço, Joe. Conheço bastante bem."

"Então você sabe que o Romeu se apaixona pela Julieta, os dois se beijam, casam, fazem sexo e depois se matam."

"Acho que você está sendo meio esquemático, Joe..."

"Os dois se beijam, certo?", indagou o sr. Guess.

"Sim", admitiu o professor Delano.

"Delano", continuou o sr. Guess. "Você está ciente de que o Buster e a Annie são irmãos?"

"O Buster sabe as falas, Joe. Sem ele, não tem peça."

"Sou palhaço dos fados", disse Buster, querendo desesperadamente ficar de boca fechada, mas não conseguindo.

"Nós vamos fazer o seguinte, Delano", disse o sr. Guess. "Os meninos apresentam a peça, mas nas cenas em que há uma interação amorosa entre o casal, esses dois vão ter que maneirar as coisas. Em vez de beijo, um aperto de mãos, um abraço ou qualquer coisa assim."

"Vai ficar ridículo", disse Annie.

"Ou fazem desse jeito ou não tem peça, Annie."

"É o cúmulo da idiotice", disse Annie.

"E de hoje em diante eu não sou mais Romeu", disse Buster, e Annie desferiu um tapa de frustração em seu ombro.

"Vamos dar um jeito nisso, Joe", disse o professor Delano.

"Jamais gostei desse negócio de tragédia", comentou o sr.

Guess. "Prefiro muito mais uma comédia de erros ou um drama histórico."

Quando o sr. Guess lhes deu as costas e começou a se afastar, Annie mostrou o dedo do meio para ele.

Mantendo-se a uma distância segura da irmã nas coxias, Buster observou a eclosão da escaramuça entre as duas casas, iguais em seu valor. O manejo das espadas era canhestro, os nervos à flor da pele na noite de estreia, o elenco inteiro ainda sem saber como seria a coisa entre os dois irmãos. Buster via seus pais na plateia, Caleb em pé no corredor, a câmera focada na ação que tinha lugar no palco, nada valendo a pena se não fosse filmado. De fato, havia agora qualquer coisa de happening dos Caninus na peça, a ameaça de desordem pairando no ar, Buster e Annie fazendo as vezes de arautos de uma grande perturbação. E, como acontecia naquelas intervenções, Buster foi aos poucos experimentando a sensação de se render à possibilidade de que tudo em breve estaria mudado, e não para melhor.

Escolhera a função de diretor de palco com o propósito explícito de ficar longe dos holofotes. Poderia supervisionar e coordenar, lidar com todos os aspectos da encenação sem que ninguém na plateia soubesse que ele estava ali. E agora, graças à fracassada tentativa de suicídio de Coby Reid, ele era Romeu, o idiota de Verona, um garoto tão desesperado por sexo que deixava um rastro de gente morta por onde passava.

Usando uma máscara que o pinicava e o deixava sem ar, qual um tigre feroz, Buster levou a mão de sua irmã aos lábios e perguntou — de uma maneira que a seu ver não tinha como resultar em aceitação — se poderia beijar aqueles dedos tão delicados. Annie, graças a Deus, o repeliu. Buster, ah meu Deus não, então perguntou se poderia beijá-la na boca. Ao olhar para a irmã, notou que ela tinha um sorrisinho besta no rosto — a estrepolia que era aquele diálogo. Annie estava flertando com ele, e porque William Sem-Vergonha Shakespeare assim determinara, ele se renderia a seus encantos. "Então fica quietinha: eis o devoto. Em tua boca limpo os meus pecados", disse Buster e, curvando o tronco para a frente, fez menção de beijar a irmã. Então, a poucos centímetros dos lábios dela, estalou a boca, beijando o ar, e se afastou, a ameaça driblada, o público rindo nervosamente, mas não à beira de uma síncope. Annie olhou com desagrado para ele e então sorriu, dizendo, com o amparo de Shakespeare: "Pecados que passam, assim, para os meus lábios". Buster, sem alternativa, disse sua fala: "Pecados meus? Oh! Quero-os retornados. Devolve-mos", e quando Annie se precipitou para beijá-lo, Buster desviou o rosto, deslocou-se um pouco para a esquerda e tornou a beijar o ar, um estalo molhado e sonoro. Agora a plateia ria a bandeiras despregadas. Annie olhou com indiferença para Buster, embora tivesse os punhos cerrados, prontos para esmurrá-lo, e disse sem emoção: "Beijais tal qual os sábios".

Assim que a cena terminou, fechando o primeiro ato, Buster correu os olhos pela primeira fileira, à procura do sr. Guess, que lhe fez sinal de positivo, obviamente satisfeito. Nas mãos de Buster, uma tragédia virara comédia.

Quando a cortina desceu, escurecendo o palco, Annie acertou um soco na cara do irmão, um cruzado alto de direita que fez Buster desabar no chão. "Você está estragando tudo", disse Annie. "Esta é a última peça que eu faço na escola, e as pessoas estão rindo de nós por sua causa."

"O Guess disse que não era pra ter beijo", lembrou Buster à irmã, um galo já se formando em sua têmpora direita.

"E quem liga pro que diz o Guess?", berrou Annie. "Isto aqui é *Romeu e Julieta*. Nós somos o Romeu e a Julieta. A gente vai se beijar."

"Não vamos, não", disse Buster.

"Buster", continuou Annie, com a voz fraquejando. "Por favor. Faça isso por mim."

"Não dá", disse Buster.

"Uma peste em tua casa", disse Annie, e se afastou pisando duro.

"A tua casa é a mesma que a minha", disse Buster, porém ela já estava longe demais para escutar.

"Romeu, Romeu! Ah! Por que és tu Romeu?", indagou Annie.

Debaixo do balcão nobre, no escuro, Buster não tinha resposta para ela.

Pouco antes do fim do segundo ato, Buster se achava ao lado de Jimmy Patrick — um garoto rotundo e já bastante calvo aos dezesseis anos, perfeito para o papel de frei Lourenço. O frade lhe dava o conselho de que: "violentas alegrias têm fim também violento", e dizia que: "o mel mais doce repugna pelo excesso de delícia", e por fim, e muito compreensivelmente, afirmava que Buster deveria: "amar com moderação". Conselho dado, Annie entrou no palco, uns pés tão leves, e tomou as mãos de Buster nas suas, apertando-as com força, espremendo-as até lhes tirar toda a sensibilidade, reduzindo-as a meros espectros. Annie cumprimentou Jimmy, que então disse: "Filha, Romeu por nós vai responder-te". O público começou a rir, uma salva de palmas, e Buster viu sua irmã ficar com o rosto vermelho, envergonhada e furiosa ao mesmo tempo, os olhos impassíveis e lacrimejantes. Ele estragara tudo, isso era evidente. E com as ferramentas rudimentares de que dispunha, mesmo não levando o menor jeito para consertar as coisas, Buster se inclinou para a frente, estreitando a irmã contra si, e a beijou com tamanho ímpeto que ela levou meio segundo para corresponder, dois amantes desditosos. Foi muito terno e doce e, tirando o fato de que foi com sua irmã, exatamente como ele esperava que fosse o primeiro beijo de sua vida.

"Não, não, não, não, não", gritou o sr. Guess, levantando-se de um pulo de seu lugar e trepando atabalhoadamente no palco. Soavam vaias e vivas em igual medida, embora Buster não conseguisse saber se seu alvo era o beijo ou o diretor da escola, que agora apartava os dois Caninus, levando-os para lados opostos do palco, resmungando obscenidades. Annie olhou para Buster e sorriu. Buster se limitou a dar de ombros e então a cortina desceu, para não subir mais naquela noite. E assim terminou a história, ainda que um pouco antes da hora, de Julieta e seu Romeu. Mais desgosto, claro, estava por vir.

Seis meses depois, no Museu de Arte Contemporânea de Chicago, Buster e Annie estavam sentados a uma mesa da qual eram os únicos ocupantes, e esvaziavam as taças de vinho abandonadas por gente velha o bastante para esnobar bebida de graça. Caleb e Camille conversavam com o curador do museu e com um grupo de patrocinadores da instituição. "Ah, como eu queria ter ficado em casa", disse Buster, e sua irmã, completamente sóbria após sete taças de vinho, disse: "É como trazer aqueles meeiros de *Elogiemos os homens ilustres* até o Museu de Arte Moderna para uma abertura do Walker Evans. É tipo, olha aqui gente, a razão da vergonha de vocês, emoldurada e muito maior do que a lembrança que vocês tinham dela". Na sala principal da exposição, onde os dois jovens Caninus se recusavam a entrar, eram projetadas numa tela enorme todas as cenas da peça. Por mais que se esforçassem, Buster e Annie não conseguiam eludir o som amplificado de suas próprias vozes, as falas de Shakespeare ecoando em seus ouvidos. "Que dramalhão mais superestimado", resmungou Annie. "Por que eu tenho de ser um adolescente apaixonado? Vamos pegar mais leve, pô", acrescentou Buster. Os adolescentes viviam se suicidando, concordaram os dois. Olharam para seus pais e chegaram à conclusão de que o verdadeiro milagre era que, naquela altura, eles dois, A e B, ainda estivessem vivos.

O professor Delano, bêbado e feliz, de repente apareceu por ali e se sentou à mesa com eles. "Meninos", exclamou, e se pôs a rir à socapa. Annie e Buster não viam o professor Delano desde a noite da apresentação da peça; ele fora demitido assim que a cortina desceu e esvaziara seu apartamento e deixara a cidade antes do pôr do sol do dia seguinte. "Meninos", tornou a dizer o professor Delano, agora recomposto, embora seu rosto continuasse assustadoramente vermelho. "Senti tantas saudades de vocês."

"O que o senhor está fazendo aqui, professor?", indagou Buster.

"Eu não perderia essa abertura por nada neste mundo", respondeu o professor Delano. "Afinal, se não fosse por mim, nada disso teria acontecido."

Annie tirou a taça de vinho da mão de Delano e a trocou por uma taça vazia. Pôs uma bandeja de canapés de camarão à sua frente, mas ele não pareceu notar.

"Professor", indagou Buster, "o que o senhor está fazendo aqui?"

"Os seus pais me convidaram", disse Delano. "Disseram

que era o mínimo que podiam fazer depois de eu ter sido demitido por realizar uma produção tão vanguardista."

"Foi muito chato o senhor ter perdido o emprego", disse Annie. "Achei o fim da picada."

"Eu sabia no que estava me metendo, meu bem", disse o professor Delano. "Quando estávamos preparando a coisa toda, eu disse várias vezes para os seus pais que, para valer a pena, a arte tem que ser difícil, tem que deixar a terra calcinada depois de levantar voo."

Annie e Buster sentiram seus corpos levitando, assolados pela náusea.

"Como assim?", indagou Annie.

"Como assim o quê?", indagou o professor Delano, perdendo a vermelhidão de embriaguez que tinha no rosto.

"Acho que eu não entendi o que o senhor quis dizer", esclareceu Annie, proferindo as palavras entre os dentes cerrados. "Como assim, *quando vocês estavam preparando a coisa toda?*"

Com as faces de súbito ganhando um tom cinza, o professor Delano levou a taça vazia aos lábios. Buster e Annie aproximaram suas cadeiras, fazendo com que seus joelhos encostassem nos do professor Delano, fustigando-o com o gume de seus ossos. Os jovens Caninus, quando encolerizados, sabiam indicar de forma cristalina o tamanho da ameaça contida em seus corpos.

"Seus pais não falaram nada para vocês?", perguntou o professor Delano.

Buster e Annie fizeram que não.

"Isso tudo", disse o professor, fazendo um gesto abrangente, abarcando o recinto que transbordava com a última obra dos Caninus, "foi planejado com muita antecedência. Seus pais vieram falar comigo quando a Annie foi selecionada para fazer o papel de Julieta. Eu adorei a ideia. Vocês podem não acreditar, mas, quando era jovem e morava em Nova York, eu estava na linha de frente do teatro americano de vanguarda. Fui preso por comer cacos de vidro e cuspir sangue no público durante uma montagem experimental de *Um bonde chamado desejo*. Os pais de vocês são geniais. Foi um prazer ajudá-los."

"E o Coby?", indagou Buster. "Como sabiam que ele teria de ser substituído?"

"Isso ficou a cargo dos seus pais", disse o professor Delano.

Tanto Annie como Buster se mostraram chocados, e Delano se corrigiu. "Não, não, pelo amor de Deus. O que aconteceu foi que os seus pais deram quinhentos dólares para o Coby desistir da peça. A única coisa que ele tinha de fazer era não aparecer no teatro no dia da estreia. O acidente foi puro azar dele."

"Eles aprontaram isso com a gente", disse Annie, "pela arte."

"Pela arte", bramiu o professor Delano, erguendo a taça vazia acima da cabeça.

"Usaram a gente", disse Buster.

"Não, Buster, não seja injusto. Seus pais fizeram segredo de certas informações com o intuito de extrair o melhor que vocês poderiam dar de si. Pense nos seus pais como diretores; eles controlam as circunstâncias e fazem com que todas as peças independentes se encaixem a fim de criar algo belo que de outro modo não existiria. Foram tão habilidosos que vocês nem perceberam que estavam sendo dirigidos por eles."

"Vá se foder, professor", disse Annie.

"Meninos", exclamou Delano.

"Vá se foder, professor", disse Buster.

Annie e Buster, ainda com as taças de vinho nas mãos, sem conseguir desfazer-se delas, deixaram seu ex-professor de teatro à mesa e foram até o aglomerado de pessoas que se formara em torno de seus pais, abrindo caminho até o centro do ajuntamento.

"A e B", disse Caleb Caninus ao ver os filhos à sua frente. "As estrelas da noite", disse Camille. Annie e Buster, sabendo de seus respectivos desejos sem ter de falar nada, deram com as taças de cristal nas cabeças de seus pais — os cacos se espalhando pelo chão, as bocas de Caleb e Camille Caninus se escancarando em dois perfeitos Ós de perplexidade.

"A gente sempre fez tudo o que vocês pediram", disse Annie, trêmula da cabeça aos pés. "Fazíamos o que vocês diziam e nunca perguntávamos por quê. A gente simplesmente ia lá e fazia. Por vocês."

"Se tivessem nos explicado o que estava acontecendo", prosseguiu Buster, "a gente teria feito do mesmo jeito."

"Não queremos mais saber de vocês", disse Annie, e os dois jovens Caninus se encaminharam sem pressa à sala principal da exposição, enquanto os demais presentes, chocados, sem saber se aquilo era algum tipo de performance artística ou um simples ataque, tratavam de lhes dar passagem.

Com as mãos pingando sangue, deles e de seus pais, e minúsculos fragmentos de vidro espetados na pele, Annie e Buster observavam a si mesmos na tela, dois filhos tão relutantes em seguir o decreto de seus pais que preferiam acabar com tudo tão espetacularmente quanto lhes permitia a limitação de seus meios.

7.

Ao acordar no dia seguinte, Buster ferrado no sono no quarto ao lado, Annie estava numa felicidade sem tamanho. Claro que não tinha feito nada que justificasse esse sentimento. Desperdiçara duas horas no cinema, embriagando-se às escondidas com garrafinhas de uísque do começo ao fim do filme. Porém Buster fizera o suficiente por ambos. Seu irmão pusera os pés fora de casa, com aquele rosto retorcido e tudo o mais, encontrara-se com um grupo de estudantes universitários e lhes falara sobre o que ele tinha de mais especial. E o resultado disso fora que, ao final do dia, eles dois estavam mais felizes do que ao acordar, e ela nem lembrava mais quando tinha sido a última vez que algo assim acontecera. Podia não ser grande coisa, mas já era alguma coisa.

Ainda vestida com as roupas do dia anterior, Annie saiu da cama e se apoderou da pilha de contos que Lucas Kizza dera a Buster na faculdade. Folheou-os até encontrar a narrativa escrita por Suzanne e então foi para o outro lado da casa, para a cozinha, longe o bastante de Buster para poder se dedicar à tarefa nem um pouco invejável de impedir que seu irmão se apaixonasse por aquela garota estranha. No passado, ela tomava para si o encargo de espantar todo tipo de adversidade que porventura os elegesse, A e B, como alvo, e estava destreinada. Resolveu deixar o álcool para mais tarde, pôs-se a bebericar um belo copo de suco de tomate e, com seus pais um estado inteiro longe dali, sentiu que seria capaz de pôr ela própria a mão na merda.

O conto não era lá grande coisa, um pouco óbvio demais, mas, considerando a obsessão de Buster por sofrimentos imerecidos, não foi difícil entender o apelo que aquilo tinha para ele. Se não houvesse outro jeito, se visse que o irmão estava indo ladeira abaixo, Annie teria uma conversinha com aquela tal de Suzanne, daria para ela a ficha da família Caninus, faria com que a garota voltasse para o lugar de onde tinha saído. A bem da verdade, já andava preocupada com o misterioso Joseph do Nebraska, por quem Buster admitira sentir uma afeição persistente. Joseph acertara um tiro na cara de Buster, um sofrimento imerecido, de modo que, se um dia topasse com ele, Annie não perderia a oportunidade de trocar uma ideia com o rei dos canhões de batata.

Pegou o conto de Suzanne e o jogou fora, empurrando-o o mais que pôde para o fundo da lixeira. Voltou para o seu impressionante copo de suco de tomate — começava a querer que houvesse um pouco de vodca ali — e espantou a suspeita de que talvez estivesse com ciúme desses intrometidos que desviavam a atenção de Buster, impedindo-o de se concentrar unicamente naquela casa, na droga de vida que era a vida deles. Não, ela se decidiu, ela iria cuidar dele; alguém naquela família precisava tomar decisões sensatas, ainda que depois elas não fossem tão fascinantes, não teriam nenhuma explosão, gritos, choro ou terror psicológico. Então pensou em Daniel, lá no Wyoming deixando crescer a barba, pondo no papel as ideias mais imbecis de que um ser humano era capaz, e reavaliou sua opinião quanto a potenciais interesses amorosos. Retirou o conto da lixeira, alisou as páginas e deixou-o sobre a mesa. Quando Buster chegou, quinze minutos depois, futucando a cicatriz que agora tinha acima do lábio, ele viu o conto e olhou para Annie. "Você leu?", indagou. Annie fez que sim. Buster franziu a testa, constrangido, e então disse: "Tá, e o que achou?". Annie tomou um demorado gole de suco de tomate e respondeu: "Muito bom". Buster sorriu. "Muito bom", repetiu, e balançou afirmativamente a cabeça.

Assim que terminaram o café da manhã, Annie resolveu que, como suas vidas haviam recebido um impulso positivo, era chegada a hora de falar sobre aquele perrengue todo e aproveitar o sucesso da véspera para partir para novas conquistas. Enquanto deitava essa falação, tinha a sensação de ser alguém num infomercial. Mas então Buster concordou que era uma boa ideia e então ela teve a sensação de ser a Oprah. Afastaram os pratos para o lado e deram início ao brainstorming. Se a cozinha tivesse um quadro branco, eles o teriam usado.

Buster: naquela altura, com certeza já o haviam despejado de seu velho apartamento na Flórida. E ele estava devendo ao hospital do Nebraska doze mil dólares que não tinha de onde tirar. Seu rosto ainda não estava cem por cento bom — Annie examinou os pontos de roxidão e as crostas de feridas que se estendiam de um lado a outro da face direita do irmão, a cicatriz acima do lábio, os vasos sanguíneos estourados que ainda turvavam seu olho direito.

Então Annie, sentindo-se capaz e confiante, pôs-se a formular um plano de ação. Imaginava estar falando não só com Buster, mas com a plateia de um programa de auditório. "Eu posso pagar a conta do hospital", disse ela, e Buster não fez menção de contradizê-la. Annie constatou que era uma moça rica. Compreendeu que era podre de rica. Sacou que era absurdamente rica. Era legal ver que o dinheiro, não obstante toda a publicidade negativa, às vezes podia resolver os problemas da pessoa. "Quando acabar esta nossa temporada de reabilitação por aqui, você vai comigo para Los Angeles. Acha que seria capaz de escrever um roteiro?" Buster balançou a cabeça. Não era capaz disso, não. "Acha que conseguiria escrever para televisão? São coisas menores." Buster pensou um minuto no assunto e então tornou a balançar a cabeça. Annie fez um gesto de desdém. "Tudo bem, sério, não tem problema. Você arruma um trabalhinho qualquer, alguma coisa que lhe dê tempo para se concentrar em escrever. Falando sério, juro, posso emprestar um pouco de dinheiro pra você e por um bom tempo você não vai ter que se preocupar em arrumar trabalho." Buster deu de ombros, incapaz de encontrar algo de objetável no plano. Annie sorriu. Isso era fácil, pensou. Ela deveria era ter um programa de televisão, onde fizesse isso para um sem-fim de pessoas com a vida fodida. "E o seu rosto está sarando", lembrou ela a Buster. "Mais um mês ou dois e você vai voltar ao normal." Buster sorriu diante desse comentário gentil, exibindo a cavidade deixada em sua gengiva pelo dente que ele perdera. Annie se incumbiu mentalmente de arrumar um dentista para dar um jeito naquilo. Estava feito. As coisas com Buster estavam encaminhadas; sua vida, por ora, assentada em terra firme. Seria possível que a vida fosse assim tão fácil? Agora era a vez dela.

Annie estava, e continuaria por um bom tempo, desempregada. Perdera seu papel naquela que era uma das séries de maior bilheteria na história do cinema. Seus peitos circulavam na internet. Tinha dormido com um jornalista. Seu ex-namorado, que estava rapidamente se tornando uma das pessoas mais influentes de Hollywood, no momento não devia tê-la muito em alta conta. Buster deu um assobio quando Annie terminou de desfiar os pormenores da situação desagradável em que se encontrava. "Não está tão ruim assim", animou-a Buster. "Valeu", disse ela.

Com os olhos fixos na mesa, Annie refletiu por alguns instantes. Tudo bem, trabalharia como coadjuvante em alguns filmes menores, focando na qualidade do roteiro. Melhor ainda, claro, muito melhor, voltaria a fazer teatro. Uma peça do Tennessee Williams, uma produção modesta que ficasse um ou dois meses em cartaz, para ela recuperar a forma e ver o que pintava depois. Quanto a seus peitos, bom, aí não tinha jeito. O negócio era se conformar e tomar mais cuidado no futuro. Ficava a lição. "Não esquente com o tal jornalista", aconselhou Buster. "Ninguém liga pra esses frilas, vai por mim." Annie concordou com a cabeça. No tocante às fodas com gente de reputação duvidosa, até que ela não se saíra tão mal; nada de que não pudesse recuperar-se. O mesmo valia para a história com o Daniel — tinha sido só uma escolha ruim, e ela aguentaria o tranco. A questão, Annie se deu conta, era que ela tinha, sim, feito algumas cagadas federais, como demonstrava o fato de estar morando com seus pais, mas sabia que daria a volta por cima. Levava jeito para pegar coisas quebradas e, não conseguindo colar seus cacos, livrar-se delas com um mínimo de aporrinhação.

Então havia aquele pequeno detalhe da dependência de drogas e álcool em que os dois se encontravam. "Que tal a gente fazer assim", sugeriu Buster. "Nada de analgésicos pra mim, a menos que eu esteja precisando muito, e nada de bebida pra você antes das cinco da tarde." Annie refletiu sobre isso por alguns segundos. Feito, decidiu. Nada como pensar com a cabeça. "Que mais?", perguntou a si mesma. Embora aquilo fosse só uma conversa e eles ainda não tivessem realizado nenhum avanço concreto, estava se sentindo melhor, mais forte, mais ágil. E não estava bêbada. "É", disse com seus botões, "pode dar certo."

Se a reunião daquela manhã tivesse uma pauta, os dois estariam ticando os pontos intitulados: *Problemas do Buster* e *Problemas da Annie*. Annie começou a se levantar, pronta para transformar palavras em ação, quando Buster pediu com um gesto que ela permanecesse sentada.

"Eu estava pensando na mamãe e no papai", prosseguiu ele. Annie não podia dizer o mesmo, não andava pensando nos pais, nem um pouquinho, mas deixou que Buster continuasse. "Eu sei que eles, ah, tá bom, ferraram legal com a gente, mas agora eles deixaram a gente ficar aqui. Estão cuidando da gente — do jeito deles, mas estão cuidando." Annie se viu obrigada a concordar. Seus pais tinham mesmo ferrado legal com eles. E de fato estavam deixando que ela e Buster morassem na casa deles. "Então", disse Buster, "seja lá qual for o próximo projeto deles, acho que a gente deveria participar." Annie fez que não com a cabeça. "Estamos tentando melhorar, Buster." Sempre tão doce, sempre tentando ser um bom moço, Buster franziu o cenho. "Participar dessas coisas do Caleb e da Camille faz mal para a gente", continuou ela, sentindo os músculos de suas mãos se retesando como num espasmo. Sentia a raiva se apossando de si e fez um esforço consciente para se controlar, antes de seguir em frente. "Para nós, essas intervenções deles são tóxicas. Transformam a gente em criança de novo, essa mania que eles têm de nos usar para atingir os objetivos deles, e o que nós dois estamos fazendo aqui, a manhã inteira, é justamente tentar encontrar uma maneira de superar isso."

"Você viu o fiasco que foi o negócio do Rainha da Galinhada", disse Buster. "A gente podia ter ajudado. E se da próxima vez a gente desse uma mão para a coisa dar certo? A gente combina que vai ser uma vez só, damos uma força para eles se reerguerem e aí tiramos o time de campo e não participamos de mais nada, nunca mais." Annie não estava em condições de se comprometer com aquilo, inserindo-se na maluquice dos desejos de seus pais, mas não conseguia tirar da cabeça a imagem dos dois no shopping, tão frágeis, tão ridículos, de modo que se permitiu considerar a possibilidade. "Pode ser", disse ela. E Buster respondeu: "Legal".

Depois de ter organizado os detalhes de suas vidas, Annie e Buster acharam que era a vez de organizar o lugar em que estavam vivendo, e se puseram a arrumar a casa — uma tarefa pra lá de trabalhosa. Annie levou sacos e mais sacos, tilintando com garrafas de bebida vazias, para a garagem. Buster recolheu dúzias e mais dúzias de gazes e ataduras, endurecidas com sangue pisado, lambuzadas com pomada, que haviam se acumulado sobre o seu criado-mudo, uma imundície que ele até então não se dera o trabalho de jogar fora, tendo simplesmente deixado que se acumulasse ali, dando forma a uma estranha escultura viva de sua convalescença. Os dois irmãos trabalharam em conjunto para arrumar as camas, aspirar o chão e organizar seus poucos pertences. Encontraram-se no banheiro usado por ambos e o deixaram um brinco. Não era nem meio-dia e haviam feito mais coisas do que no ano anterior inteiro.

A sala de estar, de longe o maior aposento da casa, achava-se repleta de projetos antigos, anotações e esboços dos Caninus, além de coleções de anúncios, passagens, panfletos, ingressos, postais e uma infinidade de outros impressos igualmente antigos e efêmeros. Annie não sabia onde aquelas coisas deveriam ser guardadas, não podia sequer conceber que houvesse uma maneira de pôr aquilo em ordem, de modo que centrou seus esforços nos discos espalhados pelo chão, um universo sonoro que, mesmo depois de adulta, continuava a desconcertá-la.

Caleb e Camille gostavam de dois tipos de música — coisas esotéricas, impenetráveis, como John Cage e o folk apocalíptico do Current 93, e, ao lado disso, o som mais obtuso e barulhento do mundo: punk rock. Quando Annie e Buster eram pequenos, seus pais, na hora de dormir, cantavam para eles "*Six Pack*", do Black Flag, como se fosse canção de ninar. "Eu nasci com uma garrafa na boca", cantarolava sua mãe, e então seu pai entrava com o refrão: "Eu quero é cerveja!". No final, antes de dar um beijo na testa de Annie e de Buster, Caleb e Camille sussurravam: "Cerveja! Cerveja! Cerveja!", e então apagavam a luz.

Enquanto organizava os discos nas prateleiras do móvel sobre o qual ficava o aparelho de som, Annie pôs na vitrola o álbum *Buy*, de John Chance and the Contortions, e levou a agulha até a quinta faixa, que ela se lembrava de ver seus pais pondo frequentemente para tocar antes de a família toda sair mundo afora para criar alguma forma nova de caos. Não foi uma lembrança desagradável, coisa que a deixou surpresa — o frisson que sentia por não saber o que aconteceria, ver seus pais mais e mais excitados com o que estavam prestes a fazer, saber que sem ela e Buster a coisa não funcionaria. A música estranha, metálica, dissonante começou a sair dos alto-falantes, e não demorou muito para que Buster aparecesse na sala, marcando o ritmo com o pé. Annie o chamou com um gesto e os dois ficaram parados em frente ao alto-falante, balançando a cabeça, cantando na hora do refrão: "quero ver você se contorcendo". Já que Annie não podia beber e Buster não podia se entupir de remédios, o jeito era dançar ao som daquele jazz-punk corrosivo, atonal. A música estridulava e extrapolava os limites rítmicos mais normais, porém Buster e Annie não erravam um passo, dançando da única maneira que sabiam dançar, totalmente desengonçados, mas na maior animação. Se fossem dar um nome para aquela dança, seria: "Dança dos Caninus".

O telefone tocou três vezes antes mesmo que os dois se dessem conta de que estava tocando, antes mesmo de serem capazes de distinguir o toque do aparelho em meio à confusão de ruídos que os envolvia. Annie alcançou o telefone da cozinha no momento em que a secretária eletrônica anunciava: "Os Caninus estão mortos", e então disse, esbaforida: "Não estamos mortos não! Desculpe, a gente está aqui. Desculpe". O outro lado da linha ficou temporariamente mudo, e Annie concluiu que tinha afugentado a pessoa, mas então ouviu a voz serena e paciente de um homem dizer: "É a sra. Caninus?".

"Isso", disse Annie.

O tom de voz se tornou um pouco mais interessado. "Camille Caninus?", indagou o sujeito.

"Ah! Não, desculpe", disse Annie. "Aqui é a Annie, a filha dela. Eu sou a filha da Camille." Será que estava bêbada? Refletiu por um segundo. Não, definitivamente não estava bêbada. Tentou consertar a coisa.

"A minha mãe não está em casa", disse.

"Você é filha da sra. Camille Caninus?", perguntou o homem.

"Sou."

"Certo, aqui quem fala é o delegado Dunham", disse ele, e então Annie soube do que se tratava. Seus pais estavam na delegacia. Tinham sido detidos, nada de muito grave, só uma pequena encheção de saco. Era pagar a fiança e estava resolvido. Por um segundo, Annie sentiu uma ponta de admiração por aqueles dois que, depois do acontecido no shopping, quando não haviam conseguido desencadear uma reação mais emotiva em quem quer que fosse, tinham sido capazes de criar algo difícil o bastante para requerer a intervenção da polícia.

"O que eles fizeram?"

"Perdão?"

"Eles tiveram algum problema?"

"Bom, é, pode ser que sim", gaguejou o delegado, antes de tentar recuperar o controle da conversa. "Sinto dizer, moça, mas até onde sabemos os seus pais estão desaparecidos."

"Como é?"

"Hoje de manhã, encontramos a van dos seus pais estacionada no posto de descanso de Jefferson, na beira da interestadual I-40, sentido leste, pouco antes da divisa com a Carolina do Norte. Pelas informações que temos, o carro estava lá desde ontem à noite. Nós estamos... preocupados com o paradeiro deles."

Annie lamentou um pouco ter de estragar o intricado plano de seus pais, fosse lá que plano fosse esse, mas não tinha a menor intenção de se envolver em questões policiais. Estava a um passo de se recuperar. Abriu o jogo com o sujeito.

"Delegado", principiou ela. "É só uma encenação. Os meus pais são, tipo, meio artistas, meio famosos até, e isso aí é alguma performance que eles estão fazendo. Não desapareceram pra valer; só querem que vocês pensem assim. Desculpe o incômodo, viu?"

"Sabemos tudo sobre os seus pais, moça. Fiz um rápido levantamento e falei com a polícia da região de vocês e estou perfeitamente a par da natureza, hum, artística das coisas que os seus pais fazem. Acontece que, apesar disso, temos sérias razões para acreditar que se trata de um caso de desaparecimento."

"É tudo armação", disse Annie, querendo a todo custo poupar aquele sujeito do trabalho de sair à procura de seus pais, dispensá-lo de fazer exatamente o que eles queriam que fizesse. Rememorou a sensação estranha, perturbadora que sobrevinha às performances dos Caninus, a percepção de que, quando Caleb e Camille estavam por perto, talvez você não tivesse controle total sobre os seus pensamentos e ações.

"É melhor conversarmos pessoalmente, moça, mas tente entender que o caso é sério. Encontramos bastante sangue em volta do carro, há sinais de luta no local e os nossos registros indicam que, nos últimos nove meses, tem havido ocorrências similares nos postos de descanso daquela área. Não quero assustá-la, mas tivemos quatro casos de sequestro relâmpago em postos de descanso na região, e os quatro terminaram em homicídio. Sei que está achando que isso é algo que os seus pais armaram, mas não é o caso. Precisa se preparar para a possibilidade de que seja algo bastante real e que talvez não acabe bem."

Buster entrou na cozinha. "Quem é?", indagou ele, porém Annie balançou a cabeça e levou o indicador aos lábios para pedir silêncio.

"Quando foi a última vez que falou com os seus pais?", perguntou o delegado.

"Ontem de manhã, na hora do café."

"Eles disseram para onde iam?"

"Não, não falaram nada de viajar, mas ontem à tarde, quando eu e o meu irmão chegamos em casa, a gente encontrou um bilhete em que eles diziam que tinham ido para a Carolina do Norte."

"Eles conhecem alguém por lá?"

"Não tenho a menor ideia."

"Será que conhecem alguém em Jefferson? Uma pessoa com quem tenham marcado um encontro no posto de descanso?"

"Não sei."

"Vou deixar o meu telefone com você, moça. Quero que me ligue se tiver notícias dos seus pais. Quero que me ligue se lembrar de alguma outra coisa que possa nos ajudar. Quero que me ligue se achar que estamos deixando de lado algum detalhe importante. Vamos fazer o que estiver ao nosso alcance por aqui."

"O senhor acha que eles estão mortos, não é?", perguntou Annie.

"Isso eu não sei", respondeu o delegado.

"Mas é uma possibilidade", insistiu Annie.

"É uma das hipóteses com que estamos trabalhando, sem dúvida."

"Eu queria que o senhor entendesse", disse Annie, dando mostras de frustração. "Isso não é real. O senhor não está lidando com algo real. É tudo jogo de cena. É isso o que os meus pais fazem. Eles armam uma coisa maluca e aí ficam vendo como você faz pra lidar com essa coisa."

"Tomara que seja isso, moça. Tomara mesmo", respondeu o delegado Dunham, e desligou.

Annie pôs o fone no gancho e então pegou a garrafa de vodca pela metade que ela havia deixado em cima do balcão da cozinha. "Ainda não está na hora", advertiu Buster, apontando o relógio do micro-ondas. "Sente aí, Buster", disse Annie. "O que a mamãe e o papai fizeram?", indagou ele. "Besteira das grossas", respondeu Annie, levando a garrafa aos lábios e dando um golinho, sentindo o terreno, concluindo que valia a pena ir em frente e inclinando para valer a garrafa.

Depois de ter explicado tudo para o irmão, a situação em linhas gerais e os seus "e se", Annie se sentou na cama enquanto Buster fazia pesquisas na internet a fim de obter mais detalhes sobre os assassinatos nos postos de descanso. De fato, houvera uma série de ocorrências naquela área, mulheres e homens tinham sido mortos a facadas ou a tiros e depois seus corpos foram jogados em lixeiras de postos de abastecimento ou restaurantes de fast-food. A polícia suspeitava de algum caminhoneiro, alguém que passava com regularidade pela interestadual, entre a Carolina do Norte e o Tennessee. Fazia bastante sentido, o que fortalecia ainda mais a convicção de Annie de que aquilo tudo era parte dos intricados planos de seus pais.

"Ah, tenha paciência. Você acha que o Caleb e a Camille não sabiam desses crimes? Acha que não sabiam que podiam se aproveitar da situação?", disse Annie. O logro de seus pais lhe parecia tão óbvio que ela não conseguia entender como a polícia podia estar tão perdida.

Buster, que emudecera e se retraíra, limitava-se a balançar a cabeça.

"Não deixe que eles façam isso com você, Buster", disse Annie, quase aos berros, com a raiva que sentia de seus pais amplificada pelo fato de que Buster parecia estar se deixando enganar. "É isso que eles querem, droga. Querem que a gente pense que estão mortos."

"Talvez estejam mesmo, Annie", disse Buster. Parecia prestes a cair no choro, coisa que só fez aumentar a cólera da irmã. Annie pensou no quarto de seus pais, com a porta trancada, isolado do restante da casa. De repente, de forma absolutamente cristalina, viu seus pais escondidos naquele quarto, rindo baixinho, à espera de que alguém os encontrasse. Imaginou-os debaixo da cama, cercados por latas de comida, jarras de água, um abrigo antiaéreo para protegê-los do resto do mundo.

Annie arrastou Buster até o corredor e os dois pararam defronte da porta do dormitório de seus pais. Annie encostou o ouvido na porta, tentando ouvir algum som do outro lado. "Annie?", disse Buster. Annie pediu silêncio. "Eles estão aqui", disse ela. "Estão se escondendo da gente." Girou lentamente a maçaneta e sentiu que ela não oferecia resistência. Pela primeira vez em muitos anos, Annie e Buster entraram num quarto que eles só tinham visto, e ainda assim com relutância, em sua imaginação. "Tá legal", gritou Annie do vão da porta. "A gente sabe que vocês estão aí. Caleb? Camille?" Correu os olhos pelo cômodo, em que praticamente não se viam móveis ou objetos. Havia uma cama, desfeita, e duas mesinhas de cabeceira, sobre as quais se amontoava uma profusão de copos de água e frascos de multivitaminas. A mobília era só essa. Nem sinal do caos e da desordem da sala de estar, nenhum papel fora do lugar. "Eles não estão aqui", disse Buster, porém Annie foi até o closet e escancarou suas portas com um gesto teatral. Nada além de roupas, um closet normal, repleto de calçados e camisas e calças, mas nenhum Caninus. "Annie", disse Buster, "isso está esquisito." Annie se virou para o irmão. Não sabia se ele estava se referindo à sua busca por Caleb e Camille, ou se ao fato de que o quarto deles fosse um lugar tão pouco esquisito. "Pensei que talvez eles estivessem escondidos aqui", disse ela, "mas parece que se esconderam em outro lugar." Buster deu de ombros, permitiu que uma expressão de medo se estampasse em seu rosto e disse: "Ou vai ver que estão em apuros. Ou coisa pior. Pode ser que eles estejam mesmo mortos, Annie".

Annie pegou as mãos de seu irmão nas suas. Ficou olhando para ele até que por fim ele também olhou para ela. "Eles não estão mortos, Buster. Estão fazendo o que sempre fizeram. Estão criando uma situação a fim de provocar uma resposta emocional extrema em quem está por perto. Esperaram a gente voltar pra casa, aguardaram uma ocasião em que estivéssemos os quatro juntos de novo e então bolaram essa performance deplorável para a gente sentir, sei lá, alguma coisa que seja útil pros objetivos deles."

"Pode ser", admitiu Buster.

"É claro que é", reiterou Annie. "É um exemplo clássico da arte de Caleb e Camille Caninus. Puseram a gente na berlinda, deixaram a gente em maus lençóis e agora querem ver o que vai acontecer."

"Bem", disse Buster, recuperando a compostura, "e o que *vai* acontecer?"

"Vou contar pra você", disse Annie, sentindo a certeza de suas convicções se encaixando com perfeição. "Vou dizer pra você exatamente o que vai acontecer, Buster." Encostou sua testa na de Buster com um gesto rude, o calor da pele dele contra o calor de sua pele. A e B, os Caninus juniores.

"Vamos encontrá-los."

Canção de Natal, 1977
Artistas: Caleb e Camille Caninus

Os Caninus iriam se casar, a união de duas almas, até que a morte os separe, sim, sim, toda aquela pantomima ridícula.

Caleb pôs a aliança no dedo de Camille e repetiu os votos declamados sem empolgação pelo pastor. À esquerda do altar, a esposa do pastor — cujo cachê para tocar a "Marcha Nupcial", de Mendelssohn, era muito alto — filmava a cerimônia com a câmera super-8 de Caleb, que não parava de zumbir e estalar. Caleb receava que a mulher estivesse perdendo a sutileza do evento, arruinando a tomada com ângulos estáticos, desinteressantes. Dizia com seus botões que da próxima vez daria um jeito de filmar ele próprio o casamento, a fim de manter a todo custo o controle artístico da coisa.

Camille, cujo ventre era uma bola intumescida e tesa de expectativa, não conseguia recordar se devia estar alegre ou triste. Resolveu parecer nervosa, que servia tanto para uma emoção como para a outra. Ao longo de toda a cerimônia, passava obscenamente a mão pela barriga de grávida, tinha uma respiração funda e cansada, e de tempos em tempos fazia esgares repentinos, como que para indicar que estava prestes a entrar em trabalho de parto; tipo, agora mesmo; tipo, aqui na capela; tipo, vocês fazem batizado também? Quando deslizava os dedos pela curva convexa de seu ventre, notava que a esposa do pastor — cujo rosto, do nariz para cima, era um olho de vidro que zunia — invariavelmente franzia os lábios com repugnância. Camille se pôs a friccionar o ventre a intervalos cada vez menores, sorrindo ao ver a mulher exprimir, à maneira de uma reação pavloviana, seu descontentamento azedo com o que estava presenciando. Camille mais uma vez se admirava da facilidade que tinha para provocar indignação, e então se deu conta de que Caleb e o pastor olhavam para ela. "Sim, aceito", disse mais que depressa, embora eles já tivessem passado da parte dos votos.

"Ele quer beijar a noiva", disse o pastor, fazendo um gesto de desdém na direção de Caleb. "Você quer beijá-lo?", indagou.

"Tá bom", disse ela. "Por que não?", e se inclinou para beijar o marido, sua barriga roçando o tecido de segunda do fraque dele.

A esposa do ministro atirou um punhado de confetes com tanta força na direção dos recém-casados que parecia estar tentando cegá-los, e Caleb e Camille deram meia-volta e caminharam em silêncio para fora da igreja. Ao chegar à porta, deram outra meia-volta e retrocederam até o altar. Caleb recolheu a filmadora, deu uma gorjeta para o pastor e então posou com Camille para a foto do casamento, dez dólares, um único polaroide.

"Querem que eu oficialize isto?", indagou o pastor, contando as dez notas de um dólar e dobrando-as ao meio antes de entregá-las para a esposa.

Camille se debruçou sobre um dos bancos da igreja e tirou da bolsa a autorização judicial para a realização do casamento. Assinou o documento e deu a caneta para o marido. Caleb após sua assinatura e ofereceu a caneta para a esposa do pastor, que a recusou com um gesto e sacou sua própria caneta. A fulana rabiscou o nome no papel, servindo de testemunha, e então deu a caneta para o pastor, que assinou o documento e se pôs a chacoalhá-lo como se a tinta das assinaturas estivesse úmida e precisasse secar, e então entregou a Caleb a oficialização de sua união com Camille.

"Agora vocês são marido e mulher", disse o pastor.
"Sim, somos", disse Camille.
"Cuidem bem um do outro", disse o pastor.
"E desse bebê também", acrescentou sua esposa.
"Mas principalmente um do outro", disse o pastor, olhando com severidade para a esposa, que já se virara para limpar a igreja para o casamento seguinte.

De volta ao carro, Caleb e Camille examinaram a certidão de casamento. *Sr. George De Vries e Sra. Josephine Boss.* Camille levantou desajeitadamente a saia do vestido de noiva comprado numa liquidação e removeu a barriga falsa, que caiu no chão do carro feito um saco de pólvora, pronto para explodir. Os dois tiraram dos dedos as alianças de casamento e o anel de noivado com imitação de diamante e os deixaram, tilintando feito moedinhas, no cinzeiro do carro.

"Não aguento mais fazer isso", disse Camille, arqueando as costas para aliviar a dor causada pelo peso da barriga de grávida.
"Arte pra valer é difícil", disse Caleb.
"Estou falando sério, Caleb", disse ela. "Chega desses casamentos."
"Não quer mais casar comigo?", disse ele, sorrindo e engatando a primeira marcha com alguma dificuldade.

"Trinta e seis casamentos", disse ela. "Já chega."

"Cinquenta", retorquiu Caleb. "A gente combinou que seriam cinquenta. *Cinquenta casamentos: explorando o amor e a lei*. Trinta e seis casamentos. Fica esdrúxulo."

Camille se lembrou das *Trinta e seis vistas do monte Fuji*, que ela estudara em seu primeiro curso de artes plásticas. Via as ondas de Kanagawa quebrando sobre aquelas pessoinhas minúsculas, em seus barquinhos, completamente impotentes, indefinidamente ameaçadas pelo desastre.

"Estou grávida", disse ela.

"Tá legal", disse Caleb sem prestar atenção, brigando com a alavanca do câmbio para manter o carro em movimento, avançando sem direção certa pelas ruas daquela cidade desconhecida.

"Estou grávida", repetiu Camille.

O carro parou com um som de engrenagens metálicas rangendo de maneira imprecisa. Alguém que vinha atrás buzinou e ultrapassou o carro deles, agora parado no meio da rua.

"Estou grávida", disse mais uma vez Camille, na esperança de que três vezes fossem suficientes para que Caleb entendesse.

"Bom, e como a gente vai fazer?", perguntou Caleb.

"Não tenho a menor ideia", respondeu Camille.

"Precisamos fazer alguma coisa."

Permaneceram sentados no interior do carro, com o motor ligado, tanto um como o outro hesitando diante de cada uma das possibilidades que se apresentavam diante deles.

"A gente não tem dinheiro", disse Caleb.

"Eu sei", replicou Camille.

"O Hobart sempre diz: 'Os filhos acabam com a arte'. Ele me falou isso milhões de vezes", prosseguiu Caleb. Queria baixar o vidro, respirar um pouco de ar fresco, mas a manivela estava quebrada.

"Eu sei", disse Camille. "Eu ouvi o Hobart dizendo isso."

"É muito azar, e o momento não poderia ser pior", disse Caleb.

"Eu sei", disse Camille, "mas eu vou ter essa criança."

Caleb pôs as mãos no volante e olhou fixamente para a rua deserta. Trinta metros mais à frente, o semáforo mudou de verde para amarelo, depois para vermelho e de novo para verde. Sentia a náusea da irrealização, tendo arrastado Camille, dez anos mais nova que ele, sua ex-aluna, para algo possivelmente desastroso. Estava convicto de ser um fracasso, vivia se surpreendendo com os resultados pífios de suas empreitadas artísticas. Vai ver que era assim que a vida funcionava, a expectativa de sucesso depois de cada revés como o motor que mantinha o mundo girando. Vai ver que a retrogressão era em si mesma uma empreitada artística. Vai ver que, se continuasse afundando, de alguma maneira acabaria retornando à superfície.

"Tá", respondeu por fim Caleb.

"Tá o quê?", perguntou Camille.

"Tá", disse Caleb. "Vamos nessa."

Camille se inclinou em sua direção e o beijou, um beijo mais perfeito do que os de todos os trinta e seis casamentos.

"Acho que a gente deveria se casar", disse Caleb.

Camille levou a mão ao cinzeiro, pegou o anel de noivado e o pôs de volta no dedo. "Tá", disse ela.

"Tá?"

"Tá. Eu caso com você."

Três meses depois eles se casaram pela trigésima sétima vez. Quatro meses mais tarde, nasceu o bebê, uma menina, Annie. Menos de um mês depois do parto, na Anchor Gallery de San Francisco, aconteceu o vernissage da exposição *Trinta e sete ca-*

samentos, com as certidões, todas elas falsificadas com esmero por Camille, dividindo as paredes com as fotos amadoras tiradas após as cerimônias, em que os recém-casados exibiam sua felicidade nas mais variadas poses. Uma parede inteira da galeria era dedicada à exibição contínua das cenas de cada uma das cerimônias, uma sequência ininterrupta de alianças trocadas e noivas beijadas. A última obra da exposição, a certidão de casamento autêntica, era exibida ao lado de uma foto da última cerimônia, com Caleb e Camille rodeados apenas por amigos e colegas, já que os pais de Caleb tinham falecido muito tempo antes, e os de Camille, que não de agora estavam convencidos de que o genro submetera sua filha a uma lavagem cerebral, tinham recusado o convite. Hobart Waxman, o mentor de Caleb, celebrara o matrimônio — sua ordenação como clérigo era ainda outro título que ele mantinha, às escondidas, em seu currículo. "Uma péssima ideia", dissera Hobart depois da cerimônia, abraçando os Caninus, "elegantemente executada."

Um conceito banal, executado tão canhestramente que acaba por eliminar qualquer vestígio de significado. Assim o crítico de arte do *San Francisco Chronicle* concluía seu artigo a respeito da exposição *Trinta e sete casamentos*. Nove meses depois, a frase ainda invadia os pensamentos de Caleb nos raros momentos em que o apartamento acanhado não era dominado pelos gritos que Annie dava para se queixar de maus-tratos insondáveis. "O que ela quer?", indagava Caleb à mulher. "Alguma coisa", respondia Camille, embalando o bebê nos braços. Seu rosto, observava Caleb, tinha uma luminosidade que sempre o deixava confuso. Ela estava feliz ou triste? Caleb não sabia dizer. Ele, por outro lado, como dissera incontáveis vezes a Camille desde o dia em que lera aquela crítica, não estava feliz.

Desde que lera a crítica, Caleb não trabalhava em nenhum projeto novo. Ministrava seus cursos sobre arte pós-moderna, observava a tranquilidade com que Camille cuidava do bebê e lia os classificados do jornal, vasculhando-os à procura de algum anúncio pessoal bizarro ou alguma oferta de emprego horrível que suscitasse uma ideia nova para o seu trabalho.

Desesperado por se expressar, teve a ideia de cavar um buraco até o centro da Terra. Um fim de semana, sob o efeito estimulante de sua xícara de café matinal, avançou sobre o apertado orçamento doméstico e comprou uma pá por nove dólares. Ao retornar ao apartamento, Camille estava dando purê de ervilhas para o bebê e olhou por cima do ombro para Caleb que, de pá em punho, explicou o projeto: "Vou só cavar".

Camille manifestou seu apoio. Um buraco? É, um buraco. Interessante. Pode ser. Onde? Até o centro da Terra, passando pelo centro, até sair do outro lado. Como se o manto não existisse. De que jeito? Com esta pá. Uma ferramenta primitiva, feita com perfeição. Annie olhava deslumbrada para a lâmina brilhante da pá, estendendo as mãozinhas para pegá-la. Caleb segurou o cabo da ferramenta com firmeza e se esquivou do bebê.

"Vou cavar até encontrar um significado", disse ele, e com um gesto Camille pediu que ele a beijasse. Caleb a beijou, então afagou a curva suave da nuca do bebê, cujo rosto estava tingido de verde musguento, e marchou para fora do apartamento, de posse de um implemento, tentando ignorar o pensamento de que estava enlouquecendo.

No parque, enterrou a lâmina da pá no chão e usou o peso de seu corpo para afundá-la o mais que pôde. Um movimento ligeiro e, então, onde segundos antes não havia, agora havia um buraco. Repetiu o procedimento e observou como o chão se abria para ele. Se aquilo era arte, ocupava o ponto mais afastado do espectro, o ponto que confinava com os trabalhos de jardinagem. "O ato não é a arte", disse a si mesmo. "A reação é que é a arte."

Do interior de um buraco em que ele já afundava até os joelhos, escavado no meio de um parque público, Caleb tentou explicar isso para o policial. Olhou para a farda assomando à sua frente, a mão apoiada sossegadamente no coldre, e disse: "É um buraco na Terra. É uma depressão. Acho que significa alguma coisa".

"Tape esse buraco e dê o fora daqui", disse o policial.

"Sim, senhor", respondeu Caleb. Saiu do buraco como se estivesse emergindo do poço de uma mina, ofuscado pelo mundo em que estava reentrando.

A cada pá de terra que jogava no buraco e depois socava com o pé, Caleb via a coisa feita ser desfeita.

"Não me apareça mais aqui", disse o policial, "ou levo você preso."

Caleb fora em cana diversas vezes e jamais sentira qualquer animosidade para com a polícia. Compreendia a reação deles às suas ações. Era um elemento previsível de sua arte; ele criava desordem, e, tendo obtido o efeito desejado, a ordem precisava ser restaurada. "Bom dia pro senhor", disse Caleb, e o policial só acenou com a cabeça.

De volta ao apartamento, a pá escondida no fundo do armário do quarto, confessou a Camille que talvez estivesse ficando louco.

"Eu já andava desconfiada mesmo", disse Camille.

"Se pelo menos a gente tivesse feito cinquenta casamentos."

"Ah, Caleb", retorquiu Camille, seu rosto cheio do que ele suspeitava ser comiseração. "Não deu. Esquece isso. A gente armou uma bomba e ela não explodiu. Deu defeito na fiação. Depois a gente faz outra."

"Quando?"

"Logo, logo."

O bebê salivava e cuspia, a baba escorrendo por sua roupinha, escurecendo o tecido. Meio solta no colo de Camille, Annie estendeu os braços na direção de Caleb, e ele permitiu que aquelas mãozinhas, tão macias que mal chegavam a ter corporeidade, tocassem seu rosto. Annie apalpou seus olhos, sua boca e seu nariz, como que para dizer: "Aqui, aqui e aqui", ou: "Meu, meu e meu". Caleb sorriu.

"A gente fez essa criança", disse Camille.

"Mal e porcamente", pensou Caleb, e então disse: "Feita à mão pelos melhores artesãos".

Para Caleb, Annie era um projeto de Camille. Ele trocava fraldas, dava banho, encarregava-se da tarefa comezinha de garantir o pão e o leite, mas Camille compreendia as necessidades inatas do bebê e não precisava se esforçar muito para atendê-las. Annie abria o maior berreiro e, então, sabe-se lá como, acalmava-se. Estava com os olhos baços, desfocados, e então, de repente, Camille fazia um sorriso aparecer no rosto da menina. "Como você consegue?", perguntava Caleb, e Camille beliscava o lóbulo da orelha e piscava para ele. "Mágica", dizia. A criança era um beija-flor em suas mãos, e Caleb não conseguia segurá-la com firmeza suficiente para acreditar que ela era real. Era uma forma de arte para a qual ele não dispunha de nenhum talento inato.

"Vamos sair daqui", disse Camille.

"E ir pra onde?", perguntou Caleb, ainda preocupado com o policial.

"Pro shopping."

"Por quê?"

"É grátis", disse Camille.

No shopping, o Natal a pleno vapor, uma multidão fazendo compras, os Caninus não paravam de se encantar com o que viam a sua volta. Entrando pelo telhado de vidro, a luz do sol se misturava com as lâmpadas fluorescentes para tornar tudo limpo, asseado e caro. Festões e guirlandas e neve de algodão pendiam de lugares que você podia ver, mas não podia tocar. A música ambiente e os standards natalinos acompanhavam a pessoa até no toalete. O shopping era labiríntico, uma construção deslumbrante, de onde não havia como sair.

Os Caninus pegaram a escada rolante para subir, e depois descer, e subir e descer e subir e descer, seu bebê se esbaldando na subida e um tanto apreensivo na hora da descida. Uma nota fiscal, mais de meio metro de comprimento quando esticada, jazia no topo de uma lata de lixo, e Caleb e Camille procederam à leitura dos artigos ali discriminados, como se fossem orientações indicando o caminho para um lugar maravilhoso, nunca dantes visitado. Observaram uma mulher, tão carregada de pacotes que parecia uma loja ambulante, comprar um refresco Orange Julius e no instante seguinte apoiar o copo sobre um banco a fim de rearrumar suas coisas. Devidamente alinhada, a fulana saiu andando sem recolher seu suco. Caleb passou a mão no copo, deu alguns golinhos para sentir o gosto e então o ofereceu a Camille. "Hummm", disse ela, sorrindo, "tem gostinho de laranja." Com um item nas mãos, agora eles sentiam que faziam parte da comunidade, tinham deixado de ser turistas para participar ativamente da brincadeira. Perambularam pelo shopping sem aquela ingenuidade inicial e, muito tempo depois de terem tomado todo o suco, continuavam com o copo na mão, passando-o um para o outro como se fosse uma tocha.

Deram com uma fila que começava num vilarejo coberto de neve, erguido no meio do shopping e dotado de suas próprias músicas natalinas, um som mais digital, mais estridente. "O que é isso?", indagou Camille à última pessoa da fila, um homem corpulento, carrancudo, com duas criancinhas sob sua custódia. "Papai Noel", disse o homem, e virou de costas para eles. Caleb olhou a fila, que dava voltas e mais voltas e não parecia andar, e então assobiou. "Tudo isso pra ver o Papai Noel?" Um dos filhos do sujeito ranzinza se virou para o casal e explicou: "Você conta pra ele o que quer ganhar e aí ele leva no Natal pra você". Camille e Caleb gesticularam com a cabeça. Entenderam como funcionava. "E também ganha uma foto com ele", disse a outra criança.

"É grátis?", quis saber Camille.

"O que você acha", bufou o sujeito.

"Acho que não é grátis não", disse Caleb.

"Uma conversinha com o Papai Noel não faz mal a ninguém", retrucou Camille. Na casa de seus pais, havia uma reprodução de uma ilustração em que Thomas Nast retratava o Papai Noel como um homenzarrão de bochechas muito vermelhas, segurando desajeitadamente uma boneca que, quando criança, Camille pensava ser uma menina de verdade. Por mais que seus pais tentassem convencê-la do contrário, para Camille o bom velhinho ficou sendo um bêbado que sequestrava crianças. Tempos depois, passou a vê-lo como um verdadeiro artista, fabricando brinquedos elegantes naquela sua oficina tão distante, transando com os duendes quando batia o tédio, sem a menor preocupação em ganhar dinheiro. "Vamos apresentar a Annie para o primeiro personagem folclórico da vida dela. Ela pode pedir umas coisas legais."

"Ela não sabe falar", disse Caleb, sempre ressabiado com as tradições.

"Eu sei o que ela quer", disse Camille. "Eu traduzo pro Papai Noel."

Agora parte integrante da fila, os Caninus aguardaram com paciência sua vez. Annie brincava alegremente com o canudo do copo de Orange Julius, enquanto eles iam aos poucos se aproximando da cidade do Papai Noel: as renas empalhadas, de cabeça baixa, ao que parecia comendo neve; as sacolas transbordando de brinquedos; e aquele "ho, ho, ho" incorpóreo de Papai Noel de loja — ainda invisível do lugar em que eles se encontravam —, uma espécie de mugido que jamais deixava de assombrar os Caninus. Caleb pegou-se pronunciando sons em grupos de três: "Ah, ah, ah", "Hi, hi, hi", "Ei, ei, ei", até que Camille o mandou ficar quieto.

Enfim recompensados por sua paciência, os Caninus passaram pelo cordão de veludo que separava os eleitos dos ainda não eleitos, e acompanharam um entediado duende adolescente, que os conduziu por uma escada até a cadeira do Papai Noel. "Ho, ho, ho", mugiu o velhinho, genuinamente satisfeito, ao que tudo indicava, com a fase que estava atravessando na vida. Caleb aguardou com o duende enquanto Camille se ajoelhava ao lado do Papai Noel e punha Annie com cuidado no colo dele. "Bom, e o que essa garotinha...", começou o bom velhinho, e, antes que pudesse terminar a frase, Annie soltou um grito tão agudo e estridente que parecia ter sido invocado pelas artes das trevas, e a incongruência entre a imagem daquele bebezinho e o som que dele emanava era tamanha que, num primeiro momento, Caleb pareceu não se dar conta de ser a sua filha a causa do caos que se abatera sobre a cidade do Papai Noel.

"Minha Nossa Senhora", exclamou o Papai Noel, cuja perna sacudia com movimentos espasmódicos, como se ele quisesse catapultar o bebê para longe de si. Camille ficou chocada com o abalo sísmico emocional que cruzou o rosto de Annie, aquela boca tão escancarada que não parecia de todo impossível ver uma horda de demônios sair por ali. Sabia que precisava pegar a filha no colo e reconfortá-la, porém não se mexeu — uma pequena parte sua relutando em entrar em contato com Annie enquanto não tivesse certeza de que a menina não entraria em combustão.

A cinco minutos de fazer uma pausa e fumar um cigarro, o duende olhava calmamente pelo visor da máquina fotográfica, preparando-se para registrar o encontro histórico. Caleb examinou a cena: o ricto de terror no semblante do Papai Noel, o bebê quase roxo de cólera, outro duende tapando os ouvidos com as mãos e Camille atônita, confusa, como se estivesse escutando uma língua estrangeira em que parecia haver elementos de sua própria língua materna. Ao longo de toda a fila, como se o ataque de Annie fosse uma espécie de fogo se alastrando sem controle, outras crianças começaram a gritar e a tremer. Alguns pais tiveram de levar embora os filhos possuídos, abandonando seus lugares na fila, o que fazia as crianças gritarem mais ainda. Os que ficaram olhavam para Caleb, Camille e Annie como se os três tivessem pessoalmente arruinado o Natal para todo o sempre. Era, compreendeu Caleb, uma cena incrível. "Vamos, tire logo essa foto", disse para o duende entediado, e então houve o clarão do flash e o clique da imagem sendo capturada, e Caleb se precipitou na direção do Papai Noel, arrancou a criança do colo do velhinho aterrorizado e abraçou a filha, sentindo o calor irradiante de sua infelicidade agora felizmente em seu poder. Annie, com os olhos vermelhos e os lábios trêmulos — rescaldos do desastre —, começou quase no mesmo instante a se acalmar. Camille por fim se juntou aos dois, enquanto a cidade do Papai Noel saía temporariamente de serviço, suas engrenagens rangendo até parar, e ninguém na fila serpejante se atrevendo a dar um passo à frente. "Está tudo bem", sussurrou Caleb no ouvido de Annie. "Você foi ótima."

"Eu quero essa foto", disse Caleb, virando-se para o duende.

"São cinco dólares", informou o duende.

"Estamos sem dinheiro", disse Caleb, em pânico com a constatação.

"Bom, não podemos fazer nada."

"É melhor a gente ir embora, Caleb", disse Camille.

"Eu preciso dessa foto", insistiu Caleb. "Eu volto amanhã e pago você, prometo."

"Não vou estar aqui amanhã", disse o duende. "Graças a Deus."

"Por favor", disse Camille, todo mundo olhando para eles, o Papai Noel com a cabeça entre as mãos, tremendo incontrolavelmente.

Caleb sentiu uma centelha de inspiração e transferiu o bebê para os braços de Camille. "Me dê cinco minutos", disse. "Vou arrumar esse dinheiro."

Deixou a mulher e a filha e saiu em disparada na direção da Glass Hut, com a nota fiscal encontrada no lixo algumas horas antes esvoaçando na mão. Ao se aproximar da entrada, diminuiu o passo, adotou um comportamento mais adequado, e entrou na loja sem ser notado. Percorreu o primeiro corredor, vasculhando com os olhos as prateleiras repletas de bibelôs de vidro. Por fim, encontrou uma fileira de esculturas: dois peixes, verde e laranja, saltando de um mar azul-turquesa. Entre os artigos listados na nota fiscal, ele leu: *Escultura peixes verde e laranja: US$ 14,99.*

Com a escultura na mão, dirigiu-se ao caixa e pôs a mercadoria sobre o balcão. "Ah, estou vendo que o senhor tem bom gosto", disse a mulher. "Na verdade", interrompeu-a Caleb, "quero devolver. Minha mulher comprou esta escultura agora há pouco, entre vários outros itens de vocês, mas depois ficamos achando que esta peça em particular não combina com a decoração da pessoa a quem pretendemos presentear. Gostaríamos de pedir um reembolso." Exibiu a nota fiscal e indicou o preço da escultura. "Mas é muito bonita, mesmo", acrescentou, com a mão espalmada à espera do dinheiro.

Tendo pago o duende, Caleb desembrulhou cuidadosamente a moldura com a foto comemorativa e contemplou o poço sem fundo que era a boca arreganhada de sua filha, seus olhos fechados com força, o som de seus gritos parecendo toldar o espaço que circundava seu corpo. Era bonito. Era caótico e escandaloso e continuava a reverberar muito tempo depois de os Caninus terem deixado a cidade do Papai Noel para trás. Era, compreendeu Caleb, falando tão rápido que Camille mal conseguia entender o que ele dizia, arte.

"É perfeito", explicou Caleb a Camille, que, permitindo-se pensar na proposta, ia ficando cada vez mais interessada. Estavam sentados na praça de alimentação e rabiscavam em guardanapos de papel, com Annie chacoalhando alegremente no joelho da mãe, já esquecida, ao que tudo indicava, do acontecido.
"O projeto dos casamentos não deu certo porque estávamos lidando com pessoas acostumadas a cerimônias matrimoniais, e nós simplesmente íamos lá e nos casávamos."
"A gente tinha que chegar lá e mudar de ideia, desistir de casar no último segundo", sugeriu Camille.
"Isso, fazer alguma coisa que os pegasse de surpresa, criar um efeito desnorteador que a gente pudesse explorar. Tinha um potencial enorme que acabamos desperdiçando."
"Se bem que numa igreja é difícil encontrar tantas pessoas assim pra fazer o tipo de intervenção de que estamos falando."
"Os shoppings são perfeitos. Tirando os campi universitários e os eventos esportivos, onde você encontra esse mundaréu de gente? E nos shoppings o público é bem mais variado. Você tem uma porção de pessoas, todas hipnotizadas por essa farra de consumo, enfiadas num lugar que é um verdadeiro labirinto e que as tira do equilíbrio."
"Pode ficar bem legal", disse Camille.

"Mas a gente precisa da nossa câmera super-8", disse Caleb. Então apontou a foto que jazia sobre a mesa. "Temos que capturar não só o momento inicial, mas também as sequelas resultantes, o efeito da intervenção em trezentos e sessenta graus."

"Mas quem garante que ela vai fazer de novo?", questionou Camille. Parou para refletir rapidamente sobre as ramificações do que estavam discutindo e então disse: "E quem diz que a gente deve forçá-la a fazer de novo?".

"Como é?"

"Caleb, a gente pôs a nossa filha numa situação que a transformou num terremoto."

Caleb olhava fixamente para Camille, como que à espera de que ela concluísse seu argumento. Estupefata por ter de se explicar, ela disse, com o máximo de paciência de que foi capaz: "Ela se apavorou com o Papai Noel, Caleb. E fomos nós que a pusemos no colo do sujeito. Parece o ingrediente certo para criar um problema psicológico de longo prazo".

"Você acha que as crianças não aguentam o tranco? Quando o meu primo Jeffrey tinha três anos, ele foi perseguido por um bando de cães selvagens e acabou caindo num poço e passou três dias preso lá embaixo. Hoje ele vende revestimentos vinílicos. Tem mulher e filhos. Acho que nem lembra mais o que aconteceu."

"Ela é só um bebê", disse Camille.

"Ela é uma artista, como nós; só não sabe disso ainda."

"Ela é um bebê, Caleb."

"Ela é uma Caninus", retrucou ele. "Isso está acima de tudo o mais."

Ambos olharam para Annie, que os observava, sorrindo, um bebê lindo, radiante, digno de brilhar nas telas de cinema. Embora os Caninus não pudessem ter certeza disso, Annie parecia dizer: "Podem contar comigo".

"Tem outro shopping a uns trinta quilômetros daqui", disse Caleb. Tirou do bolso os nove dólares e alguns centavos e os pôs em cima da mesa. "E outro a uma hora de viagem."

Camille fez uma pausa. Ela amava a arte, ainda que nem sempre soubesse o que era isso. Amava seu marido. Amava seu bebê. Seria tão estranho assim pôr essas coisas todas juntas e ver o que acontecia? Hobart dissera que os filhos acabavam com a arte, mas por acaso ele sabia de alguma coisa? Mostrariam que ele estava errado. Os filhos sabiam fazer arte. A filha deles era capaz de fazer arte como ninguém.

"Tá legal", disse ela.

"Vai ser lindo", disse Caleb, apertando a mão de Camille com tanta força que a deixou formigando ao soltá-la.

Levantaram-se, uma família, e saíram do shopping, penetrando a luz do sol, procurando remodelar o seu entorno, explodir alguma coisa e ver os pedacinhos todos se reassentando em volta deles como neve caindo do céu.

8.

Buster estava sentado na cadeira da barbearia e examinava uma lista de cortes de cabelo de que nunca ouvira falar, enquanto o barbeiro esperava impacientemente, com a tesoura em punho. "Não tenho a menor ideia do que são essas coisas", disse Buster, olhando para o cartaz que continha expressões como *Escova de aço, Rebarba zero, Sargento Tainha, Rabo de pato, Tigela radical, Teddy Boy, Topete Rockabilly*. "Me fale qual vai ser", disse o barbeiro, "e eu faço a coisa acontecer na sua cabeça."

"Curto, eu acho", respondeu Buster. "Mas não muito curto."

"Meu jovem", disse o barbeiro, do alto de seus quase setenta anos, "aqui eu só corto cabelo curto. Que tipo de curto?"

"Não muito curto", disse Buster, um pouco zonzo com o cheiro de colônia pós-barba.

"Tudo bem. Então me diga com quem você quer ficar parecido", tentou o barbeiro.

"Ele quer ficar parecido com um homem inteligente e financeiramente bem resolvido", sugeriu Annie, lá da salinha de espera.

O barbeiro inclinou a cadeira em trinta graus e pôs mãos à obra. "Então vai ser o *Relvado de Harvard*."

"Taí, gostei", disse Buster.

"Gosta de futebol americano?", perguntou o barbeiro.

"Não tenho nada contra", respondeu Buster, "mas não acompanho."

"Bom, então, se não se importa", disse o homem da tesoura, "prefiro não conversar enquanto trabalho."

Menos de quinze minutos depois, Buster parecia um recém-formado de Harvard. Passou a mão pelo pouco de cabelo que lhe restava, do alto da cabeça à base da nuca.

"Ficou bom", comentou Annie.

"Um homem elegante", disse o barbeiro.

Concluída a transação de quinze dólares, Buster e sua irmã se prepararam para partir, porém o barbeiro fez um gesto na direção de Annie e perguntou: "Não quer cortar o seu também?".

Annie tocou os fios de cabelo que lhe chegavam aos ombros, olhou para Buster, que de fato estava se sentindo um homem muito clássico e confiante com sua nova aparência, e deu de ombros. "O que o senhor sugere?", indagou ela.

"Você tem um rosto bonito, traços delicados", disse ele. "Eu deixaria bem curtinho, como a Jean Seberg em *Acossado*."

"Taí, gostei", disse ela, e sentou na cadeira.

Buster observava a agilidade com que o barbeiro movia as mãos sobre a cabeça de sua irmã, fisgando mechas de cabelo entre os dedos, a tesoura fazendo clique-clique num ritmo preciso, sem se interromper um instante, nenhuma vontade de parar para pensar antes de seguir em frente. Buster admirava aquela destreza, encantava-se com movimentos que pareciam ser pura memória muscular, sem conexão com o cérebro, coisa que para ele beirava o inconcebível. Seu cérebro sempre interrompia os movimentos do seu corpo, interpondo dúvidas e preocupações.

Por exemplo, naquele exato instante, sentindo a nuca pinicar, vendo o cabelo de sua irmã se amontoar no chão da barbearia, ele não conseguia deixar de indagar a si mesmo: "Como a gente vai fazer pra encontrar o papai e a mamãe? E por que cargas-d'água a gente está perdendo tempo com essa enrolação de cortar o cabelo?".

A ideia de cortar o cabelo tinha sido de Annie, ainda outro aspecto em que se mostrariam pessoas capazes. Assumindo uma aparência compatível com o papel, raciocinava Annie, logo estariam agindo como mandava o figurino. "É representação, Buster", disse ela. "Você adota uma aparência e dali a pouco é aquela pessoa."

"Que pessoa?", indagou Buster.

"A pessoa que soluciona mistérios e não mete os pés pelas mãos", respondeu Annie.

Os últimos dias o fizeram pensar se não seria melhor que seus pais estivessem mesmo mortos — a certeza da dor em contraposição à suspeita inescapável, alimentada por sua irmã, de que Caleb e Camille estavam às voltas com algo que ele não conseguia mais se obrigar a chamar de *arte*.

A polícia não ajudara em nada. No dia seguinte ao desaparecimento de seus pais, Buster e Annie foram ver o xerife do condado de Jefferson. O xerife, um cinquentão bonito, de rosto vincado, como um tira da TV, levou-os até sua sala e falou num tom calmo e experiente que Buster imaginou ter sido aperfeiçoado ao longo de anos dedicados à transmissão de más notícias a pessoas com predisposição para demonstrações histéricas de angústia e sofrimento. "Pois é, eu sei que as nossas instalações parecem acanhadas, mas damos conta do serviço. Somos bons policiais e vamos tirar essa história a limpo", anunciou ele. Buster assentiu com a cabeça, feliz por estar na presença de alguém que parecia ter o controle da situação, porém Annie não ficou satisfeita. "Nossos pais fizeram isso a si próprios, xerife", insistiu ela, inclinando-se de tal maneira na cadeira que parecia correr o risco de desabar no chão. "Tentei explicar ao seu assistente. Isso tudo não passa de um embuste." Buster viu os músculos do pescoço do xerife se retesando e em seguida relaxando, reunindo paciência. Então ele se dirigiu aos dois jovens Caninus, mas centrando o olhar em Annie. "Estou a par das performances dos seus pais", disse ele. "Somos investigadores, entendem, de modo que acabamos lendo algumas coisas sobre essas gracinhas artísticas deles."

"Então o senhor percebe que esse desaparecimento tem tudo a ver com o que eles passaram a vida inteira fazendo", disse Annie.

"Moça, acho que você ainda não entendeu muito bem o que está se passando aqui. Nem tudo o que acontece na vida tem a ver com arte. Vocês não viram a cena do crime. Não viram a quantidade de sangue que havia perto da van."

"Sangue falso", interrompeu-o Annie. "O truque mais manjado do mundo."

"Sangue de verdade", retorquiu o xerife, evidentemente satisfeito por dispor de evidências periciais concretas para provar que Annie estava errada. "Sangue humano. B positivo. O mesmo tipo sanguíneo do seu pai." Apoiou os cotovelos sobre a mesa e reordenou as ideias. "Eu sei que este é um caso bastante particular, mas tenho a sensação de que você não quer aceitar a possibilidade de que isso não foi orquestrado pelos seus pais. Acho que está com medo de admitir que talvez isso seja algo mais grave do que uma performancezinha artística."

Buster notou que a paciência do xerife estava se esgotando e quis mostrar que compreendia, que não era uma pessoa difícil.

"Li em algum lugar que a primeira reação de quem sofre um trauma é negar o acontecido."

"Pô, Buster", sibilou Annie, virando-se para o irmão, porém o xerife interveio: "Bom, o meu intuito aqui não é pôr na cabeça de vocês que os seus pais foram desta para a melhor, de jeito nenhum, só estou dizendo que vocês precisam nos deixar trabalhar com a hipótese de que um crime foi cometido e que os seus pais podem estar correndo algum tipo de perigo."

"Aqueles dois estão escondidos em algum lugar, devem estar se esborrachando de rir com essas matérias nos jornais sobre uma possível investigação criminal. Vão esperar até que vocês anunciem a morte deles e então vão aparecer, agindo como se tivessem renascido."

"Tá certo, moça, tudo bem. Então vamos ver aonde vai dar essa sua tese. No estado do Tennessee, quando o corpo da pessoa não é encontrado, ela só é considerada legalmente morta depois de passados sete anos do seu desaparecimento. É bastante tempo para esperar, não acha?"

"O senhor não conhece Caleb e Camille Caninus", disse Annie, porém Buster entreviu os primeiros sinais de dúvida no semblante da irmã.

"Em segundo lugar, onde os seus pais iriam se esconder? Estamos rastreando os cartões de crédito deles. Na primeira oportunidade em que forem pagar alguma coisa num hotel, num supermercado, num posto de gasolina, nós seremos informados. Como vão fazer para viver sem dinheiro durante sete anos?"

"Não sei", disse Annie. Parecia perplexa, com a cabeça a mil, tentando solucionar o enigma do desaparecimento de seus pais, e no mesmo instante Buster sentiu que havia traído sua irmã ao cerrar fileiras com o xerife. "Vão pagar tudo em dinheiro", sugeriu.

A resposta do xerife foi um gesto de desdém. "E sabe o que mais, moça? Se de fato não houve crime nenhum e os seus pais resolveram mesmo desaparecer sem deixar pistas, então não tenho motivo para tentar descobrir o paradeiro deles. Está me dizendo que você preferia que eu deixasse de mobilizar os recursos da polícia para encontrá-los?"

"Isso tudo é uma maluquice sem tamanho", disse Annie.

O xerife fez uma pausa, olhou para Buster e Annie com o que parecia ser simpatia genuína, e então disse: "Me digam uma coisa. Parece que vocês estavam morando com os seus pais, é isso?".

"É", disse Buster, "estávamos passando uma temporada na casa deles."

"Quanto tempo fazia que tinham voltado a morar com eles?", indagou o xerife.

"Três ou quatro semanas", disse Annie.

"Quer dizer", continuou o xerife, "que vocês voltam para a casa dos seus pais e então, algumas semanas mais tarde, eles somem sem mais nem menos e não dão mais notícias?"

"Pois é", disse Buster.

"Então pode ser", disse o xerife, "e esta é apenas uma dentre várias hipóteses, pode ser que no fundo eles não queriam vocês lá, vai ver que sentiam que tinham perdido a privacidade e então resolveram sumir no mapa sem falar nada para vocês. Talvez o objetivo deles não seja esperar sete anos para serem considerados oficialmente mortos. Vai ver que só estão esperando que vocês voltem para os lugares de onde saíram, e aí, quando vocês puxarem o carro de lá, eles voltam para casa. Vai ver que é isso que está acontecendo."

Buster olhou para Annie, achou que ela talvez fosse começar a chorar, mas sua irmã não exibia nenhuma emoção. "Não chore, Annie", pensou ele. Precisavam ser fortes. O xerife estava enganado. Seus pais não estavam mortos. Não estavam tentando se esquivar deles. Haviam bolado um belo e engenhoso manifesto artístico sobre a ideia do desaparecimento. Tinham feito o que sempre faziam: arte a partir de confusão e estranheza. E então Buster se deu conta de que estava chorando. Levou a mão ao rosto e sentiu as lágrimas que ele produzia sem esforço aparente. Caramba, estava chorando feito um bezerro desmamado, e Annie e o xerife agora olhavam para ele.

"Buster?", disse Annie, pondo a mão em seu ombro, puxando-o para perto de si.

"Ah, santo Deus, não foi isso que eu quis dizer, meu jovem. Desculpe. Não acredito que essas coisas sejam verdade. Não foi por sua causa que os seus pais sumiram. Eles provavelmente foram atacados por algum criminoso e aí... Bom, rapaz, não foi isso que eu quis dizer. Eu só estava pensando em voz alta."

"Vamos, Buster", disse Annie, ajudando o irmão a se levantar. "Obrigada, xerife", continuou Annie, empurrando Buster para fora da sala. Ao passar — ainda chorando, sem conseguir parar — pelos investigadores e secretárias, Buster percebeu que aquela explosão emotiva não tinha nada de estranho, provavelmente era isso que eles imaginavam que aconteceria quando viram os dois irmãos entrando na sala do xerife para falar sobre o violento desaparecimento de seus pais. Essa é a cara da dor, pensou Buster. Então continuou chorando, soluços suaves alternados com gemidos baixinhos, durante todo o percurso até o estacionamento, e depois no carro, durante todo o trajeto de volta para casa.

"Tá legal", disse Annie, assim que chegaram da barbearia, mais um passo na direção do resgate daquilo que lhes pertencia, "vamos fazer um brainstorming." Tinha uma caneta na mão e um bloco de folhas pautadas sobre a mesa da cozinha. Erguia distraidamente o braço para levar a mão ao cabelo recém-cortado, mas se detinha antes de concluir o gesto, retesando o semblante e chacoalhando a cabeça num trejeito atormentado.

Buster estava louco para tirar uma soneca. Sentia o estresse que era ser uma pessoa capaz. Mesmo que isso significasse apenas cortar o cabelo e ler as matérias que começavam a surgir na internet falando do desaparecimento de Caleb e Camille, era algo que estava além de suas forças. Annie, porém, parecia energizada, a raiva que tinha dos pais dotando-a de uma clarividência sobre-humana.

"A gente precisa fazer uma lista de suspeitos", disse Annie. Buster não entendeu. "Tem alguém ajudando o papai e a mamãe", explicou ela. "Se pretendiam ficar sete anos desaparecidos e sem dinheiro, precisavam da ajuda de alguém. E se a gente conseguir descobrir quem é essa pessoa, aí fica fácil encontrar os dois." Buster concordou com a cabeça e começou a pensar em quem poderia estar ajudando seus pais, quem teria assumido o papel que antes cabia a ele e a sua irmã. Acontece que, mesmo quando a carreira deles estava no auge, o tipo de arte que Caleb e Camille faziam, assim como sua decisão de atuar ali no Tennessee, sempre os havia mantido na periferia do mundo artístico. Caleb ficara órfão aos dezoito anos, quando seus pais morreram numa colisão frontal com um caminhão de lixo, deixando-o na condição de último representante da linhagem dos Caninus. E a família de Camille a renegara após seu casamento com Caleb. Buster não se lembrava de uma única ocasião em que alguém tivesse aparecido na casa deles para jantar ou jogar cartas ou ajudar os Caninus com suas atividades artísticas. Com a necessidade quase agorafóbica que seus pais sentiam de se isolar do mundo exterior, ninguém era convidado a entrar na casa dos Caninus. Caleb e Camille tinham a Buster e a Annie e deixavam bem claro que não precisavam de mais ninguém. De modo que o brainstorming não estava dando muito resultado e Buster pensava que seria bom se ele também tivesse uma caneta para segurar, porque assim se sentiria mais envolvido com o processo, e foi então que a campainha tocou.

Quando Buster abriu a porta, deu com Suzanne Crosby na varanda da frente da casa de seus pais, com um prato de salada e uma travessa de lasanha nas mãos. "Cheguei em má hora?", indagou ela. "Não", disse Buster, pegando os pratos de comida antes de franzir o cenho e fazer algum esforço para precisar sua afirmação anterior. "É uma má hora", disse, "mas entre mesmo assim." Disse Suzanne: "Não posso ficar muito mesmo", e entrou.

Buster conjecturou quanto tempo fazia que alguém de fora da família Caninus não punha os pés naquela casa. Meses? Anos? Teve vontade de falar a Suzanne sobre o significado histórico daquele momento, mas então se deu conta de como pareceria sinistro e refreou o impulso. Levou a moça até a cozinha, onde Annie continuava com os olhos fixos no papel, segurando a caneta de tal forma que dava a impressão de estar prestes a apunhalar alguém.

Buster estacou na frente de Suzanne, impossibilitando que Annie a visse, e mostrou a comida à irmã. "Você pediu isso, Buster? Mas que coisa! A gente tem que terminar esse brainstorming", disse Annie. "Não", disse Buster, "foi a Suzanne que trouxe para a gente." Deu um passo para o lado e Suzanne cumprimentou Annie com um aceno encabulado. "Fiquei tão mal quando soube do lance dos seus pais", justificou-se Suzanne, referindo-se, supunha Buster, às notícias que haviam começado a pipocar, principalmente na internet, "e então pensei em trazer uma comidinha pra vocês. Não queria incomodar." Buster fitou a irmã com um ar de súplica e então Annie finalmente se dignou a olhar para Suzanne e, ato contínuo, adotou uma atitude mais relaxada. "Desculpe, Suzanne", disse ela. "Ainda estamos zonzos com essa história toda. Obrigada pela comida."

"Não tem de quê", disse Suzanne.

"Bom, então vamos comer", disse Buster, tirando o papel-alumínio que cobria a travessa de lasanha, porém Annie se levantou, caneta e bloco de anotações nas mãos, e disse: "Não estou com fome. Prefiro deixar vocês à vontade e trabalhar um pouco mais nisso no meu quarto. Obrigada mais uma vez, Suzanne".

"Adorei você em *Data de devolução*", falou Suzanne para uma Annie que já desaparecia e que, pouco antes de fechar a porta do quarto, disse: "Legal".

Agora a coisa era só com Buster e Suzanne, a comida sobre a mesa. "Preciso mesmo ir", disse Suzanne. Buster olhou para os dedos curtos e roliços da garota, suas unhas pintadas de vermelho-escuro, dezenas de anéis, bijuteria barata, avançando até os nós de seus dedos. Sabia que Annie o aguardava no quarto com "O caso dos Caninus desaparecidos" ainda por solucionar, mas estava gostando da presença de Suzanne na casa deles, estava gostando de ter uma visita. "Jante comigo", pediu. "Não estou a fim de comer sozinho." Suzanne fez que sim com a cabeça e ele pegou pratos e talheres e encheu dois copos com água e gelo. Serviu-se da comida que ela havia preparado e se pôs a dar garfadas comedidas, cautelosas, de súbito constrangido com o dente que lhe faltava. "Está muito bom", disse. E Suzanne agradeceu o elogio.

"Eu li o seu livro", disse ela.

"Quando?"

"Logo depois daquele dia em que você veio falar com o nosso grupo. Pesquisei sobre você na internet e pedi o livro emprestado pro Kizza. Matei umas aulas pra ficar lendo no parque. A história é ótima."

"Obrigado", disse Buster.

"É bem triste", disse ela.

"Eu sei. Quanto mais eu escrevia, mais triste ia ficando."

"Mas não termina só em baixo-astral. Tem, tipo, uma luzinha lá no fundo."

Os dois comeram em silêncio por alguns minutos.

"Eu não sabia se devia vir ou não, fiquei na maior dúvida", disse Suzanne.

"Por quê?", indagou Buster, sabendo bastante bem por quê, mas querendo ouvir a resposta da boca da moça.

"Eu tinha praticamente certeza de que você só estava dando em cima de mim quando me chamou lá na frente da faculdade."

"Ah, meu Deus", disse Buster. "Desculpe a esquisitice que foi aquilo."

"Tá tudo bem. Sabe, eu li o seu livro, e li algumas coisas na internet sobre você e a sua irmã e os seus pais e aí percebi que você talvez só fosse... um cara solitário. E eu também tenho uma vida solitária. E quero muito ser escritora, e acho que você pode me ajudar a escrever melhor. Então pensei que queria ser sua amiga."

"Combinado", disse Buster.

"Tô nervosa", disse Suzanne. "Acho que estou disfarçando bem, mas não costumo fazer esse tipo de coisa."

"Bom, eu achei legal você ter vindo."

"Que chato esse negócio dos seus pais."

"Tudo bem", disse Buster.

"É melhor eu ir", disse Suzanne.

"Tudo bem", tornou a dizer Buster.

Antes de ir embora, Suzanne tirou um calhamaço de papéis de sua mochila e o pôs em cima da mesa. "São outras coisas que eu escrevi", disse ela. "Só fragmentos de histórias e contos que comecei e não levei em frente, mas você disse que queria ler mais coisas que eu tinha escrito."

"E quero mesmo", disse Buster, espantado e com uma pontinha de inveja diante da quantidade impressionante de páginas que tinha diante de si. Mesmo que a qualidade deixasse muito a desejar, era uma produção e tanto.

"Tchau", disse Suzanne, retirando-se da cozinha com passos apressados. E Buster permaneceu à mesa, acenando para a figura dela, já prestes a desaparecer pela porta da frente. Desejou, enquanto engolia a lasanha com a ajuda de um gole de água gelada, que Suzanne não tivesse um parafuso a menos, que não fosse demasiadamente depressiva, que, ao contrário, fosse otimista e carinhosa, ainda que um pouco excêntrica, uma garota que daria um jeito de tornar sua vida melhor. Pôs o resto da comida na geladeira e vasculhou as gavetas da cozinha até encontrar um lápis número dois apontado. Havia em sua cabeça o brilhozinho débil de algo maravilhoso no futuro. Suzanne. Olhou na direção do quarto de sua irmã e pensou no que o aguardava, o mistério que talvez nunca se revelasse. Sentia-se imbuído de uma determinação sem precedentes, o desejo de concluir aquilo que ele e sua irmã haviam começado. Encontraria sua mãe e seu pai, solucionaria o que havia por resolver, e então estaria livre para dar um fim àquela etapa de sua vida e traçar um novo caminho, um caminho que o levaria a um lugar maravilhoso.

Tiro, 1975
Artistas: Hobart Waxman e Caleb Caninus

Hobart não parava de falar daquele "artistazinho de merda", um tal de Chris Burden, e Caleb começava a ficar preocupado, sentia a tensão tomando conta de seu corpo, à espera do momento em que seu mentor inevitavelmente resolveria tomar uma atitude. Burden, que alguns anos antes realizara uma performance em que ele levava um tiro de fuzil no braço, acabara de concluir sua mais recente intervenção, com o título de *Condenado*, em que o artista permanecia deitado, imóvel, sob uma ameaçadora lâmina de vidro suspensa, enquanto na parede da sala do museu tiquetaqueava um relógio. O sujeito ficara quase cinquenta horas naquela posição, até que um funcionário do museu pôs uma jarra de água a seu lado, coisa que finalmente fez Burden se levantar e sair à caça de um martelo para arrebentar o relógio. "Os filhos da mãe deviam tê-lo deixado lá até ele bater as botas", disse Hobart, e Caleb discordou com a cabeça. "Não, veja só Hobart, a ideia era justamente essa. Ele não sairia do lugar enquanto não sofresse a ação de alguém do museu. Eles tinham o controle da obra, mas não sabiam disso. É um conceito até que interessante." Hobart olhou para Caleb como se tudo que ensinara a seu pupilo predileto tivesse sido em vão. "Interessante o cacete, Caleb", disse, agitando os braços acima da cabeça, chamando a atenção das outras pessoas que se achavam na cafeteria. "O que eu vivo falando pra você sobre as porcarias dessas intervenções em ambientes controlados? Não são arte. São coisas mortas, inanimadas. Quem se importa se você deixa que deem um tiro em você no interior de uma galeria de arte? Cadê o perigo, qual a surpresa disso? A coisa tem que acontecer no mundo, no meio de gente que não saiba que aquilo é arte. É assim que tem que ser." Caleb fez que sim com a cabeça, mais uma vez constrangido por decepcionar seu ídolo. Jurou que se emendaria, prometeu renunciar de uma vez por todas às noções de arte que cultivara até então. Daria um jeito de ensinar a si mesmo a detestar as coisas de que no fundo gostava e aprovar o que não compreendia totalmente, na esperança de que, findo o aprendizado, estivesse na posse de algo semelhante à inspiração, algo que o tornaria mais famoso do que Chris Burden — quem sabe, mais até do que Hobart Waxman.

Caleb conquistara a atenção de Hobart dez anos antes, quando, ainda estudando no campus de Davis da Universidade da Califórnia, apresentou seu trabalho de conclusão de curso. Chegara à classe transportando uma engenhoca motorizada e anunciara que havia inventado um aparelho "capaz de fazer renascer instantaneamente qualquer coisa que a pessoa tenha perdido ou destruído". Hobart tivera o mindinho da mão esquerda amputado num acidente automobilístico alguns anos antes, e os colegas de classe de Caleb olharam de imediato para a mão do professor. Quando Caleb acionou os interruptores, a máquina começou a ranger, metal entrando em atrito com metal. Não tardou para que começasse a sair fumaça pelas frestas que havia no corpo da máquina, e Caleb ordenou que a classe fosse evacuada, disse que alguma coisa dera errado, mas ninguém se mexeu, estavam todos fascinados com o invento rústico concebido por ele. Alguns segundos depois, a máquina explodiu, deixando um pequeno parafuso incrustado na face direita de Caleb, suas mãos vermelhas por conta de queimaduras, seu lábio sangrando em profusão. Ninguém mais na classe havia se ferido, e assim que a fumaça se dissipou, Hobart fez algumas perguntas a Caleb. Onde estava a arte? Na máquina? Na explosão? Na recusa dos alunos em deixar a classe? No fato de que o dedo amputado de Hobart não renascera? Com um sotaque do Tennessee ainda tão forte que os outros alunos não raro tinham dificuldade para entender o que ele dizia, Caleb respondeu: "Em tudo isso. Absolutamente tudo. Em cada porra dessas". Hobart sorrira, assentira com a cabeça, e alguns meses mais tarde Caleb se tornara seu assistente e seu confidente mais íntimo.

A questão era que Hobart não produzia nada digno de nota fazia vários anos. "É a universidade", queixava-se. "Essa vida acadêmica suga a criatividade da gente." Caleb, penando para pagar as contas com a bolsa que recebia por seu trabalho com Hobart e pelas aulas que dava como auxiliar de classe, não tinha tanta certeza de que um emprego estável, com benefícios, faria outra coisa que não auxiliar sua arte. "Acredite em mim, Caleb, a melhor arte é a que nasce do desespero. Só fico aqui porque alguém precisa ensinar as crianças, pra que a gente não continue com essa arte horrível de agora." Uma noite em que Hobart adormecera em sua poltrona, Caleb examinou as anotações que seu mentor vinha fazendo havia várias semanas e verificou que elas se resumiam a centenas de reproduções de sua própria assinatura, nada mais. Foi então que, seguindo com o dedo as linhas que compunham o nome de Hobart, Caleb compreendeu que, para que algo de significativo acontecesse, seria ele que teria de pôr a coisa em movimento.

Naquela noite, na cama com Camille, que tecnicamente ainda era sua aluna, ele delineou seu plano. Ela não completara nem vinte e um anos, e, no entanto, Caleb via que Camille tinha um olho afiado e percebia de antemão o que daria certo e o que não funcionaria, sabia como a arte devia ser feita. Três meses antes, totalmente por conta própria, Camille realizara uma performance em que furtara artigos caros de lojas de departamentos e farmácias e então organizara uma rifa em que as pessoas sorteadas eram premiadas com os itens que ela havia roubado. Com o dinheiro arrecadado, Camille reembolsara as lojas e farmácias, em geral pagando um montante bem mais elevado do que o valor original das mercadorias, e explicara suas transgressões aos gerentes dos estabelecimentos. Ninguém se preocupara em denunciá-la à polícia, e uma das lojas de departamentos chegara mesmo a sondá-la quanto à possibilidade de que ela desse prosseguimento à performance. Caleb era dez anos mais velho do que Camille e perderia o empreguinho medíocre — que, todavia, era melhor do que nada —, se alguém ficasse sabendo do relacionamento entre os dois, e mesmo assim não conseguia ficar longe dela. Camille era uma moça confiante, segura de si, o produto de uma criação abastada, tudo o que ele não era. Ambos queriam, acima de tudo, criar alguma coisa importante, e estavam começando a perceber que talvez precisassem um do outro para realizar algo que tivesse algum valor.

"É uma ideia péssima, Caleb", sentenciou Camille, fumando compenetradamente um baseado enrolado com capricho. "Tá na cara que vai dar errado."

"Não acho", retrucou ele. Poderia dar certo, e se desse, Hobart se tornaria o artista mais famoso do país. Se não desse, admitia Caleb, então ele, Caleb, provavelmente iria em cana e lá ficaria por um bom tempo. "Arte pra valer é difícil", disse, na esperança de que, ao ouvir isso dito em voz alta, ele mesmo se convencesse de que era verdade.

Quando Caleb revelou o plano a Hobart, explicitando as potenciais consequências de um projeto tão ambicioso, o sujeito mais velho sorriu, agitou as mãos como que para dizer que não precisava de mais explicações e disse: "Topo".

Camille não queria que ele fizesse a coisa sozinho. No dia do happening, ameaçou estragar tudo se não pudesse participar. Caleb ficou secretamente aliviado por ter alguém consigo, uma cúmplice, outro nome no boletim de ocorrência para que as atenções não recaíssem todas sobre o nome dele. Mas o fundamental era que a ideia de colaboração lhe agradava, imaginava-se particularmente talhado para esforços cooperativos; de modo que, naquela manhã, levando uma mochila nas costas, saiu de seu apartamento de mãos dadas com Camille.

Instalaram-se na sala que Hobart tinha na universidade, cuja única janela dava para o pátio externo do edifício, e aguardaram. Enquanto Camille ficava à espreita de Hobart, Caleb iniciava a montagem do M1 garand, o fuzil usado por seu pai na guerra, um dos bens constantes da herança que ele recebera após a morte dos velhos. Seu pai lhe havia ensinado a manusear a arma, porém Caleb encontrou dificuldades para fazer com que suas mãos obedecessem à memória das instruções de seu pai. A cada clique que a arma dava ao assumir a configuração correta, ele questionava o acerto de sua decisão, as ramificações de um insucesso. Ao concluir a montagem do fuzil, carregar a munição e testar o peso da arma em suas mãos, tinha quase certeza de que não iria em frente com a coisa. E então Camille sussurrou: "É ele", e Caleb sentiu o jorro alucinante da inspiração, o impulso de fazer algo meritório, e se debruçou no parapeito da janela, mirando seu mentor com o fuzil.

Observou Hobart atravessar o pátio da Escola de Artes, jogando todo o seu peso nas pontas dos pés, dando a impressão de que, ao menor toque, tombaria para a frente. Havia um mar de movimento girando ao redor do professor, cada pessoa, em virtude de sua proximidade, agora parte integrante da obra. Caleb respirou fundo, reteve o ar, sentiu seu corpo resvalar para uma calmaria que ele acreditava anteceder as decisões sensatas e disparou o fuzil. Camille, que assistia à cena por cima de seu ombro esquerdo, deu um gritinho, levando as mãos à boca, e Caleb viu Hobart desabar no chão, como se seus ossos tivessem sido subitamente removidos das pernas. Algumas das pessoas, ao perceberem o que acabara de acontecer, saíram correndo em todas as direções, e, com o som de confusão ecoando pelo pátio, Caleb tratou de se afastar da janela. Não sabia ao certo onde acertara Hobart, nem o tamanho do estrago que lhe infligira, porém se concentrou na tarefa frustrante e demorada de desmontar o fuzil. Camille acomodou as peças da arma na mochila e, antes de sair da sala e voltar para o apartamento, onde ficaria à sua espera, deu um beijo em Caleb. "Foi bonito, muito bonito mesmo", disse, e então foi embora com passos confiantes, rumou para a saída do edifício e desapareceu de vista. Caleb sentou no chão, ciente de que precisava dar o fora, ir para o mais longe possível dali, e desejou que suas mãos parassem de tremer. Acalmou-se com a constatação de que, fossem quais fossem as consequências, ele fizera aquilo acontecer. Suas mãos haviam realizado a coisa que ele tinha à sua frente.

No dia seguinte, Caleb conseguiu entrar às escondidas no hospital, enquanto o rádio e a televisão ainda ferviam com a notícia do tiro que Hobart Waxman levara no ombro direito, causando-lhe uma perda importante de tecido muscular, tudo em nome da arte. No bolso de Hobart, a polícia encontrara uma mensagem datilografada que dizia apenas: *Em vinte e dois de setembro de 1975, um amigo atirou em mim*. O amigo ainda não fora localizado, mas seu indiciamento era iminente. Ao jornal da TV local, o chefe de polícia concedera uma entrevista em que dizia: "Eu sei que a arte é um componente necessário de uma sociedade civilizada, mas você não pode sair por aí atirando nas pessoas. Não vai dar em boa coisa".

Quando Caleb apareceu no quarto em que Hobart estava internado, em meio a tubos e aparelhos e ao cheiro antisséptico de morte protelada, seu mentor não estava em condições de esboçar nem o mais ínfimo dos sorrisos. "Desculpe", disse Caleb. Agora ele percebia as condições precárias em que executara a coisa. Só por pura sorte aquilo não tivera um desfecho horrível. Com uma voz que lembrava um chiado de radiador, Hobart conseguiu falar: "Foi bonito, Caleb. Eu senti o impacto e fui pro chão. Ouvia o caos a minha volta e via os pés das pessoas se movendo em todas as direções. E pensei que ia desmaiar, por causa da dor, por causa do choque, mas dizia comigo mesmo que eu tinha de continuar acordado, tinha de aproveitar, porque talvez nunca mais eu visse algo como aquilo. E foi bonito".

Caleb sabia qual teria de ser o próximo passo. Iria se entregar à polícia, apresentaria a eles uma segunda carta datilografada, assinada por ele e por Hobart, explicando a obra. Cumpriria uma pena atrás das grades, ainda que, em virtude do caráter inusitado do crime, por um período menor do que seria razoável esperar, e perderia o emprego por ter disparado uma arma de fogo no campus, e comeria o pão que o diabo amassou por um intervalo indeterminado de tempo. Sabia de tudo isso. E estava preparado.

Hobart se recuperaria. Iria tornar-se um dos artistas mais falados da década. Receberia uma bolsa do National Endowment for the Arts no ano seguinte. A administração universitária do campus de Davis, no desespero de competir com o pessoal de Los Angeles, concederia a ele uma cátedra ilustre. Hobart poderia viver às custas da infâmia daquele happening por anos a fio, e Caleb não o invejava por ter tirado esse bilhete premiado. Hobart o instruíra em muita coisa; aprendera com ele as técnicas quase mágicas que a pessoa precisa dominar para fazer com que o mundo se reconfigure e se adapte aos seus desejos. Hobart lhe ensinara o que era importante. A arte, para quem pretendia se devotar a ela, valia qualquer dose de infelicidade e dor. Se era preciso machucar alguém para atingir esses fins, paciência. Se o resultado fosse bonito o bastante, estranho o bastante, memorável o bastante, então não tinha importância. Estava valendo.

9.

Annie e Buster desceram do avião e avançaram pelo terminal, chegando sãos e salvos a San Francisco. Seus trajes haviam sido motivo de muito debate antes que eles saíssem de viagem. Buster sugerira chapéus fedora e ternos amarrotados, cigarros sem filtro, presilhas de gravata. Annie pensou em talvez combinar ternos pretos com máscaras de Zorro, anfetaminas trituradas, unhas feitas. Buster, ao que parecia, queria ser um detetive; Annie, super-herói. Acabaram concordando que precisavam de algo que não chamasse atenção, uma coisa discreta, mas ainda assim com um quê de uniforme. Buster optou por uma camisa social branca com as mangas enroladas acima dos cotovelos, calças jeans em tom azul-escuro e tênis de couro pretos. Annie vestiu uma camiseta branca com gola em v, jeans azul-escuro e sapatilhas de couro pretas. Nos pulsos, tinham esses relógios pelos quais os praticantes de mergulho põem a mão no fogo: pesadões, robustos e à prova d'água, sincronizados e precisos. Em seus bolsos, maços gordos de dinheiro, alguns lápis com a metade do tamanho de um lápis normal — para anotações furtivas —, dropes Red Hot para mantê-los alertas, e o endereço de Hobart Waxman, a melhor e única chance que tinham de encontrar os pais desaparecidos.

Bagagem recolhida, chave do carro alugado na mão, Annie e Buster partiram rumo à casa de Hobart, em Sebastopol, rezando para que o velho, já beirando os noventa, ainda estivesse lúcido o bastante para lhes dar as respostas de que precisavam, porém suficientemente amortecido pela idade para não ser capaz de enrolá-los com pistas falsas. Com Buster de olho no mapa e Annie no volante, os dois discutiram diferentes estratégias para fazer com que Hobart lhes revelasse a localização de seus pais.

"Você acha que a gente deve ir entrando e fazendo ameaças, apavorando o cara pra ele ir logo dando o serviço?", perguntou Buster, porém Annie vetou rapidamente a ideia.

"A gente não quer que ele tenha um enfarte. Minha sugestão é chegar manso, fingir que viemos falar com ele só porque queríamos saber mais coisas sobre os nossos pais, agora que os dois provavelmente passaram desta para uma melhor. Fazemos o velho falar e aí, devagarinho, levamos a conversa para a questão de onde eles poderiam estar se não estiverem mortos."

"Mas se ele souber onde o Caleb e a Camille estão", rebateu Buster, "vai ficar desconfiado ao ver a gente aparecer por lá assim, sem mais nem menos. Eu nunca o vi mais gordo, e você, a última vez que esteve com ele, deve fazer uns vinte anos. Ele vai perceber que nós estamos atrás do papai e da mamãe. É por isso que temos que dar uma amaciada nele antes."

"Não", disse Annie enfaticamente. "Não podemos bater num velho de noventa anos."

"Eu não falei em bater. Só amaciar", disse Buster, corrigindo a irmã. "Ver qual é a dele e mostrar que a gente não está para brincadeiras."

"Buster, vamos pensar em outra coisa, tá?", disse Annie. "Que tal isto? Um de nós dois fica falando com ele, mantém o cara ocupado. Aí o outro finge que vai usar o banheiro e sai pela casa à procura de alguma pista. Se encontrarmos alguma coisa, ele não poderá escapar. Vai ter que cooperar conosco."

"Não é má ideia", admitiu Buster. "Gostei."

"O coitado vai dançar miudinho com a gente", disse Annie.

Duas semanas de brainstorming e a única ideia que ocorrera a Annie e Buster fora ir atrás de Hobart Waxman. Tinham passado aqueles quinze dias com a esperança de que o telefone tocasse e lhes oferecesse uma pista qualquer, por diminuta que fosse. Quando começou a circular a notícia de que seus pais estavam desaparecidos, houve um interesse impressionante pelos Caninus. Todos os principais jornais publicaram alguma coisa sobre o suposto rapto. No caderno cultural do *New York Times*, saiu uma matéria de capa sobre Caleb e Camille. Apesar de serem mencionados diversas vezes na reportagem, Annie e Buster haviam sabiamente optado por não fazer nenhuma declaração. O telefone tocou bastante por alguns dias e então parou tão de repente quanto começara. O interesse pelo assunto se esgotou, outras notícias reclamaram a atenção das pessoas, e tudo o que restou foram Annie e Buster e sua crença de que os pais estavam à espera de que alguém os encontrasse.

Annie consultava regularmente a polícia para saber se algum dos cartões de crédito de seus pais tinha sido usado. Não tinha. Não havia registro de saque nas contas bancárias deles. Os dois irmãos também esquadrinharam agendas e números soltos que encontraram anotados em pedaços de papel, mas não descobriram nada que lhes permitisse chegar mais perto do paradeiro de Caleb e Camille. O galerista que os representara no passado já havia falecido. Annie e Buster não tinham outros parentes. Tudo o que tinham era Hobart.

Seus pais não faziam muito caso do que até então constituía a história das realizações artísticas. Haviam com frequência desdenhado as sugestões que seus filhos faziam de possíveis exemplos de arte significativa. Dadá? Bobo demais. Mapplethorpe? Sério demais. Sally Mann? Muito apelativa. Mas Hobart Waxman era o cara. Mesmo que ele nunca tivesse visitado a família no Tennessee, mesmo que nem sequer conhecesse Buster, se havia alguém com quem Caleb e Camille se disporiam a compartilhar informações sobre o seu formidável desaparecimento, esse alguém era Hobart. Não chegava a ser muito promissor, mas com o que mais eles podiam contar? Que mais seus pais lhes deram para orientar suas buscas?

Annie recordava a empolgação com que seus pais descreviam um dos trabalhos mais famosos de Hobart, a obra que o pusera pela primeira vez numa posição de destaque. O título era *Visita intrusa*, uma intervenção em que Hobart invadia as mansões que atulhavam a Costa Oeste, estruturas gigantescas, dotadas de exércitos de empregados. Uma vez em seu interior, ele passava a viver nesses casarões, com suas dezenas e dezenas de aposentos inabitados, sem que ninguém desse por sua presença por dias, semanas e até meses a fio. Dormia em closets, roubava comida da cozinha e assistia à televisão, tirando fotos de si mesmo para documentar a estadia. Em alguns poucos casos, era apanhado e preso, e então passava uma temporada na cadeia, mas na maioria dos casos, Hobart simplesmente esgotava as possibilidades, ia embora durante a noite sem deixar nenhum sinal de que houvesse estado lá, salvo por um cartão agradecendo aos proprietários pela hospitalidade.

"Era tão perfeito", explicara Caleb a Annie quando ela ainda era criança. "Ele impunha a arte às pessoas sem que elas desconfiassem de nada; fazia com que participassem da obra, e elas nem percebiam o que estava acontecendo."

"Mas se não sabiam o que estava acontecendo", indagara Annie, confusa, "como as pessoas podiam apreciar aquilo?"

"Ninguém tem que apreciar nada", dissera Caleb, um pouco decepcionado com a filha. "As pessoas têm é que vivenciar."

"Acho que não entendo isso."

"As coisas mais simples são as mais difíceis de entender", dissera Caleb, satisfeito com Annie por motivos que escapavam à compreensão da menina.

A casa de Hobart ficava no fim de um caminho comprido que, saindo da estrada, avançava em curva pelo terreno — nada além de plantações e pastos em todas as direções. Ao se aproximarem da casa, um chalezinho com um estúdio em forma de celeiro no quintal, Annie e Buster não viram nenhum carro, não parecia ter ninguém por ali. "Melhor ainda", comentou Buster, fazendo um pouco de hora com a irmã no interior do veículo alugado. "Damos uma xeretada por aí até ele voltar." Desceram do carro e Buster foi até os fundos para examinar o estúdio, enquanto Annie espiava o interior do chalé por uma das janelas da frente. Bateu na porta e, como ninguém veio atender, experimentou girar a maçaneta, que estava destrancada. Será que entrava? Parecia coisa de filme? Não sabia ao certo, embora achasse que a vida ficava melhor quando você tinha a sensação de estar num filme, quando, mesmo não o tendo lido, você sabia que havia um roteiro que dizia como terminariam as coisas.

O interior do chalé era impecável. Havia alguns móveis que pareciam ter custado uma fortuna, uma cadeira que Annie achava que tinha visto num cartão-postal de museu. Foi até uma mesa sobre a qual se viam um bloco de notas e um telefone, além de uma pequena pilha de correspondência. Deu uma olhada nas cartas e não encontrou nenhuma pista, e então inclinou o bloco de notas para ver se o papel apresentava marcas de anotações anteriores, porém sua superfície permanecia completamente lisa. Tirou o fone do gancho e discou *69 para saber a origem da última chamada recebida, mas Hobart parecia não dispor desse serviço. A cesta de lixo estava vazia. Pronto. Esgotara as técnicas detetivescas aprendidas no cinema.

Dera dois ou três passos no corredor que conduzia a outros aposentos, quando ouviu Buster dizer: "Hum, Annie?". Virou-se e olhou na direção da cozinha, onde a porta envidraçada de correr estava aberta, e viu Buster numa postura muito ereta, com os olhos arregalados. Por fim, ouviu uma voz sair de trás do irmão: "Não se mexa, mocinha, ou o seu namorado aqui leva chumbo". Então Annie avistou Hobart Waxman, arqueado pela idade, parado atrás de Buster, segurando-o pelo pescoço. "Pois é, Annie, ele está armado", disse Buster. Aquilo, concluiu Annie, estava mesmo parecendo um filme. Sentiu o pânico chegar, porque tinha visto esse tipo de filme antes, e a coisa geralmente acabava mal: um corpo a corpo pelo controle da arma, um disparo acidental, sirenes soando ao fundo. "Ho-bart?", gaguejou, e o velho inclinou o tronco um pouco para o lado e estreitou os olhos míopes e olhou para Annie. "Esperem aí", disse Hobart, afrouxando um pouco a mão com que segurava Buster, "essa aí não é a Annie Caninus?"

"A própria", disse Annie.

"Então este aqui é o Buster?", indagou Hobart. Os dois irmãos balançaram afirmativamente a cabeça.

"Caramba", disse Hobart.

"Dá pra baixar a arma?", perguntou Annie.

"Não estou armado", disse Hobart. "É só o meu dedo nas costas dele." Hobart levantou as mãos, agitando os dedos.

"Parecia uma arma", disse Buster. "Pegou pesado comigo."

"Eu não", disse Hobart.

"Desculpe, Hobart", disse Annie, e os dois homens entraram na sala de estar. Com um gesto, Hobart fez pouco-caso do embaraço dela, abraçou-a e então lhe deu um beijo. "Não a via desde que você era um bebê", disse ele. Então se voltou para Buster e disse: "A sua irmã foi a criança mais linda que eu já vi na vida". Sorrindo, Buster fez um gesto de cabeça para Hobart, e então começou a se retirar na direção do corredor. "Bom", disse ele a Hobart, "enquanto você e a Annie põem a conversa em dia, eu vou usar o banheiro." Então, esquivando-se do olhar de Hobart, piscou para Annie e levou o dedo aos lábios, como que para dizer para ela se mancar. Annie o agarrou quando ele passou por ela e o puxou de volta à cozinha, segurando-o com firmeza pelo braço. "Tá legal", disse Buster, ainda com um sorriso largo no rosto. "Vou depois."

"Vi você naquele filme", disse Hobart, apontando para Annie. "Aquele em que você fazia uma bibliotecária e se envolvia com uns *skinheads*."

"*Data de devolução*", respondeu Annie.

"Isso", disse Hobart, batendo uma mão espalmada na outra.

"Rendeu a ela uma indicação pro Oscar", disse Buster.

"E ela devia ter ganhado", acrescentou Hobart.

"Obrigada", disse Annie, enrubescendo.

"E este aqui", disse Hobart, indicando Buster. "Li aquele seu livro maravilhoso sobre o casal que adota umas crianças selvagens. Tenho uma memória péssima pra títulos."

"*Um lar de cisnes*", disse Buster.

"Ele ganhou o Pena de Ouro com esse livro", disse Annie.

"Vi que você escreveu outro, mas as resenhas não foram muito boas e acabei desistindo de ler."

Buster ficou momentaneamente lívido, mas logo se recobrou e, sorrindo, deu de ombros. "Não perdeu grande coisa."

"É até melhor que o primeiro", enalteceu Annie.

"Bom, agora que finalmente conheci você, vou dar um jeito de ler", disse Hobart.

"Você deve estar se perguntando o que viemos fazer aqui", disse Annie, pondo a conversa no rumo de seu objetivo original.

"Eu soube do desaparecimento dos seus pais, claro", disse Hobart. "Então imagino que queiram falar comigo sobre eles."

Buster e Annie balançaram positivamente a cabeça.

"O que querem saber?"

"Onde eles estão?", perguntou Annie.

"Ahn?", indagou Hobart, confuso, o sorriso desaparecendo de seu rosto.

"Onde estão os nossos pais?", indagaram em uníssono os jovens Caninus, avançando alguns centímetros na direção de Hobart.

Hobart deu um suspiro fundo e então apontou para as poltronas da sala de estar e disse: "Vamos sentar e conversar".

Hobart precisou de quase cinco minutos para encontrar uma posição confortável em sua Kangaroo, a célebre cadeira projetada por George Nelson. De frente para Hobart, Buster e Annie se sentaram lado a lado num móvel do mesmo designer, um sofá Sling de couro preto, e ficaram com a sensação de estar esperando um ônibus muito, muito atrasado.

"Eu não faço a menor ideia de onde estão os seus pais", disse Hobart a Annie e Buster.

"Não acreditamos em você, Hobart", disse Annie.

"Se eles não contaram o que estavam planejando pra vocês, por que diabos acham que diriam pra mim?"

"Eles adoram você", disse Annie, o estranho tremor do ciúme se insinuando em sua voz. "Você foi o mentor deles. É a única pessoa que respeitaria os princípios artísticos deles a ponto de jamais falar nada pra ninguém. Então é claro que iriam contar pra você."

"Vocês não sabem o que estão falando", disse Hobart, semicerrando os olhos de uma maneira que dava a impressão de observar as visíveis ondas de insanidade que emanavam de Annie e Buster. "Os seus pais me odiavam."

"Não odeiam, não", disse Buster, mantendo os pais no presente. "Pode até ser que rolasse aquele lance de angústia da influência entre vocês, mas você foi o único artista que mereceu o respeito deles."

"Faz pelo menos dez anos que eu não os vejo nem falo com eles", disse Hobart, em cujo semblante começavam a despontar sinais de irritação, sua cabeça calva assumindo o tom das primeiras queimaduras de sol. "Pô, Buster, só pra você ter uma ideia, eu nem conhecia você, o único filho homem deles."

"Não acreditamos em você", tornou a dizer Annie. Buster se inclinou um pouco para o lado oposto ao de Annie, talvez uns dois ou três centímetros apenas, só o bastante para que ela notasse o afastamento, e então disse: "Eu estou meio que acreditando nele".

"Não", disse Annie, inclinando o corpo na direção do irmão para que seus ombros voltassem a se encostar. "Não acreditamos em você, não."

"Bom, a menos que vocês queiram arrancar isso de mim à força, e já deu pra ver como esse aí é bom de briga", disse Hobart, apontando para Buster, "acho que não temos mais o que conversar."

Annie se pegou cerrando os punhos, embora estivesse dizendo a si mesma: "Fique calma, fique calma, não perca a paciência", e então sentiu a mão de Buster nas suas, desdobrando lentamente os seus dedos até que eles se endireitassem e parecessem estabilizados. "Desculpe", disse Annie. "Só queríamos entender o que está acontecendo e acho que não somos muito bons em descobrir as coisas por conta própria."

"Eu, particularmente, sou um desastre", admitiu Buster.

"Estamos sem saber o que fazer", prosseguiu Annie.

Hobart permanecia em silêncio, a mão direita bulindo no colarinho da camisa, e Annie sentiu a alfinetada desferida pela vergonha de fracassar diante de uma plateia. E ela não só não estava nem um pouco mais perto de encontrar seus pais, como irrompera na vida de Hobart e perturbara o isolamento que ele construíra com tanto cuidado para os seus últimos anos de vida. A simples menção a Caleb e Camille Caninus parecia ter despertado na memória de Hobart algo que até então permanecera totalmente infenso à introspecção. Annie tinha vontade de sair correndo dali, entrar feito uma louca no carro e sair a toda daquela cena, mas não conseguia se mexer: o peso do fracasso a mantinha atracada no sofá.

"Posso dar um conselhozinho pra vocês?", indagou Hobart, rompendo o silêncio. Quando Annie e Buster assentiram com a cabeça, ele continuou: "Parem de procurá-los".

"Como é?!", exclamou Annie.

"Vocês têm duas alternativas. Primeiro, pode ser que os seus pais estejam de fato mortos, pode ser que algo de horrível tenha acontecido com eles, e, neste caso, essa perseguição sem pé nem cabeça de vocês só está prolongando a dor que advém de qualquer morte."

"Hobart", interrompeu Annie. "Você acha mesmo que o Caleb e a Camille estão mortos?"

Hobart fez uma pausa, calculando sua resposta com cuidado. Annie e Buster aguardavam, intuindo que o destino de seus pais dependia daquela resposta. "Não", admitiu ele. "Nesse ponto eu estou de acordo com vocês. Os seus pais têm tamanha força de vontade, são tão convictos de como as coisas devem ou não devem ser, que eu não consigo imaginar uma situação em que a morte deles seja o resultado de algo tão fortuito e tosco como um crime de beira de estrada. Um acidente com um aeroplano artesanal, uma engenhoca que eles tivessem posto pra voar numa feira aeronáutica. Isso eu acharia razoável. Um lance de se jogarem no meio dos tigres de um zoológico durante uma visita escolar. Nisso eu acreditaria. Um evento em que eles ateassem fogo a si mesmos no meio do Mall of America. Seria a cara deles."

"Então eles estão por aí, em algum lugar", disse Annie.

"O que põe vocês diante da segunda alternativa."

"Qual?", quis saber Buster.

"Deixar que continuem desaparecidos", prosseguiu Hobart. "Os dois estão vivos. Prepararam esse numerozinho bizarro e nem se preocuparam em contar pro filho e pra filha deles. Querem obviamente que vocês pensem que eles estão mortos. Pois façam a vontade deles."

Annie olhou para Buster, que não ousou devolver o olhar. A ideia de desistir parecia tão inviável quanto a perspectiva de que eles efetivamente encontrassem seus pais. Porém Annie ficou imaginando esse momento, quando estragaria o que seus pais haviam feito — o olhar estupefato no rosto deles —, e isso fez com que seu coração batesse mais rápido.

"Eu costumava dizer pros meus alunos, não só pro Caleb e pra Camille, mas pra qualquer artista que se mostrasse minimamente promissor, que eles tinham de se devotar ao trabalho deles. Deviam remover tudo o que estivesse obstruindo a coisa fantástica que precisava existir. Costumava dizer a eles que *os filhos acabam com a arte*."

Annie e Buster estremeceram ao ouvir a frase, uma frase que ouviam seu pai dizer toda vez que eles dois criavam problemas para os projetos dos Caninus.

"E eu falava isso a sério. Foi por isso que nunca me casei, nunca me envolvi com ninguém. E os seus pais perceberam que teriam de encontrar uma maneira de derrotar essa minha tese, algum tipo de construção que lhes permitisse contestá-la. Então eles entrelaçaram família e arte de tal maneira, que não dava mais para distinguir uma da outra. Transformaram vocês na arte deles. Foi incrível mesmo. E aí o tempo foi passando, e talvez porque eu nunca tenha progredido artisticamente de verdade depois do meu sucesso inicial, ou simplesmente porque estava com ciúmes deles, mas o fato é que eu não conseguia mais olhar para a arte dos Caninus sem experimentar essa sensação horrível de mau agouro, esse pressentimento de que algo irreparável estava sendo feito com vocês. E o Caleb sacou isso, percebeu as minhas reservas em relação ao trabalho deles, e pouco tempo depois parou de me escrever, cortou toda a comunicação entre nós e levou a visão deles em frente. Os seus pais tinham razão. Me derrotaram invertendo a minha tese. Não são os filhos que acabam com a arte. É a arte que acaba com os filhos."

Annie sentiu uma coisa elétrica varar seu corpo de cima a baixo. Hobart a olhava como se ele se sentisse responsável pela vida que ela e Buster haviam tido até então, uma tristeza que ela não conseguia entender inteiramente.

"Você não está sendo justo", disse, sem conseguir deixar de tomar o partido de seus pais, por mais que concordasse com Hobart. Não queria sua comiseração, ou vai ver que não a queria assim, de mão beijada.

"Não morremos nem nada", acrescentou Buster, e Hobart ergueu os braços num gesto de rendição.

"Isso lá é verdade", disse em seguida, fitando os jovens Caninus com uma expressão de desalento.

"Então largamos os dois desaparecidos?", indagou Annie. "O que você propõe é que a gente os esqueça e deixe isso pra lá?"

"Vocês estão encarando o que aconteceu de uma perspectiva que os deixa com raiva deles por não os incluírem nisso, por terem feito vocês pensar que eles estão mesmo mortos."

"E de que outro jeito a gente pode olhar?", quis saber Buster.

"Da perspectiva de que os seus pais finalmente deram um passo em falso", disse Hobart. "Sem querer, acabaram destrinchando família e arte. Vocês dois estão livres."

Nem Annie nem Buster fizeram o menor movimento. Annie aguardava que Hobart continuasse, ainda relutando em aceitar que o que ele estava dizendo fizesse sentido.

"Vocês não precisam sair pelo país afora atrás dos seus pais, tentando passar despercebidos, deixando suas vidas em ponto morto até que a mais recente intervenção deles possa ser revelada para o mundo. O Caleb e a Camille esqueceram de manter vocês atados a eles, e agora vocês não precisam ir atrás deles. Não parece uma coisa boa?"

"Pra mim é difícil ver as coisas assim", admitiu Annie.

"É normal", disse Hobart. "Você passou a vida inteira vivendo de outro jeito."

"Não sei se eu quero ver as coisas assim", disse Buster.

"O que vocês querem encontrando os dois? Se os encontrarem, o que terão conseguido?"

Annie, que, por incrível que pareça, nunca tivera uma única consulta com um psiquiatra, começou a ficar com uma sensação muito forte de que se achava numa sessão de terapia. Não estava nem um pouco a fim daquilo. E lá se foram os seus dedos, compridos e finos, de novo assumindo a forma de punhos que lembravam pequenos martelos. Tentou encontrar uma resposta para a pergunta de Hobart e, sem nenhuma resposta aceitável à vista, reclinou-se no sofá, desconcertada. E então Buster disse: "A gente quer encontrar os dois e mostrar pra eles que eles não podem fazer o que bem entendem só porque acham que é bonito".

"Não vale o esforço", retrucou Hobart. "Vocês dois me desculpem, mas, mesmo que mostrassem isso pra eles, duvido que o Caleb e a Camille dariam muita bola. Como acontece com tantos artistas, esse fato foge à compreensão dos seus pais. Eles passaram a maior parte da vida se convencendo de que a arte é a única coisa que realmente tem importância."

"Será que você não consegue pelo menos lembrar de alguém que possa nos ajudar?", disse Annie, ainda se esforçando para manter a pose da pessoa capaz, a pessoa que leva seu plano de ação em frente, mesmo quando ele talvez já não faça muito sentido.

"Não, ninguém. O agente deles, como vocês sabem, morreu já faz algum tempo, e eles nunca se preocuparam em arrumar outro. Tinham pouquíssimos amigos no mundo artístico, se é que tinham algum; ninguém fazia o tipo de coisa que os seus pais faziam, só eles mesmos. Tem aquele sujeito que escreveu o livro sobre a família de vocês, mas pra mim é inconcebível que os seus pais mantivessem algum contato com ele."

Hobart estava falando de Alexander Share, um crítico de arte que escrevera um estudo sobre a obra dos Caninus: *A dentadas: um panorama da desconcertante arte de Caleb e Camille Caninus*. O sujeito convencera Caleb e Camille a lhe concederem uma série de entrevistas extensas, por telefone e pessoalmente; com Buster e Annie, Share não recebeu permissão de falar. Quando ficou claro que ele fazia ressalvas importantes à obra deles, Caleb e Camille interromperam definitivamente a colaboração e tentaram fazer a editora abortar o livro, mas no fim das contas não fez diferença. O livro foi publicado e não teve grande impacto. Muito antes de Alexander Share tentar encontrar um sentido para a obra dos Caninus, as pessoas já haviam decidido que valor dar àquele tipo de arte. "Fazer crítica de arte é que nem dissecar uma rã morta", disse Caleb quando o livro foi publicado. "Os caras ficam lá examinando as tripas, a matéria fecal, os órgãos, quando a coisa que de fato importa, o que quer que tenha animado o corpo, faz tempo que não está mais lá. Isso não contribui em nada com a arte." Quando Annie e Buster perguntaram por que então eles tinham concordado em falar com Share, Camille disse: "Se você não está preocupada demais em encontrar alguma coisa que valha a pena, até que é legal passar um tempinho fuçando o sangue e as tripas".

Hobart prosseguiu com a lista de possíveis cúmplices, nenhum deles digno de nota. "Lembro de dois artistas que eram loucos por vocês. O primeiro, um tal de Donald não sei das quantas, estava mais pra vândalo. O negócio dele era danificar obras de artes. Era um sujeito tremendamente ignorante, mas tinha verdadeiro fascínio pelos seus pais."

"Por onde ele anda?", indagou Annie.

"Está morto", respondeu Hobart. "Caiu de alguma escultura que ele pretendia desmontar e arrebentou a cabeça."

"Quem é a outra pessoa?", perguntou Annie, agora admirada por descobrir coisas novas, por banais que fossem, sobre os seus pais.

"Havia essa mulher, na realidade uma ex-aluna minha, que deu um jeito de se aproximar dos seus pais. Era jovem e bonita e tinha potencial para complicar as coisas." Interrompeu-se para ver se Buster e Annie tinham entendido o que ele queria dizer. Annie permanecia com uma expressão impassível, e Hobart esclareceu: "É de sexo que eu estou falando. Mas ela desapareceu depois de um tempo, quando percebeu que os seus pais não estavam interessados em nada além de arte. Tenho a impressão de ter lido tempos atrás, num boletim de ex-alunos, que ela casou, teve filhos, acabou levando uma vida normal. Em geral, a gente lamenta quando isso acontece, mas pra ela foi a melhor coisa. Uma vida convencional é o refúgio perfeito se você é um péssimo artista."

Annie se lembrava com bastante clareza de uma mulher excepcionalmente jovem que ajudara seus pais em uma de suas primeiras intervenções. Chamava-se Bonnie, ou talvez Betty. Ela se comportava como se Buster e Annie não existissem; além dos dois artistas que esperava impressionar, a fulana não tomava conhecimento de ninguém. Era frequente que as pessoas que idolatravam Caleb e Camille parecessem compelidas a fazer de conta que Buster e Annie eram invisíveis, a fim de manter o alto nível de concentração que seus pais exigiam. Isso era, pelos menos para Annie, compreensível.

"Alguém mais?", indagou Annie. Hobart fez que não com a cabeça. Estava ficando tarde e o céu ia lentamente, como que por mágica, se apagando. O velho se esforçava para manter o corpo aprumado na cadeira. Tinha os ombros caídos e suas mãos em concha pareciam conter um animalzinho nervoso, de tão suavemente que tremiam. "Ninguém conseguia se aproximar muito do Caleb e da Camille", disse ele por fim. "Eram vocês quatro num mundinho em que não cabia mais ninguém. Quem poderia competir com isso?" Hobart proferiu essa última frase de uma maneira que deixou Annie sem saber se ele via aquilo como uma coisa boa ou ruim. Achava que Caleb e Camille haviam amado os filhos ou os haviam mantido em cativeiro? Teve medo de perguntar.

"É melhor a gente deixar você em paz", disse ela. "Já o perturbamos bastante, acho."

"Fiquem", protestou Hobart, levantando-se de um salto. "É tarde. Vocês podem passar a noite aqui. Eu faço um jantar para a gente."

Annie fez que não com a cabeça. Buster a cutucou com o cotovelo, porém ela continuou a recusar o convite. "Temos que ir."

"Não tivemos nem tempo de falar sobre o meu trabalho", disse Hobart, cujo desespero patente fazia seu corpo se expandir, ocupando espaço suficiente para que Annie e Buster se sentissem encurralados.

"Temos que correr pra pegar o nosso voo", disse Annie, embora não tivessem passagens para a viagem de volta, nem reservas de hotel. "Obrigada pela ajuda."

"Eu não fiz nada", respondeu Hobart, encolhendo os ombros. "Só dei alguns conselhos que não me parece que vocês vão seguir."

Hobart abraçou Annie e a beijou e então trocou um aperto de mãos com Buster.

"Vocês são artistas formidáveis", disse ele, enquanto os dois irmãos caminhavam até o carro alugado. "Sabem separar a arte da realidade. Muitos de nós não conseguem fazer isso."

"Tchau, Hobart", disse Annie ao dar a partida no motor.

"Apareçam de novo qualquer dia desses."

Annie pisou de leve no acelerador e o carro avançou devagar rumo à saída do terreno. Pelo retrovisor, Annie viu Hobart voltar com passos incertos para o interior da casa e fechar a porta. E então a casa inteira ficou às escuras.

No caminho de volta para San Francisco, Buster perguntou o que eles fariam agora. Suas opções pareciam tão limitadas que era impossível ignorar a sensação de fracasso. Para onde mais poderiam ir, senão para casa? Não tinham pistas — as poucas possibilidades haviam se fechado depois da conversa com Hobart. Annie não via como eles poderiam continuar procurando. Agora Buster dormia no banco do carona, roncando baixinho. Ela acelerou, os faróis varando a escuridão à sua frente, e sabia que não havia mais nada a fazer. Não conseguia se livrar da sensação de que aquilo era um desafio, seus pais competindo com ela e Buster. E, seguindo essa linha de raciocínio, Annie não podia senão reconhecer que seus pais haviam vencido. Estavam desaparecidos, e assim permaneceriam por um período indeterminado de tempo, possivelmente para sempre, e a única coisa que ela conseguia pensar em fazer era voltar para a casa deles.

Tarde demais para conseguir um voo, Annie entrou no bolsão do estacionamento reservado para estadias mais longas, parou o carro e reclinou o assento. Acabara de fechar os olhos, quando Buster perguntou, não de todo acordado: "O que a gente vai fazer?".

"Pegar um voo pro Tennessee amanhã cedo."

"E o papai e a mamãe?"

"Talvez o Hobart esteja certo", disse ela, enfim dando voz ao que vinha pensando nas últimas horas. "Pode ser que eles tenham criado essa distância entre nós por engano, sem levar em conta que acabaríamos esquecendo deles. Vai ver que agora é a nossa vez de ditar as regras do jogo." Essa era, na disputa que Annie concluíra que existia entre ela e Buster e seus pais, a única forma de vencer que agora ela conseguia vislumbrar: dar o jogo por encerrado, unilateralmente.

"Pode ser", disse Buster sem convicção, e, antes que Annie pudesse responder, ele já pegara de novo no sono. Annie fechou os olhos, o carro uma casca fina que a protegia do resto do mundo. Dormiu um sono fundo, como havia semanas não dormia, trancada com o irmão no interior de um objeto cujo movimento cessara total e completamente.

Annie e Buster ligavam quase diariamente para a polícia atrás de novidades sobre o paradeiro de seus pais, porém ainda não havia nenhum registro de utilização dos cartões de crédito e não se tinha notícia de atividades estranhas por parte de pessoas cuja descrição combinasse com as características físicas deles.

"Quanto mais o tempo passa, mais difícil fica", comentou o xerife, e eles entenderam direitinho o que ele queria dizer. Annie cuidava da limpeza da casa, preparava as refeições e todos os dias fazia uma corrida de cinco quilômetros e assistia a pelo menos um filme antigo no aparelho de videocassete de seus pais, enquanto Buster passava praticamente o dia inteiro fechado no quarto, trabalhando em algo que lhe era tão necessário que não conseguia explicá-lo para a irmã. Certo dia ela entrou no quarto quando ele estava escrevendo e viu uma folha de papel em que se lia: *Somos fugitivos. Somos os fugitivos. A gente vive nos confins. A gente vive à margem. A Justiça vem atrás de nós. A Justiça vem babando atrás de nós. Um vilarejo repleto de garimpeiros. Um vilarejo de barracos e malocas, repleto de garimpeiros. A gente vive* à margem, *num vilarejo de barracos e malocas, repleto de garimpeiros. Somos fugitivos e a Justiça vem babando atrás de nós. Nós = ? Margem = ?*

"Buster", indagou ela, indicando as palavras rabiscadas no papel, "o que é isso?" Ele balançou a cabeça. "Não tenho certeza", disse, "mas vou descobrir." Annie o deixou investindo sem descanso contra o teclado do computador, o som violento de suas mãos construindo algo a partir de nada. Tinha um pouco de ciúmes da facilidade com que ele levava sua arte consigo aonde fosse. À diferença de Buster, ela precisava de roteiristas, como Daniel, que escrevessem suas falas, e de diretores, como Freeman, que falassem como ela as deveria dizer, e de atores, como Minda, que contracenassem com ela. Annie sempre pensara que a solidão de Buster, escrevendo totalmente sozinho num quartinho minúsculo, contribuíra para jogá-lo para baixo, mas agora ela pensava que fazer uma coisa sem a interferência de mais ninguém podia ser interessante. E, no entanto, para ela era inconcebível fazer outra coisa que não atuar, pegar as falas e torná-las críveis, digerir as orientações do diretor e tornar a ação possível, olhar para um ator e se convencer de que o amava. Annie permanecia sentada em seu quarto, assistindo a um filme em que uma atriz, bonita e predatória, parava junto a um poste de luz com um lenço na boca, tendo reassumido a forma de mulher depois de um período metamorfoseada em pantera. Queria ter sido atriz naqueles dias, quando as coisas eram bizarras e ninguém parecia notar ou se importar.

Annie verificara seu e-mail apenas uma vez depois de regressar de Los Angeles. Na caixa de entrada, encontrara uma mensagem de Daniel, que ela deletara sem ler, e outra de seu agente, cujo assunto era: *Repensando a nossa relação profissional*, que ela também deletara sem ler. O resto era spam.

Ao entrar de novo na internet, viu que havia uma mensagem nova de Lucy Wayne, sua diretora em *Data de devolução*. Fazia algum tempo que Annie não falava com ela. Ficara tão envergonhada com o filme de Freeman e com o subsequente bafafá em torno de sua vida pessoal que evitara todo e qualquer contato com Lucy, receando ser repelida por ter se revelado uma decepção. O assunto do e-mail era: *Novidades*. Annie clicou na mensagem e leu:

Oi Annie,
Tentei ligar mais de cem vezes pra você. Soube pelo seu agente que você estava fora de circulação, mas ele me deu o seu e-mail para eu ver se conseguia notícias suas. Tenho pensado em você e, depois que eu soube da história com os seus pais, fiquei preocupada. Espero que você esteja bem, embora eu imagine que as coisas não andem muito boas para o seu lado. Sei como a sua relação com o Caleb e a Camille era complicada, e apesar de já fazer certo tempo que a gente não se fala, eu adoraria te encontrar de novo.

O principal motivo de eu estar escrevendo é que terminei o roteiro do meu próximo filme e tenho pensado muito em você. Fazia um ano e meio que eu escrevia sobre essa mulher, essa moça que eu não conseguia visualizar sem pensar em você. Acho que, em muitos sentidos, criei esse personagem com você na cabeça. E não sei como você está agora, se teria ânimo pra fazer um filme, mas acho que você seria perfeita para o papel. Estou levantando a grana, se bem que o mais provável, depois que a Paramount praticamente estragou o meu último filme com aquela palermice deles, é que eu acabe optando pela via independente de novo. De modo que o dinheiro não vai ser grande coisa, mas espero que você pense com carinho no assunto. Estou mandando um arquivo com o roteiro em anexo, assim você pode ler se estiver a fim. Eu gostaria muito de saber o que você acha e gostaria ainda mais se pudéssemos trabalhar juntas de novo. Seria uma delícia experimentar aquela empolgação toda que eu sentia quando estávamos fazendo o *Data de devolução*, e você foi uma pessoa fundamental para que aquilo acontecesse.

Escreva pra mim se puder,

Lucy Wayne

Antes de escrever e dirigir *Data de devolução*, Lucy fora uma artista conceitual de certo renome no circuito das artes de Chicago, e inclusive os pais dela haviam alcançado algum destaque como fotógrafos. Lucy bordava cobertores em ponto de cruz, com linha preta, compondo frases estranhas, como: *Isso é o melhor que posso fazer por você*, e *Corra até o oceano e volte com os pés descalços*, e *Bata palmas e faça chover*. Depois ela distribuía esses cobertores para os sem-teto da cidade e em pouco tempo Chicago ficava cheia desses painéis em tamanho de cobertor. Lucy então saía com uma filmadora pela cidade, à procura de suas peças de artesanato, colhendo um material que posteriormente era exibido em galerias de arte. Aos poucos, ela começou a acrescentar elementos narrativos, convertendo parte do material em pequenos curtas que foram exibidos em diversos festivais de cinema e que a fizeram assumir de vez a atividade cinematográfica. Annie se lembrava de como Lucy ficara impressionada ao descobrir que ela era a Criança A. "Eu era louca pelo trabalho dos seus pais", revelou-lhe Lucy. "Queria ser filha deles." Annie, que naquela altura ainda tentava cortar todos os vínculos com o legado dos Caninus, disse apenas: "Eles teriam feito picadinho de você".

O novo roteiro de Lucy, Voto ao fogo, falava de uma moça que era contratada por um casal no oeste do Canadá para cuidar de seus filhos, que se incendiavam periodicamente. A combustão não tinha efeito negativo sobre as crianças, mas fazia parte das obrigações da moça impedir que a casa pegasse fogo, que as chamas se alastrassem. A matriarca e o patriarca da família, endinheirados, intelectuais e infinitamente cruéis, dominavam a mansão e viam defeito em tudo o que a moça fazia. Com idades que variavam entre seis e quinze anos, as quatro crianças eram meigas, porém suas circunstâncias, assim como a aversão evidente que os pais sentiam por seu tormento, haviam-nas tornado solitárias, e, em virtude disso, elas dependiam da moça para se divertir e obter notícias do mundo exterior. Com o passar do tempo, à medida que se tornava mais e mais hábil no cumprimento de suas obrigações, a moça desenvolvia uma obsessão por fogo, fósforos e faíscas, e precisava resistir à tentação de incentivar as crianças a se incendiarem. Como não poderia deixar de ser, no fim do filme a casa era consumida pelas chamas, as crianças eram salvas pela moça e, largando os pais para trás, os cinco se mudavam da Colúmbia Britânica para o frio imaculado do território de Yukon.

Annie não pôde deixar de se comover com as estranhas emoções contidas no roteiro, o modo desagradável como a mulher se surpreendia sucumbindo ao perigo daquela família. O filme, que deveria ser quase inteiramente rodado numa única locação, a mansão, tinha um efeito claustrofóbico — a ameaça constante das chamas —, e ela percebia como sua produção seria difícil, e até certo ponto excitante, se tudo se encaixasse e aquilo saísse do papel. Como *Data de devolução*, o filme falava de alguém que cedia a seus piores impulsos e mesmo assim sobrevivia à provação. Annie indagou a si própria se seria assim que Lucy a via, uma mulher imune às sempre desastrosas decisões que tomava. Minimizou a janela que exibia o texto e escreveu um e-mail para Lucy que dizia apenas: "Adorei. Estou nessa".

Tendo enviado o e-mail, Annie se permitiu vislumbrar um futuro que não incluía a procura por seus pais. Então, porque se deu conta de que conseguiria fazê-lo, imaginou um futuro em que seus pais tinham sido encontrados. Então, na ausência de alguém que contestasse esse otimismo infundado, imaginou um futuro em que, para começo de conversa, seus pais nem houvessem existido. Tendo se concedido esse milagre, e vendo que, entretanto, a coisa se desmanchava no ar, evaporava tão logo assumia contornos mais definidos, Annie se deu conta de que, sem os seus pais, ela não tinha acesso ao mundo. Não conseguia, apesar de todas as tentativas, imaginar uma maneira de chegar antes de seus pais, de se adiantar a eles. Teriam de ser os seus pais, jovens e ainda imaturos, sem a menor noção de que seus filhos, Annie e Buster, avançavam inexoravelmente em sua direção, cada qual à espera de receber um nome.

[**Luz, câmera, ação, 1985**
Artistas: Caleb e Camille Caninus]

Bonnie observava os Caninus andando de cá para lá pelo estúdio, sem dar pela presença dos outros. Limitavam-se a aguardar o acontecimento seguinte, fosse qual fosse. Tinham expressões tão impassíveis que, aos olhos de Bonnie, não pareciam humanos; lembravam antes robôs programados para realizar suas tarefas sem erro, por mais terríveis que fossem as circunstâncias, a despeito da desordem inevitável que se seguiria. Por fim, com tudo arranjado à perfeição, Caleb se levantou de sua cadeira de diretor e postou-se atrás do cinegrafista. "Ação!", disse ele. E então Bonnie, transpirando em seu uniforme de enfermeira, dando tudo de si para que suas mãos não tremessem, questionou-se como faria para se manter à altura daquela família, de que maneira poderia ajudá-los a fazer algo de belo.

Entrara em contato com o trabalho dos Caninus no início daquele ano, ao frequentar o curso *Introdução à arte significa-*

tiva, de Hobart Waxman. No curso, eles haviam estudado uma das primeiras intervenções dos Caninus, em que Caleb prendia com fita adesiva uma série de fogos de artifício caseiros nas costas e, com o filho de nove meses no colo, no interior de um shopping center lotado, incendiava-se — as labaredas saindo por baixo de seu casaco e a fumaça brotando das pernas de suas calças, enquanto ele continuava a andar pelo shopping com o bebê nos braços. O evento fora registrado em vídeo por Camille, que se posicionara no segundo andar do shopping, debruçada sobre a balaustrada para focalizar o ar imperturbável estampado no semblante de Caleb e, de forma ainda mais impressionante, também no rostinho do bebê, enquanto as outras pessoas tentavam entender o que estava acontecendo. "Isso", dissera Hobart aos alunos, "é tão rudimentar, tão desligado das tradições que o antecedem, que chega a esgarçar a noção do que é arte. Os Caninus simplesmente lançam seus corpos no espaço, como se fossem granadas de mão, e aguardam a eclosão do tumulto. Não têm outra expectativa além de provocar desordem. São eventos, para os poucos que os testemunham em primeira mão, profundamente perturbadores, pois os Caninus parecem estar se lixando para a dor psíquica, e às vezes física, inerente a essas performances." Bonnie observara Caleb Caninus, que obviamente estava sofrendo queimaduras de algum grau no corpo, andando com passos tão firmes pelo shopping, que a sensação que ela tinha era a de estar hipnotizada por seus movimentos. Em chamas, Caleb caminhava e protegia o filho do fogo. Parecia tão desnecessário e, ao mesmo tempo, tão fascinante, que na mesma hora Bonnie se apaixonou, não pela arte, mas pelos Caninus.

    Ela conseguira o endereço de correspondência da família Caninus com Hobart Waxman, depois de algum flerte com o professor, tendo apenas recentemente aprendido a utilizar sua beleza encantadora em proveito próprio. Então se pôs a escrever carta após carta para Caleb e Camille, na esperança de obter uma resposta, apesar de não saber o que gostaria que eles dissessem. Falava-lhes de sua aspiração artística, que se resumia a tornar-se ainda outro componente das performances que os Caninus realizavam.

Os Caninus não respondiam e Bonnie não podia censurá-los por isso. Tinham desenvolvido uma coisa perfeita, e por que perturbariam esse processo com a inclusão de outra pessoa, ainda mais uma pessoa que não possuía uma visão própria? Fazia vários meses que Bonnie tentava bolar uma intervenção, algum tipo de revelação sem igual do absurdo da vida, mas faltava-lhe o condão de ter ideias novas. Era capaz de analisar uma obra artística e identificar os motivos de seu êxito ou fracasso. Mas não conseguia pegar esse conhecimento e transformá-lo em algo completamente original ou mesmo numa reinterpretação da obra. Como Hobart lhe explicara, tão delicadamente quanto possível, ela era apenas uma crítica.

Bonnie assistiu a mais alguns vídeos dos Caninus que Hobart lhe emprestara, mas as imagens eram tão granuladas e o enquadramento tão tosco que às vezes a pessoa precisava de algum tempo para se dar conta do que acabara de ver. O ideal seria que os Caninus realizassem seus happenings com iluminação de verdade, com um cinegrafista que soubesse o que estava fazendo e com várias câmeras para captar todas as nuances da performance. O ideal seria que pudessem fazer sua arte como se estivessem fazendo um filme, porém Bonnie sabia que isso era impossível, pois o aspecto mais importante da intervenção ficaria prejudicado se eles chamassem a atenção das pessoas para o fato de que estava para acontecer uma coisa que precisava ser documentada.

E então ela se deu conta da contribuição que poderia oferecer aos Caninus, percebeu como poderia ajudá-los a aperfeiçoar sua arte, como poderia tornar-se essencial para eles. Os Caninus poderiam empregar o equipamento utilizado numa produção profissional, contando com a participação de todas as pessoas necessárias à realização de um filme de boa qualidade visual, e ainda assim manter a espontaneidade que era tão crucial para sua arte.

Caleb pegara um avião para Los Angeles a fim de trabalhar com Bonnie, enquanto Camille e as crianças se preparavam para desempenhar os papéis que lhes caberiam na performance. Quando Bonnie o encontrou no aeroporto, usando o vestido mais curto de seu guarda-roupa e com o cabelo todo espetado, dando a impressão de que caíra de uma grande altura e aterrissara bem ali, aos pés de Caleb, o sr. Caninus a cumprimentou com um aperto de mão e se pôs a falar sumariamente de todas as coisas de que precisaria para transformar sua visão em realidade. Bonnie remexeu a bolsa à procura de seu bloco de anotações e saiu no encalço de Caleb, registrando com garatujas apressadas a saraivada de instruções que ele esperava que ela seguisse à risca. "Eu preciso pensar que você é uma mulher competente", disse Caleb, quando por fim se achavam sentados no carro de Bonnie, cruzando as ruas da cidade. "Minha família é extremamente competente, de modo que vou partir do pressuposto de que você vai conseguir fazer o que eu pedir que você faça." Bonnie assentiu com a cabeça. "Vou fazer tudo o que você quiser, Caleb", disse ela. "O que você pedir pra mim, eu vou dar um jeito de conseguir pra você." Caleb sorriu e tamborilou com os dedos em sua coxa. "Isso pode ser muito especial, Bonnie", disse. "Um novo capítulo para a família Caninus." Embora ele não tivesse dito isso explicitamente, Bonnie se permitiu acreditar que fora considerada como parte da família.

Apressaram-se em alugar câmeras, luzes e um estúdio pequeno por uma semana. Contrataram uma equipe para trabalhar três dias num curta-metragem, prometendo pagamento adiantado. Contrataram uma segunda equipe para fazer um documentário sobre a produção do filme. Caleb ficou trabalhando no roteiro, e Bonnie, que faltara às aulas nas últimas duas semanas, vinha todas as manhãs ao seu quarto de hotel para o pôr a par de como estavam indo as coisas. "Quero que você participe do filme", disse-lhe ele, e Bonnie teve a impressão de que dessa vez os dois talvez acabassem na cama, porém em momento algum Caleb deu mostras de sentir atração física por ela. Só tinha cabeça para uma coisa: fazer algo que fosse sensacional, e isso deixava Bonnie ainda mais a fim de trepar com ele.

Por fim, o resto da família chegou. As crianças, Annie e Buster, eram tão distantes e frias que Bonnie tinha dificuldade em permanecer perto delas. Embora tivessem seis e oito anos, pareciam adultos em miniatura, e Bonnie, que não se sentia nem um pouco adulta, acabou achando mais fácil evitar qualquer contato com os dois. Annie e Buster inventavam brincadeiras complicadas, que escapavam à compreensão de Bonnie, e se entretinham com aquilo por horas e horas, sem ligar a mínima para o que transcorria a sua volta, até que, por fim, um dos pais os chamava e aí eles interrompiam de imediato a brincadeira e corriam para junto de Caleb e Camille. E Camille, bom, essa parte era complicada para Bonnie. Camille se mostrava bastante afetuosa, sempre oferecendo palavras de encorajamento, e a certa altura Bonnie começou a se perguntar se não poderia, quem sabe, em vez de transar com Caleb, ir para a cama com a mulher dele; percebeu que para ela já não tinha importância a maneira como se daria o seu ingresso na família. Só queria ser um deles.

Por fim, com as câmeras acionadas, Bonnie, que fazia a enfermeira, levou as crianças até o quarto. Camille, que fazia a mãe acamada, erguia com dificuldade o tronco e pedia às crianças que se aproximassem. "Meus filhinhos lindos, venham aqui com a mamãe", falou ela, e antes mesmo que pudesse concluir a frase, Caleb gritou: "Corta!". A equipe se preparou para reiniciar a tomada e Caleb disse: "Certo, Jane, preciso que você me dê um pouco mais de emoção. Faz meses que você não vê os seus filhos e agora eles estão aí, na sua frente. Percebeu o clima?".

Camille fez que sim com a cabeça. "Vou dar um jeito", disse ela.

Luz, câmera, ação.

Bonnie tornou a levar as crianças até o quarto e Camille curvou o tronco para a frente e disse: "Meus filhinhos lindos, venham aqui com a mamãe!".

"Corta!", gritou Caleb. "Tudo bem, aí talvez seja um pouco de emoção demais. Você está morrendo de câncer, Jane. Veja se consegue fazer um meio-termo."

"Saquei", respondeu Camille, fazendo sinal de positivo com o polegar.

Luz, câmera, ação.

Bonnie levou as crianças até o quarto, e Caleb gritou: "Corta!". Enquanto a equipe de filmagem corria de um lado para o outro do set, o pessoal do documentário mantinha o foco em Caleb, que então disse: "Olha, Bonnie, acho que você está trazendo as crianças um pouco rápido demais. A mãe deles está morrendo, está muito mal. Você precisa hesitar um pouco ao mostrar aos dois o que aconteceu com a mãe deles".

Bonnie assentiu com a cabeça, nervosa demais para falar.

Luz, câmera, ação.

Bonnie levou as crianças até o quarto e Camille curvou o tronco para a frente e falou: "Meus filhinhos lindos, venham aqui com a mamãe", e Caleb gritou: "Corta!". Levou o dedo indicador à testa, refletindo, e então disse: "Jane, vamos experimentar essa fala sem a palavra *lindos*, tá? Acho que está meio forçado". Camille tornou a fazer sinal de positivo para o diretor.

Luz, câmera, ação.

Bonnie levou as crianças até o quarto e Camille curvou o tronco para a frente e disse: "Meus filhinhos, venham aqui com a...", e Caleb gritou: "Não, opa, corta. Tá legal, desculpe, Jane, mas a gente precisa mesmo daquele *lindos* aí. Desculpe".

Luz, câmera, ação.

Bonnie levou as crianças até o quarto e Caleb gritou: "Corta! Escutem, crianças, vocês estão andando de um jeito meio estranho. Não estão movimentando os braços. Tá esquisito isso. Conseguem balançar os braços pra mim?". Buster e Annie fizeram que sim.

Luz, câmera, ação.

Bonnie levou as crianças até o quarto e Camille curvou o tronco para a frente e falou: "Meus filhinhos lindos, venham aqui com a mamãe", e Caleb disse: "Corta! Não, esperem, desculpe. A gente tinha resolvido voltar com o *filhinhos lindos*?". Camille sorriu pacientemente e disse: "É. Você pediu *filhinhos lindos*".

"Tá legal", disse Caleb, levantando as mãos para se desculpar. "Na próxima a gente acerta."

Luz, câmera, ação.

Bonnie levou as crianças até o quarto e Camille curvou o tronco para a frente e Caleb berrou: "Corta! Olha, Jane, acho que você está se inclinando muito para a frente. Dá uma impressão de desespero. Quero que você faça um movimento lento e gradual em direção aos seus filhos. Os seus filhinhos lindos". O sorriso de Camille se retesou um pouco e ela disse: "Que tal me mostrar como quer que eu faça?", porém Caleb desfez da sugestão com um gesto. "Só vou saber vendo", disse ele.

Luz, câmera, ação.

Bonnie levou as crianças até o quarto e Camille curvou o tronco para a frente e falou: "Meus filhinhos lindos, venham aqui com a mamãe", e Caleb, obviamente, gritou: "Corta! Vamos lá. Jane, você não está dando a devida ênfase à palavra *mamãe*. Venham aqui com a *mamãe*. Faz meses que você não vê essas crianças". Camille parecia confusa, mas mesmo assim assentiu com a cabeça. "Vou tentar", disse ela.

"Estou sentindo que agora vai", gritou Caleb.

Três horas depois, eles não haviam feito uma única tomada que merecesse a aprovação de Caleb. Embora dirigisse a maior parte de sua irritação para Camille, a mulher que jazia moribunda no leito e cuja voz estava quase rouca de tanto repetir aquela fala, ele não hesitava em ralhar longamente com Annie e Buster por conta dos erros crassos que os dois cometiam ao fazer uma cena em que não abriam a boca nem para dar um pio. As crianças tinham começado a chorar entre uma tomada e outra, e Caleb dizia: "Usem isso. Usem essa emoção na próxima tomada". Da cama, Camille havia lhe mostrado o dedo médio. "Vá se foder", dissera ela. "Ação!", gritou ele.

Passado algum tempo, Caleb começou a encrencar com a iluminação, com os operadores de câmera, com o operador de boom. "Escute aqui, amigo", disse um dos integrantes da equipe de filmagem, "diga exatamente como você quer que a cena fique antes de a gente começar a tomada, e eu garanto que vai sair do jeitinho que você pediu." Caleb olhou para a câmera em que estava sendo rodado o documentário e balançou desconsoladamente a cabeça. "Não tenho como saber, antes de ver", disse ele. Respondeu o sujeito: "Bom, não é assim que funciona a coisa". Caleb bufou. "Bom, é assim que funciona comigo, e eu tenho uma carrada de prêmios importantes de vários festivais de cinema pra me dar razão."

Luz, câmera, ação.

Bonnie levou as crianças até o quarto e Camille curvou o tronco para a frente e falou: "Meus filhinhos lindos, venham aqui com a mamãe". Caleb, com os braços cruzados, não disse nada, e Bonnie conduziu as crianças até o pé da cama para que Camille pudesse afagar o rosto de Buster. "Corta!", gritou Caleb. "Quero que você acaricie o rosto da menina antes de tocar no menino." Camille se pôs a desferir murros contra o travesseiro. "Qual é o seu problema, hein?", chiou ela.

"Quero que fique perfeito, só isso", respondeu Caleb.

Buster e Annie começaram a soluçar ruidosamente e Camille os envolveu com os braços. Bonnie não sabia dizer se aquilo era real ou se fazia parte da performance. Um dos membros da equipe se aproximou de Caleb e pôs a mão em seu ombro, num gesto conciliatório, e Caleb se apartou do sujeito com um safanão. "Tire as mãos de mim", gritou. Apontou para a equipe do documentário e disse: "Continuem filmando. É assim que um gênio trabalha. Vocês têm que registrar tudo". Tão logo disse isso, pegou o roteiro que deixara na cadeira e o fez em pedacinhos. "Certo", disse, "agora é sem roteiro. Vamos fazer esse negócio na base da improvisação." A equipe permanecia em torno do set, olhando fixamente para Caleb. "Luz, câmera, ação", gritou ele, mas ninguém se mexeu. Caleb empurrou o cinegrafista na direção da câmera, e foi aí que outro integrante da equipe atacou Caleb e o imobilizou com uma chave de braço. Um segundo sujeito segurou suas pernas, a fim de impedir que ele acertasse um chute em alguém, e os dois o arrastaram para fora dali. Cinco minutos depois, Caleb reapareceu feito um louco no set e se pôs a rodar a cadeira de diretor no ar, como se fosse uma arma. Apossou-se da câmera da equipe que estava rodando o documentário e demitiu sumariamente a todos. Gritou: "Filmagem concluída", e o pessoal foi mais do que depressa saindo do set, arrastando os pés e dirigindo vitupérios contra Caleb ao passar por ele. Quando não restava mais ninguém por ali, além dos Caninus e de Bonnie, as crianças pararam imediatamente de chorar e começaram a sorrir. Camille se pôs a rir e então bateu palmas morosas para Caleb, que se curvou numa mesura profunda. Seu nariz sangrava e sua camisa estava tão rasgada que pendia frouxamente de seu corpo, porém ele deu de ombros e então perguntou para a família: "O que vocês acharam?". Camille meneou a cabeça em sinal de aprovação e respondeu: "Simplesmente lindo". Bonnie não conseguia mexer-se, tinha a sensação de que estava sofrendo as consequências de um choque, e foi só quando já haviam se passado quase dez minutos que Caleb reparou que ela estava chorando, um pranto entrecortado por soluços. "Bonnie", disse ele. "Você foi ótima. Foi muito bem." Fez um gesto para o restante da família e todos se postaram em volta de Bonnie e puseram suas mãos nos ombros dela, afagando suas costas. "Eu fiquei com tanto medo", disse Bonnie. "Que bom", falou Camille. "É isso mesmo que você tem que sentir."

Recolheram os equipamentos e pegaram todos os rolos de filme para editá-los juntos depois. Quando terminaram de guardar as coisas, Caleb sugeriu que eles saíssem para comemorar, e as crianças começaram a dar vivas. "Acho que é melhor eu ir pra casa", disse Bonnie. "O trabalho pesado acabou", anunciou Caleb. "Agora a gente pode relaxar e trocar impressões sobre como foi a coisa toda." Bonnie não conseguia pensar em nada que lhe apetecesse menos do que reviver a estranheza experimentada nas últimas horas. "Acho que pra mim não dá", disse ela. "Acho que não consigo fazer o que vocês fazem. Não sou uma artista de verdade."

Camille tocou o braço de Bonnie e falou: "A primeira vez é sempre difícil. Você precisa lidar com todas essas emoções e não sabe em qual confiar. Sabe que não é real, mas parece tão real que não tem como não se sentir incomodada. Depois passa, acredite em mim". Bonnie balançou a cabeça. "Não consigo", disse ela. "Você tem muito potencial, Bonnie", insistiu Caleb. "Vai ser uma coisa especial, tenho certeza. Você vai fazer uma coisa bizarra pra valer e nós quatro vamos adorar ver." A família inteira a envolveu num abraço, até que Bonnie pensou que iria gritar. E então os Caninus foram embora, seus corpos eletrizados pelo prazer de terem criado algo que valia a pena, e Bonnie os viu avançando pela rua até desaparecer de vista, uma família unida por laços tão fortes que não tinha como ser separada.

10.

No interior da casa de seus pais, Buster não conseguia livrar-se da sensação de que ele e sua irmã estavam sendo observados. Por quem, ele não sabia dizer. Ou melhor, sabia sim: Caleb e Camille. Uma noite ele removeu todas as grades do sistema de circulação de ar, examinou todos os abajures, passou os dedos de leve sobre as fibras do carpete à procura de mecanismos de escuta. Annie entrou no quarto no momento em que ele se achava no chão, deslizando astuciosamente os dedos sobre o carpete, como se estivesse lendo um texto em braile. "O que você está fazendo?", indagou ela. Buster olhou para cima, sentindo as orelhas ficarem vermelhas, ouvindo um zumbido na cabeça, e respondeu: "Perdi uma coisa". "O quê?", quis saber ela, e ele respondeu, de novo com os olhos no carpete: "Não sei".

Havia no íntimo de Buster uma certeza crescente de que ele e Annie desempenhavam um papel crucial no happening que seus pais haviam concebido. Caleb e Camille tinham sumido e agora cabia a Annie e Buster decodificar a série de ações que faria o casal retornar do mundo dos desaparecidos e, assim, completar a intervenção. Quantas vezes seus pais não os despacharam para a terra de ninguém de um shopping center ou de um parque público ou de uma festa particular, recomendando apenas que estivessem preparados, que se mantivessem abertos às infinitas possibilidades que eles, como um casal de deuses, criariam? E quantas vezes Buster e Annie, seus reflexos tão sintonizados com o caos que ressoava sob a superfície de cada coisa viva ou inanimada, não tinham sido capazes de reagir, tão logo se iniciava a performance, de uma maneira que empurrava tudo para um lugar melhor, mais estranho?

O que ele receava era falar para Annie de todas as suas suspeitas, dizer para ela que o papel deles era continuar à procura de Caleb e Camille, e então ter de enfrentar a discordância dela. Era uma coisa delicada, querer algo que talvez não fosse o mesmo que a irmã queria. Buster não estava acostumado com a situação em que se encontrava, de modo que continuou a encostar o ouvido nas paredes da casa, na expectativa de ouvir o som das vozes de seus pais.

"Já tentou entrar em contato com eles espiritualmente?", indagou-lhe Suzanne, que estava com Buster no carro, o motor ligado, uma cópia dos contos que ela havia escrito nas mãos dele. Os dois vinham se encontrando dia sim, dia não desde que Buster regressara ao Tennessee. Ele ficava à espera de Suzanne no estacionamento do Sonic Drive-In, onde ela trabalhava como garçonete à noite. Em seus intervalos de descanso, Suzanne disparava pelo estacionamento com seus patins, jogava-se no assento do carona com as rodinhas ainda girando e então os dois se punham a falar sobre os contos dela e sobre o que ela poderia fazer para melhorá-los. Buster comia o lanche que ela lhe trazia e os dois ficavam ali sentados, seus ombros quase se tocando, os vidros do carro embaçando em volta deles.

"O que você disse?", indagou Buster, deixando o conto de lado.

"Bom, se eles estão mortos, você poderia recorrer a uma sessão espírita ou coisa assim pra tentar se comunicar com eles. Ou experimentar um tabuleiro de Ouija. Tem pra vender no Walmart."

"Acho que não é uma ideia tão sensacional assim", respondeu ele. "Eu não acredito nessas coisas, então não daria a menor bola para o que me dissessem, mesmo que os meus pais estivessem mortos e tentassem se comunicar comigo."

"Eu também não acredito", disse Suzanne, "mas algum significado essas coisas têm, não têm? Você põe as mãos naquela seta de madeira e faz com que ela se movimente pelo tabuleiro, e ela diz alguma coisa pra você, mesmo que seja algo que você já sabe. No fundo é você quem está falando, mas talvez seja algo que de outra forma você não diria."

"Não acho, não", disse Buster, ávido por mudar de assunto.

"Estou com a sensação de que não saquei o que está rolando", disse Suzanne em voz baixa, subitamente tímida. "Você acha que os seus pais estão mortos?"

"Pode ser."

"Mas também que estão vivos."

"É, pode ser que sim."

"E acha que talvez eles estejam fazendo isso de propósito?"

"É."

"E não sabe como fazer para encontrá-los, supondo que estejam vivos?"

"É, a gente tentou, mas não somos muito bons nisso."

"Bom", disse Suzanne. "Parece que você não vai sossegar enquanto não tiver certeza do que aconteceu com eles. Acontece que o seu estoque de boas ideias se esgotou e você não sabe mais o que fazer para encontrá-los. Quer dizer que talvez esteja na hora de começar a fazer coisas idiotas para encontrá-los."

"Continue", disse Buster, de repente interessado na lógica da moça.

"Se você fizer uma coisa bem idiota, algo completamente inesperado, pode ser que isso force os seus pais a sair do lugar onde eles se enfiaram, ou talvez ponha você no rastro deles."

"E você quer que eu use um tabuleiro de Ouija?"

"Ou outra coisa mais idiota ainda", admitiu Suzanne, semicerrando os olhos, como se estivesse se esforçando para pensar em coisas ridículas, como se coisas ridículas não lhe viessem naturalmente à cabeça.

"Faz sentido", concordou Buster. "Não é má ideia."

"Você está me ajudando", disse Suzanne, indicando com um gesto o conto que Buster havia rasurado com caneta vermelha até chegar a um ponto em que não dava mais para saber o que ali pertencia a ela e o que pertencia a ele. "Seria legal se eu pudesse ajudar você também."

Suzanne o beijou nos lábios, um selinho, o gosto de maionese e ketchup no hálito dela, e então, rolando o corpo, precipitou-se para fora do carro antes que ele pudesse esboçar qualquer reação. Buster a observou, bombeando os braços, movendo-os para a frente e para trás como um mecanismo de precisão, avançando na direção das lanternas traseiras dos outros carros.

Buster adentrou a sala de estar, onde Annie lia um livro da reduzida coleção de seus pais, um manual com instruções para provocar a queda de governos.

"Acho que tive uma ideia", disse ele, rendendo-se de imediato ao constrangimento. Não sabia se estava constrangido por dizer isso em voz alta ou se o embaraço se devia ao fato de que não se lembrava de alguma vez na vida ter dito isso.

"Que ideia?", indagou Annie.

"Vamos nos matar."

"Péssima ideia", replicou Annie.

"Não um suicídio pra valer. A gente só finge que se mata. Pra tirar a mamãe e o papai do esconderijo deles."

"Tipo assim, o que é bom pros chineses, é bom pros japoneses?", disse Annie, acrescentando: "Não é uma boa ideia, Buster."

"Por que não?"

"Se eles estiverem mesmo mortos...", começou ela.

"Mas você não acha que eles estão mortos", interrompeu ele com entusiasmo.

"Não", admitiu Annie.

"Eu também não. Então por que a gente não experimenta fazer isso?"

"Porque se a gente simular o nosso suicídio, vamos detonar as nossas vidas com o único objetivo de encontrar os nossos pais, duas pessoas que nos fizeram pensar que foram violentamente assassinadas. Acha isso saudável?"

"Eles *querem* que a gente faça alguma coisa", disse Buster. "Eu sinto isso dentro de mim. Tenho certeza disso. Eles se esconderam em algum lugar e estão esperando a gente dar o próximo passo pra fazer esse troço acontecer."

"Não estamos mais nessa, lembra? Acabou o tempo em que nós permitíamos que eles comandassem as nossas vidas", retrucou Annie, seu corpo agora eletrizado pela raiva. "Eles estão fazendo mal para a gente, Buster. E se eles estão fazendo isso de propósito, só pra que a gente faça o que eles querem, então eu quero que eles fiquem desaparecidos pra sempre. Não quero aqueles dois perto de mim." Assim que concluiu essa última frase, Annie reclinou o corpo no sofá, sua raiva substituída por uma tristeza que deixou Buster momentaneamente emudecido.

Toda vez chegavam a esse impasse. Buster queria acreditar que seus pais ainda os amavam, que planejaram tudo aquilo só para impedir que os filhos entrassem em parafuso, para deixá-los fortes. Annie, contudo, tinha certeza de que Caleb e Camille haviam criado algo para si próprios e que não estavam nem aí para a dor causada em proveito dessa ideia.

"Desculpe, Buster", disse Annie. "Não vou permitir que eles façam isso com a gente." Mergulhou de novo os olhos no livro.

"Isso é uma coisa", disse Buster, e na mesma hora ficou sem saber o que pretendia dizer. Por isso disse de novo, mais alto, até que Annie largou o livro e olhou demoradamente para ele. "Isso é uma coisa", tornou a dizer Buster, mas não havia força por trás daquilo. Imaginou seus pais em algum tipo de cela, as paredes de bloco de concreto deixando um resíduo calcário em suas mãos. Imaginou-os à noite, encolhidos num canto, à espera de que os filhos desvendassem as pistas que haviam lhes deixado apressadamente, aguardando que os libertassem da coisa medonha que eles próprios tinham criado. Annie ficou em pé e puxou Buster para junto de si, num abraço meio sem jeito. "Isso é uma coisa, caramba", disse Buster. "A gente faz parte disso, está acontecendo, e, mesmo que a gente cruze os braços e não faça nada, ainda assim vamos estar envolvidos." Annie o abraçou com mais força e disse: "Eles ferraram com a gente, Buster".

"Não foi por querer", retrucou ele.

"Mas ferraram."

Buster estava sentado em seu quarto, Annie dormia no quarto ao lado e o ar que saía pelos respiradouros da casa soava exatamente como a respiração de seus pais. Ele vinha trabalhando em alguma coisa, um livro talvez, e então pronunciou a frase de novo, uma oração que ele repetia toda vez que se punha a escavar a história que estava contando para si mesmo: "A gente vive à margem, num vilarejo de barracos e malocas, repleto de garimpeiros. Somos fugitivos e a Justiça vem babando atrás de nós". Agora ele sabia quem eram os fugitivos: um irmão e uma irmã, gêmeos. Órfãos. Os órfãos, naquele mundo, eram despachados para orfanatos que eram verdadeiras casas de horror e que serviam de preparação para a próxima etapa, quando eles eram levados para uma fossa em que lutavam contra outras crianças para o entretenimento dos ricos e poderosos. O irmão e a irmã tinham escapado, haviam montado um acampamento com vários outros órfãos nas fímbrias do país, na esperança de se manterem escondidos até chegarem à vida adulta, tornando-se, assim, indesejáveis aos que os perseguiam. Buster começara com as palavras, com a voz de seu pai no gravador, lendo-as em voz alta para si mesmo, e agora tinha quase noventa páginas de algo tão estranho que ele precisava se lembrar de diminuir o ritmo, deixar que as palavras se arranjassem por conta própria no papel, para não correr o risco de errar a mão e pôr tudo a perder.

    Ele sabia o que estava acontecendo. Não era idiota. Aquelas duas crianças, os gêmeos, eram ele e Annie. Os pais mortos que os deixaram órfãos eram Caleb e Camille. A fossa onde as crianças lutavam era só um meio para Buster escrever sobre a violência que ele intuía que seria o fim último de todas as coisas. E ele sabia que a coisa não acabaria bem. Porém não tinha outra direção a seguir, além da que o conduzia ao fim da história. Escrevia por horas e horas, até que o cansaço o levava para a cama, e ele sentia então a alegria da criação, a satisfação por ter feito algo que, embora pudesse não estar ainda muito bom, fora realizado por suas próprias mãos.

* * *

Quando percebia que não conseguia mais continuar, a encruzilhada em que a história se encontrava obscurecendo o que estava por vir, Buster tirava de debaixo das cobertas a pintura que ganhara de Camille — e que mantinha escondida na cama por medo de que a exposição continuada àquela imagem tornasse radioativo o ar que ele respirava. Na tela, era tal o entrelaçamento do garoto com o tigre com o qual ele se engalfinhava que às vezes parecia a Buster que os dois estavam se abraçando, consolando-se mutuamente da inevitabilidade da morte de um dos dois. As mãos do garoto, enroladas em arame farpado, o metal enferrujado afundando nos nós dos seus dedos, tinham sido tão bem delineadas, mostravam-se em tal grau de detalhe, que Buster sentia suas próprias mãos doendo quando olhava para a pintura por muito tempo. Se indagado, não saberia dizer que papel ele se imaginava desempenhando na cena retratada. Era o garoto? O tigre? Uma das crianças que observava o desenrolar da luta? Às vezes imaginava ser o arame farpado, um instrumento empregado para cortar tudo que lhe oferecesse resistência. Em outras ocasiões, imaginava que já se achava no ventre do tigre e que o menino estava lutando para tirá-lo de lá de dentro. Sua mãe escolhera aquela tela em particular para dar a ele. Ela a pusera em suas mãos. E foi nesse instante, segurando a tela, sentado no chão, o mundo imóvel e congelado a sua volta, que Buster sentiu ter encontrado a coisa que traria seus pais de volta para si e para Annie.

Abriu a porta do quarto da irmã, o assoalho rangendo sob o peso de seus passos, e de imediato Annie se pôs sentada na cama, os olhos totalmente abertos, um sistema de molas delicadamente calibradas e prontas para entrar em ação. Não se notava um pingo de sono em sua voz quando ela disse: "O que foi agora,

Buster?". Ele mostrou a tela que tinha nas mãos. "É com isto", disse, brandindo a pintura como se ela fosse um tesouro que ele não podia de jeito nenhum guardar para si mesmo, "é com isto que a gente vai encontrar o papai e a mamãe."

Quando Annie voltou da cozinha com uma caneca cheia de vodca, Buster estava arrumando o restante das telas, até então mantidas no interior do closet de Annie, no chão do quarto. "Vou ter pesadelos com essas coisas, Buster", disse Annie, porém Buster continuou dispondo no chão cada um daqueles ladrilhos, cada uma daquelas desconcertantes imagens de inquietude. Annie tomou um gole demorado da bebida e então se instalou na cama. "Será que você pode pelo menos me explicar o que está fazendo?", indagou.

"Essas telas", disse Buster, passando a mão no ar sobre as pinturas, como se estivesse concedendo uma bênção, "se a mamãe queria tanto mantê-las em segredo, por que as guardava nesse closet? Por que escolher um lugar em que seria tão fácil pra nós encontrá-las?"

"Ela não estava escondendo isso da gente", retrucou Annie. "Estava escondendo do Caleb."

"Pode ser que não", disse Buster, que ia ficando mais e mais excitado conforme falava. "Isso é uma coisa", disse ele. "Isso é a coisa que a gente estava esperando."

"Não estou entendendo você, Buster. Não estou entendendo", disse Annie, apontando para as telas sem olhar para elas, "porra nenhuma disso."

"Essas telas são arte dos Caninus, obras ignoradas pelo restante do mundo. Não acredito que a mamãe queria que a gente as destruísse. Acho que é assim que ela e o papai vão voltar, é com isso que finalmente vão conseguir sair do lugar onde se enfiaram."

"Com essas telas?"

"Com uma exposição", disse Buster. "A gente dá um jeito de montar uma exposição numa galeria importante: a arte oculta de Camille Caninus. Com uma puta cobertura da imprensa. Oferecemos a eles um fórum, um espaço público pra que eles possam chegar e bagunçar o coreto."

"Você não está raciocinando direito, Buster", disse Annie.

"É assim que a gente vai trazer o papai e a mamãe de volta", insistiu Buster, sem vacilar diante das dúvidas de sua irmã.

"Não", disse ela, balançando a cabeça, "eu é que não vou fazer parte disso."

Buster olhou para as telas, as ferramentas que ele tinha certeza de que sua mãe deixara para ele utilizar. Imaginou-as expostas nas paredes de uma galeria prestigiosa, uma multidão aproximando o rosto das pinturas a fim de compreender sua intenção. Imaginou-se parado no meio da galeria, com Annie a seu lado, e vendo então o mar de gente se abrir para que seus pais se revelassem para o mundo, renascidos, nenhum aspecto de sua arte lhes fugindo ao controle.

"Então pense o seguinte, Annie", disse ele por fim. "Talvez eles não tenham nenhum plano pra nós. Talvez a gente não tenha a menor importância pra eles. Nesse caso, essas telas são a nossa arma secreta. Uma armadilha que a gente pode usar."

"Continue", disse Annie, seus olhos se desanuviando e ganhando foco à menção das palavras *arma* e *armadilha*.

"A gente diz que essas telas representam a verdadeira ideia de arte da mamãe, explicamos pras pessoas que a Camille passou a vida inteira se submetendo ao que o papai entendia por expressão artística. Falamos uma porção de coisas que vão deixar o papai subindo pelas paredes. Quem sabe assim a gente consegue criar tamanho caos na vida deles que eles não terão outra escolha senão aparecer em público pra pôr os pingos nos is."

"A Camille vai dizer que não tem nada a ver com essas telas", prosseguiu Annie, agora reconhecendo que aquilo, no fim das contas, *era* uma coisa. "O Caleb terá que ir até a galeria pra ver com os próprios olhos. Ela vai junto pra tentar argumentar com ele. E nós estaremos à espera dos dois." Annie tomou mais um gole de vodca, deixando que o álcool se espalhasse por seu organismo, transformando ideias ruins em ideias boas. "Taí", disse ela, sorrindo, "gostei."

Buster preferiu deixar que Annie pensasse que eles estavam criando um evento próprio, e não participando de um evento criado por seus pais. No fundo, acreditava que estavam apenas fazendo o que seus pais esperavam que fizessem. Se tiveram o trabalho de se matar, de desaparecer, Caleb e Camille Caninus agora precisavam de alguém que os trouxesse de volta para o mundo dos vivos. Quem mais senão Buster e Annie? A e B. Buster observou a tapeçaria que ele compusera ao dispor as telas no chão, uma cadeia ininterrupta de caos e estranheza perturbadora. Parecia, olhando de uma distância razoável, um retrato de seus pais.

Levou tempo o planejamento. Annie e Buster não estavam acostumados com esse aspecto da arte de sua família, o intervalo entre a concepção e a realização. Mas com seus pais longe dali, a coisa ficou por conta deles, e Buster se entusiasmou com a oportunidade de mostrar para alguém — para seus pais, para sua irmã, para o mundo — que era capaz de criar esquisitices tão bem quanto os melhores do ramo. Então, começando pelo começo, Annie e Buster se incumbiram da tarefa um tanto quanto monótona de fotografar todas as telas de sua mãe.

Usaram uma amostra retangular de veludo preto que haviam comprado no centro da cidade. Estenderam o veludo no chão da sala de estar, trazendo cada tela, uma por vez, para o aposento e a posicionando com capricho sobre o veludo. Removeram a cúpula da luminária da sala, e Buster se encarregava de segurar a lâmpada sobre as pinturas enquanto Annie tirava as fotos. Depois de aproximadamente quinze telas — gafanhotos se alimentando da carcaça de uma mula morta, crianças na praia, maltratando com uma vara um pássaro aleijado —, Annie tirou o time de campo. "Pra mim chega, não posso mais olhar pra essas coisas", anunciou ela, entregando a Buster a máquina fotográfica. "Está me deixando com vontade de beber mais, ou de cortar de vez a bebida, e não me sinto em condições de fazer nem uma coisa nem outra."

"Faz parte do processo", disse Buster, olhando para a tela pelo visor da máquina. Tirou a foto, verificou a imagem digital para se certificar de que estava aceitável, e então afastou a tela para o lado e a substituiu por outra, igualmente inusitada. Depois de sua mãe ter assumido a autoria daquelas pinturas, ele inicialmente imaginara Camille aproveitando os momentos em que o marido estava na rua, às voltas com uma tarefa qualquer, para se sentar no closet debilmente iluminado do quarto da filha e, constantemente atormentada pelo receio de ser apanhada em falso, pôr-se a pintar aqueles quadros. Imaginava-a indo ver as telas enquanto o marido dormia, contemplando-as em busca de pistas que a ajudassem a entender aquela sua obsessão em pintá-las. Agora, porém, convencido de que as telas eram acessórios para uma obra artística maior e mais importante, o reaparecimento dos Caninus, Buster imaginava os pais rindo, disputando entre si para ver quem tinha as melhores ideias para os quadros, a mão de seu pai no ombro de sua mãe enquanto ela movia o pincel com cuidado pela tela, seu pai murmurando palavras de encorajamento. Imaginava-os contemplando o produto final com enorme satisfação, antes de esconderem as telas no closet do quarto de Annie, onde deveriam permanecer até serem descobertas e poderem então desempenhar a tarefa para a qual haviam sido desde o início concebidas.

Uma vez catalogados os quadros, Annie e Buster começaram a examinar as possibilidades que tinham para a exposição. Os museus estavam fora de cogitação, resolveram. Demandavam muito tempo entre a idealização e a montagem do projeto, e as próprias estruturas eram tão grandes que acabariam complicando as coisas. O que eles precisavam era de um espaço que pudessem ocupar por inteiro, um lugar que se dedicasse exclusivamente à obra de sua mãe, e que em dois tempos pusesse a exposição em pé. De modo que se concentraram nas galerias, em especial aquelas com as quais os Caninus já haviam trabalhado.

"Tem a Agora Gallery, lá em Nova York", sugeriu Annie. Essa galeria, localizada no Chelsea, uma vez exibira um vídeo (gravações da câmera de segurança que os Caninus haviam furtado, além da filmagem feita às escondidas pelo próprio Caleb) de uma das primeiras obras da família: Buster abandonado no trocador de uma loja de departamentos, caminhando pelo estabelecimento em companhia de um dos seguranças, apontando para um casal qualquer e dizendo que aqueles eram os seus pais, insistindo ruidosamente diante das negativas do fulano e da fulana.

Mandaram um e-mail para a galeria, junto com alguns JPEGs dos quadros, e poucas horas depois receberam um telefonema de Charles Buxton, o dono. "Quem está falando? A ou B?", indagou ele quando Buster atendeu a ligação. "B", disse Buster, antes de se corrigir e dizer: "Buster".

"Estão de sacanagem comigo, Buster?", indagou o galerista.
"Ahn?"
"Qual é a parada? São os seus pais que estão por trás disso?"

"Os meus pais estão desaparecidos, sr. Buxton", respondeu Buster, sentindo que seus nervos começavam a fugir ao controle, intuindo que estragaria a coisa toda se não tomasse cuidado.

"Estou sabendo", disse Buxton. "Deu em todos os jornais. E também sei que a família Caninus não é de jogar limpo com ninguém."

"Não queremos enrolar ninguém, não", disse Buster. "É uma coisa que eu e a minha irmã estamos fazendo, uma iniciativa nossa, em memória da nossa mãe."

"Vocês têm como provar que foi ela que pintou essas telas?", perguntou Buxton.

Buster fez uma pausa. Nas telas não havia assinatura, nada indicava que sua mãe era a artista por trás daquelas obras. Buster se pôs a conjecturar se Caleb e Camille não teriam encontrado aquelas pinturas em algum lugar, se não as teriam adquirido de outro artista, em benefício daquela sua obra de maior alcance. "Eu e a Annie conversamos sobre essas telas com a minha mãe antes de ela desaparecer", disse ele por fim. "Ela confessou que as havia pintado."

"Tem alguma coisa que não está me cheirando bem nessa história", disse Buxton. "Eu me lembro da sua família. A exposição foi um sucesso e eu sei que as personalidades do seu pai e da sua mãe contribuíram muito para isso, mas o que me interessava, acima de tudo, era a obra deles. Não estava interessado, e continuo não estando, em fazer parte da obra. Não quero ser motivo de chacota quando descobrir que esse negócio é só mais uma patranha dos Caninus. Pra mim não vale a pena."

"Isto é pra valer", disse Buster. "Não tem armação nenhuma."

"Parece o seu pai falando, é o tipo da coisa que ele diria pouco antes de estourar um forrobodó daqueles", retrucou Buxton. Buster ouviu a linha ficar muda, o diálogo dando lugar a um som de uma nota só.

* * *

"Que coisa mais estranha, Buster", disse Suzanne ao examinar a tela do garoto com o tigre. "Que máximo."

Buster experimentava a certeza nauseante de que Annie o empurraria escada abaixo se soubesse que ele estava mostrando a Suzanne a pintura de sua mãe, que contara a alguém de fora da família como os dois pretendiam fazer para trazer os pais de volta do lugar ermo e inóspito em que haviam se enfiado. Ainda prisioneira da velha tendência dos Caninus de desconfiar de quem não fosse um Caninus, sua irmã já não andava gostando muito da ideia de ele passar tanto tempo com aquela estudante universitária. "As coisas que essa menina escreve são tão boas assim?", questionara Annie ao vê-lo retornando de mais um encontro com Suzanne.

"Acho que sim", disse Buster. "Acho que ela quer muito que sejam, e acho que eu sou capaz de mostrar a ela como ela tem de fazer pra ficarem boas. E tem mais. Eu gosto dela. Ela gosta de mim. Não é uma situação com a qual eu esteja muito acostumado."

"Tudo bem", disse Annie. "Não quero atrapalhar vocês de jeito nenhum." Então, como se não fosse essa a sua preocupação central, como se fosse apenas algo que ela então se lembrara de acrescentar, Annie dissera a Buster: "Só não vá mostrar os quadros da mamãe pra ela, tá? Quero que continuem sendo uma coisa só nossa". E Buster assentira com a cabeça.

E então, depois de Suzanne e Buster terem falado sobre os seus textos, tanto os dele como os dela, depois de terem soltado o verbo e discutido uma porção de ideias, depois de terem reordenado algumas frases até que ficassem perfeitas, a conversa dos dois perdera o ímpeto e esmorecera. Em redor, sem que houvessem dado por isso, o drive-in ficara vazio, e agora toda a área do estacionamento jazia no escuro. O assoalho do carro estava repleto de embrulhos de comida e de páginas e mais páginas amassadas de esforços narrativos malsucedidos. Buster ficou tão aflito com o silêncio, tão preocupado com a possibilidade de que Suzanne entendesse aquilo como uma deixa para ir embora, que resolveu mostrar a ela o quadro, falar a ela sobre o plano genial que ele bolara para encontrar os pais, só para que ela ficasse mais um pouco com ele no carro. Se desse a impressão de ser um ato de desespero, tudo bem. Se depois Annie ficasse fula da vida, tudo bem. O que ele queria era ter Suzanne a seu lado por mais dez minutos. E então, quando abriu o porta-luvas do console para pegar a tela, Suzanne se estreitou contra ele e introduziu a língua em sua boca, explorando a cavidade onde antes ficava o dente que ele perdera. Ela esfregava a língua naquele ponto de gengiva exposta, e Buster sentia as orelhas pegando fogo, a língua entorpecida.

"Estou a fim", disse ela, livrando-se do uniforme num piscar de olhos, dotada, ao que parecia, de braços e pernas acrobáticos, tendo em vista a rapidez com que conseguira despir-se num espaço tão acanhado, "se você também estiver a fim." Buster não estava acostumado com esse fenômeno: desejo físico ganhando expressão concreta. Tinha beijado cinco mulheres na vida. E uma delas fora a sua irmã. Era, como ele bem sabia, um percentual medonho. Dava para contar numa mão o número de vezes que transara com alguém, e ainda sobravam dedos suficientes para fazer um teatrinho de sombras com figuras complicadas. Tratou de ficar quieto e não dar bandeira, para que Suzanne não desconfiasse que transar com ele poderia ser tremendamente decepcionante, e limitou-se a manifestar seu interesse com a cabeça. Tirou os óculos do rosto de Suzanne, deixou-os sobre o painel de instrumentos e foi com ela para o banco de trás, arrancando as calças no caminho, dando um jeito, sem querer, de manter os sapatos nos pés. Sim, pensou — as pernas de Suzanne comprimindo com tanta força sua cintura, obrigando-o a exalar o ar tão repentinamente, que ele parecia ter acabado de sair de um prédio em chamas —, estava muito a fim daquilo.

Agora, com o carro ainda parado no estacionamento vazio do drive-in, a boca dolorida depois de pressionar a língua contra quase todas as partes do corpo de Suzanne, Buster se indagava o porquê de sua insistência em mostrar a ela o quadro de sua mãe. Haveria nisso algo além da mera necessidade de falar a outra pessoa sobre seus pais, a ideia de que ele descobrira algo complexo e intratável e usava isso de uma maneira que o fazia parecer um sujeito capaz? Estaria realmente apelando às pinturas bizarras e violentas de sua mãe, assim como à ideia de montar com elas uma exposição que arrancasse seus pais da toca, só para parecer mais interessante a Suzanne? E será que estava dando certo?

"Você acha que isso é uma pista?", perguntou Suzanne.

"Acho", respondeu ele.

"Não pode ser só isso", disse Suzanne. Com o corpo todo retorcido no banco de trás do carro, Buster passava a mão pelo braço direito dela, sentindo a penugem macia se arrepiando quando a tocava. Desejou ter esperado mais um pouco para mostrar o quadro a Suzanne. Queria que ela continuasse com suas carícias, queria continuar sentindo o sem-fim de anéis que ela tinha nos dedos roçando sua pele.

A única namorada de verdade que ele tivera antes, uma moça que também era escritora e que publicara uma coletânea de contos na mesma época em que *Um lar de cisnes* fora lançado, certa vez lhe falou que havia um erro de programação em suas emoções. "Você é um doce de pessoa", dissera ela depois de um ano de namoro, enquanto dividiam uma sobremesa num restaurante, "mas é como se os seus pais tivessem condicionado você para reagir ao mundo de uma maneira tão específica à arte deles que você não sabe como interagir com as pessoas no mundo real. Você age como se toda conversa fosse um prelúdio de algo ruim." Buster dera razão às preocupações dela, dissera que precisava ir ao banheiro, e então saíra de fininho do restaurante, deixando a conta para ela pagar — e nunca mais vira a moça. Ele tinha desejos, mas eles eram complicados por sua incapacidade de compreender esses desejos, por isso desistia dos relacionamentos.

E agora, no banco de trás do carro de seus pais, estava enroscado com uma garota seminua, e só queria ter esperado um pouco mais, depois de haver transado com ela, para lhe mostrar um quadro pintado por sua mãe. Parecia, compreendia ele, uma reação emocional esquisita. Suzanne, diga-se em seu favor, não parecia se importar. Ou melhor, parecia se importar muito, e isso fazia com que Buster a desejasse ainda mais.

"Quer dizer, se a ideia era só deixar uma pista pra vocês, sua mãe não precisava ter se dedicado tanto. Dá pra ver que ela levou um tempão pintando isso. A gente percebe que é uma coisa que tinha um significado especial pra ela. Não estou dizendo que você está errado em pensar que é uma pista, mas acho que também não é só isso. E não é exatamente assim que funciona a arte? Fala de uma coisa, mas no fundo fala de uma porção de coisas."

"Tá certo", disse Buster. "Mas de uma coisa eu tenho certeza, isso é essencialmente uma pista. E seja lá o que for além disso, seja qual for a coisa profunda que essa pintura revele sobre a minha mãe, não estou muito certo de que quero saber o que é."

"Tenho cá minhas dúvidas", disse Suzanne, tocando o arame farpado como se esperasse ser espetada, "de que a sua mãe seria capaz de explicar o que quis dizer com isto."

Tendo recebido resposta de outras cinco galerias, nenhuma das quais se mostrando interessada nos quadros de sua mãe, ou talvez receosas em abrir seus espaços para o caos em potencial, Buster começou a se dar conta de que havia um pequeno furo nos planos de seus pais. Se ninguém se dispusesse a expor as telas, como eles fariam para voltar? Annie chegara mesmo a entrar em contato com Hobart e pedira a ele que os ajudasse a encontrar uma galeria, algo que numa primeira troca de e-mails o velho se recusara a fazer, para depois ceder à insistência dos irmãos Caninus. Fosse como fosse, Buster tinha por certo que em algum lugar alguma galeria acabaria expondo as telas. Os Caninus ainda eram bastante importantes como artistas, e mais dia menos dia apareceria alguém interessado em exibir aquele subproduto de sua inconfundível arte. Mas poderia levar anos. Buster não se achava capaz de esperar tanto tempo, não podia conviver com a incerteza. E ele sabia que Annie, caso aquilo se prolongasse muito, acabaria entrando em combustão espontânea.

Certa tarde apareceu um pacote na caixa de correio, e Buster teve a sensação de que, por um átimo, todos os ossos de seu corpo haviam ficado emborrachados. Acalmou-se, passou o dedo pela etiqueta de endereçamento e verificou que era o nome de Annie que estava ali. Annie. Não Buster, que passara tanto tempo à procura de seus pais, mas sua irmã, que parecia contentar-se, como uma assassina experiente, em aguardar com paciência o momento perfeito para liquidar sua vítima. Entrou em casa com o pacote, levou-o até o quarto de Annie e o atirou sobre a cama dela. "Chegou isso pra você", disse ele. Annie sorriu. "Acho que a gente já assistiu todos os filmes que tem aqui em casa", disse ela. "Encomendei mais alguns." Buster franziu a testa. "Pensei que podia ser uma coisa que o papai e a mamãe tinham mandado pra gente", admitiu ele. Foi a vez de Annie franzir a testa. "O papai e a mamãe não estão nos procurando", disse ela. "Nós é que estamos à procura deles."

Annie abriu o pacote e tirou de seu interior uma série de DVDs. Entre os títulos, Buster divisou *Cada um vive como quer* e *Orfeu*, filmes que ele sabia que Annie adorava, filmes de que ele particularmente não gostava muito, ou que, para ser sincero, não entendia. Fisgou da pilha *O terceiro homem*, em cuja capa havia uma foto em branco e preto de Orson Welles. "Nunca vi este aqui", disse ele, "apesar de saber que devia ter visto." Annie se animou, arrancou o DVD das mãos do irmão e se pôs a batê-lo na cama como se ela fosse uma maestrina prestes a iniciar uma sinfonia. "Este aqui", disse ela, "puta merda. O protagonista é um escritor. E tem uma personagem que é atriz. E tem um cara que é morto, mas que talvez não tenha sido morto de verdade. Pode ser que ele tenha desaparecido de propósito." Buster balançou a cabeça. "É impressão minha, ou você acabou de tirar a graça do filme pra mim?"

"Quando o filme é bom mesmo", disse Annie, "mesmo que você conheça o enredo, não perde a graça. O enredo é só um detalhe menor."

"Quer dizer que esse filme é a história das nossas vidas?", perguntou Buster.

"Seria, se a gente tivesse uma vida mais legal e interessante", respondeu Annie. "Vamos assistir mais tarde."

À noite, com os dois instalados no sofá e o computador de Buster apoiado na mesinha de centro, o filme teve início e eles escutaram a música de abertura, só uma cítara, tão caótica e atonal que Buster sentiu o impulso repentino de parar a reprodução do DVD. Viram Joseph Cotten vasculhar Viena inteira à procura de um homem, Harry Lime, que poderia estar, ou não, morto. No filme, a todo instante surgiam indivíduos obscuros, um mais suspeito que o outro, gente que arrastava Cotten para lugares cada vez mais estranhos. Buster desejou que em sua vida houvesse pessoas obscuras e suspeitas como aquelas. Quando Lime apareceu vivo, Buster experimentou um alívio instantâneo e chocante, muito embora compreendesse que teria sido melhor para todos que Harry Lime estivesse de fato morto.

Do alto de sua roda-gigante, Orson Welles explicou a Joseph Cotten como os trinta anos de guerra e terror e derramamento de sangue vividos pela Itália haviam produzido a Renascença e Michelangelo, e como dos quinhentos anos de paz e democracia da Suíça saíra só o relógio cuco, porra. Era o tipo da coisa que Buster imaginava seu pai dizendo. Annie contou que aquela fala tinha sido escrita pelo próprio Orson Welles, que ele a acrescentara entre as falas de seu personagem quando o roteiro já estava pronto, e Buster ficou com a sensação de que Welles e seu pai teriam sido amigões do peito, se tivessem se conhecido.

Quando o filme chegou ao fim, depois de Cotten e as autoridades terem perseguido Orson Welles pela rede de esgoto da cidade e Cotten tê-lo eliminado com um tiro, Buster se virou para a irmã. "Já sei por que você escolheu esse filme", disse ele. Annie sorriu e disse: "É, acho que tem alguma coisa a ver com a gente". Buster apontou para o monitor do computador, agora escurecido. "Esse filme mostra que você precisa ficar de olho pra encontrar alguém que desapareceu, mesmo que os outros desaconselhem isso; mostra que é possível trazer uma pessoa desaparecida de volta do reino dos mortos." Annie fez sinal de negativo com a cabeça. "Escolhi esse filme porque ele mostra que, depois de você trazer uma pessoa de volta do reino dos mortos, você mesmo tem que matá-la." Annie assobiou a canção-tema do filme, um assobio sofrível, e ejetou o DVD do computador. Guardou o disco em sua caixinha e a fechou.

* * *

Até onde ele sabia, Buster era a única pessoa em casa quando o telefone tocou. Annie estava no mercado, algo que até outro dia fora uma obrigação maçante e agora tinha se transformado numa desculpa para sair de casa. É bem verdade que ela também começara a se divertir com o fato de que, agora que fazia algum tempo que estava de volta à cidade, as pessoas começavam a reconhecê-la, a pedir o seu autógrafo. A sensação não era ruim, admitia. As pessoas eram educadas, sempre gentis, e nenhuma delas parecia ter visto o desastre de filme de que ela participara recentemente. Para elas, Annie integrava o mundo dos super-heróis, e Annie não achava ruim que fosse assim. Às vezes ganhava chicletes de graça da moça do caixa. Mas agora o telefone começara a tocar e Buster estava sozinho. Ele se aproximou do aparelho, deixou-o tocar pela quinta vez, e então atendeu, torcendo para que a voz do outro lado da linha fosse uma voz familiar.

"Quem é? A ou B?", indagou a voz, uma voz tão velha que Buster ficou sem saber se era um homem ou uma mulher. O que ele percebeu de imediato foi que se tratava de mais um galerista. Era o jeito que eles tinham de falar, Caninus A e Caninus B, e Buster respondeu, como Annie muitos anos antes o ensinara a fazer se alguém que não seus pais os chamasse por seus nomes artísticos: "Aqui é o Buster".

"Eu vi os quadros", disse a pessoa. "Achei melhor ligar para vocês."

"Quem está falando?", perguntou ele. Pensou que talvez fosse Annie tentando levantar seu astral. Buster passara a manhã inteira cavando cada vez mais fundo em seu romance, tendo finalmente encontrado um título: *A fossa das crianças*. Os gêmeos, agora capturados, eram mantidos num lugar subterrâneo, escondidos em salas interligadas por túneis que passavam por baixo da estrutura, portas blindadas com aço, o som de baladas que falavam de assassinos e assassinatos saindo pelos alto-falantes. Micah e Rachel, os gêmeos, haviam logo se revelado lutadores ferozes, conquistando o respeito das outras crianças. Fugas eram diuturnamente planejadas sem que houvesse a menor esperança de que viessem a acontecer. Mesmo enquanto aumentava a dose do perigo inerente às crianças, selvagens e sujas e se esforçando para centrar a ira nos adultos, não umas nas outras, Buster não conseguia deixar de sentir certa afeição pela fossa, a ideia de que, embora a vida daqueles meninos e meninas não pudesse ser preservada, pelo menos eles sofreriam juntos. E agora, meio zonzo, como um nadador que volta rapidamente à superfície depois de passar alguns minutos debaixo da água, Buster se via subjugado pela voz insistente e rouca no telefone. "Pai?", indagou, confuso. "Mãe?"

"Quê? Não, aqui quem fala é Betsy Pringle. Eu e meu marido fundamos a Anchor Gallery, aqui em San Francisco, há muitos anos. Um espaço voltado principalmente para exposições de arte experimental. Agora quem toca a galeria sou eu e o meu filho."

Buster não se lembrava daquela galeria, não mandara nenhum e-mail para lá. Esse fato, somado ao inopinado da ligação, refrescou um pouco sua cabeça, forçou-o a se concentrar.

"O que a senhora quer?", indagou ele, tentando fazer a pessoa falar, na esperança de ganhar tempo para clarear a mente.

"Estou ligando por causa das pinturas, dos quadros que a sua mãe pintou, oras. Está tudo bem com você? A Criança A está em casa? Será que eu posso falar com ela?"

"A Annie deu uma saída. Mas a senhora pode falar comigo mesmo", retorquiu Buster.

"Ótimo. Que bom ouvir isso. Olhe, é o seguinte, como você deve saber, foi na nossa galeria que aconteceu a primeira exposição da carreira dos Caninus. O seu pai tinha feito algumas coisas sozinho antes, mas fomos nós que montamos a primeira exposição de obras produzidas pela parceria do seu pai com a sua mãe. Foi antes de você e da A nascerem. Gostaríamos de receber algum crédito por termos descoberto os dois. O meu marido sempre foi um entusiasta da obra dos seus pais. E agora gostaríamos de exibir o último trabalho dos Caninus para fechar, por assim dizer, o círculo."

"A Anchor Gallery?", indagou Buster, ainda tentando entender o que estava se passando. "Não lembro de ter procurado vocês."

"Foi o Hobart que falou comigo", explicou a mulher. "É um velho amigo, um gênio. Acho que a sua irmã mandou um e-mail para ele, pedindo ajuda, e ele, com aquela cabeça boa que tem, falou comigo. Estou olhando para os quadros neste momento. Que coisas maravilhosas. Lembro que a sua mãe começou como pintora, ganhou tudo quanto era bolsa numa linha artística mais tradicional. Por isso não fiquei tão espantada assim ao ver essas pinturas. E eu não sei em que pé andam as coisas por aí, mas tive a impressão de que vocês estão querendo muito montar uma exposição com elas, e calhou que dentro em pouco teremos uma brecha na nossa programação. Acho que seria bom para todas as partes envolvidas."

Buster desejou que Annie estivesse ali. Estava sem papel e caneta. Já tinha esquecido o nome da mulher. Ficou repetindo a palavra *Anchor* na cabeça, para não esquecer também. Se aquilo fosse verdade, lembrou a si mesmo, poria em ação a coisa de que até então ele estivera à espera, o piparote inicial que faria a bolinha de gude rolar pela rampa da desengonçadamente arquitetada máquina de Goldberg.

"Acho que é uma ótima ideia", disse Buster. "A gente só queria encontrar uma maneira de expor o fato de que minha mãe era uma artista talentosa também individualmente, num tipo de suporte só dela."

"É isso o que queremos também", respondeu a sra. Pringle. "Homenagear a memória dela." Isso causou um estremecimento em Buster, e ele pensou em esclarecer a coisa, dizendo que seus pais estavam apenas desaparecidos, não oficialmente mortos, mas tratou de ficar de boca fechada.

"Meu filho vai acertar os detalhes com você", disse ela. "Eu só queria iniciar a conversa. A galeria ainda é minha. E quando é preciso tomar uma decisão, quem bate o martelo ainda sou eu. E continuo achando, embora eu esteja velha e já não me envolva tanto com o mundo das artes como costumava me envolver antes, que algo estranho é sempre melhor do que algo belo."

"Tem coisa que é os dois", lembrou-lhe Buster.

"Às vezes", reconheceu a sra. Pringle, e então passou o fone para o filho.

Quando Annie chegou do mercado, Buster virou um tsunami, despejando a notícia sobre ela com tamanho ímpeto que, ao parar de falar, estava até sem folego. "É pra valer, Annie", disse ele. "Está acontecendo." Annie sorriu, seus dentes tão perfeitos e brancos que Buster tinha a impressão de que ela estava fazendo um comercial de pasta de dentes, anunciando uma fórmula sem nenhuma comprovação médica. "Eu só queria", disse ela. "Ah, eu só queria era ver a cara do Caleb quando ele souber dessas telas. Daria tudo pra ver isso." Buster quis explicar para ela que o mais provável era que Caleb já soubesse das pinturas, mas percebeu que os dois estavam se lançando naquilo com expectativas bem distintas, e não quis estragar a felicidade da irmã. Que importância tinham as motivações de cada um, contanto que aquilo terminasse com os quatro Caninus reunidos numa mesma sala?

✽ ✽ ✽

"Me deixe ir com você", pediu Suzanne a Buster quando ele lhe contou sobre o vernissage que aconteceria dali a poucas semanas na galeria de San Francisco. Estavam no apartamentozinho minúsculo de Suzanne, num conjunto habitacional que não parecia sólido o bastante para resistir a um mísero cano estourado. A qualquer hora do dia ou da noite, Buster ouvia crianças correndo pelos corredores — o som atravessava paredes que eram pouco mais que lençóis pendurados num varal.

"Acho que não é uma ideia muito boa", disse Buster. Imaginou os quatro Caninus, Annie e Buster e Caleb e Camille, novamente juntos, furiosos e aliviados e hesitantes, sem saber muito bem como se comportar. E então imaginou Suzanne com seus patins, dando voltas e mais voltas em torno dos quatro. De que tinha medo? De expor Suzanne aos Caninus ou os Caninus a ela? Ou será que só sentia a necessidade de estar sozinho quando aquela coisa formidável acontecesse? Não tinha a menor ideia. Tentava pensar nas pessoas que faziam parte de sua vida como substâncias químicas, sua mistura sempre contendo um grau de incerteza, um risco de explosões e cicatrizes. O mais provável, porém, era que ele preferisse ter Suzanne só para si, longe dos outros, onde não houvesse a possibilidade do caos. Qualquer que fosse o motivo, por mais que quisesse tê-la por perto quando seus pais reaparecessem, não podia permitir que ela comparecesse ao vernissage.

"Não estarei lá só pra fazer companhia", disse ela. "Posso ser útil. Você acha que os seus pais vão reaparecer às claras, não é? Pra causar a maior sensação, certo? Já a Annie acha que eles tentarão passar por lá incógnitos, pra depois desaparecer de novo, não é mesmo? De um jeito ou de outro, vai ser à moda deles. Só que eles não me conhecem. Eu poderia ficar de campana ou coisa assim, me instalaria em algum prédio do outro lado da rua e vigiaria. A gente poderia se comunicar por walkie-talkie e eu poderia usar binóculos; e quando visse os dois, eu diria pra vocês ficarem de prontidão. Poderia ser a vantagem tática de vocês", disse ela, suas pupilas se dilatando com a excitação que lhe causava a fantasia de bancar a espiã. Suzanne, percebia Buster, era alguém que tinha tudo para cair nas graças de seus pais, dada a rapidez com que se adaptava às esquisitices que ia encontrando pelo caminho.

"É que eu não acho mesmo que seja uma boa ideia. Não é assim que eu gostaria de apresentar você pros meus pais", disse ele, como se houvesse uma versão da realidade em que ele traria Suzanne à casa de Caleb e Camille e os quatro ficariam na varanda, tomando chá gelado, jogando cartas e falando sobre corridas de cavalos. Tendo encontrado uma garota que se mostrava tão pouco apreensiva com a história de sua família, Buster não conseguia entender por que achava que ela fazia jus a algo tradicional e sem graça.

Estavam na cama dela, a TV ainda transmitindo a maratona de filmes de kung fu que os acompanhara durante a transa toda. No quarto, ecoavam os sons dos pontapés e das constantes risadas curtas, que, apesar de dubladas em inglês, soavam tão estrangeiras aos ouvidos de Buster. Suzanne estava sem os óculos e isso fazia com que seus olhos parecessem baços e desfocados. Tinha um ar decepcionado e Buster conjecturava se ela estaria chateada com ele. "A gente se conheceu numa hora esquisita pra mim. Está sendo ótimo, claro, mas acho que tudo vai melhorar depois que eu fizer essa coisa pelos meus pais, pela Annie e por mim. Não vou ter mais essa, sei lá, essa incerteza pairando sobre a minha cabeça."

Suzanne chegou mais perto e se pôs a fustigar a testa dele com o dedo — estocadas fortes com a ponta do indicador ricocheteando em sua pele. Com um esgar de dor, Buster se retraiu, não sem antes notar a estranha expressão que se estampara no rosto de Suzanne, como se ela estivesse tentando decidir que tipo de pessoa ele realmente era. Permaneceu tão imóvel quanto possível, sem respirar, torcendo para que ela gostasse do que estava vendo.

"Lembro quando você entrou na sala pra conversar com o nosso grupo de criação literária", principiou ela. "Eu meio que achei você bonitinho, com o machucado no rosto e tudo, e aí você começou a falar um lance ridículo de um chiclete que você gostava de mascar, e aí eu reparei que você tinha perdido um dente e parecia tão nervoso que na hora saquei que você era, tipo, um cara bem do esquisito. E por algum motivo isso me deixou ainda mais interessada em você. E aí aquela garota apareceu e me levou lá pra fora e eu dei com você na calçada, e você veio e disse que tinha gostado do meu conto e eu pensei que aquilo era a coisa mais bacana que alguém tinha me dito na vida. Você apareceu assim, do nada, e me fez feliz."

"Você também me faz feliz", disse Buster, embora desejasse ter dito isso antes dela. Quis dizê-lo de uma maneira que mostrasse que não estava só repetindo mecanicamente o que ela havia dito, porém Suzanne sorriu e ele teve certeza de que se saíra suficientemente bem.

"Você fala como se pensasse que vai haver um momento no futuro em que as coisas não serão totalmente estranhas. E não sei se, tendo em vista a sua história de vida, isso vai mesmo acontecer. E eu só queria dizer pra você que pra mim isso não é nenhuma coisa do outro mundo. Se esse é o tipo de esquisitice que tem na sua vida, pra mim tá valendo. Eu acho divertido."

Buster não sabia como responder a ela, estava pasmo com aquela afetuosidade descomplicada, mas também com o fato de ela achar sua instabilidade "divertida". Começava a se dar conta de que Suzanne era tão esquisita quanto ele. Talvez mais. Se tivesse nascido na família dos Caninus, talvez houvesse se tornado o foco central da arte, pondo Annie e Buster no chinelo, deixando-os sem utilidade para seus pais. E ainda que estar cara a cara com alguém capaz de superar os Caninus em estranheza devesse fazê-lo hesitar, ele rapidamente a puxou para junto de si e permitiu que a algazarra daquelas crianças que já deviam estar na cama e não tinham medo do escuro, aqueles mestres de kung fu que abriam caminho a socos por entre os malvados deste mundo, e também o ruído da respiração de Suzanne, tão uniforme que ele pensou que ela já havia adormecido, deixou que esses sons o fossem embalando e conduzindo a um estado que ele imaginava corresponder ao que as pessoas chamavam de serenidade.

Annie e Buster embrulhavam cuidadosamente as telas, uma por uma, plástico bolha, papelão e fita adesiva marrom criando um mar de detritos em que os dois pareciam boiar. Com um pedaço de plástico bolha na mão, Annie experimentou um leve tremor ao estourar uma das bolhinhas, um som que foi como se ela estalasse os dedos ao ter uma grande sacada. Ficou muito vermelha com algum saber oculto a que teve acesso nesse instante e Buster observou a escuridão perpassando seu rosto. Ela tentou falar, mas só conseguiu emitir balbucios, o que a deixou ainda mais irritada. Por fim, comprimindo o plástico bolha em seu punho cerrado e o fazendo espocar feito uma bateria de fogos de artifício, Annie recuperou a voz. "Se você acha que o Caleb e a Camille planejaram isso tudo", disse ela, indicando as pinturas com um gesto, "por acaso não passa pela sua cabeça que eles também quereriam registrar o que estamos fazendo?" E abriu os braços como que para indicar a estrutura da casa, tudo o que havia debaixo daquele teto, e Buster prontamente concordou com a cabeça. "Pensei várias vezes nisso", respondeu. Annie franziu o cenho, olhando pela janela, não vendo nada lá fora. "Não estou gostando dessa história", disse. Largou o plástico bolha no chão e se levantou, varrendo com os olhos o aposento. "Se estiverem grampeando a gente", continuou, "vou esganar alguém."

Buster também ficou em pé e os dois se puseram a andar devagar pela sala de estar, tomando como ponto de partida o lugar onde estavam e, um de costas para o outro, avançando em direções opostas. Annie tocou o aparelho de som com os dedos, ficou à escuta para ver se identificava o ruído de algum gravador, e então tirou o aparelho da tomada. De repente mudou de ideia, tornou a ligar o aparelho e pôs para tocar, com o volume bem alto a fim de abafar suas vozes, o primeiro disco que encontrou: *Rock for light*, dos Bad Brains. O som era frenético e intenso e fazia o coração de Annie bater três vezes mais rápido do que deveria, coisa que parecia necessária para a tarefa em curso.

Buster acendeu e apagou a luz da sala, como se a mudança na luminosidade pudesse ajudá-lo a focar sua visão, e então sopesou um pesa-papéis que parecia destoar da decoração, um martelinho de peltre. Bateu de leve com o objeto na palma da mão. Chacoalhou-o, crente de que ouviria alguma coisa solta em seu interior, e então abriu a gaveta da escrivaninha e o deixou ali, trancando-o no escuro.

"Os espelhos", disse Annie, porém não havia espelho algum na sala de estar. Então os dois se viraram rapidamente para o hall de entrada, onde havia um espelho comprido que os Caninus usavam para dar uma última conferida na aparência antes de sair de casa. Com um meneio de cabeça, Buster indicou a Annie que entendera o que ela estava pensando e levou o indicador aos lábios para pedir silêncio. Foi até o armário onde eram guardadas as toalhas e as roupas de cama, tirou de seu interior um lençol estampado com motivos intricados e, segurando-o como se fosse uma rede usada na captura de animais selvagens, aproximou-se pé ante pé do espelho. Chegou tão perto quanto era possível chegar sem ser apanhado em seu reflexo e olhou para Annie, que balançou a cabeça em sinal de aprovação. Jogou habilmente o lençol sobre o espelho, soltando as extremidades de modo que o pano cobrisse toda a superfície de vidro. "Mandou bem", disse Annie, e Buster sorriu.

Passaram a meia hora seguinte tapando com astúcia todos os espelhos que havia na casa. Concluída a tarefa, suas ações agora protegidas de olhares estranhos, desmontaram o telefone sem fio, sem saber muito bem o que estavam procurando, mas em certa medida confiantes, graças aos filmes de espionagem, de que reconheceriam um mecanismo de escuta se o vissem. Não encontrando nada de suspeito, ou aceitando a natureza suspeita de todos os componentes do circuito eletrônico de um telefone, Buster remontou o aparelho, indagando a si mesmo se teria danificado algo em seu interior, perguntando-se se algum dia o telefone tocaria de novo e se para ele isso faria alguma diferença.

"Não acredito que estou deixando isso acontecer", gritou de repente Annie, trincando os dentes, suas mãos formando punhos tão cerrados que os nós de seus dedos ficaram esbranquiçados. "É isso que eles querem que a gente faça. É isso que eles adoram." Estava a um passo da histeria, prestes a cair no choro, e pôs a mão no braço de Buster para se amparar.

"Será que esse lance vai mesmo dar certo, Buster?", indagou ela.

"É a única coisa que me vem à cabeça fazer", respondeu ele. "E quando você não consegue pensar em mais nada, acho que não faz diferença se você acha que vai dar certo ou não. Que alternativa você tem? O jeito é pagar pra ver."

"Quero que você me diga que vai dar certo", disse Annie.

Buster não estava habituado a se ver em tal situação, ser a fonte de certezas. "Vai dar certo porque tem que dar certo", disse ele, observando a figura de Annie murchar um pouco e então recobrar o viço, tornar-se forte de novo. Ele permaneceu ao lado da irmã, que parecia entregue a um transe. A música cuspida pelos alto-falantes era alta o suficiente para eriçar as pontas de cada fibra do carpete com a força do contrabaixo.

Buster imaginou que sua mãe e seu pai eram os órfãos do romance que ele estava escrevendo, os dois escondidos no limiar da civilização, à espera dos passos inevitáveis de pessoas que logo os apanhariam em suas redes e os levariam para outro lugar, um lugar ainda mais estranho. Então imaginou, chocado com a percepção de que aquilo até podia ser verdade, que ele e Annie não estavam rastreando seu pai e sua mãe, e sim que seu pai e sua mãe, que na cabeça dele controlavam até o nascer e o pôr do sol, estavam atraindo os filhos para cada vez mais perto de si.

A última ceia, 1985
Artistas: Caleb e Camille Caninus

Os Caninus tinham uma reserva no restaurante mais caro de Atlanta e estavam numa estica tal que Buster e Annie se sentiam como se fossem modelos encarnando um estilo de vida inacessível. "Se o cardápio é em francês, como a gente vai saber o que está pedindo?", indagou Annie a seus pais. "Faz parte da brincadeira", respondeu Camille. Nem Annie nem Buster, experimentando comichões por conta das roupas novas, ignorando a natureza exata dos planos de seus pais, acreditavam que um dia teriam uma compreensão plena do que Caleb e Camille entendiam por *brincadeira*.

"Caninus, mesa para quatro", disse a hostess ao conferir a reserva em seu caderno de couro. "Por aqui", indicou ela. As crianças observaram seus pais, ambos sorrindo, perfeitamente à vontade naquela situação estranha, instalando-se nas cadeiras de espaldar alto, rodeados por gente que só queria ter uma noite tranquila. Annie e Buster sentiam um incômodo no fundo do estômago, tinham certeza de que o que quer que estivesse para acontecer seria tudo menos tranquilo.

"Vocês não vão contar para a gente?", perguntou Buster, suas mãos frias e úmidas, os nervos armando um escarcéu no interior de seu corpo. "Não", disse Caleb. "Vocês têm de estar preparados. Vão saber quando acontecer. E quando acontecer, façam o que der na telha, com naturalidade, sem forçar a coisa."

"Não dá pra dizer, pelo menos, se vai ser antes ou depois de a comida chegar?", indagou Annie, desesperada por uma dica. "Não podemos falar nada", disse Camille, sorrindo, bebericando sua taça de vinho, um vinho tão caro que Annie deduziu que o "evento" seria sair do restaurante sem pagar a conta, cada qual disparando numa direção diferente assim que terminassem de comer a sobremesa. Olhou para Buster, que respirava fundo, pausadamente, querendo morrer e voltar à vida, coisa que a fez adotar a estratégia oposta: prendeu a respiração até o restaurante iluminado a velas começar a pulsar e assumir um aspecto turvo, distorcido, aguentando-se assim o máximo que podia e por fim inalando o ar, eletrizando-se, adquirindo consciência de tudo quanto era utensílio que naquele instante arranhava a louça de um prato ou de uma travessa.

A comida chegou. "Coma a sua comida", disse Camille para Buster. "Estou sem fome", respondeu ele, que tinha diante de si uma delgada fatia de fígado, banhada em borgonha. Buster correu os olhos pelo restaurante pela enésima vez e observou, de novo, que ele e sua irmã eram as únicas crianças ali. "Tem que comer", disse Caleb. "Faz parte da perfomance?", indagou Buster. Caleb e Camille sorriram um para o outro, brindaram com suas taças de vinho e disseram em uníssono: "Coma a sua comida".

Buster atacou o fígado com a faca, o molho tremeluzindo enquanto ele cortava delicadamente um pedacinho. Levou o garfo à boca, deixou que o sabor espetacularmente selvagem daquela carne assentasse em sua língua antes de engolir — mastigar, nem pensar. Caleb e Camille olhavam para o filho e ele tentou sorrir, o suor despontando em gotas em sua testa. "É bom", disse ele.

Mais vinho, a mesa em silêncio, música clássica vindo de um lugar que Annie e Buster não conseguiam identificar, o jantar seguiu em frente. Buster, sabe-se lá como, movido por pura força de vontade, dera cabo do fígado inteiro sem mastigar uma só vez. Agora uma ânsia de vômito o fustigava com insistência, mas ele dava um jeito de se segurar. Não estragaria a noite antes que ela fosse estragada.

Annie pensou que podia ser a luz mortiça do restaurante, mas o fato é que a pele de Buster assumira uma coloração nitidamente esverdeada, um verde-claro meio sujo, esmaecido. A língua de seu irmão parecia intumescida, volumosa demais para a boca. Ela passava o dedo pela borda de sua colher, vezes sem conta, sentindo a extremidade cega do utensílio formar um sulco nas pontas de seus dedos, apagando as espirais de suas digitais. Caleb e Camille, que raramente bebiam, pois desaprovavam o modo como o álcool retardava suas reações, continuavam a bebericar o vinho. Pareciam tão felizes, como se compartilhassem o segredo de como seria o fim do mundo. Era como se Annie e Buster não estivessem presentes, como se estivessem assistindo a um filme de seus pais. Caleb e Camille consultaram seus relógios de pulso, entreolharam-se, e então continuaram a beber o vinho.

Buster olhava tão intensamente para um dos lustres do restaurante que tinha a esperança de que a força de seu desejo rebentasse o cabo que o prendia ao teto, fazendo aquela massa pesada e cintilante de luz e vidro se espatifar no chão. Era preciso que alguma coisa acontecesse. Alguma coisa precisava entrar em convulsão. Buster queria que alguma coisa acontecesse para ele poder sair correndo, ir embora daquele lugar, voltar para a segurança de seu quarto. Sentia uma urgência percorrendo eletricamente seu corpo. Sentia calor e frio ao mesmo tempo, as juntas doendo. E de repente sentiu um relaxamento em seus músculos, um discretíssimo deslocamento da tensão, e não pôde mais controlar as maquinações de seu corpo.

Annie se virou para o irmão no exato instante em que ele lançou um jorro de vômito sobre a mesa, um líquido marrom e vermelho-escuro, os restos de um animal triturado. Caleb e Camille soltaram exclamações de surpresa; Caleb fez menção de pôr um pires debaixo do queixo de Buster, mas era tarde demais para isso. Buster emitiu um som como se o ar estivesse sendo expulso de seus pulmões, e os outros clientes do restaurante se viraram e olharam para a mesa dos Caninus. Um garçom se precipitou na direção da mesa e, então, hesitando, voltou para a cozinha. As mãos de Buster cobriram seu rosto e ele murmurou: "Desculpe, desculpe", e Annie observou seus pais, aparentemente incapazes de tomar uma atitude. Assistiam ao evento com surpresa, com interesse. Então ela empurrou sua cadeira para trás, fazendo-a tombar no chão, produzindo um tilintar de copos sobre a mesa, e tomou Buster nos braços. Sabe-se lá como, para seu próprio espanto, ergueu sem dificuldade o irmão, e ele passou os braços em volta de seu pescoço. Atravessou o restaurante com ele no colo, um borrão de cores em redor, porta afora, enfim ao ar livre. Sentou-o na calçada e passou a mão por seus cabelos. "Desculpe", disse ele, e Annie o beijou na testa. "Vamos embora daqui", disse ela.

A van estava trancada e Annie saiu pelo estacionamento à procura de algum objeto com o qual pudesse forçar a fechadura ou quebrar o vidro do carro. Pretendia deixar os pais para trás, às voltas com o tal do happening que eles haviam esperado tanto para realizar. Buster, cujo rosto começava a recuperar a cor, descansava apoiado numa das rodas do carro e de repente voltara a sentir fome. E então, bem na hora em que Annie começava a enrolar o braço no casaco a fim de arrombar a van, seus pais apareceram.

"Desculpe", disse Buster, mas Caleb e Camille cercaram o filho e o abraçaram. "Não tem do que se desculpar", disse Caleb, "você se saiu muito bem." Pôs Buster em seus ombros e então abriu a van, instalando o filho no banco de trás. "Conseguiram fazer a performance de vocês?", quis saber Annie. "Nós não", disse Camille. "Vocês fizeram. Dessa vez foram vocês, crianças, que fizeram tudo por nós."

Annie, a van agora na interestadual, a caminho de casa, sentindo o calor irradiando por seu corpo, cerrava e descerrava os punhos. "Que coisa feia", disse ela a seus pais. Buster descansava a cabeça em seu colo e ela acariciava os cabelos dele, pegajosos por causa do suor, frios por conta do ar-condicionado. "Não foi nem um pouco legal", disse.

"Foi igual às outras vezes, Annie", disse Caleb. "A gente sempre diz pra vocês que vai acontecer alguma coisa. Mesmo que não saibam exatamente o que é, vocês sempre participam do evento. Agora você percebeu, não foi? Você e o Buster são dois Caninus. São parte de nós. A gente pôs vocês numa situação e, sem nem tentar, vocês fizeram uma coisa acontecer. Criaram uma coisa sensacional."

"Está dentro de vocês", disse Camille. "É o que a gente faz. A gente distorce o mundo. Fazemos o mundo vibrar. E hoje vocês dois fizeram isso sem a nossa ajuda. Sem orientação. Sem saber o que iria acontecer. Vocês criaram o maior caos. E criaram isso a partir de um lugar que existe dentro de vocês."

"Vocês deixaram o Buster tão nervoso que ele vomitou", disse Annie.

"Você acha que nós não somos legais, mas a gente só está

tentando mostrar pra vocês como funciona a coisa", disse Caleb. "Mesmo que a gente morra, quando for só você e o Buster, vocês vão poder fazer isso. São artistas de verdade. Mesmo quando não querem fazer, é uma coisa que se manifesta sem a permissão de vocês. Está nos genes de vocês. Vocês fazem arte. Querendo ou não."

"Estamos muito bravos com vocês", disse Annie. "Não ligamos nem um pouco pra essa história de arte."

"Às vezes vocês vão ficar bravos conosco", disse Camille para os filhos. "Faremos vocês se sentirem mal, mas não é sem motivo. Fazemos isso porque amamos vocês."

"A gente não acredita em vocês", disse Annie. Agora Buster dormia, assaltado de quando em quando por tremores e ganidos.

Camille se virou para olhar para Annie, pousando a mão na mão de Annie. "Você não imagina como a gente ama vocês, Annie", disse ela, e então se desvirou. Ela e o marido se deram as mãos, a van viajando na noite. "Não imagina mesmo", disse ela.

11.

Annie estava no meio da galeria, cercada por todos os lados pelas obras de sua mãe, e experimentava uma sensação semelhante ao nervosismo do ator antes de entrar em cena, algo mais estimulante que mera ansiedade. Era como se tivesse passado dez minutos subindo uma escada que levava a um trampolim absurdamente alto e agora estivesse na borda da plataforma, sabendo que só havia um jeito de voltar lá para baixo. Ou, minha nossa, talvez tivesse pirado de vez, a ponto de achar que, depois de mortos, seus pais voltariam à vida e surgiriam naquele exato lugar, só para olhar uns quadros.

Annie usava um vestidinho preto com uma frente única presa por um laço na nuca. Lembrava muito o vestido usado por Jean Seberg em *Bom dia, tristeza*, com a diferença de que o vestido de Seberg saíra da tesoura de Givenchy e Annie comprara o seu numa Target de Nashville. Apesar disso, somado aos cabelos curtos como os de Seberg, o vestido fazia Annie sentir-se como uma estrela de cinema. Então a jovem Caninus se lembrou de que, em certo sentido, ela era uma estrela de cinema, mas era muito melhor se imaginar como uma estrela em todos os sentidos do que ser uma estrela apenas em certo sentido. Buster estava usando um dos ternos de tweed de seu pai. Tinha ficado um pouco folgado demais, mas ele disse que achava isso bom porque o traje chamaria a atenção de Caleb quando ele chegasse à galeria. Annie bebia uma taça de vinho que alguém pusera em sua mão, assentia com a cabeça e sorria toda vez que alguém se aproximava dela, e esperava que alguma coisa acontecesse logo, cacete.

Ela fizera de tudo para que aquele evento fosse um sucesso. Lançara mão de todos os contatos que tinha para divulgar a exposição. Oferecera-se para dar entrevistas sobre a obra de sua mãe, aceitara falar com qualquer um, na esperança de que cada nova matéria a ser publicada fosse aquela que despertaria a atenção de seus pais. Nas semanas que antecederam a abertura da exposição, tinham sido publicados artigos no *New York Times*, no *San Francisco Chronicle*, no *San Francisco Examiner*, no *Los Angeles Times*, na *ArtForum*, na *Art in America*, na *BOMB Magazine*, além de ensaios na *Juxtapoz* e na *Raw Vision* defendendo o trabalho de Camille como um excelente antídoto à "arte cabeça". Uma das coisas que Annie mais frisava nas entrevistas era que os quadros de sua mãe revelavam uma artista em busca de superar as restritivas e antiquadas formas de arte a que a família Caninus havia se dedicado, realizando algo que talvez fosse mais importante, mais difícil e mais artístico, e que era uma pena que ela tivesse sentido a necessidade de esconder aquilo do mundo.

Ao conceder essas entrevistas, Annie imaginava Caleb tendo um acesso de raiva, ficando tão puto que seria capaz de roubar um carro, fazer uma ligação direta e sair pisando fundo no acelerador para só parar em frente à galeria; imaginava-o chegando ali e avançando na direção da mesa com o queijo e o vinho em cima e pondo tudo aquilo de pernas para o ar e em seguida destruindo os quadros de Camille com todo o vigor de que fosse capaz, um vigor que, conhecendo Caleb, não seria bolinho. Essa, pelo menos, era a esperança de Annie: provocar um desequilíbrio emocional em seus pais que os levasse a cometer um erro, a se revelar, oferecendo a ela a oportunidade de renegá--los em público, de uma vez por todas, e, com Buster a seu lado, sair andando em direção ao pôr do sol, cortina lenta, fim.

Uma aparição de Caleb e Camille Caninus era o que também esperava Chip, o filho da sra. Pringle. Foram necessárias algumas ligações telefônicas para que Annie conseguisse controlar o impulso de rir do nome do sujeito — Chip Pringle, caramba, o cara devia ser uma verdadeira batatinha —, mas, mesmo fazendo força para não rir, Annie percebeu que Chip tinha a esperança de que aquela exposição fosse um mero prelúdio ao reaparecimento de Caleb e Camille Caninus. Por diversas vezes, ele tentou fazê-la admitir que aquilo era um estratagema criado para viabilizar a reintrodução de Caleb e Camille no mundo. Como era exatamente isso que Buster pensava, e como Annie, para falar a verdade, começara a se dar conta de que talvez tivesse sido isso mesmo que seus pais planejaram, ela deixou que Chip pensasse assim, sem, todavia, oferecer uma confirmação explícita disso. "Arte", dizia Chip com a respiração acelerada, sem chegar a esclarecer o que queria dizer com aquilo, e Annie se limitava a responder: "Arte", como se eles fossem membros de uma seita secreta e aquela fosse sua senha.

Enquanto Buster percorria a galeria, evitando conversar com quem quer que fosse, voltando os olhos ora para os quadros, ora para o burburinho em redor, sempre à procura de seus pais, Annie permanecia absolutamente imóvel, o posto em que guardava sentinela proporcionando uma visão desimpedida da única entrada da galeria.

Com um punhado de cubos de queijo na mão, Buster veio até onde ela estava. "Nada ainda", disse ele. Annie olhou para os pedaços de queijo que jaziam na mão espalmada do irmão. "Por que não pegou um prato?", indagou. Buster examinou a mão, evidentemente espantado. "Eu nem tinha percebido que estava com isso na mão", disse ele. "Me dê um", disse Annie, e levou um dos cubinhos à boca, sentindo na língua o gosto cálido e pungente do queijo. Buster despejou o restante dos queijos no bolso interno do paletó e espanou as mãos. Annie começou a desejar que o irmão fosse para o outro lado da galeria e ficasse por lá, bem longe dela.

"Fico imaginando como vai ser", sussurrou Buster. "Daqui a uma hora mais ou menos, quando isto aqui estiver bombando pra valer, vamos ouvir alguém gritar: *Essas pinturas são todas falsas!* E todo mundo vai olhar pro lugar de onde veio essa voz, e a mamãe e o papai vão entrar na galeria e este lugar vai virar um pandemônio. É assim que eu quero que seja."

"Acho que o Caleb e a Camille vão entrar pela janela do banheiro, ficarão escondidos até a galeria fechar, e aí vão pegar essas telas todas e voltar pro lugar onde estiveram escondidos esse tempo todo", retrucou Annie. Tão logo disse isso, sentiu um arrependimento instantâneo, como se imaginar esse desenlace por si só resultasse em sua concretização. E ela não queria isso. Não queria que seus pais entrassem ali furtivamente, sem que ninguém desse por eles. Queria-os na galeria, cercados por testemunhas, cara a cara com ela e Buster. O que aconteceria depois estava além da sua capacidade de imaginação, mas ela se contentava simplesmente em desejar a presença dos dois ali e em permitir que o que quer que acontecesse a acometesse depois.

"Vou continuar circulando por aí, passar mais um pente-fino nos convidados", disse Buster, e então forçou passagem entre o pequeno amontoado de gente que havia na galeria e desapareceu. Annie sentia os nervos à flor da pele. Recorreu à velha técnica dos Caninus, adormecendo paulatinamente cada parte de seu corpo, uma morte forçada, e, ao sentir o torpor subindo pela nuca, deslizando para o interior de sua cabeça, prolongou esse momento o máximo de que era capaz. Deixou que seus pensamentos fossem lentamente se desfazendo no ar, como na última cena de *Crepúsculo dos deuses*: a imagem perdendo definição, tornando-se opaca, desfocada e então ficando aos poucos toda preta. Depois de alguns segundos, apesar de que naquele estado não fazia diferença se eram segundos ou horas, Annie abriu os olhos, sentindo o corpo retornar ao seu controle, e de repente viu Buster vir apressado em sua direção, dando de ombros, com uma expressão estranha no rosto, quase um ar de quem aprontou alguma coisa. Annie se empertigou toda, conjecturando o que teria lhe escapado, e tentou reaver às pressas as partes de si mesma que lhe seriam necessárias para enfrentar o que viria a seguir. Agora Buster estava quase a seu lado, e, no entanto, ela continuava sem conseguir ouvir muito bem o que ele dizia — seus ouvidos ainda se reajustando, se recalibrando. "Que foi?", indagou Annie ao sentir a mão dele em seu braço, e Buster apontou para a entrada e disse: "A Lucy". Annie olhou na direção indicada por seu irmão, do outro lado da galeria, e viu Lucy Wayne — uma mulher que ela não via fazia mais de dois anos — sorrindo para ela. E Annie, renascida e se sentindo nova em folha, reluzente e perfeitamente calibrada, devolveu o sorriso.

 Lucy, tão baixinha, com menos de um metro e sessenta de altura, os cabelos presos num coque, avançou pela galeria na direção de Annie e Buster, que permaneciam onde estavam, estáticos. Lucy mantinha a mão estendida de uma maneira que dava a impressão de tentar se orientar no escuro, mas Annie percebeu que a cineasta só estava acenando, uma saudação nervosa. Annie acenou de volta. Buster fez o mesmo. Lucy estava vestida com uma blusa branca, com os quatro primeiros botões abertos e um par de óculos de aro de tartaruga pendurado no V do decote. A blusa era completada por uma saia xadrez preta e branca. Aos olhos de Annie, Lucy parecia a bibliotecária mais cool que havia sobre a face da Terra, alguém que passava a maior parte do tempo transando entre as estantes de livros raros.

"E aí?", disse Lucy, dando um tapinha no ombro de Annie. "Não me diga que veio ver essas coisas?", perguntou Annie, ainda assimilando a presença de Lucy na galeria. "Pra mim, isto aqui é o que há", disse Lucy, indicando as pinturas com um gesto. "O estranho e o sinistro", disse a cineasta, ainda sorrindo, seus olhos escuros, quase pretos, cintilando com interesse, "são a minha razão de viver." Ao perceber que a irmã ficara sem palavras, Buster disse: "Bom, então você veio ao lugar certo. Com uma ala desses quadros, você preenche fácil, fácil a sua cota anual de estranho e de sinistro". Lucy pegou os óculos, ajeitou-os no rosto e começou a se aproximar de uma das telas. "Ah", disse ela, sustentando a sílaba por tanto tempo que parecia estar cantarolando alguma coisa, "isso é coisa boa." Annie, que ainda não olhara para as pinturas de sua mãe, não podia senão imaginar qual fora a imagem bizarra que despertara o interesse de Lucy. Terminou seu vinho e, tão logo experimentou o embaraço de estar com uma taça vazia na mão, um rapaz em trajes formais, segurando uma bandeja, passou por ela, recolheu a taça e seguiu em frente. Depois de tantos anos em Hollywood, Annie estava acostumada com a situação, a esquisitice extravasando ao redor, os cuidados de gente que ela não conhecia.

Passadas duas horas desde o início do vernissage, e com a galeria ainda extraordinariamente cheia para uma exposição de pinturas de uma artista performática experimental, ainda não havia sinal de Caleb e Camille. Isso não preocupava Annie, que disse para si mesma: "Não esquenta", e então se deu conta de que dissera isso em voz alta.

Até então, mais de uma dezena de pessoas, todas beirando a terceira idade, tinham procurado Annie para dizer como a arte de seus pais mexera com elas, como eles haviam feito algo indefinível à maneira como viam o mundo. Annie sorria, balançava a cabeça, mas se admirava com aquela gente. O que tinham na cabeça para que um evento dos Caninus ocupasse um lugar agradável em suas lembranças? E então ela entendeu que aquelas pessoas provavelmente estavam falando de como tinha sido para elas ver, num museu, uma representação do evento original realizado pelos Caninus — coisa que era ainda mais espantosa para Annie. Era assim que funcionavam os traumas?, indagou a si mesma. Quem vive a coisa de perto fica boquiaberto com o fato de que quem não estava presente na hora possa extrair sentido daquilo? Teve a sensação de que as paredes se fechavam a sua volta e então respirou fundo e tornou a se concentrar na tarefa de manter o mundo à parte. Se os seus pais aparecessem — quando eles aparecessem —, estaria pronta para eles. Tinha de aguentar o que os outros não aguentariam.

Perdera a conta de quantas taças de vinho havia consumido. Achava que duas, mas podia muito bem ter sido umas dez. O sujeito que não parava de recolher suas taças a impedia de manter um acompanhamento visível de seu nível de embriaguez. Precisava fazer xixi, mas não podia nem pensar em abandonar seu posto. Não se permitia contemplar a possibilidade de eventualmente perder o regresso dos pais. Poderia mesmo haver reaparecimento, se ela não estivesse ali para testemunhá-lo?

Annie via Lucy ao lado de Buster, examinando os quadros de sua mãe, e sabia que devia estar lá, conversando com a mulher que a dirigiria em mais um filme, se tudo transcorresse conforme o planejado. Nas últimas semanas, as duas vinham se falando por e-mail, porém Annie ficara sem jeito ao encontrá-la pessoalmente. Fizera questão de não mencionar o vernissage nas mensagens que escrevera para Lucy — embora soubesse que a cineasta devia ter lido alguma notícia sobre exposição, uma vez que, muito antes de conhecer Annie, ela já era fã dos Caninus —, pois não queria que Lucy a enquadrasse no contexto da família Caninus. Agora, porém, vendo-a a poucos metros de onde ela se encontrava, Annie percebeu que não ligava, estava contente que Lucy tivesse vindo. Então, como se pudesse ler os pensamentos de Annie, Lucy se aproximou e disse: "Você não saiu daí desde que eu cheguei. Estou começando a achar que isto aqui é algum tipo de performance e que você está dando uma de estátua viva ou coisa assim". Annie fez que não com a cabeça. "Só estou querendo ficar um pouco na minha", disse. "Só pensando um pouco."

"Posso perguntar uma coisa?", indagou Lucy, e Annie fez que sim. "O Buster disse que vocês estão esperando os seus pais, explicou que vocês dois acham que eles vão aparecer por aqui hoje", prosseguiu Lucy. Disse isso sem dar pistas do que achava da ideia. Annie procurou Buster com os olhos e o avistou sentado num banco, conversando com alguns dos admiradores idosos da arte dos Caninus. Seu irmão não conseguia ficar com a boca fechada. "É uma possibilidade", admitiu ela.

"Mas vocês não têm certeza?", perguntou Lucy. "Quer dizer, eles não avisaram vocês?"

Annie balançou negativamente a cabeça. Os olhos de Lucy se arregalaram, seu lábio se crispou de um jeito que sugeria ou um sorriso ou um esgar crítico rapidamente abandonado. Ela parecia querer dizer mais alguma coisa, mas estava se contendo. Por isso Annie disse o que achava que Lucy queria dizer. "Eu sei que parece maluquice", admitiu.

"Falando sério, tratando-se de Caleb e Camille Caninus, não parece maluquice, não", disse Lucy. Então olhou em volta, como se quisesse certificar-se de que o casal Caninus de fato não se encontrava na galeria, e disse: "Parece que está rolando uma coisa meio pesada aqui. Não será melhor eu ir embora? Acho que você e o Buster talvez não estejam a fim de companhia".

"Pode ficar", disse Annie. Baixou os olhos e se deu conta de que segurava mais uma taça de vinho. Era como se suas mãos estivessem fazendo mágicas à sua revelia e sem o seu consentimento. "Fique, por favor", disse ela, sem vacilar, muito embora ouvisse a aflição em seu tom de voz, a esperança de que Lucy não fosse embora sobrepujando até seu constrangimento. Quando Lucy concordou com um meneio de cabeça, Annie sentiu a energia necessária para sair do lugar. Pôs a taça de vinho na mão de Lucy e disse: "Preciso ir ao banheiro, mas já volto".

Ao se dirigir ao toalete, Annie notou que a superlotação da galeria começava a diminuir, observou que o vernissage chegara ao ponto em que não haveria mais pessoas chegando para ocupar o lugar das que logo iriam embora. Era um detalhe fundamental, saber que determinada pessoa tinha sido a última a entrar na galeria. Sem contar Caleb e Camille, Annie lembrou a si mesma. Estava prestes a abrir a porta do toalete, quando Chip Pringle segurou seu braço, contendo-a com um esforço mínimo, como que invertendo sua órbita, e disse: "Nenhum sinal deles ainda. Não quero estragar o elemento surpresa, mas você tem alguma ideia de quando eles devem chegar? Dá pra você me dizer isso?".

"Daqui a pouco", disse Annie, e no mesmo instante se arrependeu do que disse. Fez menção de se corrigir, mas resolveu deixar por isso mesmo. Parecia ser a afirmação mais verdadeira que ela poderia fazer, mais verdadeira até do que: "Não sei", ou do que: "Acho que eles não vêm", ou: "Já estão aqui". Desprendeu-se do sujeito sem nem sequer observar como ele digeria a resposta, e se lançou toalete adentro. Então, por um breve instante, teve um branco: que estava fazendo ali? que cacete estava fazendo ali?

Quando voltou para a galeria, Lucy continuava no mesmo lugar, a taça de vinho de Annie agora vazia. Buster a interceptou antes que ela pudesse retornar a seu posto.

"Tô preocupado", disse ele.

"Relaxe", disse Annie.

"Preocupado não é a palavra, acho", prosseguiu Buster. "Tô é apavorado."

"Relaxe", tornou a dizer ela. "Preocupado ou apavorado, o melhor que você tem a fazer é relaxar."

"Acho que eles não vêm", admitiu Buster. Parecia estar encolhendo no interior do terno.

"Eles trabalham com o elemento surpresa", disse Annie. "Não vão aparecer enquanto a gente achar que vão aparecer."

Buster assentiu com a cabeça, convencido da lógica do argumento, e Annie teve vontade de gritar, emputecida com a constatação de que seus pais haviam feito tanta porcaria esquisita com eles que chegava a parecer plausível que pudessem ler seus pensamentos. Sentia a raiva, que vivia tão imperturbavelmente em seu íntimo, tornar-se dissonante e instável, avançando em direção a seu sangue e seus músculos. Sabia que não havia muito o que fazer, exceto se agarrar à raiva, impedir seu transbordamento até poder soltar os cachorros com propriedade, dirigindo-a então àqueles que faziam por merecê-la, aqueles que, puta que o pariu, ainda não tinham aparecido por ali.

Annie foi até onde estava Lucy, que se deslocou apenas alguns centímetros para permitir que ela reassumisse seu posto. "De qual você mais gosta?", indagou Lucy, esticando o pescoço para examinar uma das pinturas expostas sobre o seu ombro direito.

"De nenhuma", respondeu Annie. Quis tomar um pouco de vinho, e quando descobriu que não tinha nenhuma taça na mão, sentiu uma decepção enorme, o baque que a pessoa leva quando não vê a coisa que esperava ver.

"É melhor eu ir embora", disse Lucy, sem consultar o relógio, sem fazer o menor esforço para dar a impressão de que tinha um motivo concreto para partir, além de o fato de que sabia que estava na hora de partir. "Eu queria contar uma coisa pra você, e estou vendo que o momento não é muito adequado. Mas eu estou aqui, você está aí e faz tanto tempo que a gente não se vê, então vou contar assim mesmo. Espero que você fique animada."

"O que é?", indagou Annie, desejando boas notícias. Precisava de algo que fosse possível realizar. Ficou um pouco menos tensa — o que foi o suficiente para suspender os movimentos espasmódicos de seus músculos — e se concentrou em Lucy e nas coisas boas que ela podia contar.

"O filme vai sair. Arranjamos o dinheiro, estamos finalizando a locação e vamos começar os testes para os outros papéis. Eu vou fazer esse filme, Annie. Eu e você vamos fazer esse filme."

Annie sorriu, estendeu os braços na direção de Lucy, que correspondeu ao abraço. "É pra valer, Annie", disse Lucy. "Não sei se tem outros projetos rolando pra você, mas nesse filme você está garantida, e eu vou estar lá pra ajudar você, sempre que você precisar."

"Obrigada", disse Annie. "Quero que esse filme fique bom. Quero que a minha atuação seja boa."

"Vai ficar", disse Lucy, desprendendo-se de Annie e dando os primeiros passos em direção à saída, acenando adeus. "Vai ser", disse ela, emendando sua afirmação.

Buster veio até onde estava Annie e indicou com um gesto a galeria semiesvaziada. "Eles não vêm", disse, chupando os dentes, como se o ar estivesse tão cortante que doesse aspirá-lo.

Faltavam quinze minutos para o fechamento e havia apenas dez pessoas na galeria. Annie e Buster olhavam fixamente para o piso, sem piscar, como se esperassem que algo emergisse do chão que tinham sob os pés. Mais algumas pessoas começavam a se retirar, um homem e uma mulher, mas hesitaram, olhando para Annie e Buster como que à espera de um sinal de que seria melhor que ficassem. Annie acenou para eles. "Tchau", disse ela, e o casal fez um gesto com a cabeça e partiu. Pareciam bastante desapontados, provavelmente porque alimentavam a mesma esperança que os filhos dos Caninus. Depois disso, os demais foram saindo um por um pela porta, deixando apenas Annie, Buster, Chip Pringle e sua mãe por ali. Até o pessoal do bufê já tinha ido embora — nada mais a fazer, a não ser apagar as luzes e fechar tudo.

Chip veio até Annie, balançando a cabeça. "Eles não apareceram", disse. Annie assentiu com a cabeça, sem palavras. "Imagino que seja sempre uma possibilidade", admitiu Chip. "Quando você espera que aconteça", disse a sra. Pringle, cambaleando um pouco, meio alta, radiante, "aí é que Caleb e Camille Caninus não levam a coisa adiante." Parecia ser a única pessoa feliz por ali; admirava os quadros pelo que eram e nada mais, e parecia satisfeita em deixar que eles fizessem o trabalho que os Caninus desaparecidos não podiam fazer.

Que mais prendia Annie e Buster ali? Eles voltariam; esperariam todos os dias por seus pais enquanto durasse a exposição, até que algo acontecesse, até que o oculto se revelasse.

Buster começou a chorar, sacudindo a cabeça, mantendo a mão erguida como que para se desculpar ou para, quem sabe, pedir um segundo para se recompor. "Eles não vêm", disse ele. Annie pôs as mãos nos ombros do irmão, ficou de frente para ele, respirando fundo, mostrando a ele como respirar, como fazer o ar entrar e sair de seu organismo, como se manter vivo. "A porta está trancada. É só apagar o resto das luzes quando vocês saírem", sussurrou Chip, e, meio sem jeito, conduziu a mãe rumo à saída da galeria, deixando para trás o tipo de arte que Annie e Buster estavam fazendo, e que não era, de jeito nenhum, o tipo de arte que eles desejavam.

Annie compreendia o colapso repentino do irmão, devia ter imaginado que isso sobreviria. A exposição fora ideia dele, todas as fichas apostadas nesse último engodo. E agora, depois de os dois terem satisfeito todas as exigências que, segundo imaginavam, seus pais haviam estipulado para voltar, mais uma vez Caleb e Camille se recusavam a dar as caras. Um fracasso, mais uma derrota na lista deles, e dessa vez, mesmo para Buster, tão acostumado com a sensação, a coisa passara da conta.

"Eles estão mortos, Annie", disse Buster por fim, no mesmo tom de voz límpido e calmo com que falaria se estivesse lendo as previsões dos meteorologistas para o tempo de um país onde nunca tinha chovido, e nunca choveria.

"Não diga isso, Buster", retrucou Annie. Naquele momento, com a galeria vazia e às escuras, nenhum sinal de seus pais além das pinceladas que tinham dado origem aos quadros pendurados nas paredes, Annie não podia tolerar, não permitiria qualquer hesitação quanto ao fato único e singular de que seus pais estavam vivos, de que eles estavam escondidos, de que eram pessoas nefastas que precisavam ser punidas.

"Vai ver que desde o começo eles estavam mortos e a gente passou batido pelas pistas que mostravam isso", disse Buster. "Ficamos achando que só podia ser armação. Tinha muito jeito de ser um evento dos Caninus pra ter acontecido de verdade."

"Tem razão", disse Annie. "Parecia esquisito demais pra não ter sido coisa planejada."

"Pois é, mas e se foi planejado mesmo?"

"É o que eu estou dizendo, Buster."

"Não", prosseguiu Buster, contestando-a com uma gesticulação frenética. "E se foi planejado e o plano era que eles morressem?"

Annie não respondeu, ficou só olhando para Buster, aguardando o inevitável.

"Você viu como foi triste aquele lance dos frangos no shopping, o baixo-astral em que os dois ficaram por terem feito o maior papelão? E se eles chegaram à conclusão de que não estavam mais em condições de fazer arte? E que razão teriam pra viver, se não pudessem mais fazer arte? E, não tendo mais razão pra viver, por que não acabar de vez com tudo? E, se a ideia era acabar com tudo, por que não fazer isso de um jeito bizarro, enigmático, que deixasse as pessoas falando deles, que as fizessem lembrar-se, uma última vez, do melhor da arte que eles faziam?"

"Ah, Buster, me poupe", disse Annie.

"Vai ver que a gente desconfiou que era um evento dos Caninus porque era isso mesmo. O problema foi que não sacamos o verdadeiro significado da coisa."

Annie sentiu o enjoo repentino que a pessoa experimenta ao ver uma incerteza se tornar certeza. Será que ela passara aquele tempo todo se esforçando ao máximo para negar essa possibilidade, só porque mais dia menos dia teria de se render à verdade inevitável? Tentou localizar em seu interior as placas inquietas, inconstantes, a maneira como suas emoções se chocavam umas contras as outras, formando montanhas que não havia como escalar. A dor de quem sofre uma perda passa por várias fases, isso ela entendia. Começava com a pessoa negando o acontecido. Em seguida, vinha a raiva. O que acontecia depois disso, Annie não sabia — e não tinha a menor ilusão de que um dia chegaria lá.

De volta ao hotel, tendo levado o irmão para o quarto, onde Buster adormeceu tão logo ela o pôs na cama, e tendo então voltado para o seu próprio quarto, Annie se jogou na cama, ainda digerindo o fato de que seus pais permaneceriam desaparecidos para sempre — não eram capazes de ressuscitar. De certa forma, devia ter sido um alívio perceber que, independentemente do que ela e Buster fizessem, o fio que os conectava a seus pais se afrouxara. Porém, Annie se surpreendeu desejando que, mesmo não estando vivos, seus pais não estivessem mortos. Ansiava por um estado de animação, ainda que por trás disso não houvesse nenhuma centelha dando sentido às ações. Queria, supunha ela, o som das vozes de Caleb e Camille, mas que falassem uma língua que ela não entendesse. Rolou na cama para ficar de bruços, pegou o telefone do hotel e discou o número da casa de seus pais. O telefone tocou, tocou, tocou e então ela ouviu a voz crepitante e um pouco alta demais de sua mãe:

"Os Caninus estão mortos. Deixe um recado após o sinal e os nossos fantasmas entrarão em contato".

Annie aguardou, seu silêncio atulhando a secretária eletrônica da casa de seus pais. Por fim, tendo deixado tudo por dizer, pôs o fone no gancho. Dez minutos depois, tornou a pegá-lo, pressionou o botão de rediscagem e ouviu mais uma vez a voz de sua mãe, um som desencarnado, o fantasma de um fantasma. "Os Caninus estão mortos. Deixe um recado após o sinal e os nossos fantasmas entrarão em contato."

Tão logo a mensagem de sua mãe chegou ao fim, Annie desligou, não permitindo que a secretária eletrônica registrasse o som de sua dor, por mais indistinto que fosse. Não telefonaria de novo. Ouvira tudo que precisava ouvir. Deixou-se ficar ali deitada, sem pensar em nada, sem se mexer, alheia a tudo, consciente apenas do som do ar-condicionado no canto do quarto, rangendo como um aparelho que não parecia ter a menor chance de chegar inteiro à manhã seguinte, entretanto chegaria, claro que chegaria.

O inferno, 1996
Artistas: Caleb e Camille Caninus

Os Caninus — os três que ainda restavam — estavam no mato sem cachorro. Desde que Annie partira para Los Angeles, seis meses antes, a fim de se tornar uma estrela de cinema, Caleb, Camille e Buster mergulhavam cada vez mais fundo no interior movimentado daquela casa, sem saber como seguir em frente. Depois do ocorrido na encenação de *Romeu e Julieta*, que precipitara a partida de Annie, Buster não quis mais saber de ficar sob os holofotes. Contentava-se em observar e, mesmo assim, de preferência com os olhos fechados, só escutando. Camille dizia que sem Annie não seria a mesma coisa, que os Caninus eram uma família e que fora graças a essa unidade que a arte deles tinha feito tanto sucesso. Caleb proclamava que Annie não era mais necessária, que os Caninus estavam entrando numa fase nova e produtiva da carreira. Ele só precisava de algum tempo para descobrir que fase seria essa. Então os três ficaram à espera, e Buster tinha a sensação de haver se tornado uma presença invisível na casa, seus pais às vezes levando um susto ao vê-lo na cozinha, como se pensassem que ele fora embora com Annie. Aos olhos de Buster, Caleb e Camille pareciam irritadiços, todos os objetos da casa prometendo explodir em suas mãos. Eram, resumindo, uma família desestabilizada, e não estavam acostumados com isso. Eles *provocavam* instabilidade, pombas. Causar instabilidade era o *negócio* da família.

Para ocupar o tempo enquanto seus pais se descabelavam pensando na próxima intervenção dos Caninus — por mais de uma vez ele ouvira menções sussurradas a *bestas*, a arma medieval —, Buster se pôs a escrever. Antes de sair de casa, com o intuito de prepará-lo para a vida sem ela, Annie o encorajara a fazer algo artístico, algo que não tivesse a ver com Caleb e Camille. "Você precisa descobrir alguma coisa, tipo tocar violão, escrever romances, fazer arranjos de flores", dissera ela. "Assim você vai ver que criar uma coisa não precisa ser um troço tão pirado como o Caleb e a Camille dão a impressão que é." Das sugestões feitas por Annie, escrever pareceu a Buster a mais fácil de esconder de seus pais. Agarrou um punhado de lápis como se fosse o buquê que ele levaria a um encontro com uma daquelas moças deslumbrantes que nem olhavam para ele. Deslizou o polegar pelo corte lateral de um caderno e, enquanto via as páginas em branco virando velozmente sob seus olhos, imaginou símbolos impregnando o papel. E então, nada.

Ficou inseguro na hora de começar. Não sabia sobre o que escrever. Que mais havia além de sua família? Podia escrever sobre sua família? Não parecia uma boa ideia. Mas escreveria sobre *uma* família. A família Maledictus. Os pais seriam anões. O irmão seria mais velho que sua irmã. Isso pareceu ser, aos poderes imaginativos nascentes de Buster, o suficiente para disfarçar a identidade verdadeira deles. Em seguida, tratou de pôr os Maledictus em todo tipo de situação catastrófica. No ventre de uma baleia. No porta-malas de um carro prestes a cair de um penhasco. Despencando pelos céus, nenhum de seus paraquedas se abrindo. Todas essas calamidades eram fruto da ação de pais irresponsáveis que viviam pondo a família em perigo. E então, bem na hora em que parecia que os Maledictus se safariam, graças às ações serenas e inventivas das crianças, um dos pais cometia algum erro crítico que os mandava desta para uma melhor. Todas as narrativas terminavam da mesma maneira, com os integrantes da família sensacionalmente mortos, só para serem ressuscitados na história seguinte. Da primeira vez que leu uma dessas narrativas para Annie, ela inicialmente ficou em silêncio. Depois disse: "Você não acha que seria mais legal tocar violão, em vez de escrever?". Não, ele não achava. Descobrira uma coisa que era capaz de fazer. Sabia criar conflitos. Sabia conduzi-los até o seu desenlace. E, quando chegava ao fim, ele era o único que escapava ileso. Ele era, concluiu, sem que ninguém lhe dissesse isso, um escritor.

Buster ligava para Annie à noite, quando já era bem tarde, a fim de não despertar a suspeita de seus pais. Não que eles fossem se importar. Annie não tinha sido banida. Ao contrário da família de Camille, o casal Caninus não renegaria a filha só porque ela os decepcionara. Iriam apoiá-la, mas, já que Annie não queria mais participar dos projetos deles, não podiam perder muito tempo pensando nela. Transferiram inclusive para sua conta bancária uma quantia vultosa, para ajudá-la a começar a vida na Califórnia. "Foi um dinheirão, Buster", contou ela ao irmão certa noite. "Tipo dinheiro de *gente rica*." Isso fez Buster se lembrar de que, estritamente falando, seus pais eram pessoas ricas. Além das bolsas e dotações que eles pareciam receber sem falta todos os anos, Caleb e Camille haviam sido agraciados com um prêmio em dinheiro da MacArthur Foundation quando Buster tinha dez anos, uma bolada tão grande que foi como acertar na loteria. Contudo, seus pais continuaram se comportando como se nada tivesse acontecido, no máximo adquirindo às vezes acessórios mais dispendiosos para suas performances. O fato de que tivessem dado parte daquele dinheiro para Annie deixava Buster feliz, fazia-o pensar que, por mais dividida que sua família estivesse, um dia as feridas poderiam cicatrizar. Também mostrava que, se ele soubesse usar bem as suas cartas, haveria um bom dinheiro à sua espera quando ele partisse para aquela que seria a sua próxima etapa.

Annie morava com uma moça chamada Beatrice, uma lésbica que ajudava a tocar um negócio esquisito de pornografia por correio que cheirava a coisa ilegal. Foi Beatrice quem atendeu o telefone. "A Annie está?", perguntou Buster. "Tá aqui do lado", disse Beatrice. "E o que houve com os trinta dólares que eu falei pra você mandar pra mim?"

"Tô na lona", respondeu Buster. Como explicar que aquele dinheiro, até o último centavo, estava num envelope fechado que ele mantinha debaixo da cama, radioativo demais para ser levado até o correio, as intenções ali contidas penetrando o assoalho, infiltrando-se no chão, poluindo os canos que traziam a água da rua para o interior da casa?

"Se você mandasse esse dinheiro", disse Beatrice, como sempre dizia, "eu mandaria pra você uma coisa linda que tenho aqui."

"A Annie está?", tornou a perguntar Buster.

"Tá legal", disse Beatrice. "Um minutinho."

Annie atendeu o telefone e os dois irmãos falaram sobre as coisas de sempre. Os testes que Annie andava fazendo ("Passei no primeiro teste daquele filme pra TV sobre um assalto a banco que dá errado. Tenho que tentar ganhar o ladrão burro na lábia antes que o ladrão malandro perceba e me encha de porrada"). As narrativas de Buster ("Aí eles percebem que uma das granadas está sem o pino. Ah, cara, por aí você já percebe o que acontece depois"). Os sonhos que Annie tinha de se tornar uma estrela de cinema ("Não quero ser uma puta estrela. Só quero que as pessoas me vejam num filme e lembrem que tinham me visto em outro filme antes e que eu trabalhei bem nele"). Os sonhos que de repente Buster começou a ter de tornar-se escritor ("Acho que a mamãe e o papai não leriam nada do que eu publicasse").

"A gente vai fazer coisas incríveis, Buster", dizia sempre Annie. "Para as pessoas, Caleb e Camille serão apenas os pais de Buster e Annie Caninus."

"Eles ainda não fizeram nenhuma performance desde que você saiu de casa", disse Buster, sem conseguir disfarçar a preocupação em seu tom de voz.

"Que maravilha, Buster", disse Annie.

"Pra você é fácil falar assim", retrucou Buster. "Está aí na Califórnia. Eu estou aqui."

"Logo você também vai poder sair de casa", disse Annie. "Logo você vai poder vir pra Los Angeles comigo e a gente não vai ter de voltar pra casa nunca."

"Nunca?"

"Nunca, jamais."

No supermercado, o pai de Buster parou no meio da frase, saiu dançando de um jeito desengonçado, tropeçou numa pilha de vidros de molho de tomate e se estatelou no chão, onde se deixou ficar todo desmilinguido, fazendo uma figura que não discrepava muito de uma vítima de homicídio. Buster, sua mãe em outro corredor, congelou, não sabia como agir. Não haviam combinado nada sobre aquilo antes. A mão direita de Caleb sangrava de uma maneira que sugeria necessidade de sutura. Vinham vindo pessoas em seu socorro, gritos ecoavam pelos corredores. Então Buster se pôs rapidamente de gatinhas, os joelhos das calças escurecendo, e, com movimentos frenéticos, começou a levar punhados de molho de tomate à boca.

"Não, não, não", sussurrou Caleb, ainda com uma careta de dor no rosto. Buster sentiu a ardência da vergonha se espalhando por suas faces e reavaliou a situação. Agora as pessoas se amontoavam em torno deles. Buster gritou: "Eu vi tudo. Isto aqui vai dar processo. Este lugar vai ver uma coisa. Vamos arrancar até as calças deles na Justiça". Caleb agarrou Buster pela camiseta e, com dificuldade, usou o filho como apoio para se sentar. "Foi só um tombo, Buster", disse ele. "Só isso. Eu caí." Buster baixou a cabeça, recusando-se a olhar para as pessoas que os cercavam, e aguardou que alguém que não ele viesse restaurar a ordem. Tinha na boca um minúsculo caco de vidro de um dos potes que haviam se quebrado. Deixou-o ficar alguns segundos sobre a língua e então o engoliu.

Depois, na volta para casa, com filho e pai sentados sobre dezenas de sacolinhas plásticas para não sujar os assentos do carro, Caleb balançava a cabeça. A mão ferida, cujo corte fora muito menos grave do que aparentou ser enquanto esteve coberto de molho de tomate, achava-se enrolada num lenço. "Que cena de pastelão", disse ele para a mulher. "O B acha que agora viramos atores de pastelão."

Algumas semanas após o incidente no supermercado, Buster chegou da escola e deu com os pais escutando um disco de *thrash metal* no último volume. Os dois dançavam com tal assanhamento ao som daquela barulheira infernal que seu constrangimento não foi menor do que se os tivesse surpreendido fazendo sexo. "Buster!", exclamaram os dois, berrando mais alto que a música, quando o viram parado no corredor. Sua mãe se aproximou e o levou até a sala de estar. Sobre a mesa, viam-se barras de chocolate de todos os tipos. Era assim que Caleb e Camille celebravam, com música alta e açúcar. Buster sabia que estava para acontecer alguma coisa e se limitou a esperar que seus pais explicassem qual seria o lugar que lhe caberia na estrutura perigosamente instável que eles por fim tinham concebido.

"Dê uma olhada nisto", disse Caleb depois que as coisas se acalmaram. Buster estava sentado no sofá, com o pai de um lado e a mãe do outro, comendo seu terceiro chocolate, este recheado, sabe-se lá como, com duas consistências diferentes de caramelo. Seus pais puseram em sua mão uma matéria do *New York Times* intitulada "Botando fogo na casa". A foto que ilustrava a reportagem era um close de um homem parado em frente a uma casa, com um fósforo aceso na mão. Ao que parecia, o sujeito, um artista performático chamado Daniel Harn, pretendia pôr fogo em sua casa, com tudo o que havia dentro: um comentário sobre o materialismo e a crueldade da natureza. A casa, com todas as recordações que ela continha, seria reduzida a cinzas, tudo em nome da arte.

"A gente vai pôr fogo aqui em casa também?", indagou Buster.

"Não", gritou seu pai. "Pelo amor de Deus. Onde já se viu, roubar a ideia de outro artista? Ainda mais uma ideia tão ruim."

"Buster", começou sua mãe, "esse tal de Harn está tentando criar esse espetáculo, mas vai fazer um troço completamente sem graça, como qualquer obra de arte tradicional. Ele conta pra todo mundo antes. Chama as pessoas pra irem ver a casa dele, lá no Norte de Nova York, ser destruída por um incêndio. Está dizendo o que as pessoas devem pensar sobre a coisa antes que ela aconteça."

"Isso não é arte", continuou Caleb. "É uma exposição de arte. A arte já está feita."

"Quer dizer que a gente vai lá apagar o fogo?", perguntou Buster.

"Não seria mau", reconheceu Camille, "mas temos uma ideia melhor."

"Muito, muito, muito melhor", disse Caleb, pondo-se a rir, meio doidão com o excesso de açúcar. Então Camille começou a rir. E os dois riam com tanto entusiasmo, pareciam tão genuinamente eufóricos, que Buster experimentou rir também, para ver como era a sensação. Riu e riu e, embora ainda não soubesse o motivo das gargalhadas, esperava que fosse algo que justificasse o esforço que ele já estava fazendo para se divertir tanto.

No telefonema seguinte, Buster falou a Annie sobre a nova performance que os Caninus pretendiam realizar: a casa em chamas, o plano de seus pais.

"Você não tem que fazer o que eles querem que você faça", lembrou-lhe Annie.

"*Você* não tem que fazer o que eles querem que você faça", retrucou ele. "Eu ainda tenho que morar com eles. E eu quero fazer. Pelo menos assim estou participando. Eles me tratam com alguma consideração. Do contrário, sou só um cara que vive na casa deles."

"Não é esse o sentimento que se espera que as pessoas tenham pelos filhos."

"De qualquer forma, só vou ficar tirando fotos", prosseguiu ele. "Não corro o risco de ser preso."

"Tome cuidado", aconselhou Annie.

"Não vai ser a mesma coisa sem você", disse Buster.

"Vai, sim", replicou ela. "Vai ser a mesma coisa horrível que sempre foi." Os dois permaneceram em silêncio por alguns instantes, até que Annie disse: "De repente me deu vontade de estar aí". Então cortou a ligação, como se não quisesse mais falar sobre aquilo, e Buster se viu abandonado do outro lado da linha, ainda com o fone junto à orelha, imaginando que, se escutasse com bastante atenção, conseguiria ouvir a irmã lá em Los Angeles, ensaiando suas falas, enunciando cada sílaba com clareza.

Três semanas mais tarde, Buster estava em Woodstock, no estado de Nova York, arrependido por não ter trazido um casaco mais grosso, empunhando uma câmera Leica R4 que ele não sabia muito bem como usar, à espera de que um sujeito pusesse fogo em sua própria casa. Estava na companhia de outras oitenta ou cem pessoas, todas sentadas em cadeiras de praia que haviam sido dispostas a uma distância segura da residência. Ele era, de longe, o mais jovem na assistência aparentemente composta por uma mescla de tipos do meio artístico nova-iorquino e gente que viera só para ver o espetáculo. Havia também uma equipe de bombeiros: para fazer aquele tipo de coisa, a pessoa provavelmente devia obter uma licença, e o artista obtivera a sua. Buster não conseguia imaginar o que seus pais diriam de um artista que preenchia formulários para realizar sua visão. Caleb e Camille não estavam mais à vista, tendo desaparecido vinte minutos antes, conforme o planejado. A tarefa de Buster consistia apenas em esperar que o fogo fosse ateado, para então tirar o máximo de fotos possível.

Sentou-se na ponta da terceira fileira de cadeiras de praia e se pôs a virar a máquina de um lado para o outro. "Veio por conta da arte?", ouviu alguém perguntar às suas costas. Virando-se rapidamente, Buster deu com um homem mais velho, ostentando uma gravata-borboleta e um casaco vistoso e quente e sorrindo para ele. "Ou veio para ver um belo incêndio?"

"As duas coisas", respondeu Buster.

"Eu vim principalmente para ver esse idiota pôr fogo na própria casa", disse o homem. Buster ficou com a sensação de que o sujeito estava um pouco bêbado e que provavelmente passava a maior parte do tempo naquele estado. "A minha irmã é uma artista famosa. Faz uns cartazes de protesto ou bobagens desse tipo. Acho que não entendo mais a arte contemporânea", disse ele. Apontou para a máquina de Buster. "Isso aí", disse ele, "eu entendo. Fotos. Pinturas. Esculturas. Mesmo quando a coisa não é muito boa, eu entendo. Pôr fogo numa casa? Comer as próprias fezes? Passar três dias em pé? Experimente fazer essas coisas sem dizer que é arte. Você acaba atrás das grades."

A fim de se desembaraçar do diálogo, Buster virou o corpo para a frente o máximo que pôde, sem todavia deixar de olhar para o homem. Tinha a sensação de que sua cabeça se desparafusaria do resto do corpo.

"E então? Estou certo ou não estou? Se eu dou um murro na sua cara, posso chamar isso de arte?"

Buster ergueu a Leica e tirou uma foto do sujeito.

"Isso é arte?", indagou o homem, cujo rosto foi ficando cada vez mais vermelho, as bochechas estufadas de raiva.

"Não, é só pra eu ter uma prova", disse Buster. "Pro caso de o senhor me dar um murro."

"Arte", disse o homem, e então fez com a mão o movimento de quem bate uma punheta. Buster se levantou e mudou de lugar, pondo uma fileira de cadeiras entre si e o sujeito. Estava com frio. Quando é que iriam acender o fogo?

Quase vinte minutos mais tarde, um indivíduo saiu da casa com um galão de gasolina. Não falou com o público. Introduziu a mão no bolso, sacou uma caixinha de fósforos, acendeu um palito e o atirou pela porta aberta da casa. O fogo pegou imediatamente, mas levou bastante tempo para começar a se espalhar pelos cômodos da residência. Buster ouvia os estalidos do calor rearranjando moléculas, mas era algo muito menos espetacular do que ele imaginara. Percebeu que fizera a ideia de uma explosão, não de um incêndio. Revisou suas expectativas. Era uma casa e estava pegando fogo. Que mais ele queria? Pensou que seria um gesto de boa educação aplaudir, oferecer um reconhecimento ao esforço despendido naquela exibição, mas ninguém estava fazendo isso, de modo que ele se resignou a ficar ali sentado, à espera de seus pais.

Uma janela se estilhaçou e começou a verter fumaça para fora da casa e então Buster viu Caleb e Camille, de mãos dadas, saindo calmamente da casa, as labaredas dançando ao redor de suas formas enevoadas. Buster enquadrou seus pais no visor da máquina e se pôs a tirar fotos. O braço de Caleb estava em chamas e ele o agitava de uma maneira tal que Buster não sabia dizer se a intenção era saudar os perplexos espectadores ou apagar o fogo. Os dois pareciam meio trôpegos, nauseados com a fumaça, mas continuavam andando, passando por entre a aglomeração de espectadores, e a impressão que se tinha era a de que pretendiam continuar andando até chegar em casa, mas um dos bombeiros correu até eles e os esguichou com um extintor. Ficaram com o aspecto de dois bonecos de neve malfeitos, salpicados com uma substância espumosa. Caíram no chão, tossindo com a fumaça que tinham nos pulmões. Quando por fim se restabeleceram, Buster e as outras pessoas haviam formado um círculo à sua volta. Com exceção de Buster, que continuava a tirar fotos, ninguém fazia ruído nenhum. As pessoas olhavam fixamente para aquelas duas criaturas estranhas, enquanto, às suas costas, o esqueleto da casa continuava a arder, as chamas projetando estranhas sombras sobre todos. Buster viu seus pais se abraçarem, se beijarem e então abrirem caminho por entre as pessoas, safando-se dos bombeiros e desaparecendo no meio do bosque, correndo em direção à van da família, e de repente Buster se deu conta de que Caleb e Camille não hesitariam em deixá-lo para trás se ele não fosse rápido ao seu encontro.

Como que lembrando à plateia o motivo de sua presença ali, os fundos da casa começaram a ceder, e Buster aproveitou o momento de distração para sair no encalço de seus pais. Tinha dificuldade em ver aonde estava indo e tomava cuidado para não avariar a Leica — tão cara que Caleb o fizera dar um nome para ela (*Carl*), a fim de que ele tomasse mais cuidado com a máquina. Tinha a sensação de que talvez estivesse seguindo numa direção totalmente errada. Pareceu-lhe que talvez seus pais também seguissem na direção errada, de tão intoxicados pela fumaça. Conhecia bem aquela situação, o intervalo de tempo entre a realização da performance e o momento em que a família podia se reunir com segurança. Dessa vez, porém, Annie não estava com ele. Estava sozinho. Seus pais estavam juntos, mas ele estava sozinho. Parou, fotografou a escuridão, e então deixou que sua intuição o levasse de volta para a van.

Quando Buster finalmente chegou, seus pais estavam à sua espera. Achavam-se sentados no banco de trás da van, com a porta aberta, ambos examinando as feias marcas róseas que tinham no corpo e que inchavam a olhos vistos. Chamaram-no com um gesto e ele tirou uma foto dos dois. "O negócio é o seguinte, Buster", começou Caleb. "Se falam pra você que um tecido é à prova de fogo, o que estão querendo dizer é que com ele você não vira carvão. Mas, mesmo assim, queima e arde pra caralho."

"Vocês arrasaram", afiançou-lhes Buster. Caleb concordou com um meneio de cabeça, porém Camille se limitou a exibir um sorriso não muito animado. "Quando você saiu do meio das árvores agora há pouco", disse ela a Buster, "por um instante eu achei que a Annie apareceria atrás de você."

Buster olhou com atenção para sua mãe, que fez uma careta de dor ao mudar de posição. O ar cheirava a cabelo queimado. "Também sinto falta dela", disse ele.

Camille fez um gesto para que ele se aproximasse e então o abraçou. Momentos assim eram raros, e Buster não permitiu que nada o distraísse da sensação maravilhosa que era compartilhar a mesma emoção com sua mãe, mesmo que a emoção fosse tristeza. E então ela começou a soluçar. "Não é a mesma coisa, é?", indagou.

"Camille", disse Caleb, mas desistiu de seguir em frente ao ver a expressão horrível que sua mulher tinha no rosto, o olhar de alguém que está pendurado na borda de um penhasco, se segurando, mas sabendo que está prestes a se soltar.

"A razão de a gente fazer isso era que assim podíamos continuar sendo uma família. Podíamos criar essas coisas bonitas e doidas e podíamos fazer isso juntos. Eu e o seu pai fizemos você e a sua irmã e aí nós quatro fazíamos essas coisas. Sem ela aqui, sei lá, fico com a sensação de que em tudo que a gente fizer daqui para a frente vai estar faltando alguma coisa. Vai faltar algo essencial."

O pai de Buster se curvou para se somar ao enlace entre mãe e filho. "A gente sabia que mais cedo ou mais tarde isso aconteceria, Camille. Fosse com a gente morrendo ou com as crianças saindo de casa, não daria para ser eternamente nós quatro. O jeito é a gente se adaptar. Nossa arte vai evoluir. Vai se tornar algo diferente, algo melhor."

"Não fale assim", disse a mãe de Buster.

"Não melhor, desculpe, me expressei mal. Mas, ainda assim, algo gratificante."

"Não sei se serei capaz de continuar fazendo isso sem vocês dois", disse a mãe de Buster para Buster. "Não sei se quero."

Buster tornou a abraçar a mãe e então disse: "É só por uns tempos".

"É assim que devo ver a coisa?", indagou ela ao filho.

"A gente sai de casa e depois a gente volta, e vai ser melhor ainda, porque aí eu e a Annie teremos uma ideia mais precisa do que a gente é capaz de fazer, como a gente pode ajudar você e o papai."

"Vocês voltam", disse sua mãe.

"Vamos ter que ensinar tudo de novo pra vocês", disse seu pai.

"E aí a gente vai e faz uma coisa maravilhosa", disse Buster.

Sua mãe parou de chorar e acariciou o rosto dele. "Eu sei que não é verdade", disse ela, "mas vamos fazer de conta, por enquanto, que vai ser assim."

12.

Tendo enfim aceitado a morte de seus pais, Annie e Buster se surpreenderam ao ver como era banal e enfadonho o processo do luto. Sem um enterro, que os dois acharam que seria uma coisa sem sentido, parecia não haver uma maneira concreta de expressar a dor. Até passou pela cabeça deles criar algo violento e estranho em nome de seus pais, mas não chegaram a levar a ideia a sério. Parecia-lhes que, com o desaparecimento de Caleb e Camille deste mundo, não lhes restava alternativa senão continuar vivendo, tocar o barco, e ver que espécie de mundo os aguardava.

Annie pretendia voltar em breve para Los Angeles, reorganizando a vida por lá antes de ter de deixá-la para trás de novo, a fim de trabalhar no filme de Lucy. Convidara Buster para ir com ela — a casa era grande o bastante para acomodar com folga os dois —, mas ele, cruzando os dedos para não estar fazendo uma grande burrada, arranjara as coisas e decidira ficar em Nashville. Com um pouco de mendigagem e alguns elogios insinceros ao conto verborrágico e sem pé nem cabeça de Lucas Kizza, conseguira um cargo de auxiliar de ensino na faculdade técnica local, para dar um curso de redação argumentativa e outro de redação técnica. As pessoas o chamariam de professor Caninus, uma alcunha tão apropriada a um supervilão que ele não sabia se conseguiria levar a coisa na boa. Moraria com Suzanne, um passo sobre o qual os dois haviam discutido durante várias semanas sem ter encontrado um bom motivo para não dar. A casa dos Caninus ficaria vazia e fechada, entregue aos caprichos da Justiça até que alguém tomasse uma decisão sobre o que fazer com ela. Annie e Buster chegaram a sentir uma vontade atormentada de pôr fogo no lugar, ou então mandar tudo pelos ares, mas estavam fartos desse tipo de mortificação desagradável que no fundo era só raiva travestida em dor. Conformaram-se em deixar a casa para trás, só isso, e nunca mais voltar. Com sorte, seus cérebros fariam cuidadosa edição que seria necessária para omitir da memória aquela parte de suas vidas.

Por ora, os dois executavam os passos reformulados de um velho número. Buster escrevia e Annie ensaiava. Vez por outra, como costumava fazer anos antes, quando ele ainda morava com os pais e Annie estava em Los Angeles, Buster lia as falas do roteiro com a irmã, dando tudo de si para acompanhar o ritmo dela, só para descobrir que era impossível. As diligências para encontrar seus pais, aquela trabalheira toda, aqueles esforços ridiculamente zelosos foram abandonados sem mais aquela, e os dois ficaram escandalizados ao perceber como seu tempo livre aumentara, agora que não precisavam mais se preocupar com aquilo.

Numa das últimas noites que passaram na casa — Annie trancada em seu quarto, fazendo os exercícios propostos por uma fita de vídeo que ela comprara numa loja de artigos de segunda mão, uma mistura de ginástica aeróbica com passos de jazz —, Buster ouviu os pneus do carro de Suzanne esmagando o cascalho do pátio de entrada, mas mesmo assim continuou digitando, tentando extrair o máximo de palavras da história que tinha na cabeça. O romance parecia ser ele próprio meio cavernoso, uma narrativa tortuosa, com passagens labirínticas, porém a única preocupação de Buster era encontrar uma saída que não correspondesse à entrada original, e assim ele seguia tateando no escuro, buscando uma trilha em que houvesse a promessa de libertação. Sabia que Micah e Rachel acabariam saindo da fossa e assumiriam o lugar que lhes cabia no mundo da superfície, mas ele tinha de chegar lá, precisava encontrar a sequência correta de eventos que destravaria essa imagem. Ouviu a voz de Suzanne chamando no corredor de entrada e por fim tirou os dedos do teclado do computador. Numa mão, Suzanne tinha dois embrulhos do Sonic Drive-In, com os fundos úmidos de gordura e vapor, e, na outra, uma bandeja com dois copos de refrigerante tão grandes que pareciam barricas. "Vamos jantar?", disse ela. Buster fez que sim com a cabeça, abriu espaço na mesinha de centro da sala e então os dois se aboletaram no chão e atacaram seus hambúrgueres. Sem ter posto nada na boca desde cedo, Buster deixou que a comida, o sal e a gordura e o ardido dos condimentos picantes lhe servissem como recompensa por ter escrito o que precisava para ficar satisfeito. "Foi legal o seu dia?", indagou a Suzanne.

Suzanne terminara seu hambúrguer e estava cuidadosamente abrindo alguns sachês de mostarda para pôr num enroladinho de salsicha. "Até que foi", disse ela. "Gorjetas razoáveis, nenhum freguês metido a besta. Passou rápido. E acho que tive uma ideia para o conto que estou escrevendo. Anotei num guardanapo na hora do meu intervalo." Buster sorriu. "Tive um dia bom também", disse ele. Suzanne sorriu e o beijou no rosto. "Eu sabia que você estava tendo um dia bom", disse ela. "Me fez bem ficar lá no trabalho pensando que você estava aqui, dando um gás no seu livro." Continuaram comendo, tomando goles de um refrigerante tão doce que parecia caramelo em estado líquido, e Buster se permitiu experimentar a empolgação de saber que poderia ser assim para sempre, se não metesse os pés pelas mãos e estragasse tudo.

"Eu trouxe um CD para a gente escutar", disse Suzanne, introduzindo a mão na mochila. "Comprei na internet pra você. Parece com as coisas loucas que você escuta nesse aparelho de som, mas são uns meninos novos." Mostrou a Buster o CD de uma banda chamada The Vengeful Virgins. A arte da capa consistia em centenas e centenas de cordas de guitarra emaranhadas, dando origem a formas muito estranhas. "São dois irmãos gêmeos, e parece que são, tipo assim, idiotas-prodígio ou coisa do gênero. Têm catorze anos ou pouco menos que isso e fazem um puta som esquisito. É só bateria e guitarra, mas é um troço animalesco." Buster deu de ombros. Não queria estender a conversa, mas só escutava os discos de seus pais porque nunca desenvolvera um gosto próprio. Achara muito difícil descobrir outros tipos de som, escutar uma coisa e ficar se perguntando: "Será que isso presta?". Seus pais haviam selecionado música que valia a pena, então eram os discos deles que ele escutava. Mas não revelou isso a Suzanne. Disse apenas: "Ponha pra tocar", e voltou aos bolinhos de batata que Suzanne instruíra o cozinheiro do drive-in a fritar duas vezes para deixá-los ainda mais crocantes.

A primeira faixa começava com o som do bumbo de uma bateria, as batidas um pouco fora de ritmo, espasmódicas. Continuou assim por mais de um minuto, até que Buster ouviu uma voz, num diapasão que sugeria uma puberdade súbita, cantando: "Quando o fim vier, como sempre vem, vamos nos afogar no nosso próprio pó. Vamos ver o céu escurecer e tudo, tudo será podre e enferrujado. Mas nós não vamos morrer. Não vamos morrer". Suzanne apontou para o aparelho de som, cutucando Buster com o cotovelo. "Não falei? Sinistro, hein?" Buster concordou com a cabeça. Uma guitarra, ou algo que lembrava uma guitarra, produziu um gemido esganiçado e, então, de repente, a bateria apertou o ritmo, ganhando a regularidade das batidas de um coração, e a música começou a se contorcer e a estrebuchar e Buster teve a sensação de que estava acontecendo uma coisa maravilhosa que dali a pouco implodiria. Quando a segunda faixa chegou ao fim, ele disse: "Esse som é do caralho", confiante no acerto da declaração, aumentando o volume a ponto de fazer a casa vibrar. Suzanne tornou a beijá-lo. "Sabia que você curtiria", disse ela.

"É um mundo triste", esgoelou a voz no CD, estraçalhando as cordas vocais, dando início abrupto a uma nova faixa. "É um mundo cruel." Buster se retesou inteiro, a canção se enroscando no circuito interno de suas lembranças, e apoiou as mãos com firmeza na mesinha de centro, fazendo tanta força que o móvel se pôs a vibrar de leve. "Matem todos os pais, não deixem sobrar nenhum, só assim é que vai dar pra continuar vivendo", cantou Buster, ao mesmo tempo em que a voz no CD. "Matem todos os pais", repetiu ele, com a voz falhando, "não deixem sobrar nenhum, só assim é que vai dar pra continuar vivendo." Suzanne pôs a mão no ombro dele. "Você conhece essa música?", indagou ela, e Buster não pôde senão balançar afirmativamente a cabeça.

Annie emergiu de seu quarto, halteres ainda nas mãos, e tinha uma expressão tão confusa no rosto que suas feições pareciam ter sido embaralhadas, uma espécie de cubismo. "Que porra é essa?", indagou ela, apontando um dos halteres para o aparelho de som. Buster mostrou a caixinha do CD e Annie deixou cair o haltere, fazendo o chão tremer. Arrancou-a das mãos do irmão. "É a terceira", disse Buster, indicando a lista de faixas no verso. "Terceira música: 'Morte aos pais'."

"Que foi?", perguntou Suzanne, recuando diante da intensidade dos jovens Caninus.

"Essa música é dos Caninus", disse Buster, enquanto ele e a irmã saíam da sala, precipitando-se na direção de seu computador, da internet, impulsionados por um interesse repentino pelos Vengeful Virgins. "Como assim?", indagou Suzanne. "Os nossos pais", berrou Annie, sua voz ecoando pela casa de seus pais, onde eles, Annie e Buster, tinham, sabe-se lá como, crescido. "A porra dos nossos pais."

Enquanto os jovens Caninus se lançavam numa busca frenética pela internet, Suzanne pegou suas coisas e foi embora, deixando os dois entregues a seus expedientes perversos. Buster rolava tão velozmente a tela com os resultados do Google, que Annie tinha de ficar dando tapas em sua mão para que ele fosse mais devagar. Os Vengeful Virgins integravam o elenco do Light Noise, um selo minúsculo do noroeste dos Estados Unidos, especializado em música *indie*, que fora responsável pela descoberta do Leather Channel, outra banda de que Buster e Annie nunca tinham ouvido falar e que posteriormente assinou um contrato multimilionário com a Interscope Records. Os dois meninos de treze anos que compunham a banda, Lucas e Linus Baltz, não tinham um site propriamente dito, só uma página muito simples no MySpace, em que não havia nada além de algumas de suas músicas tocando em reprodução contínua e meia dúzia de fotos em que se viam dois garotos magros, altos e desengonçados, com cabelos desgrenhados, olhos tão escuros que pareciam pretos e sorrisos largos, revelando dentes ligeiramente tortos. Parecia impossível que aqueles dois moleques fossem os responsáveis pelas músicas de fundir a cabeça que Buster ouvira. Embora uma porção de blogueiros entoasse loas ao disco, sempre citando a precocidade incrível dos meninos, Buster encontrou apenas algumas matérias com informações pessoais sobre os dois. Descobriu que moravam em Wayland, na Dakota do Norte, eram autodidatas e obcecados pelo apocalipse. No momento, segundo o site da gravadora, estavam fazendo uma turnê.

Buster consultou as datas dos shows dos Vengeful Virgins. Naquela noite eles tocariam em Kansas City, no Missouri. No dia seguinte estariam em Saint Louis.

Foi chocante para Buster, depois de todo o esforço que ele e sua irmã haviam feito para se obrigar a aceitar a morte de seus pais, observar a rapidez com que os dois voltaram a mergulhar de cabeça no frenesi e na incerteza da busca por Caleb e Camille. O plano, que Buster elaborou prontamente, era que ele e Annie fossem a Saint Louis para assistir ao show dos Vengeful Virgins. Dariam um jeito de chegar aos camarins e então confrontariam os garotos com a verdadeira origem daquela música, tentando fazer com que eles lhes dissessem onde estavam seus pais. Era isso. O plano todo se resumia a isso. Tinha alguns furos, admitia Buster. Se Caleb e Camille haviam falado sobre seu desaparecimento aos Vengeful Virgins, deviam saber que podiam confiar nos meninos. Então como fariam para que eles lhes contassem o que precisavam saber? E se os gêmeos estivessem completamente por fora do assunto? E se os seus pais estivessem mesmo mortos, como eles haviam finalmente aceitado que estavam, e aquilo tudo não passasse de uma estranha coincidência? Buster tentou não pensar nisso, concentrou-se apenas na sensação aguda e dolorosa que experimentava em seu íntimo, indicando que ele estava chegando perto da coisa que precisava saber.

Annie sentou na cama de Buster enquanto ele preparava uma mochila com roupas e artigos de toalete. "Tá legal, então me diga uma coisa", principiou ela. "Você acha que o Caleb e a Camille conheceram esses dois fedelhos e deram essa música pra eles?" Buster refletiu sobre a afirmação e então concordou com a cabeça. "Isso significa", prosseguiu Annie, "que os Vengeful Virgins provavelmente sabem sobre os Caninus e sobre aqueles happenings todos que a gente fazia." Buster tornou a concordar. "E, se sabem o bastante sobre os nossos pais pra saber que eles estão se escondendo, então provavelmente sabem quem somos nós. Você não acha, então, que eles vão reconhecer a gente quando formos falar com eles?" Buster não pensara em nada daquilo. "Pode ser", admitiu ele. "Com certeza", corrigiu-o Annie. "Assim não vai funcionar. Temos que ser mais espertos que eles. Precisamos dar um jeito de contornar as defesas deles." Buster começou a desfazer a mochila. "Tô vendo que a gente não vai pra Saint Louis", disse ele, fazendo uma careta.

E, então, antes que ele pudesse devolver uma única peça de roupa à cômoda, Buster ouviu a irmã dar uma risada. Virou-se e viu Annie — que sorria como se soubesse de todos os segredos do mundo e não se importasse em estragar tudo com sua revelação — fazendo sinal para ele se aproximar. "Pro Caleb e pra Camille, a arte é mais importante que tudo", disse ela. "Nada mais tem importância." Buster concordou, balançando a cabeça, ainda intrigado com o que estava por vir. "Esses meninos são tão novinhos. Desconfio que ainda há certas coisas a que eles não resistem."

"Dinheiro?", indagou Buster, ainda se esforçando para alcançar o que sua irmã já compreendera.

"Fama", respondeu ela.

Enquanto Annie esboçava os elementos rudimentares de seu plano, Buster escutava os Vengeful Virgins ao fundo, ainda martelando nas caixas de som da sala, e sentia uma necessidade imperativa de inscrever seu nome em alguma coisa, com letras tão garrafais que pudessem ser vistas do espaço, reivindicando tudo o que era indiscutivelmente seu.

Naquela noite, como eles não tinham como pôr o plano em ação antes que fosse dia claro, Buster sentou no sofá da sala e ficou escutando os Vengeful Virgins de novo. Fechou os olhos e deixou que os gritos esganiçados e a pulsação rítmica atingissem seus músculos como um bálsamo sem eficácia medicinal comprovada. Imaginou seus pais escondidos no porão de alguma casa na Dakota do Norte, escutando aquelas mesmas músicas, espalhando pelo mundo aquela estranha pista de seu desaparecimento, de cidade em cidade, até que Annie e Buster dessem por ela. Ou será que a pista nem era dirigida a eles? Não seria antes uma peça que seus pais estavam pregando nas pessoas, uma maneira de dar continuidade a sua obra no anonimato? E o que era pior, uma hipótese em que Buster não se permitira pensar desde que ouvira a música: talvez aqueles dois garotos fossem os substitutos de Annie e Buster, as novas crianças que Caleb e Camille Caninus pretendiam usar para recuperar o prestígio perdido. Haviam se cansado de Annie e de Buster, de seus fracassos, do simples fato de que não eram mais crianças, e agora tinham Lucas e Linus. E, como prova dessa nova parceria, deram aos garotos uma música que antes fora só dos Caninus, sabendo que os dois seriam capazes de espalhá-la pelo mundo de uma maneira que Annie e Buster nem poderiam ter sonhado em fazer.

Buster desligou o aparelho de som e permaneceu sentado no silêncio escuro da casa de seus pais. Chupava um cubo de gelo, esfregando a curva da pedra na parte de trás de seus dentes. Concentrou-se até ter a sensação de que a temperatura de seu corpo se ajustara ao gelo frio que ele tinha na boca. Seus braços e pernas estavam adormecidos, nada além de seu coração bombeando sangue para as extremidades do corpo que ele se recusava a usar. Passaram-se trinta minutos e então ele voltou subitamente à vida, levantando-se do sofá, seus pés o levando de volta para o computador. Deletou as últimas páginas de seu romance, um equívoco da imaginação, e começou de novo. Era a única coisa que ele podia controlar, o mundo que ele criara, e fez com que esse mundo se curvasse à sua vontade, experimentando a satisfação de dizer que determinada coisa era assim ou assado sem que ninguém pudesse contradizê-lo.

Haveria salvação, os gêmeos escapando do fosso, renegando o futuro que lhes fora reservado, encontrando um mundo novo para chamar de seu. E, infelizmente, isso significava que nada mudaria além deles: as crianças continuariam a ser escravizadas para lutar no fosso umas contra as outras até transformar as mãos em pedacinhos de brita e então viver por anos e anos com as consequências disso. Mas o que os gêmeos poderiam fazer? Melhor deixar aquilo para trás do que tentar consertar o que já era defeituoso. Não fora isso que Annie passara as últimas semanas tentando explicar a Buster em relação a seus pais? Será que estava concordando com ela apenas no âmbito de seu romance ou se tratava de uma verdade universal? Digitou a cena, releu-a e percebeu que era a única alternativa que fazia sentido. Quando por fim se afastou do computador, era uma da manhã e ele não estava nem um pouco cansado. Bateu na porta de Annie e deu com a irmã acordada, os olhos arregalados mirando fixamente a parede. "Meu corpo não me deixa fazer nada além de pensar neles", disse ela. "Puta coisa ridícula."

Buster pegou uma fita de vídeo, o primeiro filme que encontrou, e os dois irmãos, com as mãos trêmulas, puseram-se a assistir a um filme de Buster Keaton em que Keaton era surrado, chacoalhado e lançado através de paredes. E toda vez que sucedia algum desastre, Annie e Buster se admiravam de ver como

Keaton, com o semblante impassível como uma pedra, simplesmente se levantava e seguia seu caminho.

Na tarde do dia seguinte, ainda sem ter pregado os olhos, Buster estava no carro com Annie, sentado no banco do carona, o motor desligado, os vidros abaixados, em frente a uma cabine telefônica, num posto de gasolina de Nashville. Algumas horas antes, Buster ligara para a casa noturna em que os Vengeful Virgins tocariam e falara com o proprietário, informando-o de que ele, Will Powell, era um repórter da revista *Spin* e que estava interessado em falar com Lucas e Linus. Deixou claro que a chance de a banda ganhar uma matéria de capa era grande, caso os garotos lhe concedessem uma entrevista exclusiva. O proprietário disse que transmitiria a informação quando os garotos chegassem ao lugar, e agora Buster e Annie aguardavam no carro, embalagens de chick-o-stick emporcalhando o assoalho, um cheiro enjoativo de pasta de amendoim e coco queimado no ar. Buster e Annie tinham ido a Nashville para evitar que Lucas e Linus desconfiassem de alguma coisa. Se aqueles dois estavam envolvidos no desaparecimento de seus pais, Buster não poderia deixar o telefone da casa de Caleb e Camille para que eles retornassem a ligação. Não queria nem que o código de área de Coalfield aparecesse no número do telefone, para não despertar suspeitas. Nashville era a Cidade da Música. Mesmo que os Vengeful Virgins não fizessem o tipo de música country que tocava todas as semanas no Grand Ole Opry, era um bom lugar para um jornalista freelance, especializado em música, fixar residência. Foi só depois de terem embarcado nesse estratagema complicado que Annie e Buster se tocaram de que poderiam ter comprado um celular pré-pago e feito tudo aquilo em casa. Refazer o plano, substituir as peças da armadilha que eles haviam preparado, pareceu-lhes má ideia, uma ideia pior do que passar horas à espera de que o telefone público tocasse, cientes de que poderia nem tocar. Buster sabia que, a despeito de suas pequenas tentativas de sondagem do terreno, seria preciso um pouco de sorte para que a coisa desse minimamente certo. E, a cada minuto que passava, ele se lembrava de como era azarado, de como parecia atrair os fiascos mais ridículos.

Buster quis pôr um aviso que dissesse QUEBRADO na cabine telefônica, mas Annie vetou a ideia. "Ninguém usa telefone público hoje em dia", disse ela. "Nem acredito que essas coisas ainda existam. Não temos por que complicar a situação com avisos falsos." No caminho até Nashville, ela mostrara a Buster uma lista de perguntas que tinha formulado para os Virgins, questões abertas que dariam aos garotos a oportunidade de dizer por que eles achavam que podiam aspirar ao estrelato. Escondida no final da lista, a nona de dez perguntas, estava a única questão que de fato interessava, a pergunta cuja resposta ficaria gravada para a posteridade. *De onde vocês tiraram a ideia para compor "Matem todos os pais"?* A décima pergunta, se fosse necessário fazê-la, era: *Se vocês fossem uma árvore, que tipo de árvore seriam?*

E então o telefone começou a tocar, uma, duas vezes, antes de Buster saltar da caminhonete e arrancar o fone do gancho. "Alô?", disse ele. "Quem está falando? É o cara da *Spin*?", quis saber a voz do outro lado da linha. "Eu mesmo", disse Buster ao mesmo tempo em que sentia alguém o cutucando no ombro. Virou-se e deu com Annie a seu lado, segurando a lista de perguntas para a entrevista. Pegou a caderneta que a irmã tinha na mão e Annie ficou bem junto dele, quase o bastante para ouvir o desenrolar da conversa.

"Você é o Lucas ou o Linus?", indagou Buster.

"O Lucas. O Linus é o da bateria. Prefere ficar na dele e

fazer o som. A falação é comigo. Tudo o que eu disser, ele assina embaixo. Certo?"

"Certo. Fechado. Então, a primeira pergunta é, bom, vocês fazem um som superinteressante, original pra caramba, mas eu gostaria de saber se tem algum cara que influenciou vocês."

"Pra falar a verdade, não. A gente curte *speed metal*, mas ainda não dá pra tocar rápido daquele jeito. Tem horas que a gente escuta um pouco de rap, mas não tem nada a ver com o nosso som. Na maioria das vezes a gente tira ideias de filmes e livros. Gostamos de *Mad Max, Dr. Fantástico, Carnaval de almas* e dos filmes do Vincent Price. A gente lê os livros da série *Dragonlance* e quadrinhos sobre zumbis e gostamos de livros sobre o fim do mundo. A gente curte tudo que fale do fim do mundo. Tem um livro chamado O *subterrâneo* que a gente adorou. Já leu esse livro?"

Buster sentiu uma vertigem, desejou estar em Saint Louis para poder ver a expressão que Lucas tinha no rosto ao fazer a pergunta. Teria sido desmascarado assim tão cedo? "Li, sim", respondeu.

"Puta livro. A primeira música do disco eu fiz depois de ler O *subterrâneo*. Mas quase ninguém conhece esse livro."

"Que tipo de guitarra você usa?", indagou rapidamente Buster, mudando de assunto. Resistiu ao impulso de perguntar por que Lucas achava seu romance tão formidável, sabendo que isso desviaria a entrevista do assunto que ele precisava investigar.

"Nem sei. Comprei pelo correio. A gente não liga pra instrumentos. Com os caros você fica se sentindo mal na hora de tocar e dar aquela detonada. E eles não fazem o mesmo tipo de som que os bagulhos baratos. A gente gosta do som dos bagulhos baratos."

Buster continuou a fazer as perguntas e Lucas foi dando respostas cada vez mais curtas, sua animação com a ideia de sair na capa da *Spin* perdendo espaço para seu déficit de atenção. Dava para ouvi-lo passar as pontas dos dedos pelas cordas da guitarra, produzindo guinchos que lembravam animais presos num cercado. Annie deu uma cotovelada nas costelas do irmão, mantendo-o concentrado, fazendo-o avançar na direção do inevitável. Por fim, sem ter mais como se esquivar da coisa, Buster reuniu coragem, em face às decepções constantes, e tentou uma vez mais encontrar seus pais.

"De onde vocês tiraram a ideia para compor 'Matem todos os pais'?", indagou.

Do outro lado da linha, silêncio. Buster ouvia a respiração de Lucas, profunda e constante. Achou que o garoto cortaria a ligação, mas, devagar, com a voz pausada, Lucas respondeu: "Foi só uma coisa que me veio um dia".

"Não teve, assim, um lance qualquer que aconteceu e fez você compor essa música?", indagou Buster.

"Acho que não", disse Lucas. "Eu só pensei, sabe, que as pessoas têm que matar os pais se querem fazer algo de bom da vida delas. Mas, na boa, essa sua pergunta é meio cretina."

"Não foi você quem compôs essa música, Lucas", disse Buster.

"Claro que foi."

"Eu sei que não foi você quem fez essa música", insistiu Buster. "Vou escrever uma matéria inteira sobre isso, a menos que você me diga quem foi."

"Vou desligar."

"Quem fez essa música, Lucas? Inclusive o disco tem músicas bem melhores que essa. Tem umas oito aí que são muito, muito melhores. A letra é fraca e o sentimento é meio batido. Não tem a profundidade das outras músicas de vocês. Por isso eu sei que não é sua."

"Vai ser o nosso hit", retrucou Lucas.

"O que não quer dizer que vocês não tenham músicas muito, muito melhores que essa."

"É... ela não é minha", admitiu o garoto.

"Eu sei, Lucas", disse Buster. "Não parece coisa sua."

"Todo mundo curte essa música e ela nem é minha", disse Lucas, com a voz falhando.

"Quem compôs?"

"Outro cara", disse Lucas, e Buster resistiu ao impulso de atirar o telefone contra a parede de tijolos.

"Quem?"

"O meu pai", disse por fim Lucas.

"Como é?", disse Buster, impressionado com a instabilidade do chão que tinha sob os pés.

"Foi o meu pai quem fez essa música. Ele disse que a gente podia usar. Foi a primeira música que a gente tocou e aí a gente quis pôr no disco porque a gente estava tocando bem pra caramba."

"O seu pai?"

Annie franziu o cenho ao ouvir isso, tornou a dar uma cotovelada em Buster, mas ele balançou a cabeça e ficou um pouco de costas para ela.

"Bom, é o meu padrasto. Mas eu o chamo de pai. Faz tanto tempo que ele é meu pai que eu digo que ele é o meu pai de verdade."

Buster ouviu o som de outra voz no telefone, uma voz de mulher.

"A minha mãe chegou aqui", disse Lucas. "Ela quer falar com você."

Buster não queria falar com aquela mulher, não queria mesmo. "Espere", disse ele. "Tenho mais uma pergunta."

"Tá, mas ela quer muito falar com você."

"Hum, se vocês fossem uma árvore, que tipo de árvore seriam?"

Lucas, sem titubear, respondeu: "Uma árvore que tivesse

acabado de ser atingida por um raio", e então passou o fone para sua mãe.

"Quem está falando?", disse a mulher.

"Quem está falando?", retrucou Buster.

"Qual é a sua, hein?", disse a mulher.

"A senhora conhece o Caleb Caninus?", indagou Buster.

"Você trate de deixá-lo em paz", disse a mulher. "Estou avisando, deixe o meu marido em paz."

Confuso, com o braço dolorido por ter mantido o fone tanto tempo colado à orelha, Buster disse: "Mãe?".

"Ah, meu Deus, é o Buster?", disse a mulher. "Não, Buster, aqui não é a sua mãe, não."

"Que palhaçada é essa?", disse Buster, a raiva agora apropriadamente arregimentada pelo constrangimento de ter confundido uma perfeita estranha com sua mãe.

"Deixe-os em paz, Buster. Deixe que eles vivam a vida deles."

"Que palhaçada é essa? A senhora está de sacanagem comigo ou o quê?", gritou Buster, mas a mulher tinha desligado.

Buster permaneceu na linha, relutando em pôr o fone no gancho. Dentro de alguns segundos, ele se viraria para Annie e tentaria explicar, da forma que lhe estivesse ao alcance, e então esperaria que ela resolvesse o que fazer. Por ora, ele se limitava a ouvir o tom de discagem, aquele som ininterrupto que parecia sugá-lo pelo cabo do telefone adentro. Indagou a si mesmo onde estariam os seus caninos, aqueles dentes postiços que ele usava na infância. Desejou estar com eles na boca, dentes tão afiados que seriam capazes de despedaçar o que quer que fosse. Imaginou os caninos cravando em algo macio, algo que pulsava com vida, deixando uma marca que jamais, em tempo algum, desapareceria.

355

13.

Assim que chegaram à Dakota do Norte, Annie percebeu que aquele era exatamente o lugar que alguém escolheria para viver se um dia o apocalipse acontecesse: o ar transparente, contundentemente puro, a ausência de cor, a sensação de que a região nunca se recuperara da era glacial e que, portanto, permaneceria quase inalterada quando o mundo fosse despojado de tudo o que havia de mais importante. Era inóspito, mesmo na maior cidade do estado, e Annie ficou apreensiva ao sair do aeroporto. Sentia que seus pais conheciam o terreno, estavam aclimatados àquela vasta extensão de terra erma, ao passo que ela e seu irmão seriam feitos em pedacinhos por animais selvagens.

Apesar disso, no momento mesmo em que eles avançavam pela estrada de faixa única, um heavy metal cheio de estática tocando no rádio, Annie se preparava para a possibilidade de que seus pais não estivessem ali. Se a mulher — a outra mulher de Caleb, a se acreditar em sua afirmação descabida — precavera os Caninus de que seus filhos os haviam descoberto, era bem possível que o casal, resolvido a continuar fugindo, já tivesse caído na estrada de novo, rumo a seu próximo esconderijo. O motivo do desaparecimento dos dois só podia ser algo grandioso, e agora Annie indagava a si mesma se a intenção era que ela e Buster de fato tomassem parte naquilo. Começava a desconfiar que o que seus pais haviam criado era algo que eles não permitiriam que fosse posto em risco, nem por seus próprios filhos. Especialmente por seus próprios filhos.

Foi fácil achar a casa dos gêmeos. Uma rápida pesquisa na internet lhes forneceu o endereço dos únicos Baltz — Jim e Bonnie — que havia em Wayland. "O que a gente vai fazer se forem mesmo eles", indagou Buster a Annie, que se esforçou por responder com um mínimo de segurança. As opções eram violência e perdão, o que significava que só havia uma opção. A menos que seus pais conseguissem explicar aquilo de maneira a abrir as portas para uma terceira opção: aceitação de má vontade. "Não vamos fazer nada", disse Annie. "A gente espera até descobrir o que fazer e aí a gente vai e faz."

A casa era quase idêntica à dos Caninus no Tennessee, uma casa térrea, sem adornos, deixada ao léu das forças da natureza, com pouca ou nenhuma manutenção. No longo caminho de cascalho que se estendia pelo interior do terreno, havia um caminhão estacionado — só o chassi com cabine, sem carroceria. Na porta estavam gravados os dizeres: TRANSPORTADORA FLUXUS. SE A COISA EXISTE, A GENTE TRANSPORTA. "É aqui", disse Annie, desligando o carro, perscrutando as janelas da casa à procura de sinais de movimento e não vendo nada. "Eles não vão gostar de ver a gente", disse Buster, o rosto tenso com a possibilidade de decepção. "A gente não vai gostar de vê-los", disse Annie, e desceu do carro, encaminhando-se até a varanda da frente, parando sobre o capacho em que não se viam palavras de boas-vindas. Buster se posicionou a seu lado na varanda, e, dispensando a campainha, Annie bateu com os nós dos dedos no batente da porta, com insistência, osso na madeira, musical. No interior da casa, tudo permaneceu em silêncio, trinta segundos, um minuto, e então Annie e Buster, juntos, bateram de novo na porta. Então ouviram uma movimentação no interior da casa, passos em madeira dura, e a maçaneta girou e a porta se abriu e bem ali, diante deles, nenhum equívoco quanto à sua presença, estava seu pai, Caleb Caninus.

"A e B", disse ele, nem um só traço de emoção em sua voz, um cientista classificando uma espécie que lhe era familiar. "Encontramos vocês", disse Annie, espasmos musculares se agitando suavemente sob a pele. Caleb meneou a cabeça. "Encontraram", disse ele. "Eu estava mesmo esperando vocês. A Bonnie me ligou depois que falou com o Buster. Avisou que talvez vocês viessem. Fiquei esperando. Se não aparecessem, acho que eu ficaria até um pouco desapontado."

"Cadê a mamãe?", indagou Buster, lembrando-se da mulher, Bonnie, mas sem poder refletir mais detidamente sobre isso no momento. Caleb deu de ombros. "Não está aqui", disse ele.

"Como assim?", disse Annie.

"Ela não mora aqui", disse Caleb.

Afastando o pai do caminho, Annie se precipitou casa adentro, e Buster foi atrás dela. "A gente está numa posição privilegiada aqui, Caleb. Dá pra perceber?", indagou Annie ao pai. Caleb fez que sim. "Seja lá o que for que vocês estiverem fazendo, a gente pode entornar o caldo de vocês. E aposto que vocês não iriam querer isso. Tá na cara que não foi pouco o trabalho que tiveram pra chegar até aqui. Mas eu e o Buster, a gente quer muito detonar esse negócio de vocês. Estamos doidos pra ver isso tudo explodir na sua cara. Por isso você contará para a gente tudo o que a gente quiser saber."

"Tudo bem, Annie", disse Caleb. "Contarei o básico e acho

que pra vocês já será o suficiente. Você e o Buster, mais do que ninguém, vão entender."

"Você vai contar tudo", disse Annie. "Você e a Camille vão nos contar tudo, tintim por tintim, e a gente é que dirá se é suficiente ou não."

"Vai levar muito tempo pra explicar tudo", retrucou Caleb.

"Não tem problema", disse Annie.

"Annie?", disse Buster, e Annie se virou para ver que Buster adentrara a sala de estar e tinha um porta-retratos na mão. Annie se aproximou do irmão e examinou a foto: seu pai, mais jovem; aquela mulher que uma vez ajudara a organizar um happening dos Caninus; e os gêmeos, com sete ou oito anos, talvez — um retrato de família.

"O que é isso", perguntou Annie.

"É a minha família", disse Caleb.

"De quando é essa foto?", quis saber Buster.

"De uns seis anos atrás, mais ou menos", respondeu Caleb.

"Quem é esta?", indagou Annie, apontando a mulher.

"Minha mulher", disse Caleb.

"Pai?", disse Buster.

"É uma história complicada", disse Caleb.

"Pare de falar", disse Annie, jogando o porta-retratos no chão. "Não dê nem mais um pio enquanto a Camille não estiver aqui, até que estejamos todos juntos. Aí a gente tira essa história a limpo."

"Vou ver o que dá pra fazer", disse ele.

Caleb foi até o telefone, discou um número e então sussurrou: "Sou eu".

"É a mamãe?", indagou Buster, mas Caleb fez sinal com a mão para ele ficar quieto.

"Estou com um problema aqui. A gente precisa conversar." Sobreveio uma pausa demorada, Caleb escutando com atenção, olhando diretamente para Annie e Buster. "A e B", disse por fim, e então pôs o fone no gancho.

"Era a mamãe?", perguntou Buster, e Caleb confirmou com a cabeça.

"Precisamos ir até o ponto de encontro", disse Caleb. "Me sigam no carro de vocês. Fica a uns quarenta e cinco minutos daqui."

"Nada disso, vamos todos no mesmo carro", disse Annie.

"Certo", disse Caleb, tirando um boné de beisebol do cabideiro, passando para a varanda e aguardando que os filhos o seguissem para levá-los até o lugar aonde precisavam ir.

Annie dirigia, seu pai ocupava o banco do carona e Buster estava no assento de trás, com o tronco inclinado para a frente, projetando-se no espaço que separava sua irmã e seu pai. "A gente começou a achar que talvez vocês estivessem mesmo mortos", disse Buster ao pai. Caleb deu uma risada suave, um soluço de respiração. "Essa era a ideia", disse ele. Annie pôs o CD dos Vengeful Virgins no som do carro e seu pai fez uma careta. "Será que podemos escutar outra coisa?", disse ele. "A gente gosta disso", disse Annie, aumentando o volume.

Caleb os conduziu a um shopping center três cidades adiante, um piso só, as lojas âncoras fechadas havia muito. "É aqui", disse ele, "mas quando estivermos conversando, vocês têm que me chamar de Jim. Não me venham com essa baboseira de Caleb."

"Vamos tentar lembrar", disse Annie.

"Qual é o nome da mamãe?", perguntou Buster.

"Patricia", disse Caleb.

"Jim e Patricia Caninus", disse Buster.

Caminhando, os três entraram no shopping, três figuras distintas se acomodando num espaço novo.

Encontraram sua mãe na praça de alimentação, ocupando sozinha uma mesa próxima a um restaurante que vendia enroladinhos de salsicha e limonada. Ao ver Annie e Buster, ela franziu o cenho, e então reconfigurou rapidamente a estrutura do rosto para compor uma espécie de esgar. Acenou para eles. "Oi, Buster", disse Camille. "Oi, Patricia", disse Buster, e Camille imediatamente olhou para Caleb. "O que eles sabem?", indagou ao marido. "Porra nenhuma", interveio Annie. "Mas vocês vão contar para a gente." Camille fez que sim com a cabeça e ergueu as mãos espalmadas num gesto de súplica. "Claro, claro", disse ela. "Mas antes vamos sentar."

Camille correu os olhos em redor da mesa. "Como vocês querem fazer?", indagou. "A gente começa falando ou vocês preferem fazer perguntas?" Caleb disse que seria melhor se ele falasse e os dois deixassem as perguntas para quando ele tivesse terminado. Annie balançou negativamente a cabeça. "A gente vai fazer as perguntas agora", disse ela. "Tá bom", disse Caleb, dando a impressão de finalmente ter compreendido que eram os filhos que estavam no comando da situação.

"Por que vocês desapareceram?", indagou Annie.

Caleb e Camille se entreolharam e sorriram. "Arte", disseram em uníssono. "Caleb e Camille Caninus, a obra que é a expressão máxima da nossa arte. Vocês sabiam, não é? Por que mais a gente desapareceria? Tudo isso faz parte de algo maior, uma declaração, um evento, numa escala tão grande que é impossível negar."

"Fazia quanto tempo que vocês estavam planejando isso?", perguntou Buster.

"Anos", respondeu Camille. "Muitos, muitos anos."

"A gente começou assim que vocês dois deixaram claro que não queriam ter mais nada a ver com a nossa arte", prosseguiu Caleb. "Você saiu de casa, Annie, e o Buster foi embora alguns anos depois. A gente se esforçou tanto pra fazer de vocês um elemento indispensável das nossas performances, demos o maior duro pra transformar vocês em componentes essenciais do nosso processo, e aí vocês resolvem nos abandonar. Tivemos de nos reinventar, recomeçar do zero."

"Quer dizer agora que os culpados fomos nós?", disse Annie.

"Não estamos culpando vocês, Annie", disse enfaticamente Camille, embora a expressão que Caleb tinha no rosto — as sobrancelhas soerguidas, os olhos arregalados — sugerisse outra coisa. "Se vocês não tivessem nos obrigado a repensar o modo como fazíamos arte, jamais teríamos tido a ideia de criar essa obra."

"Começamos pelo fundamental", disse Caleb. "Arrumamos novos documentos, carteiras de identidade, passaportes, registros na Receita Federal, tudo. Duas novas identidades: Jim Baltz e Patricia Howlett."

"Quando foi isso?", indagou Buster.

"Logo que você entrou na faculdade e saiu de casa", respondeu Camille. "Há uns dez ou onze anos."

"Fazia onze anos que vocês tinham essas identidades? E só desapareceram no ano passado?", disse Annie.

"Era uma parte do processo", explicou Caleb. "Precisávamos criar novas identidades para quando Caleb e Camille morressem, identidades que estivessem prontas para serem usadas assim que abandonássemos as antigas."

"Havia uma mulher, a Bonnie; é capaz até que vocês se lembrem dela; tinha sido uma adepta fervorosa do nosso trabalho. Fomos atrás dela. Explicamos que queríamos desaparecer e ela nos ajudou. Era casada, mas o marido, que não dava a mínima para arte, acabara de largar dela, e ela tinha esses gêmeos, que ainda não haviam completado dois anos, e então o seu pai casou com ela. O Jim casou com ela, no papel, tudo dentro da lei."

"Comprei um caminhão pra me servir de fachada. Virei caminhoneiro. Passava a maior parte do tempo no Tennessee, com a sua mãe, mas, a cada tantos meses, eu vinha pra cá e ficava uma semana morando com a Bonnie, o Lucas e o Linus, antes de voltar pra estrada de novo. Funcionou direitinho."

"E você?", indagou Annie à mãe.

"Tinha uma casinha num sítio aqui perto que fazia muitos anos pertencia à família da Bonnie. Eu vinha pra cá no verão, e aí comecei a conhecer as pessoas da cidade e fui contando alguns detalhes da vida da Patricia pra elas. Assim, quando eu me mudasse definitivamente, as pessoas não ficariam desconfiadas dessa desconhecida que tinha aparecido de repente no meio delas."

"Mãe, você passou dez anos fazendo isso?", perguntou Buster.

"Até que não foi tão ruim. Eu gosto daqui. É tranquilo; as pessoas são legais. Me acostumei."

"Fazíamos pequenos saques no nosso banco no Tennessee e depois depositávamos o dinheiro nas contas que abrimos aqui na Dakota do Norte. Assim, aos poucos fomos juntando o suficiente pra bancar as nossas despesas. De modo que a coisa estava mais ou menos armada. Não em todos os detalhes, mas um esboço geral que nos permitia saber o que aconteceria quando desaparecêssemos."

"E aí vocês dois resolveram dar o ar da graça, voltaram pra casa", disse Camille, sorrindo.

"E nós percebemos que precisávamos agir", emendou Caleb, seu tom de voz tornando-se mais e mais excitado. "Não havíamos planejado a volta de vocês, mas percebemos que era um sinal de que a gente precisava pôr essa coisa em movimento. Se desaparecêssemos, vocês estariam lá para dar pela nossa falta. Assim, o nosso desaparecimento teria mais significado ainda. E, se a gente fizesse a coisa direito, achávamos que vocês nos procurariam, e isso acrescentaria profundidade à intervenção, com as nossas mortes repercutindo para além de nós."

"E aquele sangue todo?", perguntou Buster. "A polícia pensou mesmo que vocês estavam mortos."

Camille revirou os olhos. "Isso foi ideia do seu pai, no último minuto."

"A Bonnie tinha ido nos encontrar e aí, bem na hora em que estávamos saindo, me veio a ideia da violência, me ocorreu deixar alguns sinais de luta. Então peguei uma faca e me cortei com ela. Não imaginava que sairia tanto sangue assim."

"Ah, meu Deus", disse Camille, sorrindo, rememorando o evento. "Foi horrível. Seu pai parecia que ia sangrar até morrer. A Bonnie precisou parar numa farmácia e comprar um kit de primeiros-socorros. Cobrimos o banco de trás com folhas de jornal pra não emporcalhar o estofamento. Foi de doer."

"Mas funcionou, não é mesmo?", disse Caleb para a mulher.

Camille riu. "Você sempre teve um fraco por declarações de amor exageradas."

Annie e Buster observaram seus pais, obviamente apaixonados um pelo outro, apreciando a magnificência de sua própria obra, e sentiram que o controle da situação lhes escapava.

"E os quadros que a mamãe pintou?", indagou Annie. "O que vocês têm a dizer sobre aquelas pinturas?"

O rosto de Caleb se turvou e Camille desviou o olhar. "É, essa foi… uma jogada esperta de vocês. Depois de passar tantos anos provocando confusão, acho que eu tinha me esquecido de como era a sensação de me ver presa no meio do caos. Foi uma experiência bem desagradável. Vocês quase acabaram conosco."

"Que bom", disse Annie.

"Primeiro a sua mãe tentou me convencer de que era um embuste, que vocês dois armaram aquilo pra nos pegar. Fiquei doido para ir ao vernissage, queria ver aquilo com os meus próprios olhos, mas sabia que precisava me manter focado. Acabei indo até o sítio dela, num dia em que ela não estava por lá, e encontrei mais algumas daquelas..." — Caleb ficara branco, a pele de seu rosto estremecendo como se alguém estivesse enfiando agulhas sob suas unhas — "mais algumas daquelas pinturas."

"Eram um segredo meu", disse Camille para os filhos, tentando sorrir. "Só contei pra vocês."

"Mas a gente superou isso", continuou Caleb, embora Annie e Buster pudessem ver que em seu rosto a dúvida persistia. "Não tenho a menor dúvida da lealdade da sua mãe à obra a que temos dedicado nossas vidas. Eu a amo e ela me ama e, o que é mais importante, nós dois amamos fazer arte de verdade, arte pra valer. Temos muito amor por essa coisa que estamos fazendo."

"E agora, como é que fica?", disse Buster, notando sem surpresa, e confirmando seus piores receios, que ele e Annie não haviam sido incluídos na lista das coisas que seus pais amavam.

"Bom, temos que esperar até sermos considerados oficialmente mortos, e aí a gente ressuscita", respondeu Camille.

"E tudo isto aqui?", disse Annie, indicando com um gesto o ar que tinham sobre a cabeça, as vidas de Caleb e Camille na Dakota do Norte.

"Deixamos pra trás", disse Caleb.

"A Bonnie? O Lucas e o Linus?"

"Deixamos tudo pra trás", disse Caleb.

"Conversei com eles pelo telefone", disse Buster. "Eles chamam você de pai."

"Eu sou o pai deles", disse Caleb. "Mas as coisas terão que mudar."

"Eles sabem dessa história toda?", indagou Annie.

"Não, Deus me livre", disse Caleb, elevando a voz. "Já imaginou? Eles não são como vocês. Não são artistas de verdade. Não saberiam lidar com isso. Encontrariam um jeito de estragar tudo. Aliás, estragaram. Com aquela maldita música."

"Eu falei pra você que daria merda", observou Camille.

"O que aconteceu?", quis saber Annie.

"Os gêmeos viviam pegando aqueles instrumentos deles, faziam um som que era de tirar qualquer um do sério. Então resolvi ensinar a música pra eles. Não imaginava que um dia chegariam a tocar razoavelmente bem, que gravariam um disco, assinariam um contrato com uma gravadora, sairiam em turnê pelo país afora. Como eu podia ter previsto isso? Quer dizer, vocês ouviram os dois. Foi cagada minha. Assumo a responsabilidade. Relaxei e entrei pelo cano."

"Mas é o fim da picada mesmo", disse Annie.

"Você está chateada", retrucou Camille. "Não gostou de termos deixado vocês no escuro. Mas tem que admitir que essa intervenção é sensacional."

Annie fitou seus pais. O comportamento dos dois mudara desde que eles chegaram à praça de alimentação. Estavam tendo prazer em explicar o projeto grandioso que haviam concebido. Falavam com reverência de como deformaram as vidas das pessoas a seu redor para poder dar forma a sua ideia, conferir-lhe existência.

"Vocês nunca ligaram para a gente, nunca deram a mínima pra ninguém, só pensam em vocês mesmos", começou Annie. "Fizeram mil e uma pra foder com as nossas vidas. Forçaram a gente a fazer tudo o que vocês queriam, e quando a gente não deu mais conta, vocês nos abandonaram."

"Foram vocês que nos abandonaram", disse Caleb, o rancor pesando em sua voz. "Vocês nos abandonaram pra se dedicarem a formas inferiores de arte. Vocês nos desapontaram. Quase destruíram o que tínhamos feito. Por isso resolvemos seguir sem vocês. E agora nós criamos algo melhor do que tudo o que havíamos criado antes, e vocês dois não têm participação nenhuma nisso."

"Temos participação, sim", disse Buster. "Somos seus filhos."

"Isso não significa nada", disse Caleb.

"Querido", disse Camille. "Não é verdade."

"Tá, tudo bem", disse Caleb, recompondo-se. "Significa alguma coisa, mas não tanto quanto a arte."

"Se a gente não tivesse feito o maior barulho por conta do sumiço de vocês, ninguém notaria, ninguém se importaria. Sem a gente, que significado tem a morte de vocês?", questionou Annie.

"Somos gratos a vocês por isso. Como a gente disse, tínhamos esperança de que vocês acrescentariam algo à intervenção, embora não imaginássemos que efetivamente nos encontrariam. Nesse aspecto, vocês foram um pouco além do que deveriam ter ido. O bom mesmo agora seria que vocês voltassem para as vidas de vocês, esquecessem esse encontro e continuassem procurando por nós. Dessa forma, seriam um elemento genuíno deste happening."

Annie ergueu a mão e balançou a cabeça. "A gente não faz a menor questão de se envolver nisso. Pelo contrário, a gente quer é dar um fim nisso. Vocês não imaginam a vontade que a gente tem de estragar isso tudo."

"Mas por quê?", indagou Camille. "Por que fariam tal coisa?"

"Porque vocês fizeram mal à gente", disse Annie.

"Vão jogar no lixo dez anos de árduos trabalhos artísticos só porque ficaram se sentindo mal?", indagou Caleb.

"Eu não entendo", disse Camille. "Vocês não queriam mais viver conosco. Pegaram as suas coisas e se mandaram das nossas vidas."

"A gente não queria mais fazer arte", disse Buster. "Não o tipo de arte que vocês fazem. Mas queríamos ficar com vocês."

"Não dá pra separar essas coisas", retrucou Caleb. "A gente é o que faz. Vocês têm que aceitar isso."

"Nós aceitamos", disse Annie. "Por isso fomos embora."

"Então por que voltaram?", indagou Camille, que começava a perder a compostura, as lágrimas se acumulando nas extremidades de seus olhos.

"Precisávamos de ajuda", disse Buster.

"E nós ajudamos vocês, caramba", replicou Caleb.

"Não ajudaram, não. Vocês nos largaram lá", disse Annie.

"Porque tínhamos de fazer isso", disse Camille.

"Que troço mais ridículo", disse Caleb. "Eu estou com sessenta e cinco anos. Não tem jeito. Esta é a última coisa importante que vou fazer na vida. Não tirem isso de mim, imploro a vocês."

"Quer dizer que estão dispostos a viver mais seis anos assim, até que a Justiça declare vocês oficialmente mortos, só porque querem fazer uma manifestação artística?"

"Isso mesmo", disse Caleb. Annie olhou para sua mãe, que concordou com a cabeça.

Annie afastou a cadeira da mesa e se levantou. Buster fez o mesmo. Seus pais permaneceram sentados, aguardando uma resposta.

"Não vamos falar nada", disse Annie.

"Obrigada", disse Camille.

"Mas não queremos ver vocês nunca mais", completou Annie.

"Tudo bem", disse Caleb. "A gente entende. Estamos de acordo." Camille hesitou por alguns segundos, mas depois meneou a cabeça. "Se não tem outro jeito, paciência", disse ela.

"Esta é a última vez na vida que nos vemos", disse Buster, enfatizando cada palavra, indagando a si mesmo se seus pais compreendiam o que isso significava. Perscrutou seus semblantes à procura de um sinal de reconhecimento do caráter definitivo do momento, mas não havia nada ali além da certeza de que eles haviam recuperado o que lhes era necessário para continuar vivendo. Estava prestes a repetir a frase, mas percebeu que nada seria diferente, de modo que se limitou a deixar o momento passar.

Os Caninus lançaram um olhar pelo shopping às moscas.

"Essas lojas vão acabar todas fechando", disse Camille. "É uma pena."

"Eram perfeitas para as coisas que a gente queria fazer", disse Caleb. "Era como se esses lugares tivessem sido construídos especialmente para o tipo de arte que a gente fazia."

"Era tão divertido", prosseguiu Camille. "Entrávamos num shopping qualquer, íamos cada um para um lado, e ninguém desconfiava do que iríamos fazer. Eu nunca tinha experimentado nada parecido. Eu estava de olho em vocês, Annie e Buster, mas era um jogo. Não podia deixar vocês perceberem que eu reconhecia vocês, porque senão estragaria tudo. Ficava só esperando pela coisa maravilhosa que por fim aconteceria, aquela gentarada passando pra cá e pra lá, aquele movimento todo à nossa volta."

"Era incrível mesmo", concordou Caleb.

"E então, o que a gente tivesse preparado acontecia. E fosse o que fosse, lembro de como eu adorava o momento seguinte, todas aquelas pessoas com cara de quem não estava entendendo nada, menos nós. No mundo inteiro, só nós sabíamos o que estava acontecendo. E eu morria de ansiedade por aquele momento em que nos encontrávamos de novo, só nós quatro, e aí podíamos finalmente sentir a satisfação de ter feito uma coisa bela."

"Era a sensação mais incrível", disse Caleb.

Caleb e Camille, talvez esquecidos de seus disfarces, deram-se as mãos e se beijaram. Buster e Annie começaram a se afastar de seus pais, o sr. e a sra. Caninus. Annie, ainda se aferrando à fantasia de causar confusão, queria gritar, armar um escarcéu, dar um jeito de pôr a polícia no meio, fazer picadinho de tudo o que era importante para seus pais. Buster, sentindo o turbilhão de raiva em que a irmã se revolvia, pousou a mão em seu ombro, apertou-o de leve, com carinho, e a beijou no rosto. "Vamos embora", disse ele. "Vamos pra bem longe daqui."

Ainda se consumindo de raiva, Annie resistiu ao impulso de fazer o que seus pais fariam se estivessem em seu lugar: provocar o caos sem se importar com as consequências para quem quer que fosse. Aquilo, compreendeu finalmente, era algo em que ela e Buster não precisavam mais se envolver. Tinham se afastado apenas alguns centímetros da vida que seus pais haviam criado para eles e tudo que precisavam fazer agora era seguir em frente. Fez um meneio com a cabeça, demonstrando estar de acordo com o irmão, e relaxou o corpo. Conforme aumentava a distância que os separava de seus pais, Annie e Buster resistiam ao impulso de olhar para trás, recusando-se a alterar a última imagem que lhes ficara dos dois, abraçados, felizes, sem se importarem com nada no mundo a não ser a arte que tinham dentro de si.

Saíram do shopping. Entraram no carro alugado e pegaram a estrada. Mantinham-se em silêncio, não conseguiam encontrar as palavras para dizer o que estavam sentindo. Tinham trazido seus pais de volta do mundo dos mortos, algum tipo de magia estranha que só eles dois possuíam. Annie ofereceu a mão ao irmão e Buster a pegou, como se, enlaçadas, suas mãos pudessem estabilizar a rotação da Terra. Escutavam os pneus rolando pelo asfalto e desejavam que seu próximo destino fosse um lugar bom, um lugar pelo qual eles fossem os verdadeiros e únicos responsáveis. E Annie e Buster acreditavam, pela primeira vez na vida, que seria assim.

Voto ao fogo, 2009
Artista: Annie Caninus

Sentada no chão, no meio de um quarto cavernoso, uma fileira de caminhas se estendendo ao longo da parede oeste, Annie olhava para as quatro crianças, dois meninos e duas meninas, que se achavam a sua volta. "O seu cabelo é curto, parece de menino", disse o mais novo de todos, Jake, que tinha sete anos e era lindinho como uma boneca. "É bem curto mesmo", admitiu Annie. "Mas fica muito bem em você", disse, com seus olhões azuis e seus dentes tortos, a mais velha, Isabel, de quinze anos. O outro menino, Thomas, de doze e já desajeitado em seu corpo, disse: "E tem um cheiro muito bom". Annie gesticulou com a cabeça para as crianças, que pareciam chegar cada vez mais perto. "Posso dar um beijo em você?", perguntou a última, Caitlin, uma menina de dez anos que tinha uma nuvenzinha de sardas no nariz. Annie pensou um pouco, olhou para o chão e depois para a porta fechada do quarto. "Acho que sim", disse. "Se ela pode dar um beijo em você", disse Thomas, "a gente também quer." As crianças se deram as mãos e dançaram num círculo em volta de Annie, gritando: "Beijo, beijo, beijo, beijo". Annie olhou de novo para a porta e então disse: "Tá bom. Tá bom. Um por vez." As crianças balançaram as cabeças. "Todos ao mesmo tempo", gritaram. Annie concordou e então fechou os olhos. Sentiu suas boquinhas, ligeiramente úmidas, comprimindo-se contra suas faces, sua testa, sua boca. As crianças começaram a emitir um som contínuo, uma espécie de zumbido que vinha do interior de suas gargantas. Então Annie sentiu o cheiro de fumaça espiralando a seu redor, emanando dos dois meninos e das duas meninas, e os afastou de si com um empurrão. "Não, não, não, não", sussurrou para eles, que riram e correram para os cantos do quarto, deixando um rastro de fumaça a que o movimento brusco de seus pezinhos conferia as formas mais estranhas.

"Corta", gritou Lucy. E então as formas de quase uma dúzia de pessoas, que até então se haviam mantido invisíveis, começaram a se movimentar apressadamente pelo quarto, instalando e reinstalando luzes, espanejando a névoa da simulação de fumaça. Um dos membros da equipe estendeu a mão para ajudar Annie a se levantar do chão. "Ótima cena", disse o sujeito, e ela sorriu. Era o primeiro dia de filmagens, mas, Annie, que passara tanto tempo na presença de Lucy nas semanas anteriores, tinha a impressão de que eles estavam filmando havia meses. Então Lucy se aproximou de Annie, abraçou-a e disse: "Você é um arraso nisso". Annie, ainda não recuperada da estranheza da última cena, limitou-se a menear a cabeça, confusa demais para discordar.

Antes de rodar essa primeira cena, Lucy recomendara que Annie passasse o máximo de tempo possível com as crianças. "No filme, elas são muito apegadas ao seu personagem. Por isso, ajudaria bastante se você conseguisse que elas gostassem de verdade de você." Annie balançou a cabeça. "Acho meio difícil."

Durante os ensaios, Annie tratara as crianças do mesmo jeito que tratava todos os atores, com uma cautela educada, respeitando o seu espaço. Mas na noite anterior ao início das filmagens, Annie reuniu coragem, bateu na porta do quarto das crianças, entrou e deu com elas jogando um videogame num console de PlayStation. "Que jogo é esse?", indagou às crianças, que, sem tirar os olhos da tela da TV, responderam: "*Fatal Flying Guillotine III*". Annie sorriu. "Tem um carinha que é meio gente, meio urso nesse jogo?", perguntou, já sabendo a resposta. "O major Ursa", disse Thomas. "Deem um cantinho pra mim", disse Annie e se pôs a surrar aquelas quatro crianças por quase uma hora. "Você é muito boa nisso", disse Isabel a Annie, que concordou com a cabeça. "Sou mesmo", disse Annie. "Sou muito boa nisso."

À noite, encerradas as filmagens do primeiro dia, Lucy ligou para o quarto de Annie no hotel. "Quer dar um pulinho aqui?", indagou, e Annie, de pijama, seguiu pelo corredor até o quarto da cineasta. Lucy estava sentada diante de uma série de monitores, cada um deles exibindo diferentes ângulos da mesma cena, o corpo de Annie praticamente obscurecido pelas crianças, todas vestidas com camisolões alvos que iam do pescoço ao chão. Annie se sentou ao lado de Lucy e as duas, pondo cada qual um par de fones nos ouvidos, observaram a câmera fazer um zoom no rosto de Annie, que permanecia com os olhos fechados enquanto as crianças iam chegando com suas bocas mais e mais e mais perto dela. Era mais sensual do que Annie imaginara, embora também fosse assustador ver como ela ia encolhendo e encolhendo sob as figuras das crianças, ao mesmo tempo em que a fumaça se erguia, lenta e sinuosa, ameaçando engoli-los a todos. "Ficou muito bom", disse Annie a Lucy, cujos olhos vidrados refletiam a última tomada, a imagem de Annie de bruços no chão. Ultrapassando o isolamento dos fones, ecoando no pé-direito alto do quarto, chegava-lhes aos ouvidos o som das crianças rindo.

Buster mandara para Annie a versão mais recente de seu novo romance, que ela lia à noite. Certa tarde, durante um intervalo nas filmagens, Isabel encontrou o calhamaço de papéis na bolsa de Annie e disse: "O que é isso?". Annie explicou que era uma história. "Sobre o quê?", indagou Isabel. "Sobre um bando de meninos e meninas que são sequestrados e têm de lutar uns contra os outros pra ganhar o seu sustento." Na mesma hora as crianças se alinharam diante de Annie. "Queremos que você conte isso para a gente", disse Thomas. "Acho que não é apropriado pra crianças", disse Annie. "Detesto quando as pessoas falam isso", gritou Caitlin. "Por que alguém escreve uma história sobre crianças se não quer que as crianças leiam?" Insistiram tanto com Annie para que ela lesse pelo menos um pedaço da história que ela pegou uma página qualquer do meio do romance e leu: "As crianças ficavam inquietas quando não estavam no fosso. Usavam o próprio corpo para pôr suas frustrações para fora, encostando palitos de fósforo acesos na pele, esfregando-se nas bordas pontudas do cercado em que se achavam presas, a fim de manter afiada a raiva de que precisavam para sobreviver". Thomas bateu palmas. "Ah, você vai ter que ler esse bagulho pra gente", disse ele, e assim, quando não estavam sendo ensaiados para fazer suas cenas, enquanto aguardavam para entrar no set e explodir em chamas, as crianças escutavam Annie lhes falar sobre as crianças da história de Buster, que praticavam atos inomináveis a fim de agradar aos adultos sob cuja guarda se encontravam.

Uma vez, Lucy entrou no quarto bem na hora em que

Annie contava às crianças sobre mais uma expedição dos caçadores de crianças, que armavam emboscadas noturnas nas cidades mais remotas para capturar os garotos e garotas que eram valentes o bastante, e idiotas o bastante, para se afastarem de suas casas. Uma menina, apanhada numa rede que a constringia mais a cada movimento que fazia, tentava rasgar as cordas até ficar com as mãos completamente esfoladas, chutando e gritando enquanto o caçador a arrastava pelo terreno pedregoso. As crianças olhavam com expressões horrorizadas, mas balançavam a cabeça, pedindo mais, toda vez que Annie interrompia a leitura, ansiosas pelo próximo episódio dilacerante. Annie mal podia esperar pela oportunidade de conversar com o irmão e lhe falar sobre a coisa incrível e insólita que ele criara. "O que está fazendo com eles?", perguntou Lucy a Annie. "Eles gostam", disse Annie. "Estão adorando isso."

Annie estava sentada em sua cama. No quarto acanhado só havia aquela cama desconfortável, uma cômoda pequena, uma escrivaninha e uma cadeira toda bamba. O quarto tinha uma janela, mas era alta demais para que pudesse olhar para fora. Annie abriu a gaveta da cômoda e extraiu de lá uma caixa de fósforos. Pegando um dos palitos robustos, riscou-o na lateral áspera da caixinha e observou a chama minúscula, incandescente, ganhar vida. Mirou-a até seu olho conter apenas a dança daquela chama que ameaçava se apagar na atmosfera abafada do quarto. Manteve o palito entre os dedos enquanto a chama descia pela madeira, deixando atrás de si uma cinza que, frágil e enegrecida, esforçava-se para reter sua forma anterior. A chama foi se aproximando cada vez mais das extremidades delicadas dos dedos de Annie, até que, no exato instante em que sentiu seu beijo ardente, ela apagou o fósforo com um sopro.

"Fantástico, Annie", disse Lucy. "Acho que agora deu."

"Mais uma vez", disse Annie. Lucy refletiu um instante e acabou assentindo com a cabeça. A equipe de filmagem rearranjou a cena e então Annie executou os mesmos passos de antes — outro fósforo crepitando em seus dedos. Deixou a chama queimar o palito até o ponto da tomada anterior. Não permitiu que um único espasmo de seu corpo perturbasse o foguinho que ela mantinha na mão. O calor da chama mordiscou as pontas de seus dedos, a pele se tingindo do rosa mais suave, e então, sem aguentar mais, Annie apagou o fósforo.

"Ficou melhor ainda", disse Lucy. "Vamos usar essa."

"Mais uma vez", disse Annie. Tinha a sensação de que seria capaz de ficar fazendo aquilo para sempre, convidando a chama a chegar cada vez mais perto, mais perto, até que a linguazinha de fogo fizesse um lar para si sob a sua pele e se pusesse a circular pelo seu corpo, iluminando-a inteira por dentro.

Isabel estava pintando as unhas, embora soubesse que teria de remover o esmalte assim que secasse, a fim de filmar a próxima cena. "A Lucy está apaixonada por você", disse ela a Annie, que dividia com Jake uma tigela de biscoitos com cobertura de chocolate, enquanto assistiam a um desenho animado em que alguns alienígenas tinham entrado num campeonato de skate. "De onde tirou essa ideia?", indagou Annie. "De lugar nenhum. Tá na cara", disse Isabel. "Ela é legal demais com você." Disse Annie: "Mas ela é legal com todo mundo. É o jeito dela". Isabel sorriu, como se já tivesse decifrado o código que os adultos haviam elaborado para mantê-la no escuro quando se tratava de coisas importantes. "Acontece que ela é muito, muito legal com você."

"Se um dia vocês duas casarem", disse Jake, revolvendo na

boca uma pasta de biscoito, "vocês deveriam ter quatro filhos e dar os nossos nomes pra eles."

Annie estava em pé junto à escrivaninha do sr. Marbury, o pai das crianças inflamáveis, e olhava para numerosos croquis de arquitetura estranha, aparentemente sem conexão com as leis da física. Marbury fora um arquiteto de renome, projetara a própria casa onde viviam, mas agora passava horas a fio nesse aposento, concebendo estruturas que só poderiam existir em outro mundo. Quando ele e a mulher entraram no estúdio, a porta batendo com força atrás deles, Annie se retesou toda e se afastou rapidamente daqueles materiais.

"Sente-se, por favor, srta. Wells", disse ele a Annie, que obedeceu à determinação. Ela só estivera naquele estúdio uma vez antes, quando viera candidatar-se ao emprego e fora entrevistada pelo casal. No rosto do sr. Marbury, via-se a mesma expressão que ele exibira naquela ocasião, um ar de repugnância por ter de lidar com uma situação tão indigna, e a certeza presunçosa de que, mesmo com a absoluta ignomínia da situação, Annie não era merecedora do emprego. A sra. Marbury, muda como sempre, mantinha-se ao lado do marido.

"Já não precisamos dos seus préstimos", informou o sr. Marbury a Annie.

"Por quê?"

"A senhorita sabe muito bem por quê. Nos últimos meses, os *acidentes* foram demasiado frequentes. A senhorita se mostrou incapaz de conter os *impulsos* das crianças."

"O senhor não está sendo justo", retrucou Annie.

"Não vejo como isso possa interferir na minha decisão."

"E as crianças?"

"Obtivemos vagas para elas num hospital no Alaska, um

hospital especializado no tratamento de casos singulares como este. Serão separadas, a fim de desestimular episódios de histeria coletiva, e tratadas com métodos científicos que estão além das capacidades da senhorita."

"Mas são crianças", disse Annie, como se o sr. Marbury se tivesse esquecido disso. "São os seus filhos."

"As crianças não têm garantido o luxo de ter uma família, srta. Wells", disse ele. "Se as pessoas se mostram incapazes de viver dentro dos parâmetros que foram estabelecidos para elas, perdem qualquer direito a títulos como os de filho e filha."

Annie sentiu o calor se irradiando pelo corpo, seu coração uma máquina de combustão tão possante que ela corria o risco de se partir ao meio e inundar a casa com sua fúria. Annie, que evitava usar detalhes de sua história pessoal para inspirar os papéis que fazia, contentou-se em deixar que suas ações emanassem diretamente do material à mão: aqueles pais, tão convictos de sua infalibilidade, aterrorizados com as aptidões dos filhos, tentavam apagar toda e qualquer evidência de desarmonia em suas vidas. Aqueles não eram os seus pais; Annie não se sentia nem um pouco inclinada a forjar uma mentira tão inconsistente. Eram apenas quem eram, duas pessoas que se encontravam à sua frente. E que faziam por merecer uma punição.

As mãos de Annie se cerraram, formando dois punhos, as unhas afundando na pele, e ela avançou contra o sr. Marbury, fazendo-o desabar no chão com a força de seus golpes. Esmurrou-o até deixá-lo inconsciente e, então, enquanto as pernas do arquiteto se espasmavam incontrolavelmente, ela se precipitou porta do estúdio afora, largando a sra. Marbury pregada no lugar, paralisada, sem conseguir dar um só passo na direção do marido.

Lucy encerrou a cena e Annie voltou imediatamente ao set para ver como estava Stephen, o ator que fazia o sr. Marbury. "Machuquei você?", indagou ela, enquanto ele, cambaleando, punha-se em pé. "Só o suficiente", disse o ator, "mas espero que a gente não tenha que repetir essa tomada muitas vezes."

Lucy tinha um sorriso radiante no rosto e olhava intensamente para Annie. "Foi perfeito", disse ela. "Era exatamente o que eu queria de você."

Annie se virou para retornar a seu camarim, esquivando-se do olhar de Lucy. Ao passar pela equipe de filmagem, cerrava e descerrava os punhos, admirada com a facilidade com que sua personagem acolhia os desastres em sua vida.

Annie ligou para Buster. "Como está indo o filme?", perguntou ele. Annie disse que estava indo bem, que já tinha mergulhado o bastante no filme para se deixar levar pela intuição, e isso para ela era sinal de que as coisas estavam funcionando. "E o seu livro?", indagou. Buster contou que havia mandado uma cópia para seu agente, que ficara muito surpreso ao descobrir que ele continuava vivo, que continuava escrevendo. "Ele está entusiasmado, acha que tem chance de ser um estouro", disse Buster, e Annie percebeu a excitação na voz do irmão, seu desejo de mostrar a ela que ele estava numa boa, que eles dois tinham conseguido fazer a travessia para o outro lado da infelicidade.

"Acho que ele tem razão", disse ela.

"E a Suzanne acabou de receber uma carta da *Missouri Review* dizendo que vão publicar um dos contos dela. Está até querendo mandar enquadrar a carta."

De repente ocorreu a Annie que Buster estava pisando em terreno tão firme, justo ele que sempre tinha sido o mais frágil dos Caninus, que chegara mesmo a superá-la. Ela sempre tomara conta do irmão, protegera-o dos efeitos mais deletérios do caos, e agora ele estava feliz e apaixonado e ela se via num lugar gélido, ainda tentando descobrir como funcionava o seu próprio corpo.

"Posso perguntar uma coisa?", disse ela. Buster estava aberto a qualquer pergunta sua. "Você acha que tomou a decisão certa em relação à Suzanne?"

"É uma pergunta meio estranha pra você me fazer, não?", disse Buster.

"Não, o que eu quis dizer foi só que, no começo, você não tinha a impressão de que estava fazendo uma loucura? Você mal a conhecia, não é mesmo? E você sabia muito bem quem era você, não sabia? Sabia de tudo que tinha vindo antes disso, não é?"

"Pra falar a verdade, eu achei que era uma boa ideia, mas estava apavorado. A sensação que tenho é que eu sempre fiz coisas que tinham tudo pra dar errado. E, no final, elas davam errado mesmo, exatamente como era de esperar que acontecesse. É influência da mamãe e do papai, eu acho. Com a arte deles, eles nos faziam entrar em situações que desde o início a gente sabia que não tinham como acabar bem. E o objetivo deles era esse. Por isso nos ensinaram a mergulhar de cabeça nas coisas que têm tudo pra dar errado, não importando se são coisas que a gente quer mesmo fazer ou não."

"Você fala de um jeito que é como se não fizesse diferença que a coisa pareça boa ou má ideia, porque você vai ficar apavorado do mesmo jeito quando acontecer", disse Annie. "A única diferença é o que vem depois."

"Acho que sim", admitiu Buster. "Mas eu nem sei direito o que estou falando. Escrevi um livro sobre umas crianças que arrebentam as cabeças umas das outras com uma pá quebrada. Não dá pra levar a minha intuição a sério."

"Acho que a Lucy está apaixonada por mim", disse Annie.

"Sei", disse Buster, e então permaneceu em silêncio por alguns segundos. "Então foi por isso que me perguntou sobre a Suzanne? Está interessada num estudo de caso possivelmente bem-sucedido de amor à Caninus?"

"Acho que sim."

"Você é lésbica?", indagou Buster.

"Pode ser que sim. Não sei." Annie pensou em como havia posto sua experiência com Minda Laughton na categoria dos desastres totais, incluindo-se aí a decisão de ficar com outra mulher. Acontece que Minda não parecia ser uma boa representante da experiência lésbica. Sua psicose a excluía do estudo amostral.

"Talvez seja melhor você descobrir isso antes de ir para a cama com a sua diretora."

"Acho que sim. Não sei."

"O que eu posso dizer é que ela é muito interessante", admitiu Buster. "E é bonita."

"O que você acha que eu vou fazer?", indagou ela.

"Seja lá o que for", respondeu ele, "acho que você vai ficar apavorada quando acontecer. Não deixe que isso a impeça."

Fazia um frio de rachar, flocos de neve rodopiando no ar, e Annie e as quatro crianças permaneciam no interior do trailer, em frente a um aquecedor, abraçados uns aos outros para se esquentar e se preparar para o seu último e temerário ato. "Eu gosto muito de você, Annie", disse Jake. "Gostaria que esse filme não estivesse terminando. Vou ter que voltar para a escola e não vai ser legal com os professores como é com você." Isabel estava começando a chorar, e Annie afagou seus cabelos. "A gente não terminou ainda", disse ela. "Ainda temos esta cena pra fazer, e vai ser uma coisa incrível." Isabel esfregou os olhos e refletiu sobre a afirmação de Annie. "Vai ser demais mesmo", admitiu ela.

Como não podiam pôr fogo na casa, não com o orçamento apertado que tinham, Lucy, o diretor de fotografia, o diretor de arte e alguns dos caras que cuidavam dos efeitos especiais resolveram fazer uma fogueira gigantesca, escurecer a ação atrás de uma área densamente arborizada, e assim permitir que a última tomada, em que Annie caminhava pela autoestrada, seguida pelas crianças, preservasse a impressão de um incêndio de grandes proporções, tudo o que aqueles personagens estavam deixando para trás.

Alguém da equipe bateu na porta do trailer e Annie e as crianças foram para fora, o frio imediatamente se instalando em seus corpos. As crianças faziam malabarismos com dezenas de bolsas de calor, seus pés desnudos enfiados em calçados com forros de pele tão grossos que pareciam animais virados pelo avesso. Lucy se ajoelhou diante das crianças e explicou como funcionaria a sequência, como elas deveriam dispor-se ao redor de Annie. "Lembrem-se de ficar o mais perto que puderem da Annie", disse às crianças. "Ela é a única pessoa que gosta de vocês de verdade, e se vocês se perderem dela, não tem nada mais que vá salvar vocês." Então chegou o rosto bem perto do rosto de Annie e disse: "Você só trate de se afastar desse fogo, saia andando e não olhe pra trás".

De onde eles estavam, na extremidade do bosque, mal dava para enxergar a pira, mas Annie e as crianças se esforçaram para ver quando a madeira, embebida em acelerantes, entrou em combustão, uma bola de fogo irrompendo no ar. Sentiram uma onda de calor avançar por entre as árvores e passar por eles. "Ahhh", disse Caitlin, "que gostoso." Alguém fez sinal para Annie e ela ajudou as crianças a se livrarem de seus casacos e a arrancarem suas botas e então Lucy gritou: "Ação", e Annie, carregando Caitlin no colo, as outras crianças agarradas às suas roupas, emergiu do bosque denso e se dirigiu à estrada. Annie sabia que havia um fogaréu às suas costas; ouvia os estalos e as crepitações da madeira se deformando, ardendo intensamente, transformando-se em cinza. Ela plantava os pés no asfalto, um na frente do outro, o braço de Caitlin apoiado com força em volta de seu pescoço, e conduzia as crianças por uma estrada que não parecia ter fim. Andavam, olhando sempre para a frente, o vento lançando neve nos seus rostos, mas não alteravam o ritmo da caminhada, afastando-se passo a passo do fogo que ameaçava engolir tudo o que havia à volta deles.

Levando o megafone à boca, Lucy gritou: "Corta", e as crianças se desgrudaram imediatamente de Annie e correram para o aconchego do trailer. Annie ficou parada no meio da estrada e observou Lucy vir em sua direção, com passos acelerados, a luz do fogo se refletindo em seu rosto. Permanecia absolutamente imóvel, enquanto Lucy, com os braços abertos, chegava cada vez mais perto. A diretora envolveu Annie num abraço e fez com que ela se virasse para ver o fogo ardendo atrás da linha das árvores. "Não é bonito?", indagou Lucy, descansando a cabeça no ombro de Annie, e Annie contemplou o bruxuleio constante das chamas. Maravilhou-se com o caos que se instaurara a sua volta e nem por um segundo temeu a conflagração que ameaçava alcançá-la. Era muito bonito, reconheceu, permitindo-se desfrutar plenamente da visão, talvez compreendendo seus pais pela primeira vez. Olhou ao longe e sorriu, mantendo a proximidade física com Lucy, e ficou observando o fogo, que dava a impressão de que duraria para sempre, de que nenhum esforço seria capaz de extingui-lo.

Agradecimentos

Agradeço às seguintes pessoas:

A Leigh Anne Couch e Griff Fodder-wing Wilson, por serem a minha família.

A Julie Barer e Lee Boudreaux, por todo o esforço que fizeram para me ajudar a escrever este livro. Não consigo imaginar este romance sem suas contribuições e seu apoio.

A Ann Patchett, por sua amizade ilimitada e por ter lido versões preliminares do livro e tê-lo redirecionado, fazendo-o ir aos lugares aonde ele precisava ir.

A minha mãe, a meu pai, a Kristen e Wes e às famílias Wilson, Couch, Fuselier, Baltz, Huffman e James, por seu amor e carinho.

Ao Kimmel-Harding Nelson Center e a Yaddo, onde partes deste livro foram escritas.

À University of the South e à Sewanee Writers' Conference, por seu apoio financeiro durante o período em que me dediquei a escrever este livro e pela oportunidade de conviver com uma comunidade vibrante.

À Ecco, especialmente na pessoa de Abby Holstein, por todo o trabalho que tiveram para pôr este livro no mundo.

A todos os meus amigos, em especial a Padgett Powell, Leah Stewart, Cecily Parks, Sam Esquith, Bryan Smith e Caki Wilkinson.

ESTA OBRA FOI COMPOSTA POR ACOMTE EM ELECTRA E
IMPRESSA PELA PROL EDITORA GRÁFICA EM OFSETE SOBRE
PAPEL PÓLEN SOFT DA SUZANO PAPEL E CELULOSE PARA A
EDITORA SCHWARCZ EM MARÇO DE 2014